2016

KONGZIGUXIANG ZHONGGUO SHANDONG
DUIWAI XINWEN BAODAOJI

孔子故乡 中国山东

对外新闻报道集

中共山东省委对外宣传办公室
山东省人民政府新闻办公室

编

山东人民出版社

国家一级出版社 全国百佳图书出版单位

图书在版编目（CIP）数据

孔子故乡 中国山东 2016对外新闻宣传报道集 ／ 中共山东省委对外宣传办公室，山东省人民政府新闻办公室编． -- 济南：山东人民出版社，2017.8

ISBN 978-7-209-10543-9

Ⅰ．①孔… Ⅱ．①中… ②山… Ⅲ．①新闻报道－作品集－中国－当代 Ⅳ．①I253

中国版本图书馆CIP数据核字(2017)第150220号

孔子故乡 中国山东 2016对外新闻宣传报道集

中共山东省委对外宣传办公室
山东省人民政府新闻办公室 编

主管部门 山东出版传媒股份有限公司
出版发行 山东人民出版社
社　　址 济南市胜利大街39号
邮　　编 250001
电　　话 总编室 (0531) 82098914
　　　　 市场部 (0531) 82098027
网　　址 http://www.sd-book.com.cn
印　　装 青州市新希望彩印有限公司
经　　销 新华书店

规　　格 16开 (169mm×239mm)
印　　张 24
字　　数 400千字
版　　次 2017年8月第1版
印　　次 2017年8月第1次
印　　数 1-1000
ISBN 978-7-209-10543-9
定　　价 56.00元

　　　　 如有印装质量问题，请与出版社总编室联系调换。

前　言

　　2016年，省委外宣办深入贯彻落实党的十八大和十八届三中、四中、五中、六中全会精神，深入贯彻习近平总书记系列重要讲话和视察山东重要讲话、重要批示精神，按照中央和省委省政府对外宣传和新闻发布工作的部署要求，紧紧围绕全省经济社会发展和改革开放大局，积极主动讲好山东故事、传播山东声音，圆满完成了2016中国发展高层论坛"山东之夜"主题活动、第22届鲁台经贸洽谈会、2016香港山东周等重大活动的新闻宣传，成功组织了"开放的山东"全媒体采访活动、"工匠精神 山东制造"全媒体采访活动，为加快建设经济文化强省营造了良好国内国际舆论环境。中央驻鲁外宣媒体、香港驻鲁媒体和省直外宣媒体不断加大对山东的报道力度，推出了一批思想性强、影响力大、传播范围广的新闻作品。

　　为了更好地发挥优秀新闻作品的示范带动作用，进一步提升全省对外新闻宣传工作水平，我们从中央和香港媒体（包括新华社、人民日报海外版、中国日报、中新社、中国报道、中国东盟报道、香港大公报、香港文汇报、香港商报）的对外新闻报道稿件中精选了118篇优秀作品，汇集成册，希望能够对从事外宣工作的同志们有所帮助。

目　录

新华社

山东：都市居民向烟花爆竹说"不"　为空气污染"减负" …………（3）

胶东"天鹅村"：人与自然的和谐新春 ………………………（5）

"龙口粉丝"出海记 ……………………………………………（7）

山东农村"晒"榜传孝道 ………………………………………（9）

孔子第79代嫡长孙：两岸合力把中华传统文化推广到全世界 ………（11）

山东：对农村厕所来一场"革命" ……………………………（13）

山东："第三方监测"拧出环境监测数据中的水分 …………………（15）

山东农村秸秆转型："污染源"成了致富"香饽饽" ………………（17）

"中国菜乡"山东寿光升级白色"工厂"产优质蔬菜 ……………（19）

山东：孔孟之乡浸润式推介文明旅游观 ………………………（21）

中国在山东半岛"深耕"蓝色经济"示范田" …………………（23）

当传统工艺遇上互联网

　　——山东传统村落的电商之路 ……………………………（25）

中国探索温带养殖冷水鱼类为离岸养殖奠定基础 ………………（27）

中国借科技创新变盐碱地为高产田 …………………………（30）

台商林美玲：山东创业不寂寞 ………………………………（32）

青岛：以品牌之力推进供给侧结构性改革 ……………………（34）

山东淄博推出"时间银行"应对老龄社会 ……………………（36）

农民发明家和他的小麦"双割刀" ……………………………（38）

孔子故里举行丙申年祭孔大典纪念孔子诞辰2567年 ……………（40）

寻踪2600年前的中国古长城 …………………………………（42）

从扶一人到富一家

　　——中国革命老区探索残疾人脱贫路 ……………………………（44）

中国青岛企业家群星闪耀　照亮"青岛制造"前行 ………………（46）

提刀千斤重　舞刀鸿毛轻

　　——一名中国武者的功夫世界 ……………………………………（49）

第四届尼山论坛聚焦"绿色·简约" ………………………………（51）

山东：残疾人就业有了无障碍车间 ………………………………（52）

人民日报海外版

青岛金家岭金融区　打造一流财富管理中心 ……………………（57）

全球外贸遇冷，青岛"品牌小镇"为何"温暖如春"？ …………（63）

精准发力筑就产业新城

　　——威海临港经济技术开发区新常态下开新局 ………………（68）

对接"丝路"通商欧亚　青岛深掘地方合作潜力 ………………（75）

"青岛全明星"乐队：爱青岛　用歌唱 …………………………（81）

青岛寻找"标准化"里的新动能 …………………………………（83）

变身阿里旅行"未来景区"　曲阜三孔景区拥抱"互联网 +" …（87）

"青岛品牌"叫响广交会 …………………………………………（88）

中日韩经济发展协会山东委员会成立　中日韩资本交流有了新平台……（90）

青岛高新区：见证创新的力量 …………………………………（91）

浪潮孙丕恕：大数据助力实体经济 ……………………………（97）

C20 会议嘉宾眼中的青岛：创新　魅力　活力 ………………（100）

"中国好参"出文登 ……………………………………………（104）

开放的青岛　收获世界认可 …………………………………（109）

中国日报

Trapped Miners Saved ……………………………………………（119）

Shouguang's Greenhouses Ensure Year-round Growth ……………（122）

山东推进养老服务业转型　八成养老机构需转制 ……………（126）

The Project That Opened A Window to The World …………………（128）

Hi-Speed Group Makes Inroads into Global Strategy ·············· （138）

站长专栏："一带一路"战略需要怎样的样板企业？（上） ······ （142）

Shandong Discusses Future Cooperations ··················· （147）

"一带一路"战略需要怎样的样板企业？（中） ············ （152）

Student Miners Help Buoy up Flagging Coal Industry ············· （157）

Province Promotes Qilu Culture Heritage ··················· （161）

Growth in Tourism Rooted in Mountain ···················· （165）

潍柴集团全链条降低成本　打造企业核心竞争力 ············· （169）

"一带一路"战略需要怎样的样板企业（下） ············· （171）

Classes Inspired by Ancient Arts Offer Moral Teachings ·········· （175）

Service Robot for Elderly Promising ····················· （179）

山东能源——"黑金"变奏曲 ························ （182）

Opportunity in G20 Investment ······················· （186）

Trade Specialists A Boon to Local Enterprises ················ （191）

Innovation Drives Shandong's Economic Growth ·············· （195）

Horse Lover Rescues the Bohai From Extinction ··············· （198）

中新社

人大代表秦玉峰：让绿色经济顺利接盘山东"十三五" ········· （207）

山东向海外引进人才发"绿卡"

　　让人才"来得了、待得住、用得好" ··············· （210）

2016 中美创客论坛青岛举行　"两国创客碰撞"灵感 ········· （212）

中韩自贸区地方经济合作研究中心在山东威海成立 ············ （216）

30 余国 117 支风筝队参加潍坊国际风筝会　以风筝会友 ········ （217）

山东边防创造国际维和"中国模式"走进联合国讲堂 ·········· （220）

泰山脚下的"洋弟子"　飞跃重洋拜师习武 ··············· （222）

山东戏曲艺术家访港与香港戏迷交流地方戏曲艺术 ············ （224）

山东姑娘奥运两日揽一金一银一铜　霸屏老乡朋友圈 ·········· （227）

从一乡一镇走向世界舞台　山东民营企业 20 年"华丽转身" ······· （229）

丙申年祭孔大典在曲阜举行　海内外人士纪念孔子诞辰 2567 年 …… （231）

山东首条直飞北美航线开通　助力中美旅游年 ……………………… （234）

深秋再访柿子沟：乡村游改变山村生活 ………………………………… （235）

外资成山东 PPP 项目重要参与者　36 个 PPP 项目集中签约 ……… （239）

第四届尼山世界文明论坛在孔子故里曲阜举行 ………………………… （241）

山东国家级海峡两岸青年创业基地挂牌 ………………………………… （244）

古城东阿冬至祭井取水　还想把阿胶再传三千年 …………………… （246）

中国报道

开局攻坚　再绘蓝图 …………………………………………………… （253）

以开放促发展　山东开启新征程 ……………………………………… （256）

聚焦改革　聚力发展　山东金融业逐浪前行 ………………………… （260）

"一带一路"的山东引擎 ………………………………………………… （263）

工匠精神升华山东制造 ………………………………………………… （266）

中国东盟报道

Redoubled Efforts for

New Blueprint ………………………………………………………… （273）

Shandong Promotes Financial

Reform and Development …………………………………………… （276）

Shandong an Engine Powering

The Belt and Road Initiative ……………………………………… （279）

Shandong Embarks on New Journey

Of Promoting Development

Through Opening-up ………………………………………………… （282）

香港大公报

国产无人地铁开进北京 ………………………………………………… （289）

中美 95 创客团队青岛对决 ················· （293）

港可为内地财富管理引路 ················· （296）

海藻生物材料贵黄金 10 倍 ················· （298）

山东濒危剧种 首度香港演出 大弦戏让戏迷过足瘾 ········· （301）

青岛光伏小镇"种太阳"赚钱 ················· （304）

青岛造"梦想号"科考船探大洋 ················· （309）

中国载人潜水闯万米"龙宫" ················· （313）

鲁产业升级携港拓丝路 ················· （318）

山东苹果谋求借港出海 ················· （321）

青岛 2600 万亿次超算启用 ················· （327）

香港文汇报

早立遗嘱成时尚 直面身后事 ················· （333）

港业界助力山东新型城镇化 ················· （336）

香港培新启动服务家乡奖学金总额 200 万美元

资助大学生读博士回馈山东 ················· （338）

中美创客青岛对决 奇思妙想"开脑洞"

桌面机器人引爆美众筹 ················· （341）

今日头条：山东自主创新示范区升级 ················· （344）

首用"云脑"监护老人突发状况 陪护机器人万元有找 ········· （345）

王诺君促鲁港文化教育交流

助港生适应内地生活拟举办港回归成果展 ········· （348）

"黑马"冠军张梦雪：初战奥运不怯场 敢打敢拼赢首金 ········· （351）

山东在港推逾百项目 ················· （354）

张瑞敏：海尔现只出产创客 ················· （356）

艾玲爱洒智障娃 半生公益半生缘 ················· （358）

说学逗唱乐全场 笑对苦难常知足

张存珠：台上抖包袱 台下斗人生 ················· （362）

香港商报

山东半岛自主创新示范区获批 ···（369）

青岛推"国际化+"行动对标香港 ·····································（371）

潍坊倾力发展现代滨海新区 ···（372）

中国重汽首款智能卡车问世 ···（374）

规划先行 潍坊高新区拟建国际现代化新城 ···················（375）

孔子故乡 中国山东
2016 对外新闻报道集

新 华 社

山东：都市居民向烟花爆竹说"不" 为空气污染"减负"

刘宝森　萧海川

承载年味的烟花爆竹今年春节可能不像以往那么受欢迎。

在中国东部大省山东，当地环保部门 2 月 1 日联合媒体向全省发出倡议：向燃放烟花爆竹说"不"，为空气污染减负。

1 日是中国农历小年，也恰是山东省会城市济南烟花爆竹开售之日，然而记者采访发现，烟花爆竹销售点生意不及往年，购买者寥寥无几。

位于闵子骞路上的一个销售点，几张行军床上的箱子中摆放着各式烟花爆竹，王秀芹已在这里连续摆摊四五年。"今天上午刚摆出来，卖了二三百元，感觉生意越来越不好做了，今年进了五千元的货，不准备补货了。"她说。

山东省烟花爆竹协会秘书长邹正红说，今年零售网点数量较去年会进一步减少，主要是受环保压力、城市楼群密集、娱乐多样化等影响，预计山东大中城市居民烟花爆竹的消费量将继续下降。

燃放烟花爆竹是中国迎新春的传统习俗，但近年来受雾霾侵扰，人们环保意识逐渐增强，这一影响空气质量的年俗也逐渐遇冷。

35 岁的刘敏是个 4 岁女孩的母亲，去年 12 月华北地区几次大范围雾霾过程令她心有余悸。资料显示，那个月山东平均有 11 个重污染天气，相当于几乎"每 3 天污染 1 天"。

"幼儿园一个班 30 人，雾霾最重的时候只来了 5 个人，要么就是孩子已经咳嗽发烧，要么就是怕孩子得病而闭门不出。"刘敏的孩子在此期间也发烧两次，因为没有老人照看，她只能请假在家看着孩子。

面对即将到来的春节，刘敏说："如果济南因为燃放爆竹再造成污染爆表，干脆就禁止算了。"

山东省环保厅大气污染防治处处长肖红说，在城区里集中燃放烟花爆竹扩散非常难，低空排放易产生短时间高浓度二氧化硫、烟粉尘污染，地上残留的灰尘纸屑，会因车碾人带，产生二次污染。

肖红说，近年来除了老家还燃放烟花爆竹外，她在城里的家再没有在春节期间买过烟花爆竹。

网络调查平台"问卷网"今年的调查显示：56.67%受访者认为，燃放烟花爆竹的最大危害是污染环境，68.89%受访者认为燃放烟花爆竹会严重污染大气，加重雾霾扩散。

上海市统计局社情民意调查中心 1 月 27 日发布猴年春节市民心态调查，89.4%的市民支持通过立法规定，在外环线以内和重点防控区域全面禁止燃放烟花爆竹。

沈阳市地方媒体近日通过官方微信开展的调查也显示，有 50%的微友选择烟花爆竹预算"零消费"，超八成微友选择为了环境减少燃放。

中国环保部 1 月 7 日发出《关于做好 2016 年春节期间烟花爆竹禁限放工作的函》，要求各地做好春节期间烟花爆竹禁限放工作，加大烟花爆竹禁限放各项规定的宣传力度，倡导文明、绿色的生活方式。

烟花爆竹企业也正逐渐淡出历史舞台。山东省明确提出，到今年底将清退所有烟花爆竹生产企业。在此之前，全国已至少有 16 个省（区、市）完全退出了烟花爆竹生产。

山东大学社会学系教授王忠武认为，年味不一定是噼里啪啦的鞭炮声，而是全家人聚在一起其乐融融的团圆感，加入"不燃放烟花爆竹"的行列，环保过大年将逐渐成为社会新风尚。

不过，山东省烟花爆竹协会表示，农村仍是烟花爆竹消费的主要地区，这背后既有传统习俗祈福迎祥的文化内涵，也受农村居民购买力不断增强的影响。

"抗击雾霾从倡议不放或少放烟花爆竹做起，但改变人们的春节消费观念还需要时间。"负责发布倡议的山东省环保厅宣教中心主任王必斗说。下一步山东环保系统将利用政务微博、微信平台等其他网络平台进一步扩大倡议的影响。

新华社济南 2 月 1 日电

胶东"天鹅村": 人与自然的和谐新春

赵博 滕军伟

新春佳节,燃放烟花爆竹是中国人辞旧迎新的传统表达。然而在山东省荣成市烟墩角村,村民们自发选择安静地过年。因为,他们不愿惊扰年年来此过冬的"好朋友"——大天鹅。

烟墩角位于胶东半岛最东端,是个依山傍海的渔村。相传明代,抗倭军民在村东的山顶建起烟墩(烽火台),御敌于警,由此得名。古人不曾想到的是,500多年后,这个曾经烽火峥嵘的村庄,因为一种野生鸟类的频频造访,变得宁静优雅。

"从十几年前开始,每到10月中下旬,就有成群大天鹅飞来烟墩角,直到3月中旬离开。"81岁的老村民曲元政说。这一带海岸湾岬相连,鱼虾贝藻丰富,气候又相对温暖湿润,因而成为这些"白色精灵"的冬季家园。

正月是观赏大天鹅的最佳时候。海草房在阳光下透出温暖的色泽,鲜红的春联和缤纷的彩旗相映成趣。村前海湾里,上千只西伯利亚大天鹅悠闲栖息,或自在游弋,或追逐戏水,或引吭高歌,或翩翩起舞。来自天南地北的游客兴奋地上前合影,摄影爱好者的"长枪短炮"排满堤岸。

"你看天鹅一点也不怕人,这和它们刚来时可不一样。"曲元政回忆说,大天鹅初到烟墩角,保持警觉的天性,百米开外有人靠近就会惊起,"如今人鸟能够'零距离'接触,要归功于咱们村的保护办法好。"

老人家眯起眼,用胶东口音慢悠悠地细数起村里约定俗成的"天鹅保护条例"。专人喂食,一天三次、定时定量;专人巡逻,发现有误食塑料袋或被海草缠住脚蹼的天鹅,立即施救;全村保护,不让生人追赶扑打天鹅,不准外人随意投食……

最难能可贵的是,素有"孔孟之乡"美誉的山东以恪守传统而著称,烟墩角村却为了给大天鹅营造宁静适意的栖息环境，早在数年前就自觉放弃了除夕春节和红白喜事燃放烟花爆竹的传统。

"我们感恩于天鹅。"经营着村里最大规模"渔家乐"的高永进说，天鹅为烟墩角带来旅游人潮。为满足食宿需求，这个 500 户人家的渔村陆续办起 50 多处"渔家乐"，每到元旦春节家家爆满，一个"天鹅季"下来，"收入少说也有四五十万元"。

高永进家的"渔家乐"以摄影为主题，墙上贴满大天鹅的照片。他介绍说，这些照片中不乏海外客人的作品，"甚至有客人年年来，说是近距离拍摄天鹅太过瘾了"。

曲荣江也在 3 年前将自家有着百年历史的海草房修缮一新，挂出营业招牌。临近中午，他与妻子拾掇着黄花鱼、牡蛎和裙带菜，准备为客人烧制丰盛的午餐。大红"福"字影壁格外醒目，耳畔天鹅的声声吟鸣，为这个古朴小院平添几度风情。

南京小伙孙吉是曲家的住店客人。"烟墩角民风淳朴，对待天鹅像家人一样，令人感动。"他说，天鹅是有灵性的鸟类，与它们对视，从眼神中能读出很多故事，"那是经历过长途旅行的艰辛和乐趣之后的深邃目光，也是找到栖息地后安逸舒适的信任目光。"

新华社济南 2 月 10 日电

"龙口粉丝"出海记

张钟凯　孙晓辉

当山东万龙食品有限公司的董事长李方正在新加坡的超市里见到自家产的"龙口粉丝"时，他激动不已。

儿时的李方正经常在山东省龙口市南栾堡的村头粉房里玩耍，他没有想到多年以后，他会成为一家"龙口粉丝"企业的"粉杖"。

这一仅有100多人的粉丝厂年产粉丝约1500吨，产品不仅走出了南栾堡，走出山东，还随着"一带一路"等国家战略走出国门，销往15个国家。

300多年前，山东省龙口市、招远市及周边地区开始大量生产粉丝。当地粉丝质地柔韧、光纯透明、丝条细匀，并大都经龙口港外运，"龙口粉丝"因此扬名。

然而，像很多民族地理品牌一样，"龙口粉丝"的出海并非一帆风顺。

由于历史上的"龙口粉丝"是一个约定俗成的产品名称，并无严格的标准和规定。进入20世纪80年代后，"龙口粉丝"品牌屡遭抢注，生产企业四处涌现，产品质量良莠不齐，严重影响了这一传统民族品牌的声誉。

据李方正介绍，由于"龙口粉丝"的品牌在国外被抢注，其生产的粉丝在销往某些国家时被迫修改品名，令人颇感无奈。"要防止本土品牌在国外被抢注和仿冒，就得让品牌在国内外都受到法律保护。"李方正说。

2002年，"龙口粉丝"被国家质检总局正式发文，纳入国家地理标志保护产品，明确指出"龙口粉丝"原产地域范围为龙口市、招远市、蓬莱市、莱阳市和莱州市现辖行政区域。

有了国家地理标志保护，"龙口粉丝"开始身价倍增。2005年，"龙口粉丝"产地之一的招远市粉丝出口创汇比2004年同期增长30.2%，平均每吨出口价格为1168美元，同比提高了249美元，增长27.32%。

受益于品牌在国内得到保护，"龙口粉丝"开始加快出海步伐。

2008年初，"龙口粉丝"被列入全国10个与欧盟互认的地理标志产品之一。

2010 年，"龙口粉丝"正式通过欧盟审核，成为中国第一个正式与欧盟互认的地理标志产品。

这就意味着输入欧盟市场的"龙口粉丝"，如出现假冒和侵权，就能在欧盟获得在国内一样的法律保护，并被追究责任。自此开始销往欧盟的"龙口粉丝"逐年增加，更多外国人开始认识这一民族品牌。

烟台市质监局提供的数据显示，目前"龙口粉丝"年出口量占全国粉丝出口量的 85%，占有国内市场 80% 以上的份额。烟台拥有粉丝生产企业 91 家，从业人员近 5 万人，年产值近 80 亿元，年出口量近 9 万吨，远销 100 多个国家和地区。

据烟台市发改委铁路办主任梁延勖介绍，目前"龙口粉丝"出口欧盟的主要运输方式仍然为海运，通过龙口港出港，绕马六甲海峡，最终进入欧盟市场。

"海运的最大优势就是运费便宜，但是其速度相比来说要慢得多。未来，随着'一带一路'战略推进，直通欧洲的货运快车将畅通无阻，不仅能够节省大量时间成本，对于沿线中亚国家的出口也能够实现覆盖。"梁延勖说。

据介绍，2015 年 5 月以来，烟台已经开始利用蓝烟铁路和青岛港通过海铁联运的方式向欧美发货，下一步烟台将争取开通铁路国际班列运输业务。

山东万龙食品有限公司生产的"龙口粉丝"有 85% 销往海外市场，目前主要以日本、韩国等亚洲国家为主，李方正相信他的产品可以走得更广、更远。

"随着'一带一路'的推进，无论是交通的便利，还是人民币结算的普及，以及越来越多国人走出去，都会助力'龙口粉丝'的海外发展。"李方正说。

新华社济南 2 月 12 日电

山东农村"晒"榜传孝道

王阳潘　　林青

在中国，孝文化长期以来被视为基本的生活伦理。在孔孟文化的发祥地山东省，沂蒙山区一些村庄的老人们正通过基层政府的帮助获得子女养老的基本保障。

在临沂市沂南县青驼镇河西村，记者在村委会门前看到一张"孝心家庭养老基金公示榜"。村里24位70岁以上的老人及其子女的姓名罗列其中，在子女姓名后一栏标注着每人60元到150元的孝心基金认缴明细。

这是当地为了防止村中老人因无法从子女手中获得每月基本生活费陷入贫困而采取的新举措。

河西村党支部书记王京海说，以老人每月最低获得100元的标准，老人的子女按季度上交到村镇的孝心基金，同时，子女每缴纳100元政府补贴20元，一并存入基金账户。"每个月都会亲自将子女的孝心费送到每户老人手中。"

"孝心基金制度并不多余。在中国部分农村地区，一些子女疏于赡养失去劳动能力的高龄父母，使老人生活在贫困线以下，这种情况并不少见，且难以根除。"中国人民大学农业与农村发展学院教授孔祥智说。

73岁的河西村村民王心利的两个儿子和三个女儿都长期在外地打工。没有儿女照料，他成了以两亩地和两只羊为生的留守老人。他告诉记者，平时没有大病大灾的不会拉下脸面每个月跟子女去要钱，宁可自己过得紧张一些。

"春节孩子回家，也就给我了300块钱，这下有了这个'榜'可省心了。"王心利说。

王心利所说的孝心基金公示榜会在村头张榜。其中名列"子女栏"的51岁农妇曾荣繁，如今和丈夫每月给80多岁的公婆120元的孝心费。

曾荣繁说，一开始自己还不太理解这种做法，感觉多此一举，但是婆婆的观点让她想通了，通过孝心基金会张榜可以让更多家庭互相督促起来。

青驼镇镇长李桂杰说，村民舆论和脸面是很重要的事情，这也是孝心基金张榜"晾晒"可以发挥作用的原因。

沂南县县委书记姜宁算了一笔账：通过鼓励子女缴纳孝心基金，每年一位老人可以至少获得 1200 元，加上 1200 元的农村养老金，以及老人种地、养羊等其他收入，不包括低保金在内的情况下，基本可以保障当地农村老人都可以达到山东省制定的 3372 元贫困线标准。

目前，青驼镇的 80 个村中已经有 60 个村正在实施这项孝心基金计划，剩下的 20 个村也正在筹备当中。"这种方法既可减少子女不养老现象的发生，也可以传承孝文化。"王京海说。

新华社济南 3 月 24 日电

孔子第79代嫡长孙：两岸合力把中华传统文化推广到全世界

刘宝森　孙晓辉

孔子第79代嫡长孙孔垂长3日在孔子故里山东曲阜表示，希望通过两岸的力量，把儒学、中华传统文化推广到全世界。

"台北孔庙佾舞文化交流团"及孔子第79代嫡长孙孔垂长一行60人3日在曲阜孔庙以雅乐舞祭祀了孔子。在下榻的宾馆，孔垂长接受记者专访时说："祭孔活动遵照中华文化传统，人们能从祭祀音乐、舞蹈中感受儒家文化和仪式的庄严肃穆。"

孔垂长回忆，2011年8月他第一次回曲阜，那时在孔庙进行了一次私人的家庭祭祖活动，并深度游览了"三孔"。"全世界都知道曲阜，我小时候看过'三孔'照片，但第一次回来，仍被它大气磅礴的气势所震撼。"他说，接下来2012年他第一次到尼山参加了春季祭祀活动。此后除2013年，每年都回曲阜，每次来都能感受到当地的变化和进步。

谈吐之间，身着西装、戴黑框眼镜的孔垂长仍有些拘谨腼腆。他坦言，2012年到尼山祭孔，心情十分紧张，但有了那次经验，加上这几年与曲阜的交流，如今少了紧张，多了敬畏之心。"我想，参加春祭活动，一是表达对先祖孔子的缅怀，再就是趁着清明节机会，让世界各地的代表能够齐聚这里，这非常有意义。"

"儒家文化是中华传统文化的重要组成。因孔子嫡孙的身份，我以弘扬儒家文化作为出发点。"2011年，孔垂长发起成立"中华大成至圣先师孔子协会"，2014年发起成立至圣孔子基金会，搭建合作平台，以期通过两岸合力，把中华传统文化强有力地推广到世界各地。

近年来，孔子协会与大陆一些团体、高校开展学术交流，推动两岸高校间专家学者文化互动。这次孔垂长特别邀请台北市孔庙雅乐舞团到曲阜孔庙做祭孔乐舞展演，是希望能够通过这种方式，启发两岸人士从中想到推广儒学、传统文化更好的方式。

"中国邻国如日本、韩国、新加坡，都是经济发展比较突出的国家，又是受儒家文化影响很深的国家。"孔垂长说。

推动传统文化的传播要靠各界有识之士，而孔垂长最想做的就是将两岸的力量结合起来。"大陆民间很多人有意愿推广中华传统文化，力量非常强大。台湾也有很多热心人士，将两者更好地结合起来是我对未来的期许。"他说。

时值清明，孔垂长 4 日将带领约 400 名孔子后裔在曲阜孔林举行家祭。因为每年秋季祭孔都要在台北，他表示，争取每年春季都能回到曲阜祭孔，借这个机会让更多的海内外团体、人士来曲阜了解儒家文化。

"今年我们已经走出了第一步，接下来有机会的话，两岸可再做结合，从台湾或曲阜出发，把儒学、传统文化进一步推广到亚洲、全世界。"孔垂长说。

新华社济南 4 月 3 日电

山东：对农村厕所来一场"革命"

萧海川　陈灏

在院子最偏远的角落，一个土坑四周用水泥板、青砖围住，有时连顶棚都没有……这种简陋的布置，在中国农村地区却是许多厕所的一般范式。不过，在位于中国东部的山东省，这一尴尬"风景"即将成为过去。

最近几年，山东开展了"美丽乡村建设""乡村文明行动"等一系列旨在改善农村人居环境的治理行动，将矛头对准农村脏乱角落。如今，这股"旋风"刮进农户家里，要对农村厕所来一场"革命"。

"以前城里小孩来了，有的哪怕憋着也不愿去旱厕。"冯敬华是山东曲阜市尼山镇周庄村的村支部书记。在他看来，那种漏风漏雨、污水横流的传统旱厕不仅用着影响心情，更要紧的是堵了村庄致富的财路，"脏乱差的旱厕，可不会带来旅游回头客"。

周庄村依山傍水，与当地主要水源地尼山水库相距不远。村子在2008年从山脚下整体搬迁到山前的平原地带，586口人住进了新房，村里修起纵横交通的4条主干道，垃圾桶、保洁员、绿化带、路灯一应俱全，一些农户办起了"农家乐"，做起城市游客的生意。

村容村貌焕然一新，家门内也要换一番天地。"咱不能挣着21世纪的钱，生活却停留在上个世纪。"冯敬华说，如今村里约800亩耕地全部流转出手，积累人畜粪便堆肥这一旱厕最大的功能已经没有市场，更何况旱厕根本不符合发展旅游业的要求。

"五六里外的娘家，还没用上抽水马桶，现在回娘家都不适应哩。"村民孟啸家的盥洗间，是青砖砌墙、水泥抹缝、彩钢板吊顶、白瓷砖敷墙。20平方米左右的空间，被分隔为洗衣房、洗澡间、卫生间。洗衣机、浴霸、淋浴房、抽水马桶都安装到位。

像孟啸家的厕所改造，总成本在1.6万元人民币，主要由财政资金承担，农民的经济压力被降到最低。有的村民甚至等不及政府的扶持资金到位，自己动手先把厕所改造了。

"等不及村里统一改造，俺们就先改了。"村民冯敬英说，家里之所以先行改造，主要是旧卫生间设在院里的楼梯间，空间狭小、光线昏暗、异味难消，实在让人憋屈。考虑到家里有人腿脚不便，冯敬英家的新卫生间里还购置了蹲式、坐式坐便器各一套。

莱芜市钢城区辛庄镇崖下村的厕所改造，比周庄村更进一步。这个村有70户已建成粪便与生活污水一体化处理的生态厕所。改造之后，基本实现干净、整洁、无蚊蝇的目标。

46岁的侯继香，2013年把自家房子翻盖一新，去年屋外的一角又添置了新设备。一个埋入地下的工程塑料桶，通过管子与家里的下水道相连。日常生活产生的粪污，通过桶内细菌沉降处理，分离成没有刺激性气味的沉渣和清水，每半年到一年清理一次桶内残渣即可。

"这两年村里变化大啊，路修好了、路灯有了，政府连厕所都为咱想到了。"侯继香说，过去村里没有统一集纳处理生活污水、粪污的装置，洗澡水直接排到大街上，一直能流出200多米远。如今，生活污水也能像城里一样集中收集、清洁处理了。

周庄村、崖下村的变化，折射出一场对古老乡土生活方式的革命。山东域内1573.2万户农民，已有887.4万户改造建设了无害化卫生厕所，到2018年底前还要再完成647万户的农村改厕，这项工程将耗资逾百亿元。

人改变环境，环境也会改变人。冯敬华明显感觉到，村里还是那些乡亲，但卫生环境改善了，大家都比以前更注意自己的仪表、形象，"城里人也更愿意到我们村，体验一把'田园风光'"。

新华社济南4月11日电

山东："第三方监测"拧出环境监测数据中的水分

刘宝森

　　房内电机"嗒嗒"作响，三根顶端形似蘑菇的管子从屋顶探出，大口"呼吸"，将空气泵进二楼屋内。李龙华用钥匙打开一层防盗门，沿着狭窄的楼梯上到二楼，他转动密码锁，将这座形似灯塔的房子第二扇门打开，空气泵马达声瞬间震耳欲聋，这里面锁着若干台跳动着数字的仪器，牢牢把守着李龙华所在的公司对空气质量的独立监测。

　　上楼之前，悬挂在门口的一面牌子提醒周围的人，这里是位于济南西部森林公园内的一个"山东省城市环境空气质量自动监测点"。这里面实时传输的数据与这座城市里的每个人息息相关。

　　"除了我们和山东省级环保部门有钥匙，其他部门的人都进不来这个房间。这样才能保证监测不受外来因素干扰。"李龙华解释说，"原先这里是济南市环境监测站负责监测和上报监测数据。"

　　环境监测从官方部门负责到交由企业运营，这一改变始自 2012 年。山东省在全国率先实施环境质量"第三方监测"，以此改变传统的由环保部门自行监测后层层上报数据的旧模式，通过引入"第三方"，改造监测流程，将来自政府部门的人为干扰排除。

　　李龙华所在的青岛吉美来科技有限公司与另外两家环境企业是最早进入山东环境监测市场的"第三方"，目前济南范围内有 31 个监测站点归这家公司运营，济南森林公园就是其中一个。

　　在这个平日无人打扰的房间里，两台空气泵通过屋顶采样头把空气分别泵进单独的颗粒物分析仪，每次时长 45 分钟，分析仪将 PM10 和 PM2.5 两种颗粒物过滤，最终附着在白色纸带上，显示为一个一角硬币大小的黑点，然后仪器通过 β 射线照射黑点，分析每个小时这些污染物的平均浓度，分析时间为 15 分钟。

"现在 PM10 的平均浓度是 343 毫克／立方米，PM2.5 为 148 毫克／立方米，连续好几天了，空气质量不怎么好！"李龙华边看着数据采集仪，边拿出手机，调出山东城市环境空气质量实时信息的 APP，上面显示的信息与这里的监测数据完全一致。二氧化硫、氮氧化物、一氧化碳、臭氧等其他空气污染物指标在另外四台分析仪上显示。

目前，中国不少省市的环境质量监测数据仍基本由各级环保部门自行监测上报。

山东省启动的环境监测管理体制机制改革，在管理体制上，将环境质量考核"上收一级"，将污染源管理"下放一级"，从体制上避免可能的同级行政干预。在监测机制上，实行"第三方监测"。推行"监测设备有偿转让，专业队伍运营维护，专业机构移动比对，环保部门质控考核，政府购买合格数据"的运转机制。

山东省环保厅厅长张波说，将环境质量监测实行上收一级管理。上级环保部门负责监测单位，地方环保部门协助开展工作，并相应负责监管下一级环境质量监测，由过去"考核谁、谁监测"转变为"谁考核、谁监测"。

"以前这个站由市一级环保部门自行监测，很难说有领导碍于面子，出现对数据指手画脚的情况。"李龙华坦言，"现在企业监测并传输数据，省环保厅负责监管数据质量，市级环保部门购买数据。"

为了保障"第三方监测"的独立性，监测站点的整套设备费用、房租、电费完全由公司承担，最后根据运营公司的工作表现，由省里统一结算运营费。

李龙华团队运营的 31 个空气站点，每周要校准一次，这个频率约是改革之前的四倍。他出示一份名为"山东 17 市空气站运营费拨付文件"的材料，上面表格第一栏就是数据达标率。"必须保证监测数据的准确率达到 95% 以上，否则，没钱！弄虚作假还可能会被永远踢出这个市场。"

在类似于济南森林公园这个空气站点其他国控站，"第三方监测"运营公司的设备旁还架设着一台由国家环保部门安装的加密数据采集器，站点采集的数据也实时传输到北京。

中国去年出台了《生态环境监测网络建设方案》，要求地方各级环保部门相应上收生态环境质量监测事权，逐级承担重点污染源监督性监测及环境应急监测等职能。

山东的改革逐步拧出了过去环境监测数据中的水分。目前，这个省空气质量良好率由过去各地自行上报的 90% 以上下降到 60% 左右。"虽然有时数据不好看，但这样才能激励当地政府部门想办法改善大气质量。"李龙华说。

新华社济南 4 月 13 日电

山东农村秸秆转型：
"污染源"成了致富"香饽饽"

王阳

在山东省济南市平阴县东阿镇北市村，小麦已拔穗，放眼翠绿中一处空地十分显眼，打捆成长方体的秸秆堆砌成垛，51 岁的葛承江在承包的 12 亩农地上忙碌搬运着这些秸秆。

"俺雇着老乡收集秸秆废料，每三天向县里的电厂运去 8 吨秸秆，一年吃喝就靠它。"葛承江算了一笔账，他从农民手中以每斤 8 分的价格收购小麦秸秆，以每斤 4 分的价格收购玉米秸秆，以平均 230 元 / 吨卖给电厂，除去租地、油料等成本，现在，他单靠向生物质电厂贩卖秸秆，他每年至少可以获得 7 万元的收入。

过去，农村田间地头每逢收割季节，随处可见大量的闲置秸秆。由于无法使用，且堆放十分占用空间，每到秋收时节，露天焚烧秸秆的现象在农村十分普遍。2015 年底，环保部的一份调查显示，秸秆焚烧是造成空气污染的一则成因。

与北市村相距 15 公里山路的平阴县城郊，一辆辆装满各类秸秆的车辆从玮泉生物发电有限公司院内排到公路上，既有重卡也有农用三轮。等待称重的安城乡东平洛村村民王培忠主业种粮，农闲时他就捡拾村里的秸秆买到电厂，"一车装 1 吨，能挣个 200 多块"。

在平阴县，由于近几年生物质电厂的建成，原来丢弃在田间街旁的秸秆成了"香饽饽"。

"我们把烧煤变成了烧秸秆。"济南市玮泉生物发电有限公司总经理丁晋说，"农作物秸秆是生物质的重要组成部分。目前生物质能已经是仅次于煤炭、石油、天然气的可量化的第四大能源。秸秆变废为宝，是被忽视的清洁能源。"

记者在这家电厂看到，运至储料场的秸秆经过合理配掺后输送到高温高压锅炉，经过除尘脱硝后烟囱上并没有冒出滚滚"狼烟"。

丁晋表示，按 30 MW 生物质电厂的发电量换算，就相当于节约标准煤 16 万吨，而同时燃烧产生的废气低于国家规定的排放标准。

"原来的秸秆哪有出路，有的农民把秸秆、树皮、树根堆在房前屋后预备着烧火做饭，安上了燃气之后更多的就直接就地烧掉，谁也管不了。"平阴县宣传部常务副部长杨荣民说。

他告诉记者，当地将生物质发电与美丽乡村建设相结合，调动农民回收秸秆、清脏治乱，并给予补贴，近一年平阴县农村已经面貌大变。

据了解，许多农民利用农闲时间将秸秆卖至临近村的秸秆收购点，部分有运输能力的大户已经成为葛承江一样的全职秸秆收购商。

东阿镇四桥村村民姬长路以每亩当年 1000 斤小麦收购价的标准流转了 50 亩土地，成为了覆盖周边 18 个村的秸秆收购商。他每年可以收购 3000 吨秸秆，可以惠及三四千农民，其中不乏贫困户。

"有的老太太也没有劳动能力，骑着破三轮车就来了，一天两趟，按照 6 分 / 斤的价格，一天就挣 40 元，一季能有 3000 元收入。"姬长路说。

像姬长路负责的这类秸秆乡镇收购点已经在平阴县达到 23 个，注册的秸秆收购商超过 300 名，为就近的农村贫困人口也提供一条可行的收入来源。

丁晋介绍，到今年底，随着郓城、兰陵、莱西等生物质发电项目投产后，玮泉及其兄弟公司可年节约标准煤约 100 万吨，减少二氧化碳排放 260 多万吨，二氧化硫 8500 吨，年消化秸秆 300 万吨，辐射范围内农民增收 9 亿多元。

中国人民大学农业与农村发展学院教授孔祥智说，中国作为农林业大国，每年产生约 12.5 亿吨农林废弃物。现已投产运营的 200 多家生物质电厂，每年消费约 5000 万吨秸秆等废弃物。除去减少焚烧秸秆的污染，约可帮助 20 万户农民脱贫致富。

新华社济南 4 月 25 日电

"中国菜乡"山东寿光升级
白色"工厂"产优质蔬菜

孙晓辉　张志龙　王阳

"中国蔬菜之乡"山东寿光正在进行一场针对蔬菜大棚的改良升级工程。这些被称为农民致富白色"工厂"的蔬菜大棚，升级后不仅能带来更高收益，还为当地产出更多优质蔬菜提供了保障。

"再过一个多月，我这新'工厂'就建好了，比旧的既气派又好用！"站在自家 7 米多高的蔬菜大棚棚顶上，寿光市洛城街道屯西村的葛怀堂开心地说。葛怀堂所说的新"工厂"，就是寿光正在推广的第五代温室大棚。

据寿光市农业局工作人员介绍，这种新式温室大棚一般长 150 米以上、宽16 米至 18 米、高 7.5 米以上，棚内面积比旧大棚增加约 80%，土地利用率可提高 40%以上。

说起新大棚的好处，屯西村书记葛茂学打开了话匣子：比老棚采光好、提温快、虫害少，各种机械能进去，电动放风、水肥一体化等科技含量高……

寿光洛城街道后李村菜农李兴龙去年花 18 万元对旧大棚进行了改建，今年已经尝到了新大棚的"甜头"。"今年 2 月种的黄瓜预计能收 6 万斤，收入20 万元，比旧棚多挣 8 万多元。"他说。

新式大棚的诸多优势吸引了越来越多的菜农。葛茂学说，仅屯西村就通过土地流转的方式建设了 38 个新式蔬菜大棚。

一些此前没有大棚种植经验的人也开始涉足这个领域，32 岁的化龙镇辛家村民辛宾就是其中一员。今年他准备辞掉轮胎厂的工作，专心搞蔬菜种植。"我这个 200 米的新式大棚，一年应该能挣十几万。"他说。

在寿光市副市长王惠玲看来，蔬菜大棚是寿光百姓的致富"工厂"，推进大棚改良升级工程，不仅是为了进一步增加农民收入，更是为了提升蔬菜品牌和质量，提速蔬菜产业现代化。

加强种子种苗研发是寿光近年来科技强农的一个重点。在这里建成的国家现代蔬菜种业创新创业基地研发中心已初具规模，通过审定、鉴定的蔬菜新品种 46 个，种苗年繁育能力达到 14 亿株。

走进孙家集街道三元朱村种菜大户徐承军的大棚，一排排黄瓜生长旺盛，等待采摘。最近，他把自家大棚加装了自动卷帘、温度控制等设施。徐承军说，这一季的黄瓜换了新品种，即使没怎么打药，也不用为病虫害担心了。

正在这个村为农民答疑解惑的当地蔬菜农艺师刘春香介绍，新黄瓜品种抗病性强，降低了越冬温室黄瓜霜霉、灰霉、蚜虫、粉虱等病虫害问题。

除了加强种子种苗研发，土壤改良也是支撑寿光生产优质蔬菜的重要因素。50 多岁的岳作忠，已经种了 30 多年菜，几年前他家的土壤曾饱受土壤盐渍化和板结所困，而这也是当地菜农普遍面临的问题。

随着近年来寿光推行了测土配方施肥、水肥一体化等技术，设施蔬菜连作造成的土壤板结、土壤次生盐渍化、根结线虫等现象逐渐得到改善。"你看这土多疏松，浇水后易渗透，不板结了，蚯蚓都'复活'了。"看到逐渐好转的土壤，岳作忠高兴地说。

同时，让农民烦心的大棚污染问题也正在解决。"设施蔬菜面源污染比较严重，寿光推广了蔬菜秸秆综合利用、水肥一体化、地膜污染防治'三项技术'。"寿光市农业局能源办主任张云明说。

在孙家集街道，为当地农民冬季供热的大棚垃圾处理项目，就使用了蔬菜秸秆固化、秸秆有机肥、秸秆沼气等蔬菜秸秆综合利用技术，目前蔬菜秸秆年处理量已达 25 万吨。

新华社济南 4 月 28 日电

山东：孔孟之乡浸润式
推介文明旅游观

王子辰　刘宝森

来自湖北的彭先生在导游孔静的推荐下，4月19日被评为山东曲阜景区的"美德游客"。"其实没有做什么，只是尽自己所知给几名游客讲解了一下'三孔'知识，当了回'业余导游'！"彭先生颇为惊讶地笑着说。

原来，彭先生同家人游览孔庙时，听到一名小朋友在问家长关于景区内有关"奎文阁"的问题："家长的解释出现了错误，我是一名历史老师，容易较真儿，所以就走过去给小朋友讲解这些建筑的由来和历史意义。"

导游孔静听到彭先生的专业讲解，便过去交流了几句。"知道他是在做义务讲解，我当即对他表示感谢，也将彭先生的行为告知了美德游客评选处。"孔静说。

曲阜市旅游局局长翟绪军说："曲阜是儒家文化发源地，更是一个讲求道德规范的地方。通过鼓励游客美德行为，引导游客文明旅游，这些工作我们将继续坚持下去。"

"从2012年下半年，我们的美德游客评选活动就已经开始了。"据曲阜市委宣传部副部长岳耀方介绍，四年来，曲阜已经评选出820名美德游客。该市的美德游客评选会不定期公开举行，并定期制作更新美德游客榜，张贴在游客可接触到的景区范围内，向游客提供可以学习的身边榜样。

"德举必书，善行必赞。"在翟绪军看来，良好景区环境的打造在于游客协助对景区自然环境和道德环境的营造，更包括"三孔"（孔府、孔庙、孔林）景区自身工作人员的道德水平和工作素质的提升。

以景区导游队伍为例，曲阜出台《三孔景区讲解资格准入退出管理办法（暂行）》，规定每年将进行导游准入考试和导游退出考试，持有"三孔"景区出入证的人员，须参加年度资格考试。不参加年度资格考试或综合考试得分后30

名人员，将被取消下年度"三孔"景区讲解资格。

曲阜等传统文化深厚的景区是山东省内重要的旅游财富。随着旅游产品和目的地的日趋多样化，文明旅游也向着山东内外延伸。

从 2014 年 8 月起，青岛市文明办联合青岛市旅游局，在全部出境组团中开展争做"文明使者"活动，教育引导青岛市民和旅行社领队人员在出境游中提升文明素质，使出境游市民人人都是"文明使者"。

据青岛市旅游局介绍，"文明使者"是根据旅客在旅途不同阶段的表现，采取团员自评、全团互评、领队参评的方法，推选出本团队的"文明使者"，向其颁发配有唯一编号的纪念徽章。"文明使者"事迹突出者，还可被推荐参选青岛市"文明市民"和"感动青岛"年度人物。

"旅游已进入全民化阶段，人人既是主人、又是游客。"山东省旅游行业协会会长王德刚说，需要调动社会各方力量参与文明旅游建设。

继去年的《山东省旅游饭店、餐馆卫生规范 100 条》后，山东于近日又正式发布实施《山东省文明旅游 100 条》和《山东省文明待客 100 条》，致力打造"好客山东"文化旅游品牌，树立文明好客旅游目的地形象。

山东是中国重要旅游目的地，但去年国庆长假期间"天价虾"事件等不文明现象，给这个旅游大省提出了挑战。

山东省提出，把维护良好旅游市场秩序作为文明待客的基础性要求。王德刚说，"文明待客 100 条"不单要求旅游服务领域，包括所有对外服务的窗口单位，让外地游客踏进山东后能体会到山东人的"好客精神"。

据介绍，这两份公约已印刷了约 10 万册进行免费发放。旅游部门今后还将联合媒体加大对不文明行为的监管和曝光，让不文明游客或不文明从业者在形象和名声上付出相应代价，达到警示效果。

新华社济南 5 月 2 日电

中国在山东半岛"深耕"
蓝色经济"示范田"

宫喜祥　刘宝森　张旭东

拥有1.8万公里大陆海岸线的中国正谋求在黄渤海之滨的山东半岛地区"深耕"一块由蓝色经济引领转型升级的国家"示范田",探索经济提质增效发展新路。

今年4月,山东半岛国家自主创新示范区建设获国务院正式批准。批复提出,要将这个示范区打造成"具有全球影响力的海洋科技创新中心"。

"山东半岛国家自主创新示范区是全国唯一以'蓝色经济引领转型升级'作为战略定位的国家自主创新示范区。"山东省科技厅厅长刘为民说。

国家自主创新示范区是指经国务院批准,在推进自主创新和高技术产业发展方面先行先试、探索经验、做出示范的区域。自2009年3月北京中关村成为首个示范区以来,截至目前,示范区数量已达14个。

与其他示范区不同,山东半岛示范区采取济南、淄博、潍坊、青岛、烟台、威海六家高新区联合创建的新模式。这一区域拥有青岛海洋科学与技术国家实验室等重大科技创新平台,聚集了中国50%以上的海洋科研机构和70%的海洋高端人才,自主研发的海洋监测设备、钻井平台、生物医药等一批重大高新技术产品填补了国内空白。

数据显示,山东半岛高新区高新技术特别是海洋产业技术发展势头强劲,去年实现高新技术产业产值7197亿元,占区内规模以上工业总产值的比重达到71%。

"自主创新的核心是科技创新。"青岛海洋科学与技术国家实验室常务副主任王栽毅说,山东半岛国家自主创新示范区的战略定位离不开海洋科技的支撑。

组织开展关键核心技术攻关和应用示范,重点打造一批区域性的重大科技创新平台，实施"透明海洋""问海计划"等重大科技创新工程，打造区域性的产业"名片"……山东省公布的信息显示，一系列推进示范区建设的措施已经提上日程。

"将有更多的创新企业在示范区内孵化，更多的科研成果得到转化。"位于济南高新区的山东信息通信技术研究院管理中心副主任于永信认为，这也是自主创新示范区题中应有之义。

于永信表示，作为公共研发服务平台和高端孵化器，山东信通院计划本月中旬再引进 10 个创新创业团队和 15 家科技服务机构，进一步丰富服务手段和功能，对接自主创新示范区战略。

目前，由山东信通院孵化的山东量子科学技术研究院有限公司已在济南建成世界上规模最大、功能最全的实用化量子通信网络和世界上第一台上转换单光子探测器样机。由这家公司参与的量子通信"京沪干线"项目将于今年底建成，一条千公里级别的量子通信"高速公路"将贯穿北京、黄渤海经济圈、华东沿江经济带。

"量子通信"的字眼同样出现在山东半岛国家自主创新示范区创建任务中。在这里从事量子通信研究的周飞博士指着自主研发的系列量子通信设备自豪地说："我们将加快量子技术产业化步伐，10 到 15 年后，让普通人都能享受到量子通信技术带来的通信安全保障。"

据悉，作为创新发展的示范窗口，山东半岛国家自主创新示范区将全面享受科研项目经费管理改革、非上市中小企业通过股份转让代办系统进行股权融资等全国推广的中关村 6 项政策，以及股权奖励、税收优惠等 4 项国家自主创新示范区优惠政策。

刘为民表示，目前山东正推动"6+4"政策落地实施，同时加紧研究进一步支持示范区发展的有关措施。山东省财政厅透露，在今年初预算中已经安排了自主创新示范区专项资金 1 亿元。

"在山东半岛建立国家自主创新示范区有利于探索'新常态'下不同模式经济增长的新路径，对华北、华东地区具有辐射带动作用。"山东省科学院战略研究所副研究员李海波说。

专家分析认为，山东半岛等新的国家自主创新示范区的加入，使国家自主创新"先头部队"形成了由北至南、由东向西的创新引擎多点"辐射"态势，将有力支撑中国创新发展的战略大布局。

新华社济南 5 月 11 日电

当传统工艺遇上互联网

——山东传统村落的电商之路

席敏

走在山东顾家村街头，一家家老粗布经销店接连成片。往返的快递运输车和"噼里啪啦"的电脑键盘敲击声，向外界展示着这个淘宝村的特别之处。

位于山东博兴县的顾家村有着上百年传统老粗布生产工艺的传承。通过互联网，这里的老粗布织品远销至全国各地，乃至海外。

一家名为"棉世纪"的店铺是顾家村较早从事电子商务的家庭商店之一。经营者是一对年轻的大学生夫妻，女老板巩春晓从一所大学计算机专业毕业后，和丈夫曾在北京、山东等地从事设计工作，2009年他们在淘宝网上开了第一家淘宝店，开始将顾家村里的老粗布制品通过网络销售出去。

设计新的款式，带领工人们将一匹匹手工织成的老粗布经过印染、裁剪、缝纫等多道工序，变成呈现在淘宝店铺里款式多样的服装，是巩春晓和丈夫最为充实的生活。每天都有来自全国各地的客户在网上下单，她再根据客户的要求调整设计。"仅服装就有80多种款式，还有布老虎等传统工艺品，以及围巾等饰品。"巩春晓说。

"棉世纪"采用的是顾家村最典型的"前店后厂"模式。在一个个毗邻店铺的小仓库里，技艺娴熟的工人们操作着织布机。经纬交替间，一匹匹老粗布在吱呀声中渐次成型。

在顾家村，像"棉世纪"这样的店铺有220家，除了本村1423人外，这些店铺还吸引了周边村庄2万多人从事老粗布设计生产和销售。在许多村民眼里，过去走亲访友所用的自家生产的老粗布织品，突然变成一种网上热销的商品，非常不可思议。

顾家村党支部书记顾华敏说，20世纪90年代末，就有村民尝试将老粗布服装作为商品对外销售。后来有村民陆续开起了网店，这个祖辈流传下来的工艺，因触碰到互联网而绽放出强大的生机。

目前，顾家村已经完成本村老粗布电商产业园的二期规划，并将在近期开始建设。在 2012 年完成的一期工程明显收到成效，已形成涵盖产品设计、牵机织布、缝制、包装、销售等环节的产业链，园区内产销过百万的商户在 2014 年就达到了 110 家。

不过，在快速的电商化面前，这个村的老粗布产业也经历了短暂的烦恼。缺乏品牌意识，大量贴牌生产挤压了利润空间；无序竞争相互压价，一些商家甚至"赔本赚吆喝"……

亏本、店铺倒闭的事实，让村民们冷静下来。他们主动请人设计商标 LOGO，从贴牌生产转向自有品牌和差异化竞争，让所有人都有了自己的定位和利润空间。紧接着，一个老粗布协会在村内成立，公平有序的竞争规则逐步建立起来。

村内最早从事老粗布加工生产的"千乘家纺"负责人谭英海说："因为传统老工艺和互联网的结合，这个村已经有了太多的变化和神奇之处。"

新华社济南 5 月 13 日电

中国探索温带养殖冷水鱼类
为离岸养殖奠定基础

张旭东

近岸海水养殖的质量安全和环境问题越来越突出，离岸养殖已成为中国海水养殖转型升级的必由之路。中国海洋大学牵头的协同创新团队正探索在黄海冷水团养殖鲑鳟鱼（包括三文鱼等），这是全球首次在温带尝试冷水鱼类养殖，直接经济效益可达千亿元，并为中国离岸养殖奠定基础。

联合国粮农组织将鱼肉确定为人类 21 世纪最佳动物蛋白质来源，称世界上 56％人口摄入的动物蛋白质中至少有 20％取自鱼类，并预测未来全球鱼类消费量将持续增长。

中国海洋大学原副校长董双林教授表示，随着人口不断增加，人均耕地面积将不断减少，水产品需求量将越来越大。中国大规模海水养殖集中在狭小的近岸海域，加上技术水平和标准较低，带来了产业冲突、生态损失、病害风险和质量安全等一系列问题。因此，海水养殖从近岸向离岸拓展已成为中国海水养殖可持续发展必然选择。

另外，高品质冷水鱼类，如大西洋鲑（俗称三文鱼）和虹鳟等鲑鳟鱼，一直是中国海水养殖的空白。

"鲑鳟鱼肉质细嫩鲜美、营养价值高，既可直接食用生鱼片，又可烹饪菜肴。但由于中国海域夏季水温较高，导致中国几乎没有海水养殖的鲑鳟鱼。"中国海洋大学水产学院高级工程师张美昭说，"中国大量进口冷水鱼类，2014 年仅从挪威和智利就进口大西洋鲑 2.5 万吨，价值 1.96 亿美元。"

董双林发现黄海冷水团是中国探索离岸养殖和填补冷水鱼类养殖空白的"良田"。受地理位置、洋流、温度、海水密度和气候等多重因素影响，每逢夏秋季节，位于黄海中部洼地的深层海水温度比其他海域都要低，保持在 4.6 摄氏度至 9.3 摄氏度。物理海洋学界将这一覆盖海域面积约 13 万平方公里、

5000亿立方米的水体命名为黄海冷水团。

中国无寒带海域，从渤海至南海，夏季海水温度太高导致鲑鳟鱼等冷水鱼类无法存活，黄海冷水团恰好能解决这个问题。高温季节时，可将养殖网箱下沉至冷水团，或将冷水团的水抽到养殖工船中，保证鲑鳟鱼越夏。"黄海冷水团仅在海面下20米至30米，这使利用这个区域开展水产养殖的难度和成本大大降低。"董双林说，"鲑鳟鱼品质和价值高，在这里探索离岸养殖的经济效益显著。"

张美昭介绍，黄海冷水团拥有5000亿立方米水体，按养殖5亿尾鱼计算，相当于1000立方米养一条鱼；冷水团在黄海中央，水体交换条件好，不会产生环境污染问题。

围绕黄海冷水团鲑鳟鱼养殖，中国海洋大学组建了一支包括水产、环境、信息技术和管理等学科的科研团队，并与日照市万泽丰渔业有限公司、山东省海洋生物研究院、中国水产科学研究院渔业机械仪器研究所等组成了协同创新团队，将理论付诸实践。

董双林介绍，今年1月，这个创新团队购置了7万尾洄游区系虹鳟三倍体受精卵和5万尾虹鳟全雌受精卵，正在山东临朐培育；占地30亩的鲑鳟鱼苗种场正在建设，一期工程预计5月下旬交工，届时在临朐养殖的鱼种将移至苗种场。

"鲑鳟鱼习性和大马哈鱼一样，产卵时要去淡水。因此，我们在淡水中将苗种培育到二三两重，再将其移到海水中养殖两年即可收获，届时每条鱼重约4公斤。"张美昭说。

同时，3300吨排水量的"万泽丰3"驳船正被改造成养殖工船，预计7月改造完成并下水试运行。"养殖工船在项目初期用于养鱼，将来主要是为养殖生产提供仓储、通讯、住宿和管理的工作平台，类似于海上钻井平台。项目推开后，养殖主要依靠可升降网箱，成本较低。"董双林说。

此外，用于鱼类暂养、成鱼冷藏和加工的陆地保障基地已完成征地，正在进行建造方案设计。

董双林介绍，这个团队计划用5年时间完成离岸冷水鱼类养殖的示范推广，在黄海冷水团形成规模化鲑鳟鱼养殖。

黄海冷水团养殖有望引发新一轮海水养殖浪潮。

按照最保守容量估算，黄海冷水团百分之一水体用于养殖鲑鳟鱼，最多可养殖5亿尾，每条鱼成熟时约4公斤，目前市场售价约50元/公斤，直接经济效益高达 1000 亿元,是 2015 年山东省渔业经济总产值的近 3 倍。

中国海洋大学管理学院院长权锡鉴指出,黄海冷水团鲑鳟鱼养殖还可拉动上下游产业发展,包括疫苗、饲料、苗种、冷藏、冷链物流、加工和离岸养殖信息平台建设等。"鲑鳟鱼苗种必须在低温淡水中培育,而这样的水体大部分在山区,可形成沿海与内陆产业互动,帮助部分内陆地区脱贫。"他说。

专家指出,这是全球首次在温带尝试冷水鱼类养殖,并将为中国开启离岸养殖时代提供示范并奠定基础。例如,这个项目中逐渐摸索产生的信息平台可直接在所有海区的离岸养殖中推广。

新华社青岛 5 月 23 日电

中国借科技创新变盐碱地为高产田

孙晓辉

地处渤海之滨的山东东营垦东灌区，几千亩泛着白色盐渍的土地一望无际。"这片盐碱地，以前别说是小麦，种啥粮食作物都吃力。"与这片土地打了几十年交道的当地农民张伟华感叹道。

长期以来，像张伟华一样的当地农民曾饱受盐碱地低产的困扰。在他们眼中，让盐碱地里长庄稼难，改造盐碱地更难。但自从当地被纳入"渤海粮仓"项目科技核心示范区，并种植了中国科学家用小麦和偃麦草杂交培育的"小偃81""小偃60"等抗碱耐旱优质小麦品种后，粮食亩产屡创新高。

"以前盐碱地只能种一点儿棉花，而且亩产很低，一年下来几乎赔本。"张伟华说，现在土地改良加上种植良种，小麦亩产少说也有七八百斤，种粮开始有了赚头。

东营垦东灌区大面积的盐碱地变为高产田，只是近年来中国以农业科技创新突破粮食增产瓶颈的一个缩影。

对于人多地少的中国来说，如何保障粮食安全一直是重要议题。分析人士认为，在当前条件下，单纯依靠增加耕地面积提高产量十分困难，必须把目光放在大量的中低产田和科技创新上。

在中国的环渤海地区，中低产田面积很大。中科院数据显示，环渤海河北、山东、辽宁、天津就有4000多万亩中低产田和1000多万亩盐碱荒地。如果突破淡水资源匮乏和土壤瘠薄盐碱等因素制约，这些中低产田粮食增产潜力巨大。对此，科技部和中国科学院在2013年联合启动的"渤海粮仓"科技示范工程，覆盖环渤海盐碱地。科研人员估算，到2020年这片区域有增产100亿斤粮食的潜力。

作为项目实施的主要区域之一，山东自2013年以来通过推广耐盐碱作物新品种、土壤改良技术、生物菌肥等先进农业科技成果，实现了粮食产量的显著提升。

"青麦 6 号"是近年来山东自主培育的一种优良耐盐小麦品种。这个由青岛农业大学教授林琪历经多年培育的品种，亩产比中科院耐盐品种"小偃 81"还高出 74.42 斤，表现了良好的耐盐高产性能。

"要提高产量，不仅要有耐盐粮食品种，还要对盐碱地进行改良。"山东省"渤海粮仓"科技示范工程专家组副组长、山东省农科院作物研究所副所长黄承彦说，改良盐碱地就是要降低盐碱地的含盐量并提高盐碱地肥力。

据黄承彦介绍，目前山东已经由初期单独利用 ETS 生物菌肥和小堰品种对中度盐碱地的土壤进行改良，发展到应用多种生物和化学土壤调理剂产品，并结合秸秆还田、暗管排灌、良种良法配套等多种措施。

山东省科技厅统计显示，目前山东"渤海粮仓"53.8 万亩盐碱地小麦平均亩产达到 803.2 斤，其中最高亩产 1308 斤。

在河北，"渤海粮仓"项目示范推广了 8 大主推技术模式，包括改土增粮技术模式、抗逆高产作物新品种示范模式、微咸水补灌吨粮技术模式等。辽宁省则确立了 7 个核心示范区，推广盐碱地改良与修复等技术。天津市的中低产田改造工程也效果明显，粮食产量大幅增长。

科技部数据显示，截至 2015 年底，"渤海粮仓"科技示范工程已在河北、山东、辽宁和天津三省一市 70 多个县市区建立了核心示范区 14.1 万亩、示范区 146.17 万亩，总增粮达 33.6 亿斤。

新华社济南 6 月 4 日电

台商林美玲：山东创业不寂寞

刘宝森

除每年六月雷打不动地要从大陆回到台湾为母亲祝寿外，台商林美玲其余大部分时间就待在山东潍坊滨海新区。在这个全国重要的生态海洋化工生产和出口创汇基地，由她负责的山东崇舜化工有限公司已崛起成为全世界生产规模数一数二的聚氨酯和异氰酸酯提供商。

崇舜化工是台湾时庆集团的一家下属企业，专注于特种异氰酸酯、聚氨酯及其他精细化学品项目，在纺织、汽车、鞋类、建筑等领域都有广泛应用。北上山东之前，时庆集团在浙江杭州、衢州、海宁都已设立生产基地，其80%左右的产品销往美国、日本、欧洲、韩国等地。

潍坊崇舜化工项目的洽谈始于2010年，林美玲只身一人在滨海新区负责项目的落地。"过程中虽遇到一些波折，最终还是由滨海各职能部门协助处理，2013年厂房得以开建，去年开始投产。"今年53岁的林美玲说，"山东的人情味特别的浓，刚开始都是我一个人，直到2014年，台湾的同事才过来，但我从没觉得寂寞，政府台办都在帮我。"

为新厂选址的过程中，林美玲考察了大陆很多地方。经过对比，她认为潍坊滨海新区有专业的化工园区，毗邻港口，物流便捷，与崇舜化工出口型企业的定位非常吻合。

滨海新区昔日的滩涂上，如今建起了崇舜化工245亩的厂区。在这里生产的聚氨酯今年产量预计达到3000吨，异氰酸酯1200吨，两者规模均世界领先。林美玲说："政府关心我们，我们也是实干的企业，厂就在这边，根也扎在这里。"

林美玲透露，崇舜化工从建厂到现在已累计投资1.2亿元，目前正进行扩大再生产，计划追加投资1000万美元，这将使目前的产能再扩大一倍。

作为滨海新区唯一的台商独资企业，在崇舜工作的百余人中，台湾管理人员只有六名，常住的为四名，其余的都是潍坊本地人。林美玲坚持企业经营要

　　尽量本土化，更多选用本地的管理人员。"因为我们同根同种，沟通和管理上非常容易，而优化的管理将有助于成本降低。"

　　现在一些企业都在向东南亚地区转移，而时庆集团仍旧选择在大陆开拓新的投资领域，最近这个集团又在潍坊白浪河边投资了宝岛生态文化城项目，计划总投资 20 亿元，建设一处旅游度假、休闲娱乐、宜商宜居于一体的旅游休闲胜地。

　　"这些年在大陆投资也遇到一些挫折，但获得的支持更多，滨海新区关心过我们投资项目的一位官员曾说，'方法总比困难多'，这坚定了我们继续在当地投资的信心！"2014 年成为潍坊荣誉市民，现担任潍坊市台商协会副会长的林美玲说。

新华社济南 6 月 11 日电

青岛：以品牌之力推进供给侧结构性改革

宫喜祥　徐冰　张旭东

在中国推进供给侧结构性改革背景下，中国海滨城市青岛，正以品牌为切入点，通过与互联网结合，为本市传统啤酒、家电和纺织业知名品牌注入新活力。

拥有百年沉淀的品牌"青岛啤酒"，可谓是青岛这座城市的一个名片。在供给侧结构性改革和互联网时代，青岛啤酒不仅在考虑产品保鲜，更在为品牌"保鲜"。

青岛啤酒股份有限公司董事长孙明波说，在大众化啤酒销量整体下降、小众化啤酒逆势增长情况下，青岛啤酒组建了一支按"互联网+"模式运营的"蓝军"，与传统体系的"红军"竞争。在管理、用人、营销和产品选择等方面独辟蹊径，做消费者需要的事，为青岛啤酒品牌"保鲜"。

"蓝军"上阵第一件事就是让外地人也能喝到新鲜啤酒。原浆啤酒口感新鲜、醇厚，香气浓郁，但只有5天保质期，很难销售到青岛以外地区。"蓝军"通过与电商和冷链物流合作，消费者在网上下单，24小时内就能喝到原浆啤酒。他们还在微信上推出了"酿啤酒送好友"活动，受到年轻消费者追捧。

此外，根据互联网时代用户个性化需求，青岛啤酒推出了德国风味的奥古特、包装喜庆精致的鸿运当头、适合年轻人的炫舞激情、2014青岛世园会限量版铝罐、世界杯足球罐以及适合女性的炫奇果味啤酒等。

青岛也是传统纺织名城，如今传统的纺织企业也正在搭班互联网的快车，寻求新发展活力，重塑青岛纺织品牌。

青岛红妮品牌管理有限公司专门从事内衣生产销售。总经理张小磊说，由于企业材料和技术优势明显，现在公司是网易商城内衣唯一合作伙伴，有多款产品成为"爆款"，双方正在合力打造一个互联网内衣品牌。

"同时，我们还在探索互联网垂直营销。"张小磊说，"我们设计了一套内衣礼品，名为'星期八'，八件产品分别被赋予不同内涵和故事。"

国务院办公厅6月下旬印发的《关于发挥品牌引领作用推动供需结构升级

的意见》强调，发挥品牌引领作用，推动供需结构升级。

青岛红领集团也是一家服装企业，集团董事长张代理介绍，除了开展个性化定制业务以外，红领还在打造"品牌化平台"，为中小企业转型提供解决方案。

"阿里巴巴和京东都是品牌化平台，他们不卖产品，而是在互联网平台上提供一种从商家到消费者（B2C）的商业模式，这是传统互联网销售模式。"张代理说，"红领提供消费者驱动工厂（C2M）商业模式，客户需求和订单直达工厂，取消一切中间环节，这种模式已经在32家中小企业身上得到成功验证，具有可复制性。"

白色家电巨头海尔也在自我解构，将知名家电企业打造成一个服务创业的品牌化平台。海尔集团董事局主席兼首席执行官张瑞敏说，现在海尔只有三种人，创客、创客团队核心——小微主以及服务创客的平台主。

海尔已为全社会提供就业机会超过100万人次，成为大众创业、万众创新的支撑平台。截至去年年底，海尔创业平台上有100多个创业小微的年营业收入超过1亿元，22个创业小微引入风投，12个创业小微估值过亿元。

山东省委常委、青岛市委书记李群说，在激烈的全球市场争夺中，谁成为标准制定者，谁就能在竞争中拥有主导权和话语权。作为"中国品牌之都"，青岛孕育出青啤、海尔、海信、双星、澳柯玛等一批知名品牌，青岛正深入挖掘这些资源，推动企业瞄准国际标准、盯上国际标准，最终成为新的国际标准制定者。

"在全面深化改革时代背景下，标准已成为治理能力提升的助推器、市场经济运行的耦合器、政府职能转变的容纳器。"青岛市质监局局长徐国启说，"青岛市正在向国家标准化管理委员会申请，建设东北亚标准化青岛研究中心。"

自实施"标准化+"发展战略以来，青岛市积极参与国际化标准化活动。青岛市质监局数据显示，截至去年底，青岛市承担了25个国际和国家专业标准化技术组织秘书处工作，居全国同类城市首位。青岛市企事业单位共参与制修订国际标准53项、国家标准521项及行业标准535项，初步形成了具有青岛特色的标准体系。

新华社青岛7月7日电

35

山东淄博推出"时间银行"应对老龄社会

袁军宝

在中国东部山东省淄博市张店区的不少社区，都有一个被称为"时间银行"的爱心服务机构，志愿者们可以把平时的爱心行动在这里记录存储起来，有需要时再提取。

今年72岁的张店区迎春苑小区居民田兴家去年底因病住院，期间不少志愿者来到医院照顾他。"他们给我送饭、洗衣、陪护，尽心尽力，让我很感动。"田兴家说，等他病好了，会尽快多做些志愿服务，把分数补上。

田兴家所说的"分数"，是他在迎春苑社区"时间银行"里的积分。在"时间银行"里，登记的志愿者提供爱心公益服务时，可根据服务时间，在通过审核后得到相应的积分；而在享受志愿服务时，积分会相应抵扣。但志愿服务范围并不仅限于志愿者之间，一些非志愿者人群同样可以申请获得爱心服务。

田兴家自己也是一名志愿者，他的积分最高时达到七八十分，由于此前享受他人的志愿服务，他的积分成了"负分"。为此他很期待痊愈后，通过服务他人补上积分，积攒更多的爱心。

中国近年来逐步进入老龄化社会，2015年底，中国60岁及以上老年人口数量达到2.2亿，占总人口比例的16.1%。但中国的养老行业并不发达，专业护工严重短缺，并且由于中国传统的居家养老观念，许多老年人缺少日常陪护和精神慰藉。

在这一大背景下，张店区兴起的这种"时间银行"，在一定程度上推动了社区居民的互助互爱，有利于更好地关爱老年人。"建立'时间银行'的目的之一是让好人有好报。"迎春苑社区党委书记杨春华说，有时间有能力的时候帮助别人，等自己老了需要服务的时候再提取，这是一种爱心的传承和激励。

在迎春苑社区"时间银行"的登记本上，记者看到，陪老人说话、帮老人买菜等志愿服务十分常见，部分志愿者连续几天都有爱心服务。据杨春华介绍，从2003年10月开始推行"时间银行"以来，参与的志愿者数量已超过300人，提供的服务包括照料老人和残疾人、精神安慰、文化艺术服务、政策宣讲、水电暖修理等众多方面。

志愿者董汉红说，虽然绝大多数志愿者并不十分关注自己的爱心付出能得到多少回报，但"时间银行"为志愿者提供了很好的支持平台，积分制度对志愿者服务也是一种认可和鼓励。此外，在不少中国人看来，"无功不受禄"，对于他人的免费帮助，不少人往往"不好意思"接受；而先付出后有回报，会让人更"心安理得"。

目前，迎春苑社区的"时间银行"已被周边的多个社区借鉴，部分企业商家也开始参与到这一活动当中，提供各类生活用品，奖励其中优秀的志愿者。淄博市正准备在全市范围推广"时间银行"这种养老新模式。

张店区社区志愿者协会负责人程建华说，他们已初步开发了一个"时间银行"登记管理信息系统，张店区还筹备组建"时间银行总行"，把各个社区的志愿服务体系连通起来，使各类服务资源更有效对接，"系统里的人越多，服务对接成功的可能性就越大，也就更有利于发挥各类志愿服务资源的作用，更好地推动互助互爱"。

新华社济南 8 月 2 日电

农民发明家和他的小麦"双割刀"

魏圣曜

在中国小麦产量第二大省山东省的一处农家院落里，机器、铁具堆得满满当当；院落中一间被改造成办公室的屋子墙上、白板上密密麻麻地写着公式、数字、符号等。

46岁的姚承峰穿着一身灰色工作服，跟工人一起忙碌，全然看不出他是这家"小院工厂"的厂长。

姚承峰是山东省高青县青城镇香姚村的一名普通农民，虽仅有初中文化，但他却能用动力学原理研制出小麦收割"双割刀"，并申请获得国家专利。

而姚承峰与"双割刀"结缘完全是偶然。

12年前夏收的一天下午，姚承峰夫妻俩在高青县田家村割麦，雇主要求把麦茬割低一点。姚承峰放低割刀后，一垄麦子没割完，车就被麦穰塞住了。车走不了，割刀也转不动。他和妻子急得团团转，只能用手一点一点往外抠，从晚上七点一直抠到凌晨三点，也没能使割刀转起来。

农民常用"抢天夺时战夏收"来形容麦收时节分秒必争。但是，这一塞车就耽搁了姚承峰3天。

麦收很快结束，塞车的经历令姚承峰陷入深思。从小喜欢捣鼓机械的他开始琢磨研制一种新型收割机器——让收割机自带的割刀收割麦穗，再安装一套割刀收割麦秆。这样既能使麦秆均匀铺在地上，实现秸秆还田，方便播种玉米，还不会"塞车"。

姚承峰给这种机械起了个好听的名字，叫"双割刀"。

说干就干。那年麦收结束后，姚承峰就在小院里忙碌起来。买件、改装、焊接，半年后"双割刀"终于成型。第二年夏收前，村北一片芦苇地又长高了，他赶来试刀，可收割机没走几步就宣告"罢工"。

姚承峰二话没说，继续回家再改进、再试验。然而，试验一次，失败一次，直到十几亩芦苇地一点点被割光也没成功。

但他没有放弃，并坚信"双割刀"能为农民、农机手带来实实在在的效益，于是咬一咬牙，继续试验。

功夫不负有心人。2009 年，还不算完美的"双割刀"终于可以完成一季麦收作业。

农民心里有本明白账：用普通割刀，收 10 亩麦子需要 1.5 小时，使用"双割刀"后，只需 1 小时。在这一年，卖出 100 多台"双割刀"的姚承峰备受鼓舞。

随后几年，姚承峰不断完善"双割刀"。在克服了一系列技术难题后，他不仅为"双割刀"申请下国家专利，还注册了商标，顺利将成熟的农机产品推向市场。今年夏收，这位农民发明家制造的"双割刀"，销量已突破 500 台。

姚承峰说，如今"双割刀"功能越来越强大。既能使麦叶、麦秆不再进入收割机、减轻车身负荷、提高行驶速度且避免塞车；还配备了可调式滑行器，使切割高度可自由调节；另外，还安装了液压控制系统，当遇到障碍或不便于使用时，不用停车就能提起"双割刀"。

"从哪里跌倒就从哪里爬起来，干啥事还是得有股钻劲儿。"姚承峰说。

新华社济南 8 月 3 日电

孔子故里举行丙申年祭孔大典
纪念孔子诞辰 2567 年

魏圣曜　王阳

"知者动，仁者静。知者乐，仁者寿。""德不孤，必有邻。"……随着万仞宫墙前 2000 多人齐声诵读《论语》经典，28 日，丙申年祭孔大典在孔子故里曲阜孔庙举行，纪念这位先贤诞辰 2567 年。

来自 20 多个国家和地区，由政府工作人员、联合国教科文组织官员、海外孔子学院代表、孔子后裔、宗亲、国际友人、华人华侨、港澳台来宾代表及专家学者等组成的祭祀队伍佩戴黄色绶带，在古装礼生引导下，从孔庙外的神道上向孔庙缓缓行进。

9 时许，大门徐徐打开。祭祀队伍沿中路缓步经万仞宫墙、棂星门行至圣时门，举行开庙仪式。由圣时门至璧水桥行进途中，古装礼生站立两侧，向祭祀队伍行揖礼，呈现孔子六艺之"礼"。

祭祀队伍随后经弘道门、大中门、同文门、奎文阁，来到大成门前，主祭人员整理衣冠，待大成门击鼓、鸣钟、启户仪式结束后，穿过大成门行至大成殿前的杏坛就位。

9 时 30 分许，祭孔大典正式开始。身着汉服的舞者，峨冠博带，手持羽和龠，在大成殿前跳起公祭乐舞，祭祀代表先后向孔子像敬献花篮。山东省委宣传部长孙守刚恭读祭文，"天地氤氲，燮理阴阳。衮衮华胄，诞育东方。筚路蓝缕，野居草莽……"最后，现场所有嘉宾向孔子像三鞠躬。

据介绍，今年祭孔大典增加了 1200 名学生、1000 名群众代表齐声诵读论语，以增强神圣感和仪式感。曲阜还专门组织专家学者进行考据和论证，对现行祭孔大典的名称、时间、场地、主要程序、重要礼制、祭品祭器、乐舞祝文等加以规范，通过多方论证形成了《曲阜孔庙公祭孔子大典标准》。

祭孔大典上表演的乐舞亦称"丁祭乐舞"或"大成乐舞"，是专门祭祀孔子的大型庙堂乐舞活动，集乐、歌、舞、礼为一体，形象阐释孔子学说中"礼"的含意，又表达孔子"仁者爱人""以礼立人"的思想。

孔子诞生于曲阜。史料记载，祭祀孔子的活动始于孔子去世后第二年（公元前478年），最初每年只有秋季一次，至东汉时实行春秋两祭制。

新华社济南9月28日电

寻踪 2600 年前的中国古长城

萧海川　孙晓辉

　　从山海关至嘉峪关勾连一线的万里长城，因其巍峨雄伟闻名于世。但这条主体完工于明清时期的长城并不是中国最古老的长城。在中国东部省份山东，一条历经 2600 多年风雨的长城遗迹，至今仍横亘于河海之间。

　　从月季山山脚至山顶十几分钟的车程，27 岁的张哲早已谙熟于心。从 2015 年 7 月起，土生土长的他成为一名长城保护员，山顶近千米的长城遗址是他的责任区。这段长城遗址，官方名字是"齐长城遗址（月季山东坡段）"。因为临近张哲所在的山东青岛市黄岛区大下庄，又被人们口头称作"大下庄段"。

　　记者看到，沿着山脊线，一条隆起于地面的夯土层顺着山势绵延逶迤。夯土层的宽度与双向两车道的马路相似，高度则接近于成年人的腰部。夯土层中间略高、两侧略低，表面是碎石沙土和绿油油的矮草，两边是石砌的护坡。

　　"每天都要上来走一圈，天气好的时候，有时还带着 3 岁的孩子一起来。"张哲说，自己平常最怕有人在山顶野蛮施工或是在这里刨土取石。保护长城是庄里的传统，给护坡垒上几块石头更是随手的事。

　　这里只是齐长城的一小部分。远在两千多年前的春秋战国时期，齐国与鲁国是如今山东半岛上颇具影响力的两个诸侯国。当时两国之间纷争不断。国力更为雄厚的齐国，沿着国境线修筑起一道蜿蜒的防御工事，也就有了今天的"齐长城遗址"。

　　现在的齐长城，从黄海之滨的青岛黄岛区延伸至黄河之畔的济南长清区，全长 600 多公里。它是目前中国现存有准确遗迹可考、保存状况较好、年代最早的古代长城，被认为首开长城建筑史的先河。1987 年，齐长城被联合国教科文组织列入世界文化遗产名录。

　　"去年我们对大下庄段齐长城进行抢救性修缮，才有了现在的模样。当时部分遗址已湮没在周围的植被中。"黄岛区博物馆副馆长王占营说，齐长城的修缮依据考古发现，石砌护坡只允许使用传统手工干砌工艺，不能用一丁点现代的黏合剂。

文物的保护与修缮，准备得再周全也很难一帆风顺。王占营记得最初考古勘探，只发现了夯土层，结果实际施工中在夯土层边缘又发现了人工砌石的痕迹。只得临时停工修改方案，整体工程推迟 3 个月才正式开工。

"毕竟谁都没见过齐长城最初的形制，更不能凭着想象力来修缮遗址。这段遗址看上去平淡无奇，但的确是最大程度保持了原样。"王占营说，最令他记忆深刻的是，黄岛区 30 多公里的齐长城遗址，有些地段仅在山岭林间留下一道浅痕，当地老百姓主动就地垒上青石，标明这里曾是齐长城的一部分。

位于月季山东面的鹁鸪山，则留有齐长城的另一种面貌。鹁鸪山山势陡峭、怪石嶙峋，山上植被茂密，树下是软如海绵的松针。往山顶走，脚边出现越来越多垒砌的石块，底部的石块已被松针与沙土掩盖。翻过山顶，在一块巨石附近，小半堵砖墙出现在眼前。

59 岁的长城保护员赵清乐说，这堵砖墙若隐若现向西游走。在这座多石的山上，至今仍发现不少巨石卧在林间，有些石头留有明显的人工凿取痕迹。

"齐长城历经时光的打磨，这也成为它自身价值的一部分。"黄岛区文广新局副局长厉建省认为，能将前人留下的古迹更好地传给后人，文物工作者们的付出也就有了回报。

"我想着，以后孩子懂事了，我会告诉小家伙，你看到的齐长城，跟爸爸年轻时看到的一样。"张哲这样告诉记者。

新华社济南 10 月 4 日电

从扶一人到富一家

——中国革命老区探索残疾人脱贫路

萧海川

"喀嚓、喀嚓、喀嚓。"坐在轮椅上的解孝万剪下几块布条，靠着手指、手腕的力量，把布条变成鞋垫的裹边，再将三只鞋垫黏合在一起。不到一分钟，一只布鞋的鞋底就完成在解孝万的手上。

今年 47 岁的解孝万，自 2001 年从脚手架上摔落地面后，就再未感受到胸椎以下的身体。在他居住的临沂市沂水县许家湖镇后坡村，像他这样患有残疾的村民还有 69 人。其中的 49 人被当地政府列入因残致贫的贫困户。山东临沂是中国的革命老区之一。

大概四五年前，做鞋底成了解孝万的新工作。"我做完这一捆，能赚 10 块钱。一天能做两三捆。"解孝万说，一捆鞋垫能做出 100 双鞋底。过去的 20 多天，他已经做了 60 多捆，就等着厂家来收了。

"每月做鞋底有六七百元、政府各项补贴 400 来元，老婆每天到工地拧钢筋挣 100 多元，家里开销还过得去。"说话间，解孝万的脸上总是浮现出笑意。这几年，家里跟邻居们一样买了电冰箱、电动车，大女儿已经工作、小女儿仍在上学，这个家庭正慢慢走出不幸的阴影。

"那时天天躺在床上、不能翻身，后背、大腿都生了褥疮，感觉生活没有了希望。"回想起发生事故后的几年，解孝万感慨地说。而如今信心满满的他还有个心愿：买辆摩托三轮车，到镇上、到县城转转。

比解孝万年长一岁的解徐品，已早一步实现了这个愿望，去年花 1800 元买了一辆摩托代步车。记者见到解徐品时，他正带两岁的小孙女骑机动三轮车回来。

"徐品小心点，你自己腿脚不好，还带着孩子往外跑。"听到村干部的话，解徐品嘿嘿一笑，把孙女递给老伴，自己歪着身子下了车、拄着拐杖走了过来。

"放心没事，都很熟练了。"解徐品说。

2005年，解徐品脊髓受了伤，左半边身体瘫痪。卧床两年后，他才能下地行走，可之后就再也离不开拐杖。家里家外就全靠妻子操持。

遭遇困顿的家庭，逐渐迎来了转机。随后几年，村里先是给解徐品家送来了15只家兔、8只獭兔，希望通过养兔子增加收入。2009年，后坡村成立油桃种植合作社，解徐品又主动要求加入油桃种植户。

"今年行情还行，两个油桃大棚纯收入能在3.6万元左右。"解徐品现在还是9人油桃种植小组的组长。这个小组的成员多是残疾人，大家平常碰面聊得更多的是油桃的价格、行情与技术，也算是一个精神支柱。

在被问到有什么心愿时，解徐品想了想说："我还想再建一个油桃大棚、到更远的地方去看看。"

沂水县残疾人联合会副理事长邵冰认为，扶贫思路影响了残疾人脱贫的难易程度。"过去残疾朋友要轮椅，我们只管给他配上。这种方法并不完善。"邵冰举例说到，残疾朋友拿到轮椅能不能用起来、家里有没有坡道、卫生间装没装扶手，这些细节更应得到关注。

中国规划，到2020年实现农村贫困人口全部脱贫。在邵冰看来，激发起残疾人生活的斗志，帮助残疾人及其家庭寻找就业致富的门路，才不会让这一群体在社会发展中成为被遗忘的角落。

新华社济南10月17日电

中国青岛企业家群星闪耀
照亮"青岛制造"前行

苏万明　王敏　席敏

"一些地方的企业负责人，只能说是老板，青岛许多企业的负责人，可以说是真正的企业家，因为他们是有追求、有思想，而且一以贯之数十年，不断为社会创造价值。"中国社会科学院工业经济研究所企业管理研究室主任王钦说。

作为中国最早接触工业文明的城市之一，青岛多年来坚持发展实体经济，海尔、海信、双星、澳柯玛、青岛啤酒等"五朵金花"长盛不衰，制造业持续稳定发展。

至 2015 年底，青岛市拥有规模以上工业企业 4800 多家，规模以上工业总产值达到 1.7 万亿元、同比增长 7.8%，规上工业利润实现 919 亿元、增长 15.3%。

执掌海尔 30 多年的张瑞敏、引领海信航行 20 多年的周厚健、驰骋服装行业 20 多年的红领创始人张代理……走进青岛，从政府到专家都突出强调："青岛制造"现象的背后，是一个独特的青岛企业家"常青树"现象。

企业家往往有敏锐的市场感觉，有执着顽强的作风，富于冒险精神，在把握创新方向、凝聚创新人才、筹措创新投入、创造新组织等方面可以起到重要作用。

山东省委常委、青岛市委书记李群说："事在人为、事靠人为。'青岛制造'迈向明天，依然倚仗一批批优秀企业家。"

青岛企业家的成长，离不开当地良好的政商环境。历届青岛政府给了企业家充分的空间和足够的重视。

"一直以来，青岛政府部门对企业家'支持不干预'，给企业家成长创造宽松的环境。"澳柯玛股份有限公司董事长、党委书记李蔚认为。

危机意识和创新意识，是青岛企业家身上普遍具备的特点。

"现在'砸'的是组织，就是淡化和取消科层制。"10多年来，张瑞敏选择了一条艰难的互联网化道路，迄今已建立7个互联工厂，搭建了一个链接线上线下的开放平台。

海尔的管理模式创新，引来美国管理学家加里·哈默。他实地考察后说，海尔是全球先驱型公司中最突出的，张瑞敏的实践正在重塑后科层制时代和互联网时代的管理学架构。

"张瑞敏等人就有示范效应，不仅会影响一代代企业家，更会影响形成一个区域的商业生态。事实上，这个区域的概念早已超出青岛的地域范围，已经走向全球，并具有全球竞争力。"王钦说。

多路径推进互联网化，青岛其他老的"金花"同样历久弥新：

——海信继续在液晶显示领域领先国际潮流，智能交通信号灯占据国内第一市场份额；

——双星率先建立了全球首个商用车胎"工业4.0"工厂，并开工建设中国第一个国际级石墨烯轮胎实验室；

——澳柯玛则形成家用制冷、商用冷链、生物冷链、超低温设备和装备、冷链物流"互联网+全冷链"产业体系。

……

青岛市经信委主任项阳青表示："多年来，青岛企业家形成了执着、创新、合作、担当、学习的企业家精神，而且至今仍在发扬光大、影响社会。"

红领原本是一家传统服装企业，创始人张代理近年来结合互联网，成功实行"数据驱动流水线"，实现大规模个性化定制，更开始向外输出智能定制解决方案。2014年、2015年，红领智能互联网定制服装业务收入与净利润增速均同比增长100%以上，与当前服装业整体不景气形成鲜明对比。7年前，张代理把企业"交班"给了女儿张蕴蓝，学习研究"互联网+工业"。

"青岛企业家身上有很多宝贵的精神，正一代代传承，比如，主动创造和吃苦耐劳的品质，不管遭遇什么，永不放弃。"双星集团董事长柴永森说。

在老一辈企业家的影响下，特锐德、海丽雅、东方铁塔、软控股份、汉缆股份等一批新的明星制造企业、一批新生代企业家成长起来。

特锐德是创业板第一股，董事长于德翔正致力于打造"中国新能源互联网"；昌盛日电太阳能科技有限公司董事长李坚之将光伏发电与现代农业相结合，走出一条新路。这些民营和新生代企业家群体，成为青岛企业家队伍中的一张张靓丽名片。

青岛企业家人才密集，彼此间的学习和交流已成常态，互促共进氛围浓厚。青岛市也几乎每年都召开企业家座谈会。"这为全市老中青三代企业家集中交流、互相学习，搭建了平台。"张代理说。

2013 年 10 月，青岛市出台意见，决定用 5 年时间，通过举办培训班、专题研修班、短期实训，选派民营企业家到政府部门、重点园区挂职锻炼，老一代企业家导师帮带等方式，在全市大力培养新生代民营企业家约 1000 名。

"目前，青岛市基本形成了老'五朵金花'长开不败、焕发新生机，新培育、新成长的 N 朵金花争奇斗艳的局面。"青岛市发改委副主任张旭东说。

近年来，青岛大力构建和谐政商关系，积极亲商、富商、安商，如每年实行"三个一千行动"（走访千家企业、走进千个项目现场、走谈千个项目），人社局、科技局、组织部以及部分银行负责人，主动靠前了解、解决企业困难和问题。今年上半年全市各级政府走访企业 11828 家次，帮助企业解决问题 3380 项。

王钦说，市场活力来自于人，特别是来自于企业家，来自于企业家精神。"青岛企业家"现象启示人们，要进一步重视发现、培养、聚集企业家人才，推动中国经济不断前进。

新华社青岛 10 月 21 日电

提刀千斤重　舞刀鸿毛轻

——一名中国武者的功夫世界

陈灏　席敏　邵琨

　　113 公斤重的大刀，舞起来呜呜作响——今年 47 岁的罗衍海，练刀已经有 27 年时间。和刀在一起的时间，比他和儿子在一起的时间都多。

　　罗衍海是山东郓城一家武术学校的教师。每天下午他要给学生们上武术课，而上午 8 点到 11 点半则是他练刀的时间，无论风霜雨雪，从无懈怠。

　　记者 28 日见到他时，一把近 3 米长的大刀正绕着他的脖子翩翩起舞。站在他的身前，记者不由得担心：万一这把刀失控，我们二人中必然有一个重伤。

　　位于山东省西南部的郓城县素有习武之风，这里也是清末武状元张宪周的故乡。因为张宪周的缘故，舞刀的绝技在这里得到了传承和延续。

　　这种古老的大刀与我们常见的战刀截然不同，它分为刀头、刀杆、刀攥三个部分。最轻的刀重 30 公斤至 40 公斤，是冷兵器时代打仗所用；最重的刀 110 多公斤，只能用于训练。罗衍海介绍，他训练用的刀里，最古老的一把铸造于清朝乾隆四十三年（公元 1779 年），有 200 多年的历史。

　　如此沉重的大刀，练起来也相当费劲。无论是提刀、举刀、舞刀、停刀，都是对力气和技巧的双重考验。"提刀千斤重，舞刀鸿毛轻。刀飞钢环响，刀落寂无声。"罗衍海说，提刀容易举刀难，而要把刀停下来更难；刀重惯性也大，需要凭"巧劲"借助刀势将其控制住。

　　大刀虽不锋利，但练刀的危险系数也相当高。30 多年的天天练刀，让罗衍海和他的同事们落了一身伤。罗衍海的脚趾甲曾经被大刀砸了个稀烂，他的肩膀、膝盖、背部也都被刀伤过。

　　舞大刀的一项基本功，是头顶大刀保持稳定。罗衍海剃得锃亮的头顶上，明显地突出了一个"小山丘"。别的地方拍起来是清脆的，但那里拍下去发出的声音是沉闷的——那是他头顶大刀留下的茧子。

"练刀很苦，冬练三九、夏练三伏，而且对身体素质的要求很高，现在的年轻孩子都不愿意学。"罗衍海说，虽然身体素质越来越受中国人重视，也有很多年轻人喜欢习武，但是这种门槛高而且可能给身体带来严重伤害的绝技，很难赢得年轻人的青睐。

如今，当地会舞刀的人只有 20 余位，而且年轻徒弟越来越难收。罗衍海说，再过几年他就要不动大刀了。老祖宗的手艺面临着失传的危险，这是他最为忧虑的事情。

新华社济南 10 月 30 日电

第四届尼山论坛聚焦"绿色·简约"

魏圣曜　邓仙来

第四届尼山世界文明论坛 15 日晚在孔子故里山东曲阜开幕。16 日至 17 日，论坛将围绕绿色、简约等理念展开深入探讨，并将举办世界女性论坛。

据尼山论坛组委会秘书处常务副秘书长高述群介绍，第四届尼山论坛以"传统文化与生态文明——迈向绿色·简约的人类生活"为主题，共邀请到联合国等国际组织，以及美国、俄罗斯等 20 个国家和地区的中外学者 250 余人，其中既有儒释道三家的代表，也有基督教、天主教、伊斯兰教等宗教的代表，更加体现了文化与文明的多元代表性。

高述群说，本届论坛倡导做"减法"，回归绿色、简约的理念。论坛共安排各项活动 40 场次，包括座谈会、大会演讲、分论坛等。将提出中国版文化主张，发出绿色、简约的尼山声音，倡导全人类进入绿色、简约生活时代，践行绿色、简约生活方式，倡导建立以"绿色、简约、可持续"为特质的人类命运共同体，并发表《人类简约生活宣言》和《世界女性尼山共识》。

联合国妇女署副署长拉克什米·普里向论坛发来贺信。她说，在伟大先哲孔子的故里曲阜举办首届世界女性论坛，将为全世界优秀女性搭建一个对话与交流的人文平台。

尼山论坛以中国古代伟大思想家、教育家孔子诞生地尼山命名，以开展不同文明对话为主题，以弘扬中华文化、促进中外文化交流、推动建设人类命运共同体为目的。论坛每两年一届，已连续举办 3 届。

新华社济南 11 月 15 日电

山东：残疾人就业有了无障碍车间

张志龙　萧海川

眼前的姑娘，左脚娴熟地踩着踏板，眼睛聚精会神地盯着缝纫机针，双手移动着用来做手套的材料。26 岁的闫莉町缝起来，娴熟之中透着一丝不苟。

町缝是手工做手套中最难的一道工序，是将手套的背和掌面材料缝到一起。但身体残疾的闫莉比健全人每天完成的件数还要多。"一天 13 打，100 多副呢！一个月至少挣 2000 元。"

闫莉出生在山东省济宁市嘉祥县孟姑集镇闫楼村。她年幼时因患婴儿瘫令右腿残疾，出行离不开拐杖、轮椅。2014 年，经人介绍，她来到离家很近的济宁天久工贸有限公司，很快学会了缝纫技术。无论是町缝、丰背、大指等工序，她都很快上手，经过艰苦的努力，还适应了左脚踩缝纫机踏板的操作。

闫莉目前工作的企业是一家从事滑雪手套对外贸易的公司。"以前身体有残疾，哪里都不愿意招我。"闫莉说，但现在的企业给了残疾人机会，解决就业问题，还真心为这个群体考虑。

企业老板李宪庆说，公司在发展的同时没有忘记社会责任，致力于带动和解决当地残疾人就业问题。"公司已经累计为 50 多名残疾人解决了就业问题，还建设了全国首家无障碍厂房车间。"

走进李宪庆的厂房，会很快察觉出设计上的用心之处。厂房一层和二层之间除了正常的楼梯之外，还有为残疾人通行修建的专门坡道，电梯也带有盲文操作按钮和语音报楼系统；在厂房的每一层，都设置了带有防滑地面、低位洗手池和应急报警装置的卫生间；厂房的每一个墙面的拐角都有防撞及警示条……

"我建设多层无障碍车间，是想最大程度方便残疾人朋友的生产生活需求。"李宪庆也是一名残疾人。他一岁时因小儿麻痹导致腿部残疾，体会到了这个特殊群体日常生活中的诸多不便。这里的设计从细节上、细微处保证了残疾人朋友相对便利、舒适的工作环境。

李宪庆说，无障碍厂房2012年开始建设，去年3月竣工试运营，赢得了残疾员工的一致好评。"其他厂我也干过，上厕所台阶很容易摔倒，也没有电梯，上下楼特别不方便。"腿部有残疾的工人张复彬说。

中国残联党组成员、副主席吕世明表示，多层工业厂房无障碍标准与无障碍设计在中国乃至世界均为空白，全国首家多层无障碍工业厂房（济宁天久工贸有限公司）是一项民心工程，对优化、保障广大残疾员工安全生产环境具有重大意义，对多层工业厂房无障碍建设将起到示范引领作用。

李宪庆说，类似的无障碍设施应是政府和社会的义务。"就像是修马路一样，有机动车道，也应该有非机动车道。"

新华社济南12月6日电

孔子故乡 中国山东
2016 对外新闻报道集

人民日报海外版

青岛金家岭金融区　打造一流财富管理中心

梁太宏　吴元庆

左上：金家岭金融区金融楼宇项目一角
右上：金家岭金融区鸟瞰图
图下：金家岭金融区核心区

金家岭金融区基金业发布会

2015青岛·中国财富论坛

连日来，青岛金家岭金融区喜事连连：荣膺全国最佳金改创新示范区，青岛财富管理多层次市场建设的重点项目"青金所"、全市首家中日韩跨境投融资综合服务平台及全市首家外资 QDLP 基金落户均花落崂山。

金家岭金融区地处青岛东部现代化新城崂山区，是青岛财富管理金融综合改革试验区的核心区，规划面积 23.7 平方公里，总建筑量 2715 万平方米。金融区突出发展以财富管理为主要内容的高端金融业务，吸引国内外投资理财机构和金融机构聚集，建设国内领先、面向国际的新兴财富管理中心。目前，金融区累计引进各类金融企业360家，涵盖19类金融业态，呈现出要素加快聚集、产业迅速壮大、特色日益彰显的强劲发展态势。

打开"财富门" 收获遍地金

一座座高档写字楼拔地而起，一个个金融机构强势入驻，一家家银行营业部比肩接踵……如今的金家岭，汇聚了众多银行、写字楼。上实金融城项目一期三栋办公楼已正式投入使用；白金广场、电力三建总部大厦、国旅金融商务中心等项目正在进行内外装修，近期将陆续投入使用；青岛国金中心、利群财富广场、银盛泰商务楼、青大附院东院区扩建等一批项目正在进行基础施工。

自2012年2月青岛市启动金家岭金融区的规划建设以来，短短几年的时间，从一纸规划到目前已有众多金融机构和企业抛来"橄榄枝"，期待入驻金融区。

崂山区委常委、金融区常务副主任夏正启介绍，今年全区预计引进落户重点金融机构和类金融企业140家，聚集了青岛农商银行、浦发银行等银行机构62家；青岛首家法人证券机构中信证券（山东）有限责任公司等证券期货机构19家；全市首家法人保险机构中路保险公司等保险机构36家。

到底是什么原因，让众多有实力的企业将目光锁定在金融区？

区位优势和发展前景是吸引企业入驻的主要原因。青岛金家岭金融区位于崂山区沿海黄金地段。崂山区与机场、火车站、青岛港均位于"一小时交通圈"内，也是世界第二跨海大桥——青岛海湾大桥、全国最长的海底隧道——胶州湾海底隧道和青银高速公路的衔接区域，是山东半岛沿海城市链上的重要一环。便捷的生活配套和交通体系，让企业对它发展的前景又多了份期许。

金融区完备的功能分区，形成完整的产业链条，这将会让企业找到自身的发展优势。认真借鉴吸取国内外先进城市金融中心建设的经验；在规划布局上，构建金融核心区、创智区、后台服务区三个功能板块；整个金融区自南向北由金融核心区、金融创智区、后台服务区三大片区组成，区域功能划分明确、互为补充，构筑了梯次发展、有机衔接的发展格局。

随着一个个金融企业的落地，一个个金融项目的建成，金融业已成为崂山经济发展新的支点。

优化环境 助力项目"加速跑"

好的环境就是生产力和竞争力；对一个企业来讲，好的环境就是企业生存发展的必要保障。今年以来，金家岭金融区将环境建设作为金融区发展建设的生命线，采取措施，着力加强"四个环境"建设，力求在新常态下确保金融区实现可持续发展。

营造开放现代的创新环境。组织举办 CF40 金家岭财富管理论坛首次闭门研讨会、2015 青岛·中国财富论坛、青岛财富管理博览会、金家岭财富管理沙龙、青岛香港国际金融研讨会等一系列论坛会议；拓宽宣传途径，金融区的对外影响力进一步提升，金家岭财富管理品牌价值和知名度不断提高。

营造安全高效的生态环境。积极做好山东大学金融风险量化创新中心落户工作，引进成立了青岛财富管理基金业协会和青岛非上市公众公司协会，组建金家岭金融法律服务律师团，切实维护和保障企业公民的合法权益，成立崂山区金融风险防范和处置领导小组等。

营造宜居创业的人文环境。全省首家外资医疗机构青岛和睦家医院 4 月份开业，配套建设的 4000 套人才公寓进入分配管理阶段，将有效满足金融人才的短期住房需求，解决其后顾之忧。

营造持续创新的政策环境。建立金融项目落户绿色通道，加大对基金投资类企业的招商力度。在全市首批五家申请开展合格境内（外）有限合伙人试点企业中，英国进益资本、南方资本、兴晟投资、城鑫投资等四家落户金家岭。

不仅如此，招商上的全方位服务也让更多的企业"青睐"金融区。牢固树立"抓金融机构就是抓发展，抓大型金融机构就是抓大发展，抓一批大型法人机构就是抓跨越式发展"的理念，将大型法人金融机构引进纳入制度化、规范化和精细化轨道。

金家岭金融区招商促进部部长安春静介绍，今年下半年以来，每个星期都有大批金融机构和企业前来考察并表达入驻意愿，这些企业遍布海内外，而且不乏"实力派"。这些企业的投资意向大多集中在基金、银行、保险、担保、交易市场、总部大厦等领域。这些企业的争相入驻，让崂山变得十分"抢手"。目前已落户青岛农商行、中路保险、海尔消费、陆家嘴信托、中信证券、国富金融资产交易中心等大型法人金融机构 11 家，占青岛市的 70% 以上。

金融撬动　打通发展"经络"

金融是现代经济的核心，金融业是先导产业。如何通过改革创新，使金融资本支持和引领产业资本、更加有效地配置资源促进发展？这是崂山决策层近几年始终努力在做的一篇大文章。经过不懈地探索、改革、攻坚，崂山金融改革创新的步伐日益加快，关键领域不断突破，机制体系全面构建，金融改革创新取得了重要进展。目前 35 项创新试点政策率先实施、各类特色财富管理机构加速聚集、财富管理要素平台启动建设……青岛财富管理金改区渐入佳境。

融资难、融资贵是当前广大外向型企业进行国际贸易活动面临的普遍难题。金融区大型法人机构青岛农商行成功为青岛都塔文化用品有限公司办理全国地方法人商业银行第一笔韩元贷款业务，贷款金额 3000 万韩元，年化利率仅为 2.1%，开创出一条跨境融资崭新通道。中韩跨境人民币贷款业务也取得突破。金融区大型法人机构青岛银行作为境内结算银行，同韩国韩亚银行、中科盛创（青岛）电器有限公司签订了首笔韩国银行机构发放的跨境人民币贷款协议。

除了在政策创新上有所突破外，金家岭金融区还立足优势，围绕金融总部聚集和要素平台聚集这两大重点，大力发展 PE·基金中心和互联网金融中心，同时建设各类优质金融服务平台，进一步完善金融机构体系，致力于实现金融资源快速聚集。

推动金融总部聚集。目前，山东省最大的地方法人银行青岛银行、青岛首家地方性法人保险机构中路财产保险股份有限公司、中国第一家全国性消费金融公司海尔消费金融公司、中国首家正式推出众筹业务的区域性股权交易市场青岛蓝海股权交易中心等一批法人金融机构落户金家岭。这些法人金融机构中，从传统金融行业到新兴金融行业，涵盖的业态完善，资源配置合理，金家岭金融区正一步一个脚印打造区域性金融总部，助力区域实体经济发展。

推动要素平台聚集。要素交易平台作为金融资源的集聚地和资本的集散地，能够促使各类要素向最有效率的方向集中，推动经济结构转型和发展方式转变。自金融区建设伊始，要素交易平台建设就处于重中之重的位置，海尔联合信用资产交易中心、青岛国富金融资产交易中心等 11 家要素交易平台的引进，为金家岭带来强大资金流、信息流、人才流、商流，促进金家岭基础建设的全面快速发展，同时推动了经济结构转型和发展方式转变。

打造基金业发展高地。按照郭树清省长"要把发展各类投资基金作为一个重点，引导各类投资基金集聚青岛"的批示要求，金家岭金融区对于建设基金业发展平台不遗余力，旨在打造基金业发展高地。以政策创新为驱动，研究出台了《关于促进私募投资基金业发展的实施意见》，支持基金业发展。以载体建设为依托，总建筑面积 1.8 万平方米的青岛 PE·基金中心已正式投入使用，青岛财富管理基金业协会、青岛非上市公众公司协会等一批机构也已入驻办公。截至目前，金融区内已落户基金管理人 80 家，管理基金 90 只，管理规模超千亿元。山东省人民币国际投贷基金、青岛海丝城市投资发展基金、山东高速信业城市基金等一批大型基金已落户金家岭。

打造互联网金融发展平台。伴随着青岛互联网金融中心揭牌，青岛市第一家互联网金融专业化楼宇在金家岭金融区正式亮相。金家岭正在研究出台关于加快互联网金融产业发展的实施意见，协商引进北京中关村互联网金融服务中心，引导海尔消费金融、蓝海股权、红岭创投、吉贝克信息技术（青岛）等一批新兴互联网金融机构集聚金融区。

建设金融中介服务平台。金融区重点引进了一批专业性强、信誉度高、服务水平好、有竞争能力的金融中介服务机构，其中包括人才培训、投资咨询、信用评级、会计师事务所、审计师事务所、资信评估公司等，建成全国重要的区域性金融中介服务中心。

2015 年，金家岭金融区金融业税收预计完成 35 亿元，增长 35%，金融业增加值预计完成 70 亿元，增长 18%，占全区 GDP 的 13.6%，成为拉动经济增长的第一支柱产业。数字也许枯燥，但数据最能直观表达崂山区金融业发展的现状，更能显现发展成效。正如不少专家所言，崂山的 GDP 结构的变化，金融业占比的提升，说明崂山经济发展结构更趋合理。

"潮平两岸阔，风正一帆悬。"下一步，青岛金家岭金融区将进一步优化金融生态环境、延伸金融产业链条、汇聚高端金融业态，直挂云帆，破浪前行。

2016 年 1 月 1 日第 8 版

全球外贸遇冷，青岛"品牌小镇"为何"温暖如春"？

潘旭涛　赵伟

青岛夜景（张岩摄影）

近几年的广交会上，沿海城市青岛表现不凡，通过开展"通商青岛、品牌之都"全球促销成交计划，其交易团成交额在全国外贸下降的情况下连续四年保持增长。

通过广交会等扶持措施，青岛孕育出多个各具特色的"外贸品牌小镇"。在企业创新、产业集聚、政府引导等多方因素的推动下，这些小镇的产品、产能正在对全球市场产生越来越大的影响。

目前，青岛启动10个过亿美元"外贸品牌小镇"培育工程。它们以"外

青岛"外贸品牌小镇"示意图（司海英制图）

贸品牌小镇"的形式集聚发展，支撑起青岛品牌"走出去"的半壁江山，加速着"青岛制造"与世界通商的脚步。

小产品做成几十亿大产业

两周前的一个傍晚，青岛西海岸新区隐珠街道手推车产业园内依然繁忙。泰发集团的车间里，堆满贴着各国文字的手推车成品和零部件，几台搬运车来回穿梭，一派热火朝天的生产景象。

此时，车间一角的样品陈列室内，泰发集团总经理纪玉兵与来自非洲马里的希拉姆蒂聊得正投机。

"我每年都要在这里住五六个月，与泰发集团进行深度合作。"希拉姆蒂用流利的中文介绍说，自 2003 年广交会上与青岛泰发集团结缘以来，他每年都在这里采购 5 万多辆手推车，"这个企业用料好、品质高端，与他们合作，产品品质有保障，我很放心。"

与泰发集团齐名的华大车辆，同处手推车产业园内，有 5 个工业园区，10 个专业化生产分厂，拥有 1500 名员工，有 10 个系列 1000 多个品种的手推车，出口美、欧、日等 80 多个国家和地区，年创汇近 1 亿美元。

因为"希拉姆蒂们"的支持和信任，隐珠街道硬是将小小的手推车做成了年产值数十亿元的大产业。

"目前，当地手推车已形成产业集群，仅生产和配套企业就有 300 多家，年生产能力 1200 万辆，产值 70 亿元以上，占世界市场份额的 30% 以上，成为世界规模最大的手推车生产基地。"隐珠街道经贸中心主任刘国春介绍道。

将小产品做成大产业的故事，不断在这个沿海开放城市上演。

青岛城区往北 36 公里，过去曾是一片盐碱地，因滩涂上荆棘丛生，得名"棘洪滩"。如今的棘洪滩街道，已变身为"国家轨道交通装备产品重要出口基地""国家高速列车产业基地""新型工业化产业示范基地"，还被赋予了一个响亮的名字——"动车小镇"。仅中车四方股份一家，就驶出了近 800 列高速动车组，占全国总量的 43%，目前已安全运营超过 11 亿公里，相当于绕地球 2.75 万多圈。

青岛胶州"假发小镇"李哥庄镇，则依靠"顶上时装"产业链，形成发制品企业 60 家，年产值约 18 亿元人民币，小镇假发生产规模占全球市场的 1/8。

还有即墨通济服装小镇、平度明村轮胎小镇、莱西日庄花生小镇、胶州三里河汽车电子小镇、平度仁兆蔬菜小镇、崂山中韩化工小镇、崂山中韩五金小镇……这些小镇，早在两年前就已达到年进出口额超过5000万美元、产业基础较好、技术研发水平较高、配套扶持政策完备等标准，被当地政府授予"外贸品牌小镇"称号。

企业聚集构建完整产业链

依靠特色产业"撑腰"，青岛的外贸品牌小镇，通过构建产业链，实现各生产要素的集聚，降低生产成本，提高产业竞争力。

行走在"中国高铁制造大本营"——"动车小镇"棘洪滩街道，与轨道交通相关的工厂一家挨着一家。

在这个小镇上，以中车四方股份、四方有限、庞巴迪为龙头的轨道交通产业产值近年来快速提升。整个街道内动车产业配套企业达120余家，正在形成一条研发、设计、实验、制造、维修、服务及相关配套更加完善的特色产业链条。

"这些企业的入驻，不仅带来了百余家轨道交通装备研发、制造与服务企业，相关的第三产业也纷纷前来落户。街道工业总产值由2010年的445亿元增加到2015年的730亿元，年均增长12.8%。"说起动车产业，棘洪滩街道经贸办负责人郑德佳如数家珍，"未来，我们将发展以动车为主题的工业旅游，开发相关联的文化产业。"

传统的手推车产业似乎更能体会到产业集聚带来的发展红利。

"产业链上的企业加速集聚，可以强化企业之间的沟通。同时，产品相近的企业之间存在竞争关系，这会激活企业创新能力，进而促进整个行业发展，提高产业的全球竞争力。"展望"手推车小镇"的发展前景，刘国春底气十足。未来，"手推车小镇"将由龙头企业带动，把手推车产业这一粗放型产业向高品质方向发展，加快高端产品研发。

集聚发展也为企业带来实实在在的好处。

"现在，'手推车小镇'产业链条更加完善，这对企业提升在海外市场的竞争力很有益处。'手推车小镇'品牌的形成，更能提升企业的文化软实力和海外市场的影响力，这是企业单打独斗很难做到的一点。"华天车辆有限公司总经理刘智军如是感慨。

对企业来说，在"互联网+"大行其道的当下，集聚发展顺理成章成为企业降低生产营销成本的妙招之一。

"去年以来许多行业都不太景气，假发行业却很不错，甚至可以说实现了'逆袭'，原因在于我们正在发展跨境电商。"冠发发制品董事长、胶州市发制品协会会长张坤军介绍说，"刚开始，只有几家企业做跨境电商，别人看到这个模式利润高，也纷纷效仿，组团发展。"目前该协会的 56 家企业产品 90% 都是出口，所有企业都在做"互联网 +"，通过网络牵线做外贸。

"上个月我们有一个来自比利时的订单，买家通过网络搜索找到公司网站，给我们发来照片。我们按照买家要求设计假发的曲度、颜色等，成品后通过国际物流直接快递到买家手中。"青岛冠发发制品有限公司电商业务员宋宗辉举例道。

拿着厚厚的国际订单，张坤军找到 UPS 物流，以协会的名义与其合作签约。如此一来，胶州多数发制品企业便享受到 UPS 物流的超低折扣。

集聚发展为企业间互换信息也提供了极大便利。

"比如，共同寻找哪里的原材料、人工等成本更低。再比如，某家企业接到订单，但产能不足，可以找到其他企业合作。再比如，某家企业被骗，就会将受骗过程和行骗人信息及时扩散，防止小镇其他企业受骗。"张坤军介绍道。

镇虽小却有国际化大视野

有专家认为，近年来，我国的外贸正在经历"寒冬"。然而，在青岛的这些"外贸品牌小镇"里却是"温暖如春"。

究其原因，除了企业自身的努力，更少不了政府的积极帮扶。

青岛最先做的，是帮助企业打"品牌战"。

李哥庄镇经贸办主任于波深有体会："这几年，我们镇大力实施'品牌兴贸'战略，积极鼓励引导企业加强品牌建设，冠发发制品、天元工艺发制品等企业先后通过马德里商标注册，打造国际商标品牌，增强企业产品的国际市场竞争力，使企业不断做大做强。"

如果说注重品牌建设是帮助企业提升软实力，那么，提供平台，则为企业提供了做大做强的绝佳舞台。

2006 年，以"动车小镇"所处区域为基础，青岛轨道交通产业开发区成立，如今规划面积 83 平方公里，未来将建成以轨道交通装备制造产业为主导，集居住、休闲、商贸、文化、旅游为一体，产城融合、宜业宜居的产业智慧新城，以"高铁之城"的新姿，屹立于胶州湾畔。

虽然听起来没有"动车小镇"那般恢宏大气，"手推车小镇"也雄心满满。

"我们的目标是建设全球规模最大、具有较高国际知名度和重要影响力的手推车研发制造基地。为此，我们正在建设手推车产业提升园，实施企业退城入园，将园区建设与企业搬迁改造、科技创新、产业链整合有机结合，实现企业和产业的转型升级，将手推车做成百亿产业。"刘国春说。

成立研发中心，掌握核心技术，也是企业长期发展的关键所在。

"在当地政府的支持下，我们成立多个研发中心，掌握完全独立的核心技术、知识产权，从2008年超过300公里的京津高铁开始，已经甩开了同其他国家的距离。"中车四方股份企业文化部部长窦女士介绍道。

实际上，外贸品牌小镇最初因市场"磁石效应"自发形成，但是，保持"原生态"并非长远发展之路，有相应的政策扶持，外贸品牌小镇才能走得更稳、更远。

来自青岛市商务局的材料显示，青岛将以乡镇（街道办事处）为载体，在质量提升、产品创新、品牌培育、市场开拓、宣传推广、市场信息、人才培训、贸易便利等方面重点扶持"外贸品牌小镇"的发展。到"十三五"末，争取建成30个具有较强国际竞争力的外贸品牌小镇，争取每个小镇进出口额超过1亿美元。

产业支撑，集聚优势，政府扶持，着眼全球的外贸品牌小镇，未来可期。

2016年2月4日第2版

精准发力筑就产业新城

——威海临港经济技术开发区新常态下开新局

王鹏飞

秋日的滨河湿地公园与配套完善的新型社区为居民营造出幸福家园

威海拓展纤维有限公司展厅展出的碳纤维产品

威海市在位于临港区的威海国际物流园内统一规划打造中韩跨境贸易电子商务产业园

空中俯瞰临港区一角

去年，日资企业豪雅光电科技有限公司实现了由毛坯到半成品再到成品的链条延伸

逐梦之路无坦途，破浪前行须奋进。放眼风生水起的山东半岛沿海经济带，一个承载着区域发展新增极使命的产业新城——威海临港经济技术开发区（简称临港区），在新常态下击楫中流、迎难勇进——2015年，全区规模以上工业增加值、工业用电量同比分别增长9.8%、17.87%，一般公共预算收入同比增长20%，外贸进出口和实际利用外资分别增长12.1%、13.2%……闪亮的数字彰显了临港区新常态下的勇气担当。

宏观经济步入新常态，一度让2013年11月升级为国家级经济技术开发区的临港区感受到前所未有的经济增长压力。如何保持发展定力，寻找发展新优势？临港区审时度势，科学研判，务实攻坚，精准发力，深入实施"产城互动三生共融""产业强区 工业带动"战略，走出一条以产兴城、以城促产、宜居宜业、融合发展的特色之路。

这里，创新创业要素加速聚集——拓展纤维、三角轮胎国家工程实验室等创新平台在此创建；占据行业制高点的国家级碳纤维及其复合材料生产基地拓展纤维产业园、全国最大的全钢子午线轮胎生产基地三角工业园、世界最大的钻夹头生产企业山东威达等崛起于此……这片生机盎然的土地，已形成招大引强、招才引智的磁场效应，承载起追梦人今天的梦想和未来的希望。

这里，政策红利不断释放新机遇——融入中韩自贸区地方经济合作示范区、国家服务贸易创新发展试点城市、山东半岛蓝色经济区等多个国家战略，在全国对外开放新格局中的优势与潜力更加凸显。

这里，产、城、人和谐共进——坚持以人的城市化为核心，以产业发展为城市功能优化和形象提升提供经济支撑，以城市功能优化为产业发展创造优越的要素和市场环境，造福开发区人民。

而今，站在"十三五"扬帆起航的节点上，临港区党工委书记、管委会主任于文江表示，"在'四个全面'的征程上，临港区正坚定不移地以创新、协调、绿色、开放、共享五大发展理念为引领，抢抓机遇，勇于担当，精准发力，奋力实现现代化产业新城质的跨越！"

挺起工业脊梁　支撑实体经济行稳致远

发展需要主心骨，远航需要压舱石。在临港区看来，实体经济兴，基础就牢；实体经济强，底气就足。而工业是实体经济的主体，《中国制造2025》即明确提出"强化工业基础能力"。基于对新常态下经济发展大逻辑的精准研判，临港区致力固本培元、强筋健骨，深入实施"产业强区 工业带动"战略，在发展实体经济和培育有核心竞争力的优秀企业上打出一套强有力的"组合拳"。

突出龙头引领，做大做强支柱产业——

作为一家致力于高性能碳纤维及其复合材料研发和生产的高新技术企业，威海拓展纤维有限公司的高模高强碳纤维制备技术打破国外垄断，填补国内空白，构建起"原丝—碳化—预浸料—织物—碳纤维制品"上下游完整闭环的碳纤维产业链条，尖端纤维产品广泛应用于航空航天、工业机械、医疗器材等领域。

山东浩然特塑有限公司则是专业生产特种工程塑料原料及其制品的高新技术企业，建有国内首条千吨级特种工程塑料聚砜、聚苯砜生产线。

在拓展纤维、浩然特塑、金威科技、多晶钨钼等龙头企业的引领下，新材料产业加快形成规模化集聚化效应，推动临港区成功获批山东省新材料产业基地。

同为龙头企业的钻夹头专业制造商山东威达则看上了机器人这块大蛋糕，实施51条"机器换人"生产线，收购在智能制造系统集成和智能装备业务领域的行业佼佼者——苏州德迈科电气有限公司，从单一的钻夹头生产企业向国内机加工行业自动化改造整体解决方案提供商加速延伸……

突出平台搭建，致力集优成势——

依托拓展纤维的行业领军优势，临港区获批建设首个国家碳纤维及其复合材料产业基地。这里，碳纤维产业研究院和专家公寓年内启用，聚乳酸纤维、上浆剂等优质关联项目将进驻……一个集上游科研、生产、下游民用及转化等于一体的碳纤维"全链条"产业园区蓄势崛起。

三角工业园高标准打造智能工厂，即将投产国内第一条智能化车胎生产线，在超大巨型工程子午胎、仿真服务器、特种车辆轮胎等多个尖端技术领域取得重大突破。

正在进行设备安装的威高生物科技产业园，将成为医疗床、无影灯、手术吊塔和一体化手术室等医疗设备的主产地……

突出梯次建设，推动持续发展——

在"以发展论英雄"的工作导向下，临港区上下牢牢抓住项目这个牛鼻子，千方百计拓展项目渠道，快速高效推进项目实施：威信光纤当年投产、当年见效；威能高速动力今年将携主导产品永磁同步电机与工业传动变频器，大举挺进商用制冷关键设备市场；新龙科技利用自主研发的设备和完全法（柔性化）加工工艺实现小麦 100% 利用……落地一批、开工一批、建设一批、投产一批，项目推进的良性循环绘就新常态下临港区经济的新风景。

截至目前，临港区引进 120 多个投资过亿元或千万美元大项目，培植出新材料及制品、高端装备制造、汽车零部件、食品医药、文体休闲用品、新信息六大优势产业，全区呈现出大企业带动、大项目支撑、大园区承载的强劲发展势头，为经济行稳致远增添了定力和底气。

引爆创新活力　培植产业新动力

树枝状聚合物被誉为"第四代即最新一代的新型高分子材料"，北大博士李武松是该领域专家，通过临港区相关领导和部门牵线，李武松与区里的金泓集团合作，以技术入股方式创办了威海晨源分子新材料有限公司。其牵头研发的树枝状高分子新材料产品应用到生物医疗等高科技领域，一克卖到了几百元甚至上千元，比金子还贵。李武松还邀请北大、中科院、清华的师兄、校友也来此分别筹建公司，致力于实现各自科研成果的转化。

然而，刚创业时李武松曾一度为资金周转困难而苦恼。2014 年，他从威海市商业银行临港区支行成功获得400万元贷款，解了燃眉之急。

李武松的成功创业是临港区强化政府引导、企业主导、"政产学研金"合作推进创新驱动发展战略的生动缩影。多年来，临港区连续举办产学研合作大会，成立院士工作站，发起成立威海市产业博士联谊会……一批批博士、院士、"千人计划"专家、享受国务院特殊津贴专家等纷纷进驻临港区，成为服务创新驱动发展的重要智力支撑。

在倾心构筑天下英才施展才华的舞台的同时，善谋未来的临港区还倾力推动创新平台建设，全面提升高端创新要素聚集和承载能力。

——扎实推进以成果转化为重点的科技孵化平台建设。临港区科创中心、钓具之都、绿创、青创等6家科技企业孵化器，入孵高成长性中小企业200多家。

威海慧明珠软控设备科技有限公司2014年7月入驻临港区科创中心，通过近两年的孵化培育，获批"双软企业"认证、7件软件著作权，业务迅速拓展到工业控制与工业监控、应用软件、供水设备制造及销售等领域，去年销售额突破亿元、纳税突破3000万元，目前正在申报高新技术企业。

像慧明珠一样，致力于北斗民用产业产品研发与生产的海芯电子，也是2014年入驻科创中心，目前已通过"双软企业"认证，去年销售额达450万元；同年入驻的驭宝新能源，研发的永磁超载动力电机通过小试，目前正在进行整车组装设计……这样一批生机勃勃的科技小巨人加快孕育成长，正在撑起临港区创新发展的未来。

——加快构建以技术研发为重点的企业科技创新平台。谷物完全加工、特种工程塑料、碳纤维及制品、树枝状聚合物等工程技术研究中心加快推进，将进一步增强企业的产业技术创新能力和市场竞争力。

以平台集聚创新要素，临港区建成了三角轮胎、拓展纤维国家工程实验室等100多个市级以上创新平台，推动60多家企业与清华、北大等30多家高校院所建立长期合作关系，实施高性能碳纤维、树枝状高分子材料等科研项目100多项……为经济持续增长打造出大众创业、万众创新的新引擎。

加快创新驱动发展无疑还需要接通金融血脉。在临港区，小微企业贷款风险补偿基金、信贷、担保和政府创投引导基金等形式……满足了不同项目和企业的融资需求，释放出资本助推创新的强大活力。

从推进产学研合作、建设创新平台、强化金融支撑到高端人才集聚、创新活力释放，几个核心要素聚合，临港区的综合创新生态体系得以"闭环"。

融入国家战略　拓展对外开放新路径

在位于临港区的威海国际物流园，通过这里的全程物流供应链一站式服务，商品从韩国生产厂家到物流园保税库再到客户端，最快只需两天。速度如此之快，不仅得益于临港区与韩国的地缘优势和交通优势，更得益于中韩自贸协定下，威海地方经济合作示范区先行先试政策的支持。

抢抓中韩自贸协定、威海入列国家服务贸易创新发展试点城市等国家战略机遇，临港区主动融入全国、全球发展格局来规划经济发展空间，把扩大对韩合作、对外开放的过程变成二产提档升级、三产提质增量的过程。

立足用好威海国际物流园独有的平台功能，系统整合威海港集团的陆海联运优势、国际物流园的保税仓储物流优势、海关的便捷通关优势和邮政速递的海运邮路优势，打造集保税、仓储、分拨、配送、贸易、金融等多种功能于一体的综合服务园区，聚集盼达网、水产品中央协会等对韩贸易企业47家。威海市委市政府还在物流园内统一规划打造中韩跨境贸易电子商务产业园，致力打造威海市规模最大、标准最高的公共服务型跨境电商综合产业聚集基地。

立足用好国际产业合作的基础优势，推动日资企业豪雅光电实现从毛坯到半成品、成品的链条延伸，韩资企业乐扣乐扣从单一的生产性企业成功转型为生产、展示、交易一体发展的综合性企业，美资企业开泰体育用品增资膨胀、滚动发展……在骨干企业的带动下，全区外贸进出口和实际利用外资逆势上扬。

立足用好开放合作不断深化的机遇，临港区支持中国钓具之都·博览城与阿里巴巴联合启动"中国质造·威海渔具"项目，建成国内最大的钓具线上展示交易平台；引入国际专业团队策划设计，启动建设中韩创新创业示范园和颐高·之信国际电子商务产业园，带动传统商贸升级发展。

凭风借力，振翅高飞。一系列国家战略的支撑，让临港区先行先试的步伐不断加快。

力促"三生"共融　醉美宜居宜业新城

从高空俯瞰，蜿蜒的草庙子河如玉带环绕，河岸楼盘沿水而生——林泉社区、上河小镇社区、嘉和花园……"一河两岸"滨河湿地工程勾勒出城市可持续发展的"绿色动脉"，给临港区居民创造出一片播种诗意生活的大地。

"一河两岸"滨河湿地工程是临港区致力建设精品城市的生动缩影。在贯彻落实威海全域城市化、市域一体化战略的进程中，临港区牢固树立精品理念，强化民生导向，在产城融合的创新实践中不断刷新，演绎出生态、生产、生活共融的大美景象。

统筹道路、管网等基础设施建设，协调发展行政商务、商贸居住、休闲度假三大板块，城市的综合承载力不断提升。立足在更高起点上提升城市功能、对外吸引力和辐射力，高标准建设了全民健身中心，今年又将开工建设国际学校、综合医院和社会福利中心……新城的"磁场效应"日益凸显。

日臻完善的基础设施和配套服务功能，加上"零障碍、低成本、高效率"的项目全程跟踪服务、广阔的发展前景，让临港区成为一个创业者愿意来、留得住、能发展的投资福地。入驻项目的增多，不仅吸引了高端人才、产业工人聚集，也让当地越来越多的居民实现了就地转移，摇身一变成为产业工人。

开发区建设的出发点和落脚点是造福于民，临港区在"产城互动 三生共融"的实践中始终没有忘怀这一初衷。以"人民对美好生活的向往，就是我们的奋斗目标"为自觉实践，临港区按照"政府主导、统一规划、整村拆迁、集中建设"原则，用三年时间在中心区建成四大新型社区，集中安置17个村近万名群众，为土地集约利用、人口集中居住、产业集聚发展提供有力支撑；公共财政更多向民生倾斜，交通、教育、医疗、养老、文化等基本公共服务均等化、城乡环卫一体化……人民群众的获得感更多，群众满意度调查连续三年获满分，临港区凝聚起一份难能可贵的民心和民力。

风正海阔，自当扬帆破浪；任重道远，更须策马扬鞭。站上新起点，迎接新机遇，临港区，向着建设现代化产业新城的目标，执楫奋进！

2016 年 3 月 4 日第 2 版

对接"丝路" 通商欧亚
青岛深掘地方合作潜力

宋晓华　　杨瑶

青岛代表团在匈牙利进行推介

在罗马尼亚举办的经贸产业合作园区推介会及项目签约

中英地方经贸合作青岛论坛

青岛前湾保税港区整车进口口岸（张进刚　张进涛摄）

　　3月底，中国国家主席习近平对中欧国家捷克进行国事访问，签署了中国和中东欧国家的首份"一带一路"谅解备忘录，强有力地推动了中国与欧盟国家之间的合作。

紧接着，3 月 29 日～4 月 5 日，青岛市委主要领导率青岛代表团赴匈牙利、罗马尼亚、英国访问，深入实施"一带一路"倡议，拓展地方经贸合作。访问期间连续举办 3 场"丝路对话"，重点推介青岛的欧亚经贸合作产业园区，最终达成近 20 个经贸合作协议，取得丰硕成果。

青岛与作为新兴市场的中东欧，拥有着广阔的合作空间，潜力巨大。而随着中英关系迎来"黄金时代"，青岛入选中英地方经贸合作重点城市，也将推动青岛与欧洲传统市场的合作交往迈上新的台阶。

事实上，围绕"一带一路"倡议，近两年来，青岛先后累计在 22 个国家的城市举办"丝路对话"系列活动。

"丝路对话"，企业家一对一洽谈

3 月 29 日，青岛市代表团到达出访第一站：中欧国家匈牙利，并在匈牙利首都布达佩斯市举办了"丝路对话"系列活动。这是青岛市商务局近两年来推进实施"一带一路"，在沿线国家举办的第 22 场"丝路对话"系列活动。匈牙利机械制造、食品饮料、物流交通、基础建设、农副产品加工、金融管理约 70 多家企业到会，气氛十分热烈。

对话活动以《新青岛：向现代化国际城市迈进》的形象推介片开场，向世界介绍青岛实施国际城市战略的成果，引起了与会匈方代表的高度关注和热烈反响。

山东省委常委、青岛市委书记李群在向与会代表推介青岛时表示，在中国"一带一路"战略规划中，青岛被确定为新亚欧大陆桥经济走廊主要节点城市和海上合作战略支点，对外开放优势明显。我们愿抓住"一带一路"建设以及中国与中东欧国家深化合作"16+1"的重大机遇，进一步加强务实合作，深度挖掘合作潜力，打造更多合作亮点。青岛正在加快建设国务院批准的北方唯一财富金融管理综合改革试验区和第二批中国（青岛）跨境电子商务试验区，必将推动金融和贸易领域更好地融入"一带一路"战略。最近，商务部发函支持建立青岛欧亚经贸合作产业园区，为青岛深化与中东欧国家经贸合作提供新的平台。这是中国沿海地区第一个横跨欧亚大陆两个市场和境内外园区合作载体，在这里，有中国国家沿海地区第一家"多式联运"海关监管中心，有面向欧亚市场的贸易物流综合枢纽。这些引起了外方与会嘉宾的强烈兴趣，并促成多项合作协议的签署。

匈牙利经济部副国务秘书毛尔青科·佐尔坦表示，匈牙利非常重视与中国的经贸合作，正在推进的东方开发战略与中国"一带一路"战略有很多的共同点。匈塞铁路是丝绸之路的组成部分，匈牙利的目标是成为中国向欧洲进出口的首要区域性物流基地，这与青岛非常契合。青岛在中国具备重要的经济潜力，也是重要的物流中心，非常欢迎青岛企业来匈牙利投资。

中国驻匈牙利大使段洁龙在致辞中充分肯定青岛市代表团的真诚意愿和务实举措，表示愿推动青岛与匈牙利深化各领域合作，打造中匈地方合作新典范。

在出访第二站罗马尼亚，青岛市代表团举办了今年以来的第五场"丝路对话"，在当地政经界引起不小的轰动。罗马尼亚作为中东欧地区重要国家和欧洲重要的新兴经济体，是中国与中东欧、欧洲合作的重要支点。青岛与罗马尼亚虽然远隔重洋，但双方有着诸多相似之处，经济充满活力，工业比较发达，海运十分便捷。

在罗马尼亚首都布加勒斯特，罗马尼亚—青岛欧亚经贸合作产业园商务对话会上，青岛市商务局与罗马尼亚国家工商会签署了建立经济合作伙伴关系谅解备忘录，青岛港集团与中国海运欧洲控股有限公司、罗马尼亚康斯坦察国家港务管理局签署了战略合作协议，胶州市政府与罗马尼亚合作方签署了欧亚经贸合作园区战略合作协议。青岛市企业家代表还与当地40多家企业负责人进行一对一洽谈，围绕产业对接、园区建设、投资贸易等达成了一批合作意向。

近年来双方经贸往来日渐频繁，合作领域不断深化。2014年2月，罗马尼亚驻华大使多鲁·科斯泰亚访问青岛，双方就开展旅游、造船、海洋及新能源等领域的合作达成共识。去年罗马尼亚累计在青投资项目20个，青岛的企业也在罗马尼亚投资设立了贸易公司，青罗双边贸易额达到7000万美元，累计双向投资额达到5000万美元。

青岛港集团与中海（欧洲）公司、罗马尼亚康斯坦察港共同签署了战略合作备忘录，为双方经贸合作打造更加通畅的"海上丝路"贸易大通道。

李群希望青岛企业抓住机遇，加快"走出去"步伐，更好地融入"一带一路"战略，实现企业发展与国家战略和城市发展战略的深度融合。

园区合作，打造欧亚交往新平台

历史上，青岛胶州湾板桥镇是古代海上丝绸之路始发点，如今这里崛起了"一带一路"新的合作枢纽——青岛欧亚经贸合作园区。商务部支持在青岛设立这个跨境园区，主要是基于落实习近平主席与俄罗斯总统普京共同签署的"一带一路"战略对接"欧亚经济联盟"合作协议。

在出访匈牙利、罗马尼亚期间，青岛商务代表团重点推介了青岛欧亚经贸合作园区，在当地引起巨大反响。

作为中国商务部正式批复支持设立在中国沿海地区的唯一一家横跨欧亚大陆境内外双向投资贸易互动的合作园区，青岛欧亚经贸合作园区以打造面向欧亚地区的贸易物流综合枢纽为目标。青岛市在胶州国家级经济技术开发区规划建设总面积 36 平方公里，同步在俄罗斯、吉尔吉斯斯坦、哈萨克斯坦等中亚国家以及匈牙利、罗马尼亚、捷克等中东欧国家各选择一个城市建立境外园区"互联互通"合作联盟，并以此为契机进一步拓展与其他欧亚国家的产业园区经贸合作。

海关总署批准设立了中国沿海第一家"多式联运"海关建管中心之后，青岛海关成为了中国黄河流域"9+1"丝绸之路经济带"一体化"报关口岸，沿线通关"十地通关如同一关"。山东出入境检验检疫局与沿黄省区"10+1"一体化报检机制同步启动实施，带动了整个西部华北区域更高层次的对外开放，促进中国与沿线其他国家之间的互联互通。

已开工建设的 4F 级胶东国际机场将于 2019 年建成运营；世界第七大港口青岛港距离园区 20 公里；中铁联集青岛中心站作为中国 18 个铁路集装箱中心站之一，已开通中亚班列和"中韩快线"，即将开通北至俄罗斯的青满俄国际班列，南至越南的青凭越国际班列，西至荷兰的青新欧国际班列，形成以青岛为枢纽，贯通欧亚大陆东西南北、无缝对接海陆空铁的"一带一路"互联互通综合贸易枢纽，成为建设青岛欧亚经贸合作产业园区的重要支撑。日韩两国去欧洲中亚从这里中转比海运直航缩短 15 天的时间，夫东盟南亚缩短 7 天时间。

此次出访，园区聚焦中欧国家更多关注目光，迎来新的发展机遇。

匈牙利和罗马尼亚是"一带一路"以及欧亚大陆重要的物流枢纽，这与青岛欧亚经贸合作园区不谋而合。

在出访期间，青岛国家级胶州经济技术开发区与匈牙利中欧商贸物流合作园区签署了合作建设欧亚经贸合作园区的战略合作协议，青建集团与匈牙利吉卜力公司、海尔集团与斯莱克斯公司、澳柯玛集团与中欧商贸物流合作园区展示中心分别签署了战略合作协议。

以园区为载体，青岛拉近了与中东欧的距离。青岛市商务局与匈中经济商务委员会签署了建立经济合作伙伴关系谅解备忘录，青岛市还与罗马尼亚国家工业和商业委员会签署了建立经济合作伙伴关系谅解备忘录，进一步扩大"丝路朋友圈"。

访问期间，李群一行还在巴拉顿菲兹弗市政厅会见了该市市长贝拉·马顿。李群与贝拉·马顿分别代表两市签署了加强帆船、旅游合作的备忘录。巴拉顿菲兹弗市地理环境优越，旅游资源丰富，水上运动发达，与青岛市有许多相似之处，双方合作潜力很大。

李群一行还在贝拉·马顿陪同下，考察了菲兹弗帆船俱乐部，就帆船制造、维修以及帆船运动开展进行了深入交流探讨。考察结束时，贝拉·马顿激动地把自己衣服上代表城市形象的徽章摘下来，亲自佩戴在李群的西装上，表达对青岛人民的友好之情。充分体现了"一带一路"人文相通的深情厚谊。

城市交流，传统市场合作升级

"一带一路"既对接新兴市场深挖潜力，也引领在传统市场的合作升级。

4月5日，中英地方经贸合作青岛论坛召开。李群在论坛上用一段英文演讲，瞬间拉近了与在座嘉宾的距离，让论坛气氛热烈起来，这份热烈直接推进了合作成果的产生。

论坛上，青岛市与利物浦签署建立经济合作伙伴关系备忘录，青岛市商务局与英中贸易协会签署"一带一路"路演合作备忘录，英中贸易协会将在今年10月选择青岛作为四个城市之一进行路演；青岛分别与中英创意产业园、C40气候城市领导人联盟签署合作协议。青岛高新区与英国伊甸园和海克斯康的战略合作、青岛西海岸与国际大学创新联盟的中英文化创意产业园、青岛银行与伦敦证券交易所合作、青岛维尔海洋科技促进中心与英国海洋学中心牵手等工作均得到推进。

这是青岛落实国家领导人去年成功访英期间签署的有关发展地方之间经贸合作的协议的具体动作。此前，青岛作为首批中英地方合作重点城市，出席了中国商务部部长高虎城率领的经贸代表团与英方召开的联合工作组第一次会议，短短两个月，青岛先后两次密集访英，凸显了这座城市紧跟中央指示的脚步。

在英国，人才引进也是青岛所关注的。青岛市代表团在访问剑桥市时，与剑桥市议长进行了会谈，并访问了剑桥商学院与牛津大学，在商务人才交流、教育培训、技术创新和技术成果转化等方面展开了探讨。此外，代表团还与英国松林制片厂国际项目总监洽谈在青岛西海岸发展文化产业。

青岛与英国之间，投资合作的深度推进总是离不开贸易的基础。2015年，青岛与英国贸易额达16亿美元，在全球贸易不振的情况下进口、出口仍然分别保持了增长 14.4% 和 0.2%；特别是今年前两个月，从英国进口比去年同期增长了 18.5%。

英国累计在青投资 5 亿美元，汇丰银行、渣打银行、英维斯、特易购等英国企业在青设立项目；青岛的海尔、海信等品牌企业也都来到英国投资发展青岛企业在英国的投资项目达到 13 个。青岛与英国南安普顿市建立了经济合作伙伴城市关系，英国英中贸易协会在青岛设有常驻代表机构。

3 月 20 日，2015～2016 年英国克利伯环球帆船赛的 12 艘大帆船驶离青岛奥帆中心，开启"太平洋挑战"；青岛也因 12 年间的 6 次牵手，成为全球与此项赛事合作时间最长的城市。

2014 年 6 月，时任英国商务、创新与技能国务大臣访问青岛，希望共同推动青岛与英国的经贸合作，促成了英国全球数字娱乐联盟、英国伊甸园工程等在青投资项目正在加快推进，双方经贸合作前景十分广阔。

密切交往，倍感亲切。本次出访，受到当地政经界的高规格接待，威尔士政府欧洲与外国事务部部长盖瑞·戴维斯在出席了今年 2 月底的中英地方合作论坛后，获悉青岛市委主要领导来访的信息，主动联系驻华使馆热情邀请到访该区。

伦敦市政厅总行政官爱德华李斯特爵士、伦敦金融城市长茅杰飞勋爵先后会见了李群一行。英中贸易协会主席沙逊勋爵出席了中英地方经贸合作青岛论坛，并发表了热情洋溢的欢迎词。

论坛上，李群为 10 家对青岛与英国经贸交流作出突出贡献的代表企业授予了感谢牌，包括青岛在英已有投资企业海尔集团、海信集团、青建集团、德才集团以及英国在青投资项目汇丰银行、英中贸易协会、普华永道、英国古德温集团公司、意仕德。

春风至，万物生。"一带一路"为青岛提供了广阔的发展机遇，拉近了欧亚两大经济体间的距离，青岛与"一带一路"沿线国家合作的精彩篇章将不间断地续写下去。

2016 年 4 月 7 日第 2 版

"青岛全明星"乐队：爱青岛　用歌唱

赵伟

"哈啤酒，吃蛤蜊，爱青岛，我们一起玩……"

一群金发碧眼的老外，站在咖啡馆吧台后面，一边率性舞动，一边用地道青岛话说唱青岛的山和海、烤肉和蛤蜊，讲述他们的"青岛情结"。

"青岛全明星"乐队合影

前不久，这个由外国人乐队录制的音乐短片《爱青岛》在网上流出，几天时间就有了上百万次的播放量。

短片导演赵俊杰与乐队早已熟识。"乐队叫'青岛全明星'，成员来自世界各地。我们这群人2009年就认识了，每次聚会都要喝点啤酒，他们说的青岛话，比如'白叨叨'都成口头禅了，俨然半个青岛人。"赵俊杰说。

对于赵俊杰的评价，乐队成员乐于接受。"目前，乐队共有14名成员。我们选择'青岛全明星'这个名字是因为它能代表一个集体，集体里的所有人都为乐队带来了很好的因素，而把我们这些人联系在一起的，是青岛这座城市。"乐队主唱之一、美国人JD对乐队的介绍简单明了。

至于这些老外们为何会选择留在青岛，他们演唱的歌曲中给出了答案："我第一次到青岛，就爱上这里了。这个地方这么好，有山有海，它就是我的菜。还有青岛的扎啤，就是我的最爱。有蓝天碧海红瓦和绿树，有喝的，有吃的，还有看的。"

因为歌词融入了大量青岛元素，青岛本地媒体称，这首歌透着一股"青岛蛤蜊味儿"。

谈起作这首歌的初衷，JD说，好玩是一方面，还有一个原因，就是想为青岛国际啤酒节添把火，"啤酒节非常有趣、刺激、令人兴奋。大家对青岛的感情，其实很多时候也都在酒里"。

"青岛啤酒太美味了！除了一个从来不喝酒精饮料的成员以外，我们都非常喜欢。另外，青岛海鲜也是我们非常喜欢的。"提起青岛美食，JD 的热爱之情溢于言表。

实际上，他们对青岛的热爱不仅体现在音乐上，更融在生活的点点滴滴里，连乐队微信和微博上的简介都是同一句话"吃蛤蜊、喝啤酒"。

"澳大利亚人 Adam、美国人 Sam、意大利人 Paolo、俄罗斯人 KC，这几名都是核心队员。其他成员里，Yoyo 擅长尤克里里风格的演唱，Chris 是一个杰出的崭露头角的歌手。Miki 也是乐队非常重要的一员，他是一个中国 DJ，帮助我们为这首歌做了很好的混音。青岛本地说唱歌手沙洲也是乐队的一员。"JD 介绍说，乐队的外国人里，最长的来青岛已经 8 年，最短的只有 1 年。

"我来青岛 8 年了，之前一直在做外教，最近辞职学中文。我们成立乐队最初的目的就是为了玩，喜欢和朋友一起唱歌、做音乐。"因为来中国时间长，加之母亲是中国人，鼓手 Adam 是乐队里中文最好的外国人，歌曲中的中文部分多数由他完成。

比起 Adam，美国人 Sam 更加"中国化"：早在几年前，他便与一名漂亮温婉的青岛女孩结婚，成了地地道道的"青岛女婿"。

"我们都非常喜欢在青岛的生活。"如 JD 所言，也许用不了多久，乐队里的多数成员就会跟 Adam 和 Sam 一样，越来越"中国化"，越来越"青岛化"。

2016 年 4 月 14 日第 2 版

青岛寻找"标准化"里的新动能

赵伟

3月5日，山东省首条有轨电车在青岛市城阳区载客试运营（王海滨摄）

海尔产品受到采购商好评

近日，国务院办公厅下发的《国家标准化体系建设发展规划（2016～2020年）》（以下简称《规划》）指出，要充分发挥"标准化+"效应。

作为我国"十三五"时期重点建设的国家东部沿海重要的创新中心、国内重要的区域性服务中心和国际先进的海洋发展中心，青岛对标准化建设有着更为迫切的现实需求。

去年，青岛全面部署实施国际城市战略，"标准化"成为其国际化的重要推进因素之一。青岛市国际城市战略推进委员会特别设置有标准组，设国际都市城建标准、国际都市交通标准、国际城市教育标准体系、国际医疗健康服务体系、国际城市社区养老服务体系5个专业工作小组。

"标准化+"，正在为青岛城市发展增添新动能。

"标准化+"渗透到方方面面

骨子里具有海派文化求新求变性格的青岛，一向是改革发展中的"赶早者"。

早在2011年，青岛便提出"寻标对标达标创标夺标"，作为建设宜居幸福的现代化国际城市的战略决策。

"青岛要把'标准化+'作为一项城市战略来抓，通过坚持世界眼光、国际标准，强化问题导向，加快标准化体系建设步伐，推进实施国际城市战略。"山东省委常委、青岛市委书记李群如是表示。

起步早，发展快，青岛的"标准化+"工作如今已深入城市发展方方面面：

在青岛，肉菜等菜篮子商品追溯成效斐然：2010年，青岛被确定为全国肉菜流通追溯体系建设首批试点城市之一，并制定了与国际标准接轨的地方标准。3年后，在商务部对全国首批肉菜流通追溯体系建设试点城市的验收中，青岛验收成绩排名全国第一。2014年，青岛出台《鲜活农产品生产流通管理规范》等地方标准，成为全国首个农产品生产流通地方标准。

目前，国家标准委已在青岛特色农产品领域批准建立了18个国家级农业标准化示范区，发布市级农业地方标准规范253项。

来自青岛市质监局的材料显示，标准化对青岛产业的影响面正逐步扩大并渗透到百姓生活方方面面：

在青岛市历年获奖励的国际标准项目中，2012年，项目名单中开始出现中国海洋大学、青岛科技大学等高校的身影，标准领域从家电行业延伸到家电测试软件系统集成、带传动V带槽轮轮槽的几何检验等。2013年的项目名单则首次有了康大外贸集团等民企参与，还出现了兔肉标准、绿色社区控制网络、铁路机车车辆照明等新的研究方向的国际标准。

将视野聚焦到青岛各政府部门的"标准化+"工作中，先试先行正在为政府工作打开新格局：

仅以青岛市商务局为例。近两年来，该局完成了包括《青岛市油炸面制品加工销售服务规范》《青岛市二手汽车鉴定评估管理规范》等在内的24个行业标准规范的编制工作。

结合编制青岛市商贸流通"十三五"发展规划，该局将修订完善商业网点等专业规划和商业分级设置规范等17个地方行业规范，加快制定城市共同配送、鲜活农产品流通等地方标准，转变政府行业指导模式，建立依靠规划和标准指导行业发展的新型工作机制。

获批首个技术标准创新基地

去年8月，国家标准委正式函复青岛市政府，同意《国家家用电器技术标准创新基地（青岛）筹建方案》。这是国家批准筹建的第一个行业领域的技术标准创新基地。

去年年底，由青岛国信胶州湾交通有限公司主导和参与制定的《公路隧道运营企业安全生产标准化规范》，是国内首部隧道安全管理标准规范，填补了行业空白。

今年1月，全国首个由质监部门与高校共建的标准化研究机构——青岛大学标准化战略研究院揭牌成立，将成为国内一流的标准化科学研究与人才培养基地和服务于标准化建设的重要智库。

勇做"标准化+"先行者的同时，青岛的中小企业也正在掌握行业技术标准"话语权"，塑造标准领域的青岛品牌：

青岛三利集团公司承担了全国无负压供水设备标准化分技术委员会，主持制定了《无负压给水设备》标准，将企业的自有技术转化成国家标准；青岛开发区创统科技发展公司承担了逆变电源标准化分技术委员会，制定了相关领域国家、行业标准；青岛国林实业公司通过制定《水处理用臭氧发生器》行业标准，成为全国最大的臭氧发生器生产企业……

"在当今全面深化改革的时代背景下，标准已经成为治理能力提升的助推器、市场经济运行的耦合器、政府职能转变的容纳器。"青岛市质监局局长徐国启介绍说，当前，青岛市质监局正在向国家标准化管理委员会申请，建设东北亚标准化青岛研究中心。

此外，青岛建立相关联席会议制度，拟设立"国际标准（青岛）论坛"，每年召集全球标准化专家汇聚青岛，开展国际标准研究。

在人才建设上，青岛推动高等院校设立标准化工程本科、硕士专业，并与国外高等院校开展国际标准化人才合作培养，建设和开发青岛标准馆藏文献资源，开展标准化核心价值理念等文化研究。

下一步，青岛将贯彻落实《青岛市人民政府关于全面推进标准化建设的实施意见》等文件，以市政府办公厅的名义出台《青岛市标准化体系建设发展规划（2016～2020）》，组织实施"标准化+"行动计划，统筹协调推进青岛标准建设工作，在标准领域打响青岛品牌。

在全球竞争中拥有主导权

在激烈的全球市场"蛋糕"争夺中，谁成为标准的制定者，谁就能在竞争中拥有主导权和话语权。

青岛市市长张新起表示，"青岛高度重视'标准化+'工作，致力于打造率先科学发展的青岛品牌、青岛质量，建设宜居幸福现代化国际城市"。

作为"中国品牌之都",青岛孕育出青啤、海尔、海信、双星、澳柯玛等一批知名企业和品牌。在国际标准制定角逐中,这些企业表现不俗。

8年前,凭借热水器产品研发的防电墙专利技术,青岛海尔成为首家改写国际标准的中国家电企业。

此后,作为全球白色家电第一品牌,海尔提报的国际标准制修订提案越来越多。

最近的一次是去年10月,海尔向国际电工委员会提交"冰箱保鲜"全新技术标准提案并获得通过,为全球统一了国际标准测试方法。

目前,海尔提报的国际标准制修订提案中,已有34项被国际标准组织采纳,成为国内提报国际标准制修订提案最多的家电企业。

同样来自青岛的家电巨头——海信集团在参与国际标准制定上也频频出招:截至目前,海信共主持参与257项国家和行业技术标准的制修订,牵头起草的LED液晶背光分规范国际标准,是中国企业第一次起草制定平板显示国际标准。

来自青岛市质监局的数据显示,截至2015年底,青岛承担了25个国际和国家专业标准化技术组织秘书处的工作,居全国同类城市首位。青岛市全市企事业单位共参与制修订国际标准74项、国家标准650余项、行业标准680余项,初步形成了具有青岛特色的标准化工作格局。

企业积极参与国际标准制修订,与其所在城市的大环境密切相关。

今年1月,青岛颁布实施《青岛市城市管理工作标准》,引入"海绵城市"绿化建设理念,内容涵盖市政设施、园林绿化、环境卫生、市容秩序管理等城市管理相关行业,体现青岛地方特色。

在今年的青岛市人代会上,实施"标准化+"战略首次写入政府工作报告,提出要深化质量强市和品牌建设,打造具有国际水平的青岛地方标准。

把"标准化+"作为重要战略推进落实,加快构建高水平、广覆盖的青岛标准体系,抢占国际标准竞争制高点,这必将为青岛的城市发展积蓄强劲动能。

2016年4月14日第2版

变身阿里旅行"未来景区"
曲阜三孔景区拥抱"互联网+"

李怡

日前，阿里旅行与山东曲阜三孔景区签署合作战略协议，三孔景区接入包括信用游、扫码支付、码上游、地图导览等在内的阿里旅行"未来景区"全线产品，为在阿里旅行平台购票的用户开辟专门的入园通道。三孔景区将逐步实现从线下到线上、从在线预订到景区消费的有效转变，并通过移动终端实现无缝对接，进一步优化提升游客体验与服务，实现线上线下产品结合与互动，让游客感受到智慧旅游模式的游玩乐趣。

三孔景区加入"未来景区"后，游客只需一部手机，即可通行畅游并完成景区内所有消费的支付；信用良好的游客还能享受"信用游"，即先游玩，后付款，入园12小时后再统一通过支付宝结算。三孔旅游服务公司总经理尹洪福表示，加入未来景区是传统景区在"互联网+"大环境下的创新之路，希望更多游客能前来领略三孔的历史文化气息。

作为中华民族积淀多年的文化瑰宝，三孔景区（孔府、孔庙、孔林）是中国历代纪念孔子、推崇儒学的见证。景区宏大的规模和独特的人文历史价值，能够带给游客一场旅游盛宴和一次灵魂上的启迪。传统文化旅游度假的未来发展空间不容小觑。业内人士分析说，要真正激发传统旅游度假市场，让静态的传统文化在旅游产品中活化是发力的关键。传统景区与互联网深度结合进而创新，毫无疑问，路走对了。

"未来，游客在三孔景区体验到的服务是定制化的：哪个时间节点游客火爆，是不是可以考虑错峰出行；游览过其他文化旅游目的地的游客或许有到三孔景区感受一下的意愿；也许他需要买一套《论语》作纪念呢……通过阿里旅行的大数据智能分析，未来景区将为游客提供更细化的服务提示。"阿里旅行门票事业部总经理金奕介绍说。

2016年4月14日 第10版

"青岛品牌"叫响广交会

杨瑶

4月19日,广交会一期结束,青岛交易团成交14.3亿美元,比上届增长5.3%。"青岛品牌"成为广交会上的一个"热词"。

站在第119届广交会展馆A区通往C区的最主要通道上,环绕四周的电子屏,每隔30秒就会出现"通商青岛 品牌之都"的彩色大型标语,来来往往的世界客商展示"青岛品牌"的魅力。

广交会一期期间,以"通商青岛 品牌之都"为主题的全球营销推介会在展馆内召开,青岛市商务局向参加本次广交会的美国、英国、法国、德国、俄罗斯、乌克兰、印度、乌兹别克斯坦、印尼等国家的70余名采购商以及机电进出口商会、五矿化工进出口商会、企业代表和媒体记者100余人隆重推介了"青岛品牌"。推介包括青岛品牌企业、品牌产品、青岛外贸品牌小镇、出口农产品质量安全示范市和青岛跨境电商综合实验区等内容。

"作为工业品牌城市,青岛制造业基础雄厚,目前已发展形成了电子电器、汽车机车、石油化工、纺织服装等10条千亿级产业链,孕育出了海尔、海信、青岛啤酒、澳柯玛、双星、中车四方、新华锦、青建等一批知名企业和品牌,拥有中国名牌68个、山东省名牌528个、青岛名牌727个,享有中国品牌之都、中国十大品牌城市等美誉。在国家'一带一路'战略规划中,青岛被确定为'新亚欧大陆桥经济走廊主要节点'和'海上合作战略支点','双定位'将带来这座城市与'一带一路'沿线更广阔的双向投资贸易合作。"青岛市商务局局长马卫刚表示。

品牌是走进国际市场的通行证,它涵盖了产品质量、产品设计、研发和服务等等一系列内容。海外客户对产品的选择越来越多地倾向"质造"和"智造"。今年,青岛市商务局创新举措,为参加广交会的全体参展企业服务,帮助他们在国际市场争取更多的份额。青岛市外商投资服务中心为青岛的所有参展企业印制了中英文版的名录和简介,在广交会的发布舞台旁专门设置了展台,方便海外采购商了解取用。

此次与"品牌"一起亮相推介的，还有青岛的 10 个"外贸特色小镇"。这些特色的产业集聚区已经培育出外贸的新优势。

外貌特色小镇的建成为企业"抱团"发展提供一个优良的平台。产业链上的企业加速集聚，强化企业之间的沟通，激发企业创新动力，促进行业发展。目前，隐珠手推车小镇仅生产和配套企业就有 300 多家，手推车年生产能力 1200 万台，产值 70 亿元以上，占世界市场份额的 30% 以上，成为世界规模最大的手推车生产基地。

在广交会上叫响的"青岛品牌"，背后往往是一个又一个有竞争力的企业、有生命力的产业以及一座有经济实力的城市。

2016 年 4 月 21 日第 2 版

中日韩经济发展协会山东委员会成立
中日韩资本交流有了新平台

近日，中日韩经济发展协会山东委员会日前在青岛成立。

中日韩经济协会执行会长权顺基表示，这为日资、韩资、中日韩合资企业的交流发展搭建起新平台，必将对中日韩经济发展起到重要作用。

据了解，韩国和日本分别是青岛的第二和第三大贸易伙伴。2015 年，青岛对日韩进出口额完成 149.49 亿美元，占全部总额的 21.3%。2016 年 1～2 月份，青岛对日韩进出口额完成 19.9 亿美元，其中出口 13.5 亿美元，进口 6.4 亿美元，分别占全市总比重的 43.7%、22.3%、21.4%。

数据显示，2015 年，日韩在青投资项目 377 个，同比增长 30%；合同外资 19.52 亿美元，同比增长 36.6%；实际外资 17.06 亿美元，同比增长 53.3%。截至 2016 年 2 月底，日韩累计在青投资项目 14037 个，合同外资 322.29 亿美元，实际外资 217.41 亿美元。

截至 2016 年 2 月底，青岛市核准对日、韩投资项目 216 个，中方投资额 2.84 亿美元。

日本驻青总领事远山茂表示，该委员会成立能够让日中韩之间的合作关系迈上一个新台阶，有利于进一步加强三个国家在山东各个领域各个层面之间的合作。

韩国驻青总领事李寿尊认为，山东是中国韩资企业最多的省份，随着中韩自贸协定的实施及中日韩经济发展协会山东委员会的成立，今后，双方合作必将进一步深化。

据中日韩经济发展协会山东委员会会长腾海波介绍，山东委员会下一步工作将有四项内容：建立健全协会工作体系、机构；以跨境电商开发为突破口，推动经贸科技合作，联合各会员企业以创新的思路开辟新的贸易方式和新的市场；积极招商引资和积极组织对外投资，搭建各种项目的投资平台；注重科技发展，加强信息交流。

2016 年 4 月 28 日第 2 版

青岛高新区：见证创新的力量

赵伟

青岛高新区城市景观（傅瑜　张进刚摄）

2016年，青岛高新区进入国家自主创新示范区行列，在"十三五"开局之年，开启新的发展征程。

青岛高新区成立于1992年，蝶变于2006年。是年，青岛高新区获批搬迁至青岛北部，开启新的发展、建设历程。

青岛高新区一家企业生产的工业机器人

经过10年的创新发展，青岛高新区已然探索出适合自己的发展路径：中国唯一国际石墨烯创新中心坐落于此，石墨烯产业发展全球领先；"国家机器人高新技术产业化基地"吸引来世界机器人制造企业的"四大家族"——瑞典ABB、德国kuka、日本发那科和日本安川电机在此设厂；完备的创业生态系统孵化一个个创业梦想……

山东省委常委、青岛市委书记李群表示，青岛高新区近年来着重突出现代化、国际化的标准，构建"高""新"特色和海洋优势，打造构建高品质的北部新城区。

体制机制创新，让专业之人做专业之事

所有城市，兴办高新区以及各种"园区"，都有一个目的——打造新的创新增长极。但是路径的不同，决定了发展层次和速度的差距。

除了传统的提高便利化水平、提升服务效率等举措，青岛高新区有一个与别处明显不同的做法：打破了传统的体制机制，以"事业部制"的方式，将干部置身于企业化管理的环境中。

2014 年，青岛高新区事业部的诞生与招商部门的解散同时进行。总计近300 人的干部中，约有 1/5 经过报名和遴选，封存"身份"，进入事业部。最终，留在事业部的工作人员，绝大部分都有着丰富的相关从业经验，专业基础雄厚。这与他们面临的新要求"专人、专门、专注、专业"相契合。

对于这一改革，入驻企业纷纷点赞。

"当时，我们对在哪儿落地时有所犹豫的。但在项目对接时，他们对企业的融资、人才、技术、政策等方面的需求了如指掌，并且'流水线'般悉心帮助解决。"青岛高新区管委会工作人员的专业水平令从俄罗斯留学归来的王钊十分意外。最后，王钊带领他的创业团队来到这里，入驻盘古创客空间。

"专门"，可以从青岛高新区产业发展布局与其事业部部门设置表现出来。

走进 5 年前落成的青岛高新区创业大厦，左侧的高大墙体上明确标注着这座新城的发展重点——"1+5"主导产业发展战略。其中，"1"指科技服务业，"5"指软件与信息技术、高端智能制造、蓝色生物医药、海工装备研发、节能技术与新材料 5 个战略新兴产业。

与之相对应，青岛高新区设置了创业服务、软件与信息技术、高端智能制造、蓝色生物医药、海工装备研发、节能技术与新材料共 6 个产业事业部，每一个事业部精准对接一个主导产业。

专注，则随时体现在青岛高新区管委会每一名工作人员的日常工作中。

"我们没有招商部门，但实际上，每个事业部都是一个招商部门。这样做的好处是，可以让专业的人专注于做专门的事，在项目选择、引进、服务上的专业性都特别强。"作为青岛高新区创业服务事业部部长，肖焰恒对此体验颇深。

而为了专注于政府的服务功能，青岛高新区管委会更是交出了传统园区管理 6 项职能中的 4 项——规划、建设、融资、评估、运营、服务，掐掉中间，只留两端的规划和服务。中间的职能，由专业的服务机构进驻，让企业与服务机构之前形成自然的孵化生态。

按照青岛高新区管委会计划，随着石墨烯产业、机器人产业、北斗应用、大数据等在园区的集聚，现在的"1+5"，将来可以随发展变化为"1+6"，"1+7"，甚至更多。

青岛高新区的这一改变正在起作用。

目前，青岛高新区累计引进重点产业项目 298 个，总投资 1511 亿元，5 大主导产业特色初显。其中：软件信息产业布局基本形成；获批成为国内首家"国家机器人高新技术产业化基地"；获批"国家青岛海洋生物医药特色产业基地"；海工装备研发产业正建设全国最大的海洋装备研发和产业化基地；节能技术与新材料产业正推进建设我国北方唯一的国家级示范基地——青岛国家石墨烯产业创新示范基地和全国唯一由中国石墨烯产业技术创新联盟建设运营的青岛国际石墨烯创新中心，成为科技部在全国布局的四大基地之一。

去年，青岛高新区在国家级高新区的综合排名上升至第 9 位，其中，产业升级和结构优化能力上升至第 4 位。

创业生态系统，给高新企业发展后劲

71.4%，这是今年第一季度，青岛高新区高新技术产业产值占规模以上工业总产值的比重。

与其他地方相比，青岛高新区的入驻企业多数具有高科技的特点，如何为这些企业做好服务？青岛高新区的做法是：打造完整创业生态系统。

没有什么比实例更有说服力。

2014 年，从事纳米材料应用开发研究的侯士峰来到青岛高新区，在这里一手创办起青岛瑞利特新材料科技有限公司。"我感觉在中国北方，青岛的工业基础、经济发展、城市品格，还有人的气质，都是国际化程度很高的，创业生态系统也非常完整。"侯士峰说。

去年 4 月入驻青岛高新区的青岛元启智能机器人有限公司则一眼相中了这里的机器人产业链。"产业链和创业生态系统完备了，公司发展后劲就足。"公司负责人介绍说，"目前，我们已经收购了深圳一家做机器视觉的企业，未来的发展目标是在工业智能相机方面，赶超美国康耐视和日本基恩士这两家行

业内的国际巨头。"

两年前，时年 29 岁的杨华也来到青岛高新区，"那时候，满眼都是戴安全帽的工人"。仅不到两年的时间维度里，这里已然进驻了大大小小数百家高科技、创新型企业。

"因为会定期举办创客沙龙、创业分享会、路演等活动，所以，我创办的蓝贝创客咖啡也算是高新区创客们聚会的一大'据点'。"通过与创客们的交流，杨华发现，进驻到青岛高新区的企业里，很大一部分是冲着这里"创业生态系统"而来。

"企业在遇到问题的时候，也许只要敲开邻居的门，就能找到完美解决方案。"杨华总结道，"来到这里的创客有着不同的创业经历，相同的是，他们选择了青岛高新区，因为他们觉得这里的创业生态系统很给力！"

"通过政府组织，把所有资源整合在一起，一个企业在里面，十个企业在帮你，这种互帮共赢的局面，建造了一个创业的生态环境，这是让我很惊喜的。"瞬息网络科技公司创始人张新荣说出了青岛高新区最大的不同。事实上，这正是青岛高新区费心尽力打造的"创业生态系统"，其横向满足创客创业的各种需求，纵向贯穿企业发展的各个阶段，交织成覆盖企业全生命周期的服务网络。

确实，青岛高新区所展现的发展愿景含金量十足：从产业链条方面，这里涵盖中科院自动化所、工业技术研究院等软硬件研发基地，3D 打印中心、机器人生产加工企业等高端制造部门，囊括上游研发设计至下游高效生产各环节。企业运营方面，"创业无忧角"等平台可提供创业辅导、战略管理、人力资源等服务。交流推广方面，萤伙虫创业工坊、蓝贝创客咖啡、八角会议室等场地和相关会展服务，给创客们创造交流的机会、展示的舞台；生活配套设施方面，人才公寓租住、配备大型商场、餐饮中心等可全面保障、便利创客生活。

此外，青岛高新区规划建设孵化器 19 个，总建筑面积约 300 万平方米，初步形成"苗圃—孵化器—加速器"的科技创业孵化链条；蓝贝创客计划招揽人才，旨在培育孵化一批高成长性小微企业；组建包括投资、金融、导师等服务机构在内的高端交流平台"贝客汇"；强化与国内外一流科研机构、大院大所和科技服务平台的合作，打造公共服务平台；构建创业融资平台。

布局公共服务，打造科技人文生态

"青岛高新区作为青岛的重要发展极，要以改革创新的思维谋求新的发展。"青岛市市长张新起如是点评青岛高新区的实践。

步入 2016 的高新区，面对的是全新的未来。

今年年初，青岛新一轮的城市总体规划获批。在这一版总规中，青岛高新区被定位为青岛重要的发展极、三城联动中北部城区。

更重要的是，通过自身的发展，青岛高新区已经站上了一个新的起点：从最初的以基础设施投入为主，到产业发展重点的锁定，再到产业体系的搭建，再到以创新创业为核心的发展生态的营造，步入 2016 的高新区，将真正迎来"产城一体"的全新发展阶段。

如青岛高新区工委委员、管委常务副主任尚立群所介绍的，按照青岛市的整体规划，这里将是一个"升级版"的科技人文生态北部新城。

其实，早在这座新城建设之初，青岛就在规划上下足了工夫，充分借鉴瑞典的哈默比湖城以及中国、新加坡两国政府合作的天津生态城的经验。

数年发展，为青岛高新区在城市基础设施建设方面打下牢固基础。

2011 年夏季，世界最长的胶州湾跨海大桥宣告通车，青岛高新区与主城通过陆地的方式紧密相连。实际上，在青岛的地理版图中，高新区是地理几何中心，未来还有包括铁路、地铁、高速公路、高铁站等多项大型交通设施项目将交汇于此。

其中，济青高铁、青连铁路、青岛新机场快线、青岛地铁 8 号线等均在此设站。铁路红岛站近期为济青高铁（青太客专）与青连铁路交汇站，远期更是为规划中的国家滨海高铁与欧亚铁路大通道的交汇枢纽，为国家特等站。

除了便利的交通，青岛高新区的基础建设优势，还有脚下的地下综合管廊。

"我们的地下综合管廊不光能站人，跑车都没问题！"青岛高新区工作人员介绍说，青岛高新区地下综合管廊 2008 年启动规划建设，廊内设置管线主要包括电力、通信、给水、热力、再生水等五种管线。经过近 7 年的建设，青岛高新区综合管廊网络体系已基本建成，"以后，不管水、电还是通信等管线出现问题，打开井盖，找到问题所在，对症下药就好。我们这个地下综合管廊，可以从根上把市政道路'马路拉链'问题给治好。"

今年，青岛高新区计划配套综合管廊长约 9 公里，投资 4 亿元。同时，创新技术要求，按照国家相关规范，探索将专业管线全部入廊，在具备入廊条件的线段拟将燃气、雨水、污水等共计 8 种专业管线全部纳入综合管廊，在管廊规模和标准上都达到国内领先水平。

还有总投资近 1500 亿元的产业大项目，在今年开建、投产，青岛高新区的产业实力将迎来爆发式的增长。以 19 个青岛市级重点公共服务项目为核心的基础设施项目，将在今年全面推进。

对于青岛高新区的发展，青岛大手笔地将 19 个市级重点公共服务项目布局到这里，涵盖教育、医疗、文化、体育、休闲、会展等各个领域。

目前，在成功入选全国生态文明示范区、国家低碳工业试点园区、中欧低碳生态合作城市试点的基础上，这里还在探索海绵城市建设。其中，青岛高新区水系按照"生态经络、湿地岛链"理念规划的生态框架已基本建设完成，并荣获亚洲都市景观奖。

以科技、人文、生态为底色的青岛高新区，其未来发展值得期待。

2016 年 7 月 7 日第 2 版

浪潮孙丕恕：大数据助力实体经济

王瑞景　刘琼

作为中国 IT 行业的领军人物，浪潮集团董事长兼 CEO 孙丕恕日前出席了 2016 年夏季达沃斯论坛。在接受海外网的采访中，他畅谈对大数据应用和浪潮转型的思考，独到而生动。

大数据"代言人"

一米八多的个头，略显瘦削的身材，鼻梁上简洁大方的眼镜，剪裁得体的黑色西装，说起 IT 领域专业术语信手拈来，这是记者对孙丕恕的初步印象。在采访中孙丕恕屡屡提到一个词语：大数据。

"现在都在讲供给侧改革，却没人说需求侧能给供给侧提供什么东西。消费者的个性需求信息怎么才能精准地传达给制造商？"孙丕恕用略带胶东口音的普通话告诉记者，"大数据就是要起到这个作用。"

孙丕恕在 2016 年夏季达沃斯论坛"中国智造"分论坛发言

从 2014 年开始，浪潮提出了以数据为核心的云计算战略，此后几年，浪潮集团在此领域不断深耕。

在公开场合，孙丕恕俨然成为大数据的"代言人"，大数据、云服务、智能制造等词汇越来越成为他谈论的重心。

在 2016 夏季达沃斯论坛上，孙丕恕作为发言嘉宾参加"中国智造"开放论坛。在被主持人调侃"脚踏两条船"时，他笑着再次重申了浪潮云战略转型的重要性。

"制造业是供给侧改革最基础也是最重要的行业，通过推动制造业向智能制造转型是去产能、调结构的重要途径，数据则在其中发挥出巨大作用。"在孙丕恕看来，对于当前大热的供给侧改革，大数据起到关键作用。

孙丕恕说，数据能够有效对接供给侧和需求侧信息，减少低端重复制造，让供给侧的生产更有针对性。"相对封闭的供给侧会在需求侧的驱动下，基于数据与需求侧形成更好的对接。另外一个就是能够解决供给侧标准化与需求侧个性化之间的矛盾，以实现需求侧的期望，达成对客户需求的精准实时响应。"

孙丕恕透露，目前浪潮正在从收集数据、整理数据阶段，慢慢过渡到开放数据阶段，与用户共同建立一个"社会化"的数据环境。孙丕恕同时认为，数据开放只是第一步，更重要的是对开放数据进行深度挖掘，加以开发利用而达到服务公共领域的目的。

让产业变得智慧

提到论坛开幕式上李克强总理的致辞，孙丕恕告诉记者："我特别赞同李克强总理说的，发展新动能并不代表不需要传统产业的改造，而是要在创造新经济的同时，通过新的技术和模式对传统产业进行改造升级。"

孙丕恕说，在"十三五"规划纲要中，国家明确提出要加快"互联网+"行动计划，实施国家大数据战略，对智能制造、"一带一路"、国家信息安全等进行了部署规划。浪潮对行业趋势的预判与国家战略不谋而合。

目前中国制造业面临不少困难，工业软件相关产业普遍规模小，研发能力和产业化程度较弱，核心技术缺少自主性和市场话语权，导致制造业信息化建设碎片化现象严重。智能制造被公认为制造业升级转型的重要发展方向。如何实现智能制造，成为近期的热点话题。

"过去好多年来，制造业都在走信息化、数据化这条路。没有人会认为信息化、数据化这条路是错误的。但问题是，信息化、数据化的方向到底是什么？"这是孙丕恕关心的问题。

他指出，在数据化新思维的引领下，以数据为核心，利用信息技术挖掘并发挥出数据的价值，将数据作用在制造流程的每一个环节，推动实现供给侧和需求侧的有效对接，让产业变得智慧。

"实现智能制造，技术、设备都不是问题，关键是人的思维。"孙丕恕强调。

就在今年1月，浪潮集团已与德国软件公司SAP签署战略合作协议，将为中国大中型企业提供更加高水平的智能制造整体解决方案，共建中国智能制造平台，推动形成中国一流的智能制造生态圈。

拥抱物联网时代

1993 年，孙丕恕开发出中国第一台拥有自主知识产权的服务器，从此有了"中国服务器之父"的美誉。随后，他一步步带领浪潮成为国内最大、全球前五的服务器制造商。

今年正好是孙丕恕担任浪潮集团董事长的第十个年头。已进入知天命的孙丕恕，对目前的市场格局和浪潮所处的环境有着清醒的认识，前进的脚步从未停止。

在达沃斯论坛上，他详细介绍了浪潮在立足国内后向全球提供信息化服务的拓展步伐：目前浪潮在美国、欧洲、日本等发达国家已经开始布局，在当地设立公司，进行本地化的服务，提供相关的产品；同时，从支持国家战略和企业自身发展双重角度出发，浪潮把目光放到"一带一路"国家，为这些国家提供更多的技术支持，包括软件硬件在内整体解决方案。

有媒体问"距离科技爆发式增长还有多久"，孙丕恕肯定地回答，也就是三五年的时间，"因为互联网向物联网的速度在加快"。

瞬息万变的环境更需要足够的沉稳和韧性，孙丕恕始终坚持浪潮集团是一家以数据为核心的企业。"数据是互联网时代发展的基石，计算又是大数据运用的核心，它支撑了目前的'互联网+'和即将到来的'物联网+'。"

2016 年 7 月 11 日第 11 版

C20 会议嘉宾眼中的青岛：
创新 魅力 活力

杨瑶

C20 会议现场（徐速绘摄）

C20 会议嘉宾参观青岛海尔工业园
（张进刚摄）

7月6日，为期两天的 2016 年二十国集团民间社会会议（简称 C20 会议）完美落幕。本次会议由中国民间组织国际交流促进会和中国联合国协会共同举办，来自 50 多个国家和地区的 170 多个民间组织的 210 多名中外代表与会。中共中央总书记、国家主席习近平向会议发来贺信。

在两天时间里，与会嘉宾围绕"消除贫困、绿色发展、创新驱动与民间贡献"这一主题进行了深入探讨，积极分享各方经验、主动建言献策、深入坦诚磋商，讨论通过了《2016 年二十国集团民间社会会议公报》。

与此同时，本次活动的承办地青岛，以其美丽的自然风光、澎湃的创新活力以及国际水准的会务组织，给中外嘉宾留下了深刻印象。嘉宾纷纷为青岛的魅力点赞。

"魅力青岛，人见人爱！"

国务委员杨洁篪在开幕式致辞时表示，青岛以创新和品牌闻名。中国民间组织国际交流促进会会长孙家正在大会闭幕式上说："魅力青岛，人见人爱！"

"我首先要感谢本次会议的主办地青岛，感谢他们的精心安排与热情友好的接待。"埃及前总理、可持续发展机构董事会主席埃萨姆·谢拉夫在接受采访时表示，毫无疑问，本次会议同往届会议有着显著的区别，因为本次会议召开地青岛是一座拥有开放精神、充满创新活力的城市，会议组织、致辞程序、议题分配，都非常具有国际水平。"通过了解青岛，我们深深期盼两国之间进一步加强深化合作。我也想呼吁世界各国的民间社会一起来推动丝绸之路倡议，也就是'一带一路'的倡议，这一理念是全世界实现发展与繁荣的重要途径。"

非盟经社文理事会主席齐兰吉说："这是我第一次来青岛，这座城市的美丽震撼了我们，而这里的会务服务与这座城市的美丽一样令人深刻。"这是一次非常重要的会议，相信本次会议取得丰硕的成果，将为G20杭州峰会召开贡献民间的力量。

"这几天我一直处于兴奋当中，很开心能来到一个和德国有着渊源的城市，让我感到似曾相识。在德国，我经常到中餐馆喝青岛啤酒，这次来到了青岛，终于喝上了地道的青岛啤酒。"德国乐施会政策顾问芭芭拉·福斯特表示。

"我去过中国的很多地方，之前也听说过青岛的大名，这是第一次来，比我想象的更加美丽。C20会议办得非常成功，来自全球50多个国家和地区的民间组织齐聚在这里，本身就是一件了不起的成就。"澳大利亚弗雷德·霍洛斯基金会公共事务主任尼克·马丁表示。

"创新、魅力、活力"等词汇，是C20会议参会嘉宾在考察完青岛城市建设后最多的描述。会议期间，嘉宾们参观考察了海尔、青啤等企业和湛山社区、福山老年公寓，深入了解青岛市企业发展、科技创新、民生改善及民间社会组织创新发展情况。

在青岛福山老年公寓，澳大利亚弗雷德·霍洛斯基金会公共事务主任尼克·马丁等与会代表们参观了低中频治疗室、物理治疗室等特色诊室，并与部分生活在那里的青岛老人交流互动，接受老人们亲手制作的手工礼物。代表们纷纷表示，青岛福山老年公寓专业的康复和养老设施让人耳目一新，青岛以民间资本建设如此高水准的老年公寓，为世界应对人口老龄化作出了很好的榜样。

山东省委常委、青岛市委书记李群感谢与会各方对青岛的支持和赞美。他说，青岛民间社会正在蓬勃发展，我们将秉持公报精神，积极发挥好民间社会的作用，推进城市治理体系和治理能力现代化，让城市更加开放包容、让社会更加安定有序、让百姓生活更加美满幸福。

从2014年亚太经合组织贸易部长会，到2015年国际教育信息化大会、第二十二轮中美投资协定谈判，再到今年的第十一轮中欧投资协定谈判、刚刚闭幕的 2016 年二十国集团民间社会会议……近年来，越来越多的高规格国际会议花落青岛，青岛的知名度和美誉度不断提高，城市形象和品位不断升级。

走在对外开放的最前沿，一次次成功举办的高规格盛会正在成为青岛新的靓丽名片。

传统艺术，走向世界

如果说具有国际水准的"青岛服务"，让参会的中外嘉宾印象深刻，那么来自青岛的民间艺人现场演示剪纸艺术，则让海外嘉宾近距离感受到中国传统文化的精彩和魅力。

在 C20 的会场外，中国非物质文化遗产展示区在会议间隙总是围满了人。剪影艺人周克胜一直忙个不停，用手里的剪刀为各国嘉宾留下特别的礼物。在他看来，C20 搭建的这个平台，能让青岛的民间传统艺术乃至中国的传统文化更好地走向世界。

专家表示，无论时代如何变迁，都离不开人文交流与文明对话的魅力。古"丝绸之路"既是一条通商互信之路、经济合作之路，也是一条文化交流之路、文明对话之路。今天，人文相通依然是"一带一路"的重要内容，利用现有平台和传统文化资源，加强文化合作和交流，善用恰当话语体系，形成最广泛共识，在"和平、包容、共赢"的发展理念下，形成"平等、尊重、借鉴"一直是发展的题中之意。

7 日晚，青岛歌舞团表演了"一带一路"最新精品力作——舞剧《法显》，讲述了东晋高僧法显，经陆上丝绸之路，穿越 9 国留下的关于"一带一路"的珍贵历史印记。该剧赢得嘉宾一致赞赏。青岛交响乐团以《北京喜讯传边寨》欢快开场。演出分为"青岛欢迎你""中国风""齐鲁韵"三个章节，小提琴表演《中国花鼓》。青岛京剧院《姹紫嫣红梨园春》《胶州大秧歌 & 山东民歌·沂蒙山小调》《俏花旦》杂技表演等精彩节目，让参会代表近距离领略中国文化的独特魅力。最后，《友谊地久天长》的歌声为演出画上圆满句号。

与会嘉宾表示，整场演出极具中国特色，不仅让参会代表切身感受到来自中国、来自青岛的热情好客，诠释出"消除贫困、绿色发展、创新驱动与民间贡献"的大会主题，更把全新的中国、美好的青岛展现给世界。

会议期间，来自世界 50 多个国家（地区）和国际地区组织的中外方参会代表来到青岛世博园，为二十国集团民间社会会议种植"民间友好林"。铲土、填泥、压土、浇水……中外代表携手劳作，每个人都用心浇灌着自己亲手栽种的松树等友谊之树，以绿色文明的方式架起一座友谊的桥梁，共同见证友谊之树扎根美丽的岛城。

民间组织，贡献力量

国之交在于民相亲。民间社会组织是各国民众参与公共事务、推动经济社会发展的重要力量。二十国集团民间社会会议听取社会声音、凝聚社会共识，在推动政府和民间良性互动、助力全球经济治理方面发挥了重要作用。借助民间交流，民间团体在国际展开积极合作，促进各国社会组织共同发展。

在青岛，随着经济社会的不断发展，社会组织数量快速增长，活跃在经济、科技、教育、文化、劳动、卫生、体育、生态环境、社会事务等各个领域，成为推动城市经济、政治、文化、社会建设的一支重要力量。

据了解，近年来，青岛市委、市政府高度重视社会组织的发展，积极创新社会组织培育机制，不断探索社会组织发展模式，社会组织呈现出活力充分迸发、社会协同作用显著增强、社会服务管理水平全面提升的良性发展态势。"民间社会组织是民众参与公共事务、推动经济社会发展的重要力量。"青岛市市长张新起表示。

截至2015年底，青岛市社会组织达到12271家，其中，登记社会组织7715家，备案制社区社会组织4556家。社会组织在数量不断增长的同时，组织结构不断优化，资助型、支持型、枢纽型社会组织发展迅速，社区社会组织非常活跃，社会组织的横向联系趋于紧密，社会组织网络化趋势加强，形成社会组织间合理分工、相互服务、相互支持的新型合作发展格局。目前，在青岛全市社会组织中，科技类社会组织占6.9%、经济类社会组织占8%，慈善类社会组织占19.2%，社会事业类社会组织占55.9%。

例如，青岛市慈善总会等慈善类社会组织积极参与公益事业发展，扶贫济困，助残敬老，积极参与社会福利和灾害救援，弘扬中华民族的传统美德，推进了各类社会公益事业的发展。

青岛市先后被民政部评为"全国基层社会组织改革创新观察点""全国民间组织登记管理工作先进单位"；青岛市市南区、市北区被民政部评选为"全国社会组织建设创新示范区"；青岛市保险业行业协会等7家社会组织先后被授予"全国先进社会组织"称号。

2016年7月14日第2版

"中国好参"出文登

王海政　张小寒

西洋参（陈宏青摄）

文登西洋参交易中心揭牌（李晓娟摄）

颐阳西洋参破壁工艺生产线

收获西洋参（陈宏青摄）

参农清洗鲜参（陈宏青摄）

加工厂分拣刚收获的鲜参（陈宏青摄）

文登西洋参专业合作社员工包装西洋参（陈宏青摄）

文登西洋参专业合作社员工在网上联系客户

参农在分拣西洋参（陈宏青摄）

· 中国最大的西洋参主产区
· 文登西洋参获国家地理标志农产品登记保护
· 拥有"文登西洋参"地理标志证明商标
· 中国西洋参交易集散地

入冬，山东省威海市文登区的广袤田野之下，西洋参正在肥沃的泥土中"蛰伏"积蓄能量。经过 30 多年的摸索发展，文登的西洋参产业不断成长壮大，已经成为中国最大的西洋参主产区，在 2015 年中国品牌价值榜中，文登西洋参以 40.64 亿元的区域品牌价值位列前三位。

文登有参

文登有西洋参，是从 30 年前开始的。20 世纪 80 年代初，张家产镇口子李村的王继振带回 8 粒种子试种西洋参，开始了西洋参在文登的"扎根"之路。现在，文登西洋参种植面积已经发展到 5 万亩，年出圃西洋参面积 1.1 万亩，产量 5500 吨，占全国年总产量的 70%。

西洋参得以在文登"根深叶茂"，源于这里独特的气候和地理条件。文登地处山东半岛东端，夏无酷暑，冬无严寒，无霜期长，非常适合西洋参等名贵中药材的生长，这里出产的西洋参品质极佳。检验结果显示，文登西洋参中皂苷以及硒的含量均明显高于国内外同类产品。2011 年，文登西洋参获得国家地理标志农产品登记保护；在农业部公布的 100 个"2012 最具影响力中国农产品区域公用品牌"中，文登西洋参榜上有名；去年 11 月 14 日，"文登西洋参"成功注册为中国地理标志证明商标，实现了文登地理标志证明商标"零"的突破。

"文登人以超前的发展眼光和勤劳进取、追求卓越的精神实现了产业的飞跃发展。在供给侧结构性改革的今天，这种创品牌、兴产业、调结构的做法尤为重要。"在今年 10 月举办的第二届文登西洋参文化节上，中国农业健康产业联盟理事长冯玉林对文登西洋参产业给予高度评价，这也是对文登探索西洋参引种、推广、加工、交易全产业发展路径的认可。

经过多年摸索发展，文登逐渐形成了整套西洋参种植加工技术。几十元一斤的鲜参经过烘干切片后，可卖到几百元。西洋参初加工让政府和参农们看到了产业蓝海。目前，文登引导参农成立了 27 家西洋参专业合作社，30 多家西洋参加工厂进行西洋参烘干、切片、微粉等的生产。

文登有好参

文登不仅有参，更有好参，好品质来自好管理。标准化种植是保证西洋参品质的基础环节。文登的新式参棚都有统一标准——高 2.5 米，垄距 2 米，"这样的标准，便于机械化作业管理，而且通风良好，减少了病菌发生，避免了直射光，可比过去增产 20%"。文登区农业局相关负责人介绍说。未来，西洋参从播种到收获将全程机械化。目前，西洋参播种机正在进行大田实验，效率是人工的 30 倍以上；而收获机的效率则是人工的 50 倍。

农残防控问题也是把控西洋参质量好坏的关键，在这方面，文登西洋参已经实现了新的突破。今年收获季，文登张家产镇王文智家的西洋参被检测为"农残和重金属含量全部达到国家标准"，这让王文智大力推广有益菌生物肥有了底气。"说是生物肥，其实不是肥，而是一系列有益菌，用它来抑制土壤里的有害菌，增加微量元素，不仅能让西洋参少得病，还可以消除农残和重金属。"王文智说。尽管一亩参田施一次有益菌的成本要高出 100 多元，但从产业发展长远来看，这种有效防控农残及重金属的有益菌值得在全区参田中广泛推广使用。

除了积极推广使用有益菌生物肥外，文登西洋参农残防控已经全面提前到种植前端。每一块参田在种植前都要进行农药、重金属残留化验，确保大气、水质、土壤达标，在一定范围内没有各种污染源，并推广施用有机底肥、石硫合剂消毒等方法，从源头上控制好西洋参的农药、重金属残留超标问题。目前，全区基本实现西洋参无公害生产，其中西洋参绿色认证基地面积达 8000 亩。

在第二届文登西洋参文化节的采参体验活动中，中国检验检疫科学研究院王超亲手挖出来一颗长得白白胖胖的西洋参，高兴地说，这里出产的西洋参大小适中、纹理细密、参型端正、香气浓郁，拿到手里感觉沉甸甸的，有一种收获的感觉。而同来参加活动的北京京瑞参业有限公司负责人雷斌在一番仔细打量后表示，这样的西洋参在北京乃至全国市场都是大受欢迎的。

文登有符合药典标准的参

检验文登西洋参成色如何，中国药典标准便是一把最具说服力的尺子。

去年 12 月实施的 2015 版《中国药典》对中药材的安全性控制水平大幅提升，特别是加强对铅、铬、汞、砷等重金属和农药残留限控，这部新药典堪称史上最严。

尽管品质绝佳，但文登在种植和管理上仍不敢有丝毫懈怠。为严把检测关，今年 3 月，文登成立了西洋参产业发展办公室，引导广大参农严格按照技术规程科学种植。西洋参产业发展办公室副主任谷召俊说，只有优质的西洋参才能在新规下畅行无阻，新药典的严格要求不仅没有限制文登西洋参产业发展，反而是对优质文登西洋参的一种保护。他们建立了交易中心、研发中心、检测中心，将国内高层次检验、检测机构引入园区，对进入交易中心的西洋参进行抽检，按农药、重金属残留区分等级。对符合《中国药典》标准的产品，贴上"文登西洋参"地理标识标签，将标准与利益挂钩，调动参农积极性，进而提升文登西洋参的品质。

在这之前，文登西洋参在精深加工方面就已小有成就。文登区与中科院生物物理研究所共同成立了中科文登生物技术教育培训基地，已成功破解了皂苷提取、西洋参细胞破壁等一系列技术难题，破壁后的西洋参营养物质吸收率可达 96% 以上。此外，文登还积极推广深加工 GMP 标准认证，让文登西洋参产业走上了由"卖资源"变为"卖产品"的可持续发展之路，文登西洋参的品牌愈发闪亮。

2016 年 12 月 19 日第 10 版

开放的青岛　收获世界认可

宋晓华

青岛前湾保税港区（孙树宝　张进刚摄）

11月16日，海内外嘉宾在青岛大数据体验中心参观

2016 世界杯帆船赛青岛站比赛现场（王海滨摄）

沿海开放城市青岛即将走过不同寻常的 2016 年。在全面落实中央关于树立开放发展理念、加快构建开放型经济新体制的部署下，青岛开放不断升级，推进国际城市建设，"走出去"硕果累累，海外"朋友圈"不断扩容……

开放、创新，向着宜居幸福的国际城市不断迈进——这就是青岛交给新年最好的答卷。

国际城市新高度

二十国集团民间社会会议（C20 会议）、中欧投资协定谈判活动、"一带一路"战略国际研讨会、中国（青岛）国际电子博览会、中国（青岛）财富论坛、国际城市建设研讨会、东亚海洋合作平台黄岛论坛、世界互联网工业大会……2016 年青岛收获了格外的关注。一批有国际影响力的重大涉外活动让越来越多的海内外人士走进青岛，感受这里非同一般的魅力与活力。

参加 C20 会议的埃及前总理、可持续发展机构董事会主席埃萨姆·谢拉夫毫不吝啬对青岛的赞美："毫无疑问，本次会议同往届会议有着显著的区别，因为本次会议召开地青岛是一座拥有开放精神、充满创新活力的城市，会议组织、致辞程序、议题分配，都非常国际化。"

实际上，国际化日渐成为青岛的"城市标签"。

随着城市定位从以往的"中国东部沿海较重要的经济中心"提升为"国家沿海重要的中心城市"，青岛全面启动实施国际城市战略推进工作新机制，立足城市发展全域引领提升对外开放水平。

山东省委常委、青岛市委书记李群表示，实施国际城市战略，是青岛贯彻落实十八届五中全会提出的开放发展理念的一大举措，也是青岛坚持世界眼光、国际标准、发挥本土优势的具体体现。青岛要对标国际水准和眼界，把战略口号、行动纲领转化为实际行动。

对标世界五大机场建设青岛新机场，对标美国迈阿密发展青岛邮轮产业，对标鹿特丹港提升青岛"海铁陆空"多式联运铁路集装箱运量……翻阅厚厚的《青岛市国际化＋行动计划对标案例指导手册（2016～2017）》，青岛已经将"国际化"落实到100项实事，将"国际化＋"这一全新的工作模式贯彻到各项工作中，深深镌刻进这座城市的发展基因中。

建设国际城市，青岛书写了一份令人赞叹的成绩单。

前11个月青岛货物进出口增长0.1%、出口增长1.1%，在全国五个计划单列市中，青岛成为唯一保持"双增长"的城市。

青岛在全国率先建立运行涵盖货物贸易、服务贸易和境外投资海外销售额等指标的现代国际贸易运行体系，预计全年货物进出口规模保持在700亿美元以上、服务进出口贸易额将达到120亿美元，海外销售额突破200亿美元。

今年，青岛获批成为中国跨境电子商务综合试验区，打造"互联网＋大外贸"新模式，正成为外贸转型升级的新突破口；获批中国服务外包示范城市，国际服务贸易保持两位数增长，成为外贸增长新亮点。

同时，青岛率先实施自贸区战略地方经贸合作推进工作新机制。在商务部支持下，建立了推进实施国家自由贸易区战略的培训、评价、调研、创新、合作五大基地，举办FTA研讨会、经验交流会、政策宣讲会等30多场，青岛企业对自贸协定利用率提升至40.7%，已享受关税优惠超过1.9亿美元。按照市域辖区、各类经济园区、海关特殊监管区三个层级开展自由贸易试验区经验复制推广，全面启动42条改革事项，其中34项当年已完成落地，其余8项长期任务正在有序推进。

近日，作为中美地方贸易投资合作首批示范城市和首批中英地方合作中方重点城市，青岛先后印发《青岛市推进中英地方贸易投资合作重点城市建设实施方案》和《青岛市推进中美地方经贸合作重点城市建设行动计划》，全面推动青岛与英美地方经贸合作，着力建设中英、中美地方经贸合作重点城市。

一个又一个"唯一""首先""率先"，成为青岛开放、发展、自信的注脚。

"海外青岛"新布局

亚洲建厂，非洲采矿，北美洲收购通用家电、增资夏普工厂……今年以来，青岛企业加快迈出国门的步伐，一个隐形的"海外青岛"日渐浮现在人们眼前。

值得一提的是，海外并购成为青岛企业"走出去"的重要形式。从小试牛刀，到大手笔频现，青岛企业正在展现出越来越雄厚的实力与巨大的影响力。

今年 6 月，通用电气家电正式成为海尔的一员。这笔协议投资额高达 56 亿美元的海外投资，成为迄今为止青岛最大的境外投资项目。

"一带一路"正在形成庞大的产业链经济，成为青岛参与世界经济、扩大城市影响力的新路径和新平台。

青岛市市长张新起表示，青岛将充分发挥陆海双向开放优势，加强与"一带一路"沿线城市全方位合作，推动企业加快"走出去"步伐，积极服务国家战略，争当领头雁、火车头、排头兵。

位于青岛西海岸出口加工区的青岛北海石油成为"一带一路"战略的积极践行者与受益者之一。近日，该公司刚刚击败了以色列 IDE 和法国威立雅两大全球水处理行业巨头，成功拿到哈萨克斯坦 4 万吨日处理能力海水淡化项目。这是继今年上半年，该公司与哈萨克斯坦合作伙伴签订合同额为 8400 万美元的"1+7"套油田伴生气回收装备合同以来，再次扩大在哈萨克斯坦的业务存在。

青岛企业的丝路之旅并不孤单。6 月 28 日，由中国石油集团海洋工程（青岛）有限公司生产的两套重达 4000 吨、集成了多项高精尖技术的大型液化天然气核心模块装置在青岛港顺利装船，启程驶往俄罗斯，服役于中俄两国间合作开发的重点能源战略项目——俄罗斯亚马尔液化天然气项目。

而就在此前不久，首批在俄罗斯本土生产的海尔组合式冰箱正式投放当地市场。

"青岛制造"一次次在"一带一路"大显身手。

数据显示，青岛今年在境外举办了 33 场以"通商青岛新丝路、经济合作新伙伴"为主题的"丝路对话"系列经贸活动。今年前三季度，青岛对"一带一路"沿线国家投资 17.8 亿美元、增长 27.2%，新签对外承包工程合同额 27.4 亿美元、增长 74%。

与此同时，"一带一路"沿线重点项目建设全面展开，其中 35 个项目开工建设、14 个项目正式签约，山东电建三公司以 11 亿美元承建巴基斯坦燃煤电站，成为中巴经济走廊能源领域第一个进入执行阶段的项目。

青岛企业"走出去"的步伐越发铿锵有力，其背后的保驾护航体系越来越引人关注。

最新的投资政策、权威的海外文化与法律解读、面对面的洽谈与咨询服务……青岛的境外工商中心更像是一个个"海外驿站"，让青岛的"走出去"与"引进来"更加顺风顺水。

从2014年第一家新加坡青岛工商中心启动运营，到韩国釜山、美国旧金山、德国慕尼黑等三个境外青岛工商中心陆续成立，今年启动筹建日本、以色列两个境外青岛工商中心，年前均可完成境外注册登记备案手续。

而青岛"朋友圈"的不断扩容，无疑为"走出去"开辟了"绿色通道"。

青岛在全国地方层级率先面向全球建立国际经济合作伙伴关系，扩大双向投资贸易合作，形成全方位对外经贸交往合作新格局。

目前，青岛已与22个城市成为友好城市，与45个城市结为友好合作关系城市，与57个国际城市（省、州）或商务机构缔结经济合作伙伴关系，成功举办两届青岛国际经济合作伙伴圆桌会议，发布年度报告白皮书和《青岛合作倡议》，形成广泛影响。

服务环境新优势

眼下，隆冬时节寒气逼人，由青岛市政府在北京主办的欧亚经贸合作产业园区商务对话会会场内却人头攒动、气氛热烈。

会场嘉宾热议的青岛欧亚经贸合作产业园区，是经商务部批准的中国唯一的横跨欧亚大陆、境内外双向投资互动合作园区。

该产业园在中国境内依托青岛胶州经济技术开发区的陆海空铁多式联运海关监管中心的功能优势，沿丝绸之路经济带新亚欧大陆桥与上合组织成员国合作发展国际贸易和物流产业，使青岛港成为上合组织成员国对接亚太市场的"出海口"。

上合组织实业家委员会秘书长谢尔盖、特聘顾问鲍津认为，青岛欧亚经贸合作产业园区是一个跨区域、跨国界的合作平台，为上合组织各成员国区域经济合作发展提供了一个新的商业模式和样板。它将为上合组织成员国政府、金融机构和企业之间的互相协作和资源整合提供良好平台。

乌兹别克斯坦驻华使馆商务参赞纳吉尔·努尔马多夫在发言时表示，中亚国家大多是内陆国家，寻求对外发展，需要与港口城市合作，欧亚经贸合作产业园区项目为中亚国家寻求"出海口"提供了机遇，今后将与青岛建立密切交往，优势互补、合作共赢。

良好的区位优势只是青岛的优势之一。近年来，日渐成熟的投资环境和服务理念使得青岛吸引越来越多的投资热情。

日前，世界 500 强的德国大陆集团，投资 7500 万美元在青岛中德生态园开工建设汽车流体技术亚太区基地。该基地着眼于集聚青岛橡胶行业科研人才，研发生产汽车、机械用橡胶软管。

作为中德两国政府间唯一的合作园区，中德生态园在利用德资方面彰显出独特环境优势。该园区规划集聚程度高的产业片区，配套德国企业中心、德国中小企业孵化器，汇聚熟悉中德两国政策、法律和文化的相关人才，持续优化营商环境。今年以来，中德生态园先后与西门子、空客、庞巴迪、大陆等世界 500 强德国企业签约，辛北尔康普压机、JCS 等德国隐形冠军企业实现投产。

中德生态园并非个案。前三季度，世界 500 强企业在青岛签约设立了 21 个外资项目，总投资额 18.9 亿美元，其中外资额 12.4 亿美元。全市累计有 130 家境外世界 500 强企业投资 255 个项目。

此番成绩的取得源于青岛的执著与专注。青岛传统的政策优惠型招商模式正加快向环境优化型、资本运作型现代产业招商创新模式转变。

今年年初，青岛发布《深化与世界 500 强及全球行业领军企业（机构）合作三年行动计划》，开启了全面强化与世界 500 强企业的深度融合与互利合作的大幕。

根据计划，到 2018 年，全市新引进世界 500 强企业 20 家，新引进全球最具创新力 50 强企业 10 家，新引进世界知名教育、医疗机构各 3 家。

为此，青岛不断提升招商引资专业化与国际化水平。完善国际投资促进咨询顾问制，引进银行客户服务体系模式，建立蓝色、新兴、高端产业定向招商工作机制。

青岛的管理服务创新亦不乏可圈可点之处。青岛深化双向投资管理体制改革，全面推行"准入前国民待遇加负面清单"投资管理模式，商务、工商部门互相配合，启动实施外资企业备案设立机制，依法依规放宽外商投资市场准入，率先在金融、教育、文化、医疗、育幼养老等服务业领域扩大开放。

同时，建立现代产业招商平台创新机制，以市级融资公司为平台设立现代产业双向投资招商合作股权投资基金，完善走出去服务体系和风险防范预警机制，坚持不懈以国际城市战略引导全域优化营商环境。

一系列创新模式卓有成效。青岛全年利用外资在"十二五"期间连续跨上

4个10亿美元台阶的基础上，今年再次跨上70亿美元新台阶，占山东省45%左右。

开启未来，唯有长风破浪、勇往直前，才能始终屹立于时代的潮头。步入2017年的青岛，将不忘初心，继续前行。

2016年12月29日第3版

孔子故乡 中国山东
2016 对外新闻报道集

中国日报

Trapped Miners Saved

鞠传江　赵瑞雪

In a miraculous rescue mission, four workers lifted out 36 days after gypsum mine collapse.

Four miners were rescued on Friday after being trapped over 200 meters underground for 36 days after a tunnel collapse in a gypsum mine in Shandong province.

The first trapped miner was lifted out at about 9:20 pm through a tunnel dug by the rescue team in the past month.

The last trappedminer is lifted out through an escape tunnel at 10:50 pm on Friday in Pingyi, Shandong province. Ju Chuanjiang / China Daily

All four were reportedly in stable condition and quickly sent to a hospital in ambulances waiting nearby. They have been placed under observation in an intensive care ward.

A total of 29 people were underground when the collapse occurred at the mine in Shandong's Pingyi county on Dec 25. Eleven escaped in the first two days, and one person died. Thirteen people remain missing.

Rescuers drilled seven channels to reach the trapped miners and established contact with the four on the sixth day after the collapse. Life detection equipment, telephones, food and water were lowered down to the tunnel.

Rescue crews spoke by telephone with the four every day, and medical professionals, including psychologists, spoke with them twice a day, encouraging them to stay calm and hopeful.

In order to keep them optimistic, rescuers showed them the process of rescue by dropping down smart phones with photos of the work. Playing cards were also sent down, according to the rescue command center in Pingyi.

The command center said the four workers dug themselves a living space of 6 to 8 square meters.

The rescue effort was hampered by concerns about caveins and other geological hazards, said Zhang Hongkun, one of the rescuers.

Experts on the rescue team come from seven coal mines in Shandong, and had been working for more than a month in extreme cold sweeping the area.

On the coldest days, the temperature dropped to -22℃. Meng Qingjun, a 43 year old driller, said more than 30 rescuers had been living in tents and had had very little rest during the round the clock effort. "I didn't change my clothes for two weeks, and once woke up seven times in a night to check on the drilling process," he said. "We were racing against time."

中文内容摘要：

被困矿工获救

山东平邑 4 名矿工被困 36 天后获救，创造救援历史。

山东平邑石膏矿坍塌事故中被困井下 200 多米的 4 名矿工，1 月 29 日深夜在事故发生 36 天后成功升井获救。

下午 9 点 20 分，第一名被困矿工胜利升井。

所有的4名矿工升井后即刻被抬上救护车，送往平邑县人民医院的监护病房。目前4位矿工体征平稳。

2015年12月25日7时56分，位于平邑县保太镇的玉荣商贸有限公司石膏矿发生局部坍塌事故，当时共有29人正在作业，事故发生当天先后有11人先后获救，1人确认遇难。

救援人员总共钻了7个救生孔尝试救出被困矿工，并在第坍塌第6天与被困的4名员工建立联系。电话、食物及水等通过打通的救生孔送达被困矿工。

救援人员每天通过通讯设备与被困的4名员工通话。心理医师等医务人员每天与被困矿工通话两次，鼓励他们镇静，要有信心。

一名救援人员说，救援工作一度被塌方及其他的地理因素阻挠。

本次救援中，国家有关部门、山东省领导多次前往救援现场指挥，中外专家、专业救援队和武警、消防、公安、医护、通信保障等系统共近千人参加了本次曲折的救援。山东7个煤矿公司救援人员在寒冷的天气里坚持救援超过一个月。

最冷的时候，救援场地上的温度降到零下22摄氏度。其中一名救援人员介绍，他的救援队共有30多名救援人员，每天轮流参与24小时救援工作。

"我两个星期没有换衣服了。有时候，晚上起来7次检查救援进程。我们在与时间赛跑。"这名救援人员说。

2016年1月30日

Shouguang's Greenhouses Ensure Year-round Growth

赵瑞雪　张晓敏

Every morning, Pan Qingyong picks about 500 kilograms of fresh cucumber at his greenhouse and takes them to a nearby market.

He now grows around 15,000 cucumber plants in the new 196-meter-long structure, after investing more than 400,000 yuan ($61,000) to build it, and expects to have it paid off within two years.

In Pan's village-Panjiadao in the county-level city of Shouguang, in East China's Shandong province-there are around 80 similar new agricultural greenhouses, and nearly 400 smaller ones.

"New ones like mine can grow four times the amount than older ones, but more importantly, they are far easier to manage, because of the automation and technologies we use in growing our crops," he said.

Those latest techniques include using 100 special lamps during cloudy days to encourage photosynthesis.

The lamps increase yield and the quality of vegetables, according to Zhang Linxiang, the sales manager at Zhejiang Linan Jiayu Technology Co Ltd, the supplier of such lamps.

"A lot more growers are now willing to invest in various types of technology that can save labor and bring more profit. This year, we expect to sell 1 million such lamps," he said.

The use of this and other types of greenhouse technology is now enabling a far more efficient and reliable source of fresh vegetables during winter in the northern parts of the country.

The Shouguang Agricultural Product Logistics Park, where Pan's greenhouses are based, is now considered the country's leading wholesale vegetable center, and ensured about 20 million kg of vegetables hit markets nationwide daily during this year's Spring Festival holiday.

Temperatures inside the greenhouses can reach up to 30 C, even when it is below freezing outside, without any additional heating.

Since the first batch of greenhouses were built there in 1989, Shouguang's vegetable-planting sector has burgeoned, gaining it nationwide recognition.

Its total planting area now covers 53,330 hectares, but after decades of use, some of its older greenhouses are now in urgent need for updating.

The local government is rebuilding the entire complex of greenhouses to better use the land, increase output, and as a result deliver higher profits to farmers, according to Zhu Lanxi, Party chief of Shouguang, who said another 5,000 new greenhouses are expected to be built this year.

Nearly 1,000 families in the nearby Tunxi village have already been earning well from the greenhouses built there to grow vegetables, said Ge Maoxue, the village's Party chief, adding they own around 2,000 cars between them, and all live in new homes as a result.

Half of its farmers work for local companies and agricultural parks, but for those who want to, can rent their own greenhouses in the villages.

中文内容摘要：

新春走基层：新大棚，新生活

春节期间，山东寿光潘家稻庄村民潘庆永大棚的黄瓜集中上市，他每天早上要摘 1000 斤新鲜黄瓜送到村头的市场。

这个新建的大棚，长 196 米、宽 15 米、高 7.5 米，栽种 1.5 万株黄瓜，预计每年给他带来 20 万元的收入。

今年 47 岁的潘庆永从 1995 年开始种大棚蔬菜，第一个大棚长 50 米，后来逐步扩大，设施也一步步升级换代，现在，卷帘、放风、浇水只需分别按下开关就可自动完成操作。

新大棚效益高了，劳动强度却少很多。以前只能靠人一筐筐把菜搬出去，现在电动车可以开进来；以前 200 米的大棚浇完至少需要一天，现在的滴灌系统，只需打开开关，他就可以到紧邻大棚的 20 平方米的小屋里看看电视或者跟来访的朋友聊聊天，4 小时后去关闭开关就浇好了。

"下一步要安装远程监控设备，到时候就更省事省心了。"潘庆永说。

在杭州临安佳遇科技有限公司销售总监章林祥看来，现在的大棚种植户，能感受到科技带来的产量和收益提高，所以更舍得在科技产品上投入。

以他们公司生产的植物生长补光灯为例，去年首次在辽宁、河北、山东等地进行推广，就销售 5 万余套。"今年销量有望达到 100 万套。使用补光灯，可以有效提高蔬菜瓜果卖相，并可以提升约 20% 产量。"他说。

爬上潘庆永的大棚顶上，向四周望去，茫茫一片"大棚海"。

潘家稻庄现有新旧大棚 400 多个。2014 年，村里从 220 户村民手中流转了 1000 多亩良田地，建了 80 多个新式大棚。

潘家稻庄党支部书记潘广华告诉记者，建一个新大棚需要约 40 万元，两年收回成本没问题。而一个 60 米的老棚，年收入仅 3 万元。

"更高效地利用土地，产生更大的效益，土地流转是趋势。村里正计划对老棚区进行改造。"他说。

自从 1989 年建起第一批冬暖式大棚，寿光蔬菜产业稳步发展，设施蔬菜种植常年保持在 80 多万亩，赢得了"蔬菜之乡"的美誉，也为当地百姓找到发家致富之道。

寿光拥有全国最大的农产品集散中转枢纽，仅蔬菜交易品种即达 370 余种，销售辐射全国 20 多个省、市、自治区。寿光农产品物流园有限公司市场部经理张南介绍，春节期间每天的蔬菜交易量大约在 2000 万公斤。

然而，很多大棚存在老旧、产量不高因而制约了当地蔬菜产业的发展。

寿光市委书记朱兰玺说："寿光市正在大力推进旧棚改新棚、大田改大棚，通过土地流转，发展设施农业，提升土地亩产，促进农民增收。"

据介绍，2016 年寿光将新建改建蔬菜大棚 5000 个以上。

1 月 9 日，化龙镇与洛城街道联合共建蔬菜大棚产业园区项目举行签约仪式。该园区由化龙镇集中流转土地，洛城街道屯西村等村组织村民集中建设，全部为蔬菜大棚。

朱兰玺说，这是寿光市顺应中央改革发展方向的一次大胆尝试，是两个乡镇农业产业优势互补的举措，将激发农村劳动力的种菜积极性，并扭转农田效益低下的局面。

屯西村村民曾经从蔬菜大棚种植中积累了大量财富。据村党支部书记葛茂学介绍，早在2002年，屯西村就进行了土地调整，建起760个75米长的标准大棚。

"如今，全村963户人家，价格10万元以上的轿车超过2000辆。"

由于紧邻寿光城区，屯西村新农村建设进展迅速。去年底，家家户户都搬进了楼房。原先种大棚的村民，一半以上转型为物业、环卫工人和附近农业产业园区的技术工人。

还有一部分村民，去邻近村镇寻找可以租的土地，继续种大棚。

"村民自己出去租，租金贵，更重要的是有可能因为合同签订不严谨而有风险。所以，村里尝试集体合作。得到了洛城街道和寿光市里的支持。"

屯西村已有47名村民报名，首批在化龙镇流转700亩土地建50多个新式大棚，将于正月十五开工建设。

葛茂学介绍说，每人的大棚各自出资，水电等公共设施由村里出资建设，将成立合作社，肥料、农药、销售、种植模式统一管理，引导种植有机蔬菜。

今年45岁的葛怀堂种大棚12年了。自家大棚在2013年被拆迁后，去隔壁村租了2个大棚，但是由于老大棚产量低、效益差，他听说村里要去化龙镇盖新大棚就果断报名了。

"城市发展快，地没有了。虽说村里给发钱，福利也好，但是要想发家致富还得靠自己。除了种大棚，别的我也不会，这么大岁数了也很难改行，我还是想好好种大棚。"他说。

大年初四上午，葛怀堂接受采访时，正准备出门走亲戚。打扮非常时尚。穿着灰色毛呢大衣、藏蓝色毛衣、黑色西裤和皮鞋，戴金属眼镜。他自己笑着说"完全不像种地的"。

葛茂学则说，这就是新时期农民的新形象。

屯西村和化龙镇两地相隔22公里。葛茂学说，村里将发免费班车，也将完善老人和小孩的托管和照顾等服务，消除大家的后顾之忧。

葛怀堂把这个消息通过微信发给即将前往化龙镇的村民，对于葛茂学所说的"白天到园区当农民，晚上回小区当市民"的新生活，他充满期待。

2016年2月20日

山东推进养老服务业转型
八成养老机构需转制

宗来松

"2月25日，省政府印发《山东省养老服务业转型升级实施方案》，要求到2020年，全省80%以上的公办养老机构转制为企业、社会组织或实现公建民营，促进养老服务业公平竞争。"山东省民政厅副厅长周云平在3月1日新闻发布会上说。

《方案》鼓励民间资本通过参资入股、收购、委托管理、公建民营等方式，建设和管理运营公办养老机构。利用公办养老机构现有土地资源和房屋设施，采取政府和社会资本合作模式，引导社会力量参与公办养老机构改扩建和运营管理。

同时，放宽民非类养老机构资产管理政策，允许民非类养老机构出资者拥有对投入资产的所有权，并按不高于同期银行1年期贷款基准利率2倍的标准提取盈余收益。

扶持竞争力强、有实力的大型养老机构和社区居家养老服务组织走集团化发展道路，跨地区、跨行业、规模化、品牌化、连锁化经营。

加快养老与房地产、医疗、保险、旅游等融合步伐，大力发展候鸟式养老、旅游养老、农家养老、以房养老、会员制养老等新兴业态。

周云平介绍，到2020年，山东将全面建成以居家为基础、社区为依托、机构为补充，功能完善、规模适度、覆盖城乡的养老服务体系，每千名老年人拥有养老床位40张以上，提供就业岗位100万个以上。

此外，"十三五"期间，山东省将继续每年安排10亿元支持养老服务业发展，重点面向社区、居家和农村养老倾斜，进一步提高护理型养老机构建设补助、养老机构运营补贴、本专科生从业补助标准，新增日间照料设施运营、养老服务信息平台运营等项目，将院校设立养老服务相关专业的奖补政策延强化投融资支持，省级设立养老服务业发展股权投资引导基金，引导社会资本投资发展各类养老服务机构。鼓励金融机构创新金融服务，通过贷款贴息、小额贷款、上市融资以及抵质押贷款，拓展投融资渠道。

2016 年 3 月 2 日

The Project That Opened A Window to The World

赵旭　赵瑞雪

Feng Yuezhao, head of Fengjiacun village, stands in front of the 16-room buildings that were built in 1987 to provide homes for academics from the United States in Zouping county, Shandong province. Ju Chuanjiang / China Daily

Editor's note: At this year's two sessions-the biggest political event of the year, the deliberation of China's 13th Five-Year Plan (2016-2020), which maps out the country's development path for the next five years, will be the major point of discussion. The draft plan stipulates that China will continue the reform and opening-up policy that began in the late 1970s. In the first of our in-depth reports during the two sessions, China Daily examines one of the most important academic exchanges of the 1980s, which marked the reform and opening-up program and helped the world gain greater and deeper understanding of China's growing role on the global stage.

For many years, Shi Changxiang, a chain-smoking county official from Shandong province in East China, was unaware that his tobacco addiction was regarded as a potential threat to the future of a hard-won research project between China and the United States.

The concerns were raised by Michel Oksenberg, an academic who was also a senior member of the US National Security Council. Oksenberg was closely involved in the normalization of US-China relations during the administration of president

Jimmy Carter.

One of his initiatives was a cherished research project that allowed 87 US academics to visit Zouping county in Shandong between 1987 and 1991; sometimes the academics stayed for months to research issues ranging from local finance to the status of women, history to animal husbandry.

Former US president Jimmy Carter (left) and US academic Michel Oksenberg (center) visit Zouping in 1997.

The smoking story was related by Guy Alitto, professor of history at the University of Chicago and an active participant in the project. "It can be traced back to 1979, when the late Chinese leader Deng Xiaoping visited the United States. During that visit, the two sides reached an agreement whereby the US National Academy of Sciences and Chinese institutions could exchange scholars for research programs every year," Alitto said. "Then, in 1984, Oksenberg, on behalf of the Committee for Scholarly Exchange with the People's Republic of China, wrote to Deng requesting that China provide a rural site for academic research."

Eventually, Zouping, with a population of more than 600,000, was chosen, and Shi, director of Zouping's foreign affairs' office, was tasked with overseeing the project. That was when his heavy smoking began to alarm Oksenberg.

"After his visit in the summer of 1987, Oksenberg expressed his concerns that Shi might die from smoking," Alitto recalled. "He was genuinely concerned that his 'highly possible' death might harm the project that had taken so long to hatch."

Alitto's last visit to Zouping occurred in 2012, and the 73-year-old said it felt as though he had traveled back through time to the days when China's streets looked distinctly different from those in the US.

"When I first arrived in Zouping, in 1986, the county town had only two completely paved roads, and there were still piles of hay on the streets of the oldest part of the county town. In fact, its first movie theater had just opened the year before," he said.

Guy Alitto, professor of history at the University of Chicago, talks with villagers in Zouping, Shandong, in the late 1980s.

Feng Yuezhao, head of Fengjiacun, one of more than 800 small settlements in Zouping, said that in the 1980s, the county was "very typical of rural China. It was neither rich nor poor. Back then, we had both agriculture and industry. Overall, the collective economy dominated," the 61-year-old said.

Steep learning curve

Before the researchers could begin to get to grips with county life, they had to overcome a number of obstacles, including gaining a working knowledge of the local dialect, and a diet that included "delicacies" such as scorpions, silkworm larvae and grasshoppers.

The language barrier was also daunting for Alitto, even though he had studied Chinese and had acted as an interpreter for the first official Chinese delegation to the US in 1972 in the wake of president Richard Nixon's visit to China.

Qu Yanqing, a historian with the Zouping County Archives Office, helped Alitto to settle into local life. He witnessed the US academic change from a man with "a jarring existence" to someone who "could walk freely through almost every door in any village".

"One night, not long after we met, I invited him to my house for dinner. The next morning, an old lady who lived next door shouted to my wife over the low rammed-earth wall, 'How bold was your husband to bring that scary man home?'," Qu recalled, with laughter. "I wondered what she would have said if she'd known that the 'scary man' had gulped down more than 20 cans of beer."

Qu and Alitto have drunk together many times; sometimes with frustration-such as the time Alitto was despondent after being refused full access to the county archives-and sometimes with joy, such as Qu's 60th birthday party in 2007, 16 years after the project ended.

"He's a sincere man and a loyal friend, with a dedication to truth that I so admire as a fellow historian," Qu said, adding that he didn't need to "chaparone" Alitto when he returned to Zouping in 1988.

"Although it was a decade after the 'cultural revolution', people still tended to keep their lips zipped, especially in front of foreigners. But Alitto had a knack of putting people at ease," he said.

A casual approach

Alitto's favorite method involved casual chats with interviewees, many in their 60s and 70s, as they sat on wooden stools in a sun-drenched front yard. "Initially, I asked each of them a list of questions, as I would have done in the US, and they all balked," he said. "Then I sat down and started talking about my own childhood, the things that I ate and the games that I played. Gradually they unwound."

Alitto's communication skills allowed him to broach sensitive topics. "I wanted to know more about the Great Famine between 1959 and 1961. But given the sensitivity of the issue, few people spoke freely about it," he said. "So I mentioned not the Great Famine, but a locust plague that had ravaged Zouping in the 1920s.

"I remember asking a man in his 80s, 'You must have seen deaths during the locust plague, right?' And his immediate reaction was: "No, no, no, not many died at that time. But a lot of people died during the Great Famine."

Alitto often found himself in the role of a confidant: "Some people told me that their fathers beat their mothers, or that their fathers were opium smokers or gamblers-things that hurt, yet had never been mentioned before."

Nowadays, the two buildings the researchers occupied in Fengjiacun stand as a reminder of their time in Zouping and also of the heyday of the village. Built in 1987, the 16-room, two-story houses were used by all the academics who visited during the five-year project. The exteriors still carry the original yellow paint and boast yellow and green rooftiles, but inside, the rooms are dilapidated, with cracked ceilings, peeling walls and ill-fitting windows that allow the winter wind to whistle through.

However, many features indicate the efforts the local government made to make the foreign guests comfortable. "After the buildings were completed, I traveled to Zibo, Shandong's fourth-biggest city, about 20 kilometers away, to buy flush toilets and porcelain bathtubs. Back then, those things were absolute novelties in Zouping," Feng said.

In the 1980s and 90s, Feng Yongxi, a distant relation of Feng Yuezhao, was the Party chief of Fengjiacun. Alitto remembers him as "gruff upon initial contact, but (he) turned out to be a very sweet person; generous, understanding and accommodating". In 1987, Alitto invited Feng Yongxi to dinner at his house when the official was a member of the first delegation from Zouping to visit Chicago.

Feng Yongxi's old home stands a few minutes 'walk from the researchers' residences. Although his bedroom has been empty since he died in 2013, at age 81, black-and-white photos still hang on the wall, showing him with his friends from the US.

According to Feng Yuezhao, the US academics lived in Zouping and Fengjiacun during the best of times. "Back then, agriculture formed the basis of our economy. Several years of large harvests made our village the richest in Zouping," he said.

That's no longer the case. On a chilly winter afternoon, Fengjiacun's streets were almost deserted. "Nearly all the young people have left to work in factories. Few of them are interested in agriculture," Feng Yuezhao said.

A time of change

Many changes occurred during and after the US scholars' tenure in the county, Alitto said. "Economic reform unleashed the vast amount of entrepreneurial energy that had always been embodied by the Chinese and their traditions," he said, referring to the "periodic market system" - informal bazaars - that he believes was unique to rural China. "Goods were bought and sold, and information was exchanged at a speed that left me in awe."

Jean Oi, professor of Chinese politics at Stanford University and director of the Stanford China Program, said few people predicted many of the changes. Having first arrived in Zouping in 1988, Oi has revisited many times, often accompanied by her students. "The shift to the private sector was already clear by the late 1990s. But as a consequence of changes in development in different parts of the county, there were a number of surprising changes in the economic fortunes of different townships," she wrote in an e-mail exchange with China Daily.

"Firms that prospered in the early years of reform were overtaken by others. By the end of the 1990s, many successful and powerful collectively owned township and village enterprises were sold to private owners in a process directed by the county government," said Oi, who conducted research into political economy during her time in Zouping. "Many of the changes mirrored larger ones taking place throughout China."

According to Oi, the thriving local industrial sector-the country's biggest cotton textile company, Weiqiao Textile, is headquartered in Zouping-means young people who quit agriculture can find jobs nearby and therefore don't have to work thousands of miles from home. "In that sense, Zouping may not be as representative of rural China as it once was," she said.

Oksenberg, who died in 2001, was Oi's dissertation advisor at the University of Michigan and later a colleague at Stanford. Oi described him as "a true Zoupinger, who had picked up the local accent", and said the US scholars' experience of living in the county was "essential for the understanding of the challenges of governing a country as large and diverse as China".

This "in-depth knowledge of China beyond Beijing" informed the US government's China policy. In July 1997, a decade after the project was launched, Zouping was visited by then-president Jimmy Carter and his wife Rosalynn. Shortly after he returned to the US, Carter wrote an article for The New York Times under the headline, "It is wrong to demonize China".

Qu, the historian, considered Zouping lucky to have been chosen as the site for the project. "Through a crack in the door, the rest of the world and Zouping saw each other and changed each other, in ways that were subtle, yet significant."

Life has come full circle for Alitto, who has visited the county 20 times. Of Italian descent, but born and raised in Pennsylvania, Alitto's extended family means he has always been conscious of his own, and others', cultural history.

"The continuity of Chinese culture and civilization, as evidenced in rural life, resonated with something deep inside me," said Alitto, who in the late 1980s rummaged through the files at the Library of Congress in Washington to unearth valuable information for Qu, who was writing an official history of Zouping.

He lamented the deaths of his old friends in China, including Shi Changxiang, who died early last year, at age 79: "In 1992, I told Shi about Oksenberg's concerns, many years after Oksenberg had predicted that he would die from smoking. We both had a good laugh about that."

中文内容摘要：

山东邹平：世界观察乡土中国的窗口

多少年来，石昌祥，一位山东省邹平县的官员，从来没有意识到他的烟瘾或会威胁至中美之间一个来之不易的社会调研项目。

这个担忧来自于美国学者奥克森伯格。奥克森伯格也是美国国家安全局的一名高级官员。在美国总统卡特执政期间，奥克森伯格对于中美关系正常化发挥了重要作用。

奥克森伯格的一个重要举措是他促使了"美国学者在邹平的社会研究项目"的正常运作。这个项目使得1987年至1991年期间，87位美国学者访问邹平县。有时候这些学者在邹平县待数月，调研中国乡村的一系列题目，包括经济、妇女的地位、历史以及畜牧。

石昌祥吸烟的故事是艾恺讲述的。艾恺现在是美国芝加哥大学的历史学教授，也是美国学者在邹平的社会研究项目的积极参与者。

"1979年，中国领导人邓小平访问美国。访问期间，中美双方达成了'互派留学生与学者'的总协议。"艾恺说，"1984年，美中学术交流委员会来华进修委员会主席迈克尔·奥克森伯格（Michel Oksenberg）先生根据协议提出，请中国社会科学院协助在中国的农村选一个长期调查点。"

最终，拥有60万人口的邹平县被选作为调查点。石昌祥作为邹平县外事办主任协调这一项目。从那时候起，石昌祥的烟瘾引起了奥克森伯格的注意。

"1987年夏天，奥克森伯格访问邹平之后，就表示了他的担心：石昌祥或许会死于吸烟。"艾恺回忆说，"奥克森伯格非常担忧石昌祥的离开会影响到这个来之不易的中美项目的实行。"

艾恺上次访问邹平是在2012年。这位73岁的老人说，来到邹平时，他觉得好像是穿越回了当年，那时候邹平的道路与美国的道路看起来非常的不一样。

"1986年当我第一次来到邹平县时，这个县里只有两条完整的铺有路面的道路。在一些街道上还有成堆的稻草。事实上，这个县里的第一个影院是在前一年刚开的。"艾恺说。

邹平县冯家村的冯月钊（音译）说，20 世纪 80 年代的邹平县"中国乡村的典型。既不富裕也不贫穷。我们既有农业也有工业。总体来说，集体经济是主体"。这位 61 岁的村民说。

快速学习

美国学者了解中国乡村生活之前，必须要克服很多障碍，包括学习地方方言，以及包含蝎子，蚕虫等在内的饮食。

尽管他学过汉语并且为中国第一支官方访美代表团做过翻译，语言障碍仍然让艾恺敬而生畏。

邹平县档案馆史学家曲言庆（音译）曾经帮助过艾恺融入到当地的生活。他见证了这位美国学者如何从"不和谐的存在"转变成"可以自由地在村里各家各户串门"。

"在我们见面后不久的一个晚上，我邀请他到家里吃饭。第二天早上，我们邻居隔着矮墙对我妻子喊：你老头子怎么那么大胆把这么恐怖的人带回家里来？"曲言庆笑着回忆说，"我在想如果我告诉她'这个恐怖的人'在我家喝下了 20 罐啤酒的话，她会怎么说。"

曲言庆和艾恺一起喝过很多次酒；有时候艾恺会遇到挫折，比如艾恺在被拒绝查看县志档案之后，会很沮丧；有时候会很开心，比如，在曲言庆 60 岁生日宴会上。

"他是一个真诚的人，是一个忠诚的朋友。作为史学家，他忠诚于事实，这是我敬佩他的地方。"曲言庆说。当艾恺在 1988 年再来邹平时，曲言庆已经不需要再伴护他。

"尽管文化大革命已经过去 10 多年了，尤其是在外国人面前，人们仍然不喜欢多说话，但是艾恺总是有技巧让人们放松。"曲言庆回忆说。

轻松地接近

艾恺最喜欢的接近村民的办法是参与到那些搬着小板凳坐在太阳底下晒太阳的人中间，其中以六七十岁的老人为主。"起初，我问他们一些问题，像我在美国时那样做，可是他们都推诿不回答。"艾恺回忆。

"然后我坐下来，开始跟他们谈我自己的童年，我当时吃什么玩儿什么。逐渐地，他们开始放松了。"

艾恺的沟通技巧让他能够打开敏感的话题。"我很希望能够了解更多的发生在1959年到1961年之间的大饥饿。但是因为这个话题的敏感度，很少有人愿意说。所以我没有提到大饥饿，而是提到了发生在20世纪20年代的扫荡邹平的蝗虫灾害。"

"我记得我问一个80来岁的老人：在蝗灾期间你一定见过饿死的对吗？这位老人迅速地回答说：没有没有，蝗灾期间很少人死。但是在大饥饿期间有很多人死。"

艾恺经常觉得他是村民的知己。"一些村民告诉我他们的爸爸打妈妈，或者他们的爸爸吸毒或者赌博。这些伤心的事情是村民以前不会说的。"

如今，坐落在邹平县的两座专家楼仍然在那里，见证了美国专家在邹平县的时光。这两座有16个房间的两层楼建立在1987年。两座楼的外墙仍然是黄色喷漆，屋顶式黄色和青色的砖瓦。内部，房间已经破败，屋顶有了裂纹，墙皮脱落，冷风从失修的窗户呼呼地吹入房间里。

很多迹象表明当年当地的政府尽力为专家们提供舒适的居住环境。"楼盖好后，我去山东第四大城市淄博（离着我们这里20公里）买冲水马桶和陶瓷浴缸。那时候，这些东西在邹平都是新鲜玩意儿。"冯说。

在20世纪八九十年代，冯永喜是冯家村支书。艾恺回忆说："起初的接触，冯永喜脾气比较暴躁，但慢慢接触，发现他很随和，大度，善解人意，善于沟通。"1987年，当冯永喜作为第一批政府代表团访问芝加哥时，艾恺邀请他去家里做客。

冯永喜的旧屋离着专家楼只有几分钟的距离。尽管自2013年，他在81岁时去世之后，他的卧室一直空着，但是一张黑白照片始终挂在墙上，照片里是他和美国友人的合影。

时代变化

艾恺说，美国学者访问期间和之后，中国的乡村发生了很多变化。

"经济改革释放了大量的创业能量。"艾恺以中国农村独有的集市现象为例，"商品和信息以惊人的速度在集市上传播着。"

斯坦福大学中国政治领域教授Jean Oi说，几乎无人能预测到这些变化。Jean Oi在1988年第一次访问了邹平之后，在学生的陪同下又访问过几次。"20世纪90年代后期，（经济性质）向私人经济过度已经很明显了。"

"20世纪90年代末期，很多成功运作的集体企业卖给了私人。"Jean Oi说。

Jean Oi 在邹平的考察主要是政治经济领域。"很多邹平的变化反映了当时整个中国的变化。"

据 Jean Oi 介绍，因为中国最大的纺织企业—魏桥集团就在邹平，很多年轻人可以弃农到工厂里工作。"在某种意义上讲，邹平也不能完全代表着中国乡村经济的发展。"

奥克森伯格于 2001 年去世，他是 Jean Oi 在密歇根大学的论文导师，后来在斯坦福大学他们是同事。Jean Oi 描述他是"一个真正的邹平人，他的话语都带有邹平地方口音"。

Jean Oi 认为美国学者在邹平的经历和经验对"了解像中国这样一个地域广阔又多样性的国家如何治理国家有重要作用"。

1997 年，在这个项目实施 10 年后，美国前总统卡特及夫人访问邹平。卡特回国后在纽约时报上发表题为"将中国妖魔化是错误"的文章。

Jean Oi 认为邹平很幸运被选作这个中美交流项目的调研点。"这个项目好比是打开了一条缝隙，通过这条缝隙，邹平和世界互相了解和交流，这种交流虽潜移默化，但是意义深远。"

访问了邹平 20 次的艾恺说："邹平所体现的中国这种可持续的文化和文明，与我心底深处的一些东西产生了共鸣。"

他对邹平老朋友的去世很惋惜，包括在去年去世，享年 79 岁的石昌祥。"1992 年，我告诉石昌祥，奥克森伯格当年对他抽烟的担忧时，我们俩对此哈哈大笑过。"

2016 年 3 月 4 日

Hi-Speed Group Makes Inroads into Global Strategy

鞠传江

The Shandong Hi-Speed Group is vigorously implementing a strategy of expanding overseas by building construction projects in 106 countries and regions.

Shandong Hi-Speed Group, with Hong Kong-based Friedman Pacific Asset Management Ltd, acquired a nearly 50-percent share in the Toulouse Blagnac Airport, the fourth-largest in France, in March of last year.

A State-owned enterprise group incorporated in 2001, Shandong Hi-Speed is primarily engaged in the investment, construction, operation and management of highways, expressways, bridges, railways, harbors, shipping and logistic facilities. It is also involved in the building materials, IT, financing and real estate sectors connected to its main businesses.

During the past few years, the group has continued to expand its international market. It has completed 378 overseas projects at a total value of $7.8 billion. There are 34 projects under construction at a total value of \$2.48 billion. These overseas projects, in traffic infrastructure construction, power engineering and agricultural development, have not only accelerated the company's level of internationalization but have also globally promoted its brand name.

Last year, the company reported operating revenue of 47 billion yuan (\$7.2 billion), with total assets worth more than 370 billion yuan. During the past five years, its operating revenue and assets increased by 151 percent and 167 percent respectively, and its overseas business doubled.

The company has won bids for almost 100 projects from foreign governments and enterprises, in areas such as public infrastructure, housing, petroleum, chemicals, power and communications.

In 2012, the group invested 100 million yuan building the most advanced cotton production base in Sudan.

In March last year, the group, with Hong Kong-based Friedman Pacific Asset Management Ltd, acquired a near 50-percent stake in France's Toulouse Blagnac Airport and became the first Chinese enterprises to acquire an overseas airport.

Last year its branch in Singapore reported a turnover of 6 billion yuan, accounting for 12.8 percent of the group's total.

It has completed more than 50 foreign aid and technological cooperation projects, including East Timor's presidential office, the parliamentarian house of Chad, medical training centers in Tanzania, and hospitals and schools in Pakistan.

In 2013, the company completed a 1,000-km-long road reconstruction project in South Sudan at an investment of \$2.1 billion, at the time China's largest foreign aid transport infrastructure project.

中文内容摘要：

山东高速加快"走出去"步伐

打响"山东高速"海外品牌

山东高速集团是中国较早走向海外的基础设施建设公司之一，伴随着国家

"一带一路"战略的实施，这家公司近几年的海外业务版图迅速扩张，海外项目由 5 年前的 30 多个国家拓展到了 106 个国家和地区，项目合同额也由 5 年前的 15 亿美元，扩大到去年底的 78 亿美元。5 年间，合作国家数量增长了 2.53 倍， 合同额增长了 4.2 倍。他们在海外承建了一大批有影响的交通、市政、电力工程等项目，成为交通基础设施领域走出去的龙头企业，不仅让国内同行羡慕更让国外公司刮目相看。

山东高速集团是集公路、高速公路、桥梁、铁路、轨道交通、港口、物流等投融资于一体的现代化、国际化综合型企业集团，是中国高速公路等交通基础设施 建设与投资领域最大的企业集团。公司建设的胶州湾大桥，成功攻克高盐、高碱、常腐蚀、常冰冻等世界级技术难题，在 2013 年第 30 届国际桥梁大会上，大桥被授予"乔治·理查德森奖"，这是迄今为止我国桥梁工程获得的最高国际奖项。

去年，这家公司经营收入达到 470 亿元，资产总额超过 3700 亿元，过去 5 年间这家公司经营收入和资产分别增长了 151% 和 167%，其海外业务也翻了 2 倍以上。

据介绍，山东高速集团为加快走出去步伐，先后在亚太、中非、东非、西非、中亚、欧洲设立不同地区事业部，以优化成本、区域差异化管理、项目领域多元化等措施，放大公司优势，不断拓展国际市场。截至目前，公司已经累计完成项目 378 个，目前在建项目 34 个，总合同额 24.8 亿美元。

在国家外援项目中大显身手

山东高速集团从上世纪 90 年代开始为国家承担对外援助和贷款项目，树立起了良好的海外品牌，特别是近几年随着中国"一带一路"战略步伐加快，承担国家外援项目越来越多，项目也越来越大。先后成功实施了乍得议会大厦、东帝汶总统府、坦桑尼亚心脏诊疗培训中心、斯里兰卡班达拉奈克国际展览中心、巴基斯坦地震灾区医院和学校等 50 多项中国政府对外援助成套和技术合作项目。

2013 年，山东高速进入南苏丹，承建全长 1000 公里、总投资 21 美元的南苏丹道路改造升级项目，这是我国最大对外交通基础设施援建项目。正是这些外援项目为这家公司带来了良好的海外声誉，为他们与当地更多合作打下坚实基础。

与海外公司同台竞争

伴随着山东高速集团海外影响力和实力的提升，从早期主要承担国家对外援助和贷款项目为主，已经转向承包国际工程、对外投资等领域，开始在海外市场与国际大公司同台竞争，积极应标海外高速公路、道路桥梁、铁路、港口等大型基础设施项目。公司中标越南首条高速公路河内至海防高速的 15 公里建设路段，成为全线最早完工、最早通车的路段。山东高速还参与阿尔及利亚高速公路、安哥拉高速公路等重大交通基础设施项目。2013 年 12 月 24 日，山东高速集团赢得了 塞尔维亚第一个全长 50.9 公里、合同额 3.3 亿美的高速公路项目建设合同，目前已完成工程量的 25%。

过去几年，这家公司先后赢得了近百项外国政府、世界银行、中外石油企业的招标工程，包括公共基础设施、房屋建筑、石油化工、电力工程、通讯工程等领域，累计完成合同额 32 亿美元。目前，正在建设的海外项目 50% 来自国际招标，显示了公司强劲的国际竞争力。与此同时，这家公司还积极开展对外投资项目，使公司从项目承包商角色转向投资商。2012 年，他们在苏丹开展农业合作，投资 1 亿元人民币，建成苏丹最先进的棉花生产基地，成为中国与苏丹合作的农业示范的标杆工程，受到商务部、农业部表彰。

山东高速旗下金融产业的不断壮大，使其拥有了更多海外投资的实力。去年 3 月，山东高速集团成功收购法国图卢兹（Toulouse）机场 49.99% 股权，成为中国企业收购的第一个海外机场，这一这笔交易规模约为 3.08 亿欧元的兼并项目受到海外包括《华尔街日报》等几十家媒体的关注。

公司设立在新加坡的公司经营良好，去年营业额突破 60 亿元，占集团营业额 12.8%。

2016 年 3 月 9 日

站长专栏："一带一路"战略
需要怎样的样板企业？（上）

鞠传江

中国外交部长王毅在十二届全国人大四次会议的记者会上向海内外记者晒出了中国"一带一路"倡议提出以来的成绩单：这一宏大战略使中国从一个国际体系的参与者快速转向公共产品的提供者。目前，已经有 70 多个国家和国际组织表达了合作的意愿，30 多个国家同中国签署了共建"一带一路"合作协议。

面对中国这一对外开放的大战略，越来越多的中国企业走向"一带一路"国家和地区，抢抓发展的机遇。但是，面对复杂多变的国际坏境，不是每一个企业都能够在海外开局顺利，这里解剖山东高速集团"走出去"的探索与实践，或许能够为更多企业的海外布局做出表率和参照，少走弯路。

打响"山东高速"海外品牌

山东高速集团是中国较早走向海外的基础设施建设公司之一，伴随着国家"一带一路"战略的实施，这家公司近几年的海外业务版图迅速扩张，海外项目由 5 年前的 30 多个国家拓展到了 106 个国家和地区，项目合同额也由 5 年前的 15 亿美元，扩大到去年底的 78 亿美元。5 年间，合作国家数量增长了 2.53 倍，合同额增长了 4.2 倍。他们在海外承建了一大批有影响的交通、市政、电力工程等项目，成为交通基础设施领域走出去的龙头企业，不仅让国内同行羡慕更让国外公司刮目相看。

山东高速集团董事长孙亮说："快速扩张的海外业务加快了山东高速的国际化水平，在海外打响了'山东高速'的品牌。"

经权威中介机构——世界品牌实验室测算，目前"山东高速"品牌价值已经高达 123 亿元。

山东高速集团是集公路、高速公路、桥梁、铁路、轨道交通、港口、物流

山东高速承建的巴哈马国家体育场已投入使用

等投融资于一体的现代化、国际化综合型企业集团，是中国高速公路等交通基础设施建设与投资领域最大的企业集团。公司建设的胶州湾大桥，成功攻克高盐、高碱、常腐蚀、常冰冻等世界级技术难题，在2013年第30届国际桥梁大会上，大桥被授予"乔治·理查德森奖"，这是迄今为止我国桥梁工程获得的最高国际奖项。

去年，这家公司经营收入达到470亿元，资产总额超过3700亿元，过去5年间这家公司经营收入和资产分别增长了151%和167%，其海外业务也翻了2倍以上。

"海外业务的高速发展得益于国家'一带一路'大战略的实施和中国国际影响力的提升，也得益于公司海外业务平台的建立和经验的积累。"孙亮说。

据介绍，山东高速集团为加快走出去步伐，先后在亚太、中非、东非、西非、中亚、欧洲设立不同地区事业部，以优化成本、区域差异化管理、项目领域多元化等措施，放大公司优势，不断拓展国际市场。截至目前，公司已经累计完成项目378个，目前在建项目34个，总合同额24.8亿美元，海外建设和投资项目社会和经济效益良好。

在国家外援项目中大显身手

山东高速集团从20世纪90年代开始为国家承担对外援助和贷款项目，树立起了良好的海外品牌，特别是近几年随着中国"一带一路"战略步伐加快，承担国家外援项目越来越多，项目也越来越大。先后成功实施了乍得议会大厦、

山东高速路桥集团阿尔及利亚东西高速公路施工现场

东帝汶总统府、坦桑尼亚心脏诊疗培训中心、斯里兰卡班达拉奈克国际展览中心、巴基斯坦地震灾区医院和学校等 50 多项中国政府对外援助成套和技术合作项目。

2013 年，山东高速进入南苏丹，承建全长 1000 公里、总投资 21 亿美元的南苏丹道路改造升级项目，这是我国最大对外交通基础设施援建项目。

正是这些外援项目为这家公司带来了良好的海外声誉，为他们与当地更多合作打下坚实基础。

与海外公司同台竞争

伴随着山东高速集团海外影响力和实力的提升，从早期主要承担国家对外援助和贷款项目为主，已经转向承包国际工程、对外投资等领域，开始在海外市场与国际大公司同台竞争，积极应标海外高速公路、道路桥梁、铁路、港口等大型基础设施项目。公司中标越南首条高速公路河内至海防高速的 15 公里建设路段，成为全线最早完工、最早通车的路段。山东高速还参与阿尔及利亚高速公路、安哥拉高速公路等重大交通基础设施项目。2013 年 12 月 24 日，山东高速集团赢得了塞尔维亚第一个全长 50.9 公里、合同额 3.3 亿美元的高速公路项目建设合同，目前已完成工程量的 25%。

过去几年，这家公司先后赢得了近百项外国政府、世界银行、中外石油企业的招标工程，包括公共基础设施、房屋建筑、石油化工、电力工程、通讯工程等领域，累计完成合同额 32 亿美元。目前，正在建设的海外项目 50% 来自国际招标，显示了公司强劲的国际竞争力。

与此同时，这家公司还积极开展对外投资项目，使公司从项目承包商角色转向投资商。2012 年，他们在苏丹开展农业合作，投资 1 亿元人民币，建成苏丹最先进的棉花生产基地，成为中国与苏丹合作的农业示范的标杆工程，受到商务部、农业部表彰。

山东高速旗下金融产业的不断壮大，使其拥有了更多海外投资的实力。去年 3 月，山东高速集团成功收购法国图卢兹（Toulouse）机场 49.99% 股权，成为中国企业收购的第一个海外机场，这一这笔交易规模约为 3.08 亿欧元的兼并项目受到海外包括《华尔街日报》等几十家媒体的关注。

公司设立在新加坡的公司经营良好，去年营业额突破 60 亿元，占集团营业额 12.8%。

如何才能成为海外市场的赢家？

如何才能成为海外市场的赢家？这考验着每个走出去的中国企业。

"'走出去'是更多中国企业国际化的必然选择，但是，与国内不同的市场环境、人文环境考验着中国企业的海外战略和适应海外市场的能力！"山东社会科学院院长张述存说，"山东高速作为中国开拓海外基础设施领域市场的佼佼者，公司的海外战略及发展路径无疑为更多企业提供了可资借鉴的经验。"

越来越多的山东企业走向海外。来自山东省商务厅的统计显示，截至去年

山东高速集团联合香港富泰资产管理有限公司收购的法国图卢兹机场

底，山东省已有 3000 多家企业通过走出去开展国际合作，仅在"一带一路"沿线国家和地区就有投资项目 1300 个，中方投资 120 亿美元，分别占全省的 29% 和 27%。去过 5 年，山东省在"一带一路"沿线国家和地区新签合同额 262.9 亿美元，占全省总量的 53%。

张述存强调，中国的"一带一路"战略受到越来越多国家的欢迎，沿线国家和地区希望摆脱过去"原材料供应地""商品倾销地"的被动地位和改变基础设施落后的现况，与中国开展产业合作的意愿极其强烈，在互通互联、城市建设、港口建设、能源及矿产开发、产业升级等领域的合作潜力巨大，将给更多中国企业带来市场机遇。但是，如果中国企业不能够充分了解投资项目所在国的政策、法律、税务、人才、市场预期等情况，将会给投资项目带来困难或者致使投资失败。因此，选择正确的海外战略，拥有高素质的海外团队，并且对海外项目进行严格的咨询和论证，将为海外投资项目的成功奠定基础。

2016 年 3 月 18 日

Shandong Discusses Future Cooperations

王倩

The Shandong government welcomed companies in the global top 500 to invest in the coastal province at a "Shandong Night" promotion on Sunday during the 2016 China Development Forum in Beijing.

The province has more than 3,000 kilometers of coastline, accounting for one-sixth of China's total coastline, and is the third-largest economy among China's provincial regions with about $1 trillion in gross domestic product last year, roughly the size of Indonesia's GDP.

Workers oversee a printer production line for Samsung in Weihai, Shandong province.

Shandong Night was co-organized by the Shandong government and China's State Council Development Research Center.

Shandong Governor Guo Shuqing, 17 mayors from the province and representatives of key Shandong enterprises that have overseas operations met a number of entrepreneurs of the world top 500 enterprises and many other industrialists at the event, and discussed future cooperation.

"Shandong is an important birthplace of the Chinese civilization, and more than 30 years of development have seen it grow into a robust economic engine in China," Guo said.

"Shandong has some competitive enterprises and expects to strengthen strategic and industrial cooperation with corporations at home and abroad, especially the world top 500 enterprises." Since Henkel Loctite set up its branch in Yantai, Shandong, in 1987, becoming the first foreign company to do so since the late 1970s, the Shandong government has approved 642 projects funded by 203 of the world's top 500 corporations.

Of those, 485 projects are still operating, with overall investment of $15.3 billion.

The main international companies investing in Shandong include Elecricite de France, the Man Group of Germany, General Motors from the United States, Kia Motor Group and LG Electronics from South Korea, Royal P&O Nedlloyd of the United Kingdom, Pirelli SPA of Italy and Volvo from Sweden.

Their projects are mainly located in the cities of Jinan, Qingdao, Yantai, Rizhao, Jining and Linyi.

Citizen (Zibo) Precision Machinery was set up in 2005 in Zibo, in the center of Shandong. Vice-general Manager Yang Bing said the company expanded from 11 employees to more than 300 over 10 years, and its registered capital volume has increased from $1.85 million to nearly $30 million.

Citizen Watch of Japan closed its branch in Shanghai and upgraded the Zibo company to its headquarters in China in 2011, because of the robust development of the latter.

Zhang Weike, foreign investment division director of the Shandong commerce bureau said: "Supplementary investment and projects have become an important channel for Shandong to attract foreign funds. Last year, 25 of the world's top 500 corporations increased their investment in the province, along with some newcomers from South Korea, Australia, Israel and France." According to the bureau, two-thirds of the projects funded by foreign companies are in Qingdao, Yantai and Jinan, and more than half of them are manufacturing industries.

Ericsson Chairman Leif Johansson is optimistic about Shandong's high and new technology industries.

He said Shandong has a market full of vitality and the prospects of bilateral cooperation between Shandong and Ericsson are "exciting" as the Shandong government aims to build a 5G network infrastructure and improve its service abilities.

Li Guangjie, a researcher of economics with the Shandong Academy of Social Sciences, said the province's main focus on the world's top 500 enterprises shows its strong intentions to upgrade its industries and restructure its economy through the spillover effects of high and new technologies and advanced management.

Toni Hagelberg, president of Volvo's construction equipment company in China, said the company has invested $256 million in Jinan since it set up in the provincial city in 2010.

The company was Volvo's only research and development center in the field in China and serves Volvo's global operations.

The Jinan-based China National Heavy Duty Truck Goup makes its trucks more fuel-efficient through cooperation with the Man Group.

It exported 27,800 trucks last year, and has been the largest heavy-duty truck exporter in China for 11 consecutive years.

"We have learned not only technology, but also experiment methods, manufacturing techniques and, more importantly, the standards system and quality management concept in which Man takes great pride," said Yun Qingtian, chief engineer of the truck group.

The Shandong governor sees more progress in the province's future. "Shandong will deepen its involvement in international competition and cooperation through the implementation of China's Belt and Road Initiative, and free trade agreements between China and South Korea, and with Australia," Guo said.

中文内容摘要：

山东已吸引逾 200 家世界 500 强企业发展前景引外商瞩目

山东省政府和国务院发展研究中心共同主办的中国发展高层论坛"山东之

夜"主题活动于 3 月 20 日在北京举行。借助该活动,中国第三大经济大省——山东再度把绣球抛向世界 500 强企业。

作为论坛内容之一,在"山东之夜"活动上,山东省省长郭树清率山东 17 地市市长、山东重点外向型企业代表与参会的众多世界 500 强企业及其他行业企业领导人进行了深度交流,共同探索未来合作方面。

"山东是中华文明的重要发祥地。经过改革开放 30 多年的发展,山东经济总量已跃上 6 万亿台阶,居全国第三位,积累了较为雄厚的实体经济基础,形成了一批优势企业。"山东省委副书记、省长郭树清说。

他表示,未来山东将进一步扩大对外开放,继续加强与世界 500 强及行业领军企业战略合作和产业对接,期待与境内外企业广泛合作。

203 家世界 500 强企业投资山东　到账外资超百亿

作为中国东部沿海经济大省,山东与世界 500 强公司有着广阔的合作空间。1987 年,首家跨国公司投资企业汉高乐泰(中国)有限公司在烟台设立,自此山东开放怀抱陆续吸引国际知名公司落地。

据山东省商务厅介绍,截至 2015 年底,山东已累计批准 203 家世界 500 强企业投资设立了 642 个项目,现存 171 家世界 500 强和 485 个项目,合同外资 153 亿美元,到账外资 131 亿美元。

其中,法国电力公司、德国曼集团、美国通用汽车、韩国起亚汽车、英国铁行公司、意大利倍耐力公司、韩国 LG 电子株式会社、瑞典沃尔沃公司等企业在济南、青岛、烟台、日照、济宁、临沂等地投资多个项目,涉及电力、化工、汽车等多个领域。

日本西铁城在山东设立的西铁城(淄博)精密机械有限公司成立于 2005 年,该公司副总经理杨冰介绍说,公司的注册资本已从起初的 185 万美元猛增至 2936 万美元,员工从 11 人增加到现在的 300 多人。

淄博公司良好的发展势头,让日本西铁城时计株式会社下决心将负责销售的西铁城上海公司与宫野上海公司清算注销,淄博公司 2011 年升格为中国总部,更名为西铁城(中国)精密机械有限公司,统管中国市场的生产、销售及售后服务等所有业务。

山东省商务厅外资处处长张维克表示,像西铁城这样,世界 500 强项目持续"追加投资、增设项目",已经成为山东引进外资的重要方式。仅 2015 年,就有、韩国现代汽车、法国液空、德国曼集团等 25 家 500 强企业追加投资。

据山东省商务厅介绍，目前山东 17 地市共有 485 个世界 500 强项目，已成为地方经济发展的"顶梁柱"。而项目较多分布在青岛、烟台、济南，占全省的 2/3。其中，烟台项目数为 87 个，在烟台 16 家营业收入过百亿元的重点工业企业中，5 家外资企业均为世界 500 强项目，合计营收 2215 亿元、纳税 210 亿元，均超过 16 家企业合计营收和纳税额的 1/3。

另外，作为制造业大省的山东，外资项目也多分布在制造业领域，实际到账外资 728798 万美元，占全省外资总数的半数以上，此外房地产业、电力、燃气及水的生产和供应业、批发和零售业等也吸引了大量外资。

而在参会的爱立信董事长雷夫·约翰森（Leif Johansson）看来，山东高新技术产业的前景堪称乐观。他认为，山东的市场对于爱立信而言是非常活跃的，并主动提到 5G 网络的基础设施搭建与服务能力提升，表示双方未来的合作前景"相当令人兴奋"。

世界 500 强企业技术溢出与管理带动效应明显。中国重汽集团自 2009 年与德国曼公司合作后，将曼技术应用到轻卡、专用车、客车上，表现出强劲的市场竞争力，最低油耗比国内同系列竞品降低 5%，市场占有率去年提高 1.64 个百分点，位列国内重卡行业第二。去年实现整车出口 2.78 万辆，连续 11 年牢牢占据国内重卡行业出口首位。

中国重汽总质量师云清田表示："在与曼公司合作中，重汽不仅学到了技术、实验方法、制造工艺等内容，更重要的是学到了曼引以为豪的标准体系和质量管理理念。"

据了解，山东半岛拥有 3000 多公里黄金海岸，占全国海岸线的 1/6，居全国第二位。2011 年，山东半岛蓝色经济区上升为国家战略，"蓝色半岛"如何积极对接"一带一路"中的"一路"——21 世纪海上丝绸之路，将成为下一步山东经济发展的新看点。

郭树清表示，"未来，山东将力争抓住"一带一路"战略实施和中韩、中澳达成自由贸易协议的机遇，继续提高参与国际竞争与世界 500 强企业合作的能力，争创对外开放新优势"。

2016 年 3 月 23 日

"一带一路"战略需要怎样的样板企业？（中）

鞠传江

中国职工在培训几内亚职工

中国自 2014 年海外投资突破一千亿美元大关，并成为资本净输出国之后，中国企业投资海外、特别是投资"一带一路"沿线国家暴增，只是中国企业在海外扮演投资角色时，不免有冲动带来的失误和烦恼，好在一些先期在海外扎根的公司为更多企业"走出去"做出了表率，这里记述的就是由三国四方共同搭建烟台港和非洲西海岸几内亚博凯港（Katougouma）之间万里航线从无到有的成功故事。

梦有多大　故事就有多精彩

中国是铝矾土资源消耗大国，每年的进口量超过 5000 万吨，正是中国这一铝矿需求的巨大蛋糕成为演绎中国与非洲的万里海上航线传奇故事的开端。

由于中国是铝矾土资源相对缺乏的国家，并且铝矿的含量低，开发成本高。此前，中国的铝矾土 60% 依赖进口，分别来自印度、澳大利亚、印尼、马来西亚等国家，国内不断扩大的需求量，致使上述出口国不断抬高铝矾土离岸价格。而非洲的几内亚是铝矾土资源大国，贮藏总量估计在 240 亿吨以上，占世界已探明储量的 1/3，并且可露天开采，品位高，氧化铝含量 45% ～ 60%。但是，几内亚基础设施落后，没有高速公路、没有港口、没有开采条件，到 2014 年底几内亚和美国公司开采的铝矿年产量在 1500 万吨左右，铝矿出口占该国出口总量的 80%。中国国内有大公司几年前曾想从几内亚开发铝矿，因基础设施需要投资 100 多亿元而搁浅。

铝被称为"21 世纪的绿色金属"，铝矿是仅次于铁矿的国际航运第二大宗散货资源。2014 年初，由 3 个国家 4 家公司组成了"赢联盟"开始了构建烟台港连接非洲博凯港（Katougouma）的千万吨级大航线的梦想，他们分别是一直致力于国际大宗散货海洋运输的新加坡韦立国际集团、打造物流全产业链的中国烟台港集团、拥有世界最大最先进铝加工生产线的山东魏桥集团、在几内亚拥有广泛影响力的 USM 公司，优势互补的 4 家公司共同的梦想是建设一条年运输量 1000 万～3000 万吨的国际铝矾土航线。

几内亚博凯港正在装船的驳轮

当"赢联盟"将这一项目报到几内亚总统阿尔法·孔戴（Alpha Conde）手中时，他将信将疑，因为许多国家的公司因为这里落后的基础设施将铝矾土开发项目半途而废。但是，大半年后第一船铝矾土如期装船，使他喜出望外。他在装船仪式上说："上帝让几内亚拥有铝矾土资源，中国是世界主要的市场，我们一起努力将使这两个市场优势互补，实现双赢。真正的朋友是我们面临困境而鼎力相助的人，今天眼前的一切证明他们是我们最好的朋友！"

首先倡议"赢联盟"的新加坡韦立国际集团董事长孙修顺说："这一项目属于'一带一路'的伟大战略，是梦想的力量让这一国际合作项目变成了现实！"

"非洲博凯港从开工到投产仅仅 100 多天，让两个相距 10000 公里的港口连接起来。毫无疑问，'赢联盟'创造了一项国际海洋交通史上的奇迹！"烟台港集团董事长周波说。

正是烟台港的建设团队在进行港口建设考察时发现了矿区连接深海的一条运河，而中国大运河沿线码头及驳船队运输煤炭的经验为在几内亚建港带来了灵感，从而使铝矾土驳船队可以经运河运送到离港口 74 公里外的 20 万吨货轮深海锚地装船。烟台港 300 人组成的精锐施工团队冒着埃博拉病毒在施工地周围爆发的险恶环境，经过 4 个月的昼夜奋战，建设起内河码头、运河驳船队和海上装船系统。这一创新举措使码头的造价由原来在海边建深水码头的 100 多亿元下降至 10 亿元，也使工期由 3 年下降至 4 个月。

"赢联盟"赢得了什么？

眼下，烟台港每周都有一艘来自非洲几内亚的 18 万吨铝矾土巨轮靠港，而几内亚博凯港（Katougouma）可以每天装船 6 万吨。韦立国际集团董事长助理孙思远说："今年可以实现货运量 1000 万吨的目标，明年将实现 1500 万吨运量，2018 年将实现 3000 万吨的目标，届时，将有 60 ～ 70 条 20 万吨左右的巨轮往返于这条航线上。"

"这是烟台港第一次在海外建港的示范项目，这条航线确立了烟台港成为中国最大的铝矾土枢纽港的地位，并成为大宗散货物流多式联运全产业链的成功案例，对港口未来发展意义重大！"烟台港集团董事长周波说。

的确，这不是一条一般的航线，它的建立将使几内亚的铝矾土出口量增长两倍以上，跃身成为世界最重要的铝矾土出口大国。并且连接博凯港有了高等级公路，矿区周围由"赢联盟"耗资百万无偿建起了两所面向当地百姓和职工的现代化医院，近 5000 名当地人在矿区和港口工作。

正是这些巨大变化使得几内亚交通部长 Aliou Diallo 在第一船"韦立信心"号载着 17 万吨铝矾土于博凯港（Katougouma）启航和烟台港靠港仪式上均高喊："中几合作万岁！赢联盟万岁！"

而几内亚矿业部长 Kerfalla Yansane 则兴奋地说："我们拥有了一个从矿业开发到运输的完整

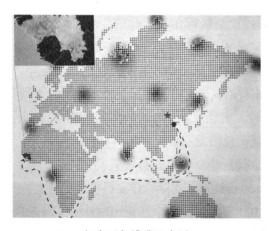

烟台至凯博港示意图

矿业体系，并将源源不断地为国家财政做出巨大贡献！"

来自万里之外几内亚的优质铝矿价格却比来自亚洲其他国家进口的铝矿低得多。这使魏桥集团副董事长张波喜形于色。"我们告别了让国外铝矿供应商依矿提价的历史，也为魏桥集团打造年产5000亿高端铝产业集群铺平了道路。"

面对这悄然崛起的中非铝矾土大航线，海外铝矾土供应商顿时乱了阵脚，竞相降低离岸价。可是几内亚的铝矾土是露天开采，价格在国际上是最具竞争力的。

不断延伸的"赢联盟"航线

3月15日，"赢联盟"在上海国际件杂货运输展览会上向海内外航运界、外贸领域的客商宣布推出烟台港面向非洲西海岸的周班轮直达航线，利用铝矿运输船回程空仓为中国至几内亚的散杂货提供运输服务，包括出口到非洲的工程机械、设备、材料、集装箱、车辆、水泥等，45天即可到达，运输周期仅是原来的一半，明年将每周两个航班，这一举措将大大提升这一航线在中非经贸中的重要地位和品牌价值。

据烟台港集团副总裁张全成介绍，"赢联盟"的"航线"还在不断延伸，博凯港（Katougouma）的二期工程正在紧张进行，位于港口旁的10平方公里港口物流产业园区已经获得几内亚政府批准，也正在加紧建设，并面向国内外招商，将成为中国与非洲西海岸的重要贸易、物流集散地和临港产业园区，并将形成面向西非十多个国家的便捷物流贸易通道，显现其强大的生命力。

纵观这一航线从2014年的创意到今年形成规模时间不足两年，成为"一带一路"战略的共赢样板工程，其根本点正像清华大学国情研究院院长胡鞍钢所说："'一带一路'不仅是一场规模宏大的经济地理革命，而且开启了一个'共赢主义时代'，寻求双赢、多赢和共赢是这一战略在国际上广受欢迎的根本所在。"

他分析，"一带一路"沿线包括60多个国家、44亿人口，又分别处于经济发展不同阶段，这是迄今为止世界上人口规模最大的互利共赢的命运共同体。巨大的开放潜力加上中国政府的开发援助、开发性金融以及市场资源配置，可以为沿线发展中国家提供更多基础公共产品，并带动沿线各国货物贸易、服务贸易和产业投资的增长。

国家商务部今年4月8日公布的数据显示：2015年，中国与"一带一路"相关国家双边贸易总额达9955亿美元，占全国贸易总额的25.1%。中国已经与相关国家合作建设了50多个境外经贸合作区。

　　山东社会科学院院长张述存则说："中非万里铝矿大物流航线的成功案例说明'一带一路'项目，特别是资源开放和基础设施项目是系统工程，需要国际化的资源配置和优势互补，而创新思维使这一项目具有投资少、见效快的特点。况且，这一项目的可复制性为更多的'一带一路'项目提供了宝贵经验。"

2016 年 4 月 13 日

Student Miners Help Buoy up Flagging Coal Industry

鞠传江　赵瑞雪

With his eyeglasses and fair skin, Liu Hui does not look like a typical coal miner when he is off duty, but he has worked underground for nearly four years.

The reason for the 29-year-old's light complexion is the limited exposure to sunlight he has on a daily basis.

"Sunshine is a luxury to me," said Liu, who began work at the Wanglou Mine in Jining, Shandong province in 2012 after graduating from Shandong University of Science and Technology with a master's degree in mining engineering.

Two years later, Liu was appointed head of the 52-strong "undergraduate team", which was created in 2011.

Well-known for innovation among the 1,500 miners who work at Wanglou Mine, the team has been credited with saving the owners, Shandong Energy Group, around 7 million yuan ($1 million) annually by developing new techniques.

Xiao Qinghua, head of Wanglou Mine, said members of the undergraduate team have the ability to understand drawings and English manuals that can help them improve and repair machines, in turn saving on costs.

"Reducing costs is an efficient way of widening our profit margins against the background of a sluggish coal industry," said Xiao, adding that more than 90 percent of coal producers are suffering losses at present.

Liu Hui repairs equipment at the Wanglou Mine in Jining, Shandong province. Provided to China Daily

The undergraduate team works three shifts round-the-clock, with Liu taking the day shift. He gets up at 5:30 am and meets with his teammates half an hour later to analyze the conditions they might face underground.

At 6:40 am, the day shift members put on their kit and gather around in a hall at the mine's entrance.

Safety equipment is checked before they prepare to board the "cage" for their descent underground. "Safety is the most important thing for us," said Liu, pointing to the posters dotted around the hall with slogans such as "Always keep safety in mind".

"We have advanced machinery to ensure our working environment is safe," he said.

According to Xiao, the undergraduate team has not had a single accident in the past five years. He believes it is hard work, not safety concerns, that scares college and university students from considering mining as a career.

"Around 20 percent of undergraduate miners give up because they can't bear the hard work underground," Xiao said.

Liu agreed, saying: "The work of collecting coal underground is much harder than I expected".

"The first day I went down the mine, I just didn't want to move forward. The high temperatures made me sweat all day and the noise drove me crazy. I was looking forward to getting out of the mine every minute I was down there," he said.

"But as long as you hold on for the first year, you will get used to it."

Meng Qingxin, 29, joined the undergraduate team in August and was unsure if it was right for him at first.

"But I found the field work was a good way to test and improve what I learned at college, so I preferred to stay," Meng said.

The challenge of mining is also what keeps Liu in the industry, despite the negative effects its current slump has had on his wages.

"Every day is a fresh test for us, as we are digging deeper and frequently meeting new challenges. I still need to learn more," he said.

"I like the feeling when I solve new problems using the experience I gained in the field and the knowledge I learned at school."

中文内容摘要：

大学生采煤队：利用所学助企业降采煤成本

与想象中工作在煤矿一线的矿工不同，戴着眼镜的刘辉皮肤白皙，举手投足间透露着书卷气，很难让人想到他已在地下煤矿工作近四年。

让这位 29 岁的煤矿一线工人保持皮肤白皙的原因是他每天暴露在阳光下的时间很有限。

"阳光对我来说是奢侈品。"刘辉说。

刘辉 2012 年从山东科技大学采矿工程专业以硕士文凭毕业后来到王楼煤矿工作。两年后，他被任命为"大学生采煤队"的队长。

隶属于山东能源集团的王楼煤矿，自 2011 年创建起一支"大学生采煤队"。如今这支采煤队从当初的十几个人发展到现在的 52 人。

王楼煤矿 1500 人左右的采煤矿工中，"大学生采煤队"以科研创新闻名。每年这支队伍通过推广新技术、新经验为王楼煤矿节省 700 万元。

王楼煤矿矿长肖庆华评价大学生采煤队矿工说，这些大学生能够看得懂图纸，读得懂英文使用说明，所以他们（大学生采煤队矿工）能够自己改进或者修理设备，节省很多费用。

"这些节省的费用，换种说法，就是节省了煤炭开采的成本。" 肖庆华说，如今 90% 以上的煤矿面临着亏损。

刘辉介绍，"大学生采煤队"一天三班倒。刘辉值白班。他每天 5：30 起床，6 点与他的队友们开会分析今天的工作情况。

6：40 左右，矿工们换上工装在煤矿入口处集合准备坐升降机下井。

在下井之前，安全确认是一道必备的程序。"确保安全是最重要的事情。"刘辉说。在这个集合大厅里，随处可以看到强调安全重要性的标语。

"如今，我们的工作设备很先进，能够确保我们工作环境的安全。"刘辉说。

肖庆华介绍，在过去的五年时间里，大学生采煤队未发生任何安全事故。肖庆华认为，让大学生对采煤一线工作望而却步的原因主要还是工作太辛苦。

"选择采煤一线工作的大学生离职率大约在 20%。" 肖庆华说。

刘辉说，地下采煤工作的艰辛程度远远超出他的想象。

"第一天下井工作时，我一步都不想动。井下的高温让人整天汗流浃背，噪音也让我受不了。"刘辉回忆说，"但是只要坚持住第一年，就会习惯了。"

今年 29 岁的孟庆新在去年 8 月份加入大学生采煤队，刚开始他并不确认自己是否能够坚持下来。

"虽然很辛苦，但是一线工作是检验和改进大学所学理论知识的很好的一个途径。" 孟庆新说。

"随着我们掘进深度增加，我们经常碰到新的挑战。所以在采矿领域，我仍然还有很多东西需要学习。" 刘辉说，尽管因为煤矿行业的不景气，工资也受到了影响，但他愿意坚持，积攒更多的一线实践经验。

2016 年 5 月 10 日

Province Promotes Qilu Culture Heritage

汤智浩　王倩

Shandong province has introduced 31 cultural innovation projects across seven regions this year to spread awareness of Qilu culture.

Qilu refers to the kingdoms of the Qi and Lu, in what is now Shandong, before the founding of the Qin Dynasty (221-207 BC). It is sometimes used as a name for Shandong province,

An annual Confucius memorial ceremony at the Confucius Temple in Qufu, Shandong province. Photo by Wang Qian/China Daily

one of the birthplaces of Chinese culture and civilization.

Qufu, a historical city in southwestern Shandong, is the hometown of Confucius.

"Qilu culture and Confucianism originate from the province. Shandong should take more responsibility in promoting traditional Chinese cultures," said Xu Xianghong, head of the Shandong provincial department of culture.

Xu said investments by the Shandong government in supporting the development of Qilu culture increased by 100 million yuan ($15.18 million) year-on-year in 2015 and will continue to strengthen its promotion of Qilu culture during the 13th Five-Year Plan (2016-2020).

"Many concepts in our traditional culture can be used to support social and economic development," Xu said.

Xu stressed that it is important to create new tools to promote traditional cultures.

"The promotional style has to fit the demands and preference of younger generations. I am confident that we can achieve better results if we apply more ideas to promoting culture."

Shandong is long committed to developing different exchanges and communication programs to introduce traditional Chinese culture to a broad range of audiences. It has established various platforms including the Nishan Academy Network and Confucianism-based training classes to expand an awareness of ancient Chinese cultures.

Local authorities have encouraged public libraries to partner with the Nishan Academy, an institute founded during the Song Dynasty (960-1279) and dedicated to Confucius and his philosophies to offer younger generations opportunities to read Chinese classic texts. The Nishan Academy offers free classes to the public on weekends.

"The academy plays a significant role in promoting ancient Chinese cultural learning. We hope children can better understand Chinese culture at the academy and help pass down cultural heritages through the generations," said Yan Li, a volunteer at the Nishan Academy in Shandong Library.

Nishan Academy has developed over 130 branches in Shandong. Almost every library in the region has a Nishan Academy inside it, according to the local government. The academy has hosted over 3,200 cultural events that attracted over 400,000 participants in recent years.

Shandong launched Confucianism-based training classes in 2013 to encourage communities and rural areas to learn more about Chinese culture. The province has established 8,300 physical classes and organized 33,200 lectures over the years.

Qufu will be a national demonstration zone to support the development of traditional cultures during the 13th Five-Year Plan.

Xu said the cities of Qufu, Zoucheng and Sishui, which have a combined area of 3,631 square kilometers, will form the core area of the demonstration zone. Some key projects in the zone, including the Nishan Resort, have reported progress, Xu said.

The Nishan Forum on World Civilizations and The World Confucian Conference, organized by Shandong province, strongly support cultural exchanges between China and foreign countries.

The Nishan Forum on World Civilizations was launched in 2010 at Nishan Mountain, the exact location where Confucius was born, to serve as a platform for enhancing cultural communications and to promote the building of a harmonious world. More than 100 dialogue and exchange events were organized over the last six years.

Shandong has been promoting its traditional cultures to overseas audiences. Since 2011, it arranged over 600 performances and over 300 arts exhibitions abroad. There are 15 Nishan Academies in countries like Australia, Russia and New Zealand.

中文内容摘要：

山东推动齐鲁传统文化传承创新　让优秀传统文化入人心

作为"孔孟之乡"，山东省今年正式推出 7 类 31 个"齐鲁优秀传统文化传承创新工程"重点项目，以项目化方式发掘多元齐鲁文化，并推动齐鲁优秀传统文化的海外传播交流。

"山东是齐鲁文化发祥地，儒学的发源地，文化底蕴深厚。作为历史文化大省，在弘扬优秀传统文化方面山东省理应先行一步，要加强对中华传统文化的挖掘和阐发，充分发挥文化资源优势，继承和弘扬优秀传统文化。" 山东省文化厅厅长徐向红说。

据介绍，仅 2015 年，山东省级财政就新增加了 1 亿元资金用来支持齐鲁优秀传统文化传承创新。今年的山东省政府工作报告，特地将繁荣发展先进文化列入"十三五"主要目标和重点任务。

徐向红表示："我们优秀传统文化中有很多是可以对我们当前的经济社会文化发展起到促进作用的，关键是我们要研究、阐发好。"他强调："要特别注重创新，特别是适合于新的形势的需要，特别是年轻人的欣赏习惯、以及文化艺术内在的需要进行不断的创新，这样才能够不断地有所发展。"

从 2013 年开始，山东在全国率先提出了"图书馆＋书院"的模式，将现代公共图书馆和传统书院有机结合，在全省县级以上公共图书馆里建设"尼山书院"。

"书院是承担着国学传承的重要责任，我们做书院就是让孩子有一个真正读国学的地方，然后在这个地方学有所乐，学有所得，把我们的国学，优秀的传统文化传承下去。"山东省图书馆尼山书院志愿者颜力说。

目前，山东已建成尼山书院 130 余个，基本实现公共图书馆全覆盖。全省各级尼山书院举办国学讲堂、孔子公开课、论语公开课等各类活动 3200 余场次，参与群众 40 万余人次。

目前，山东已建成儒学讲堂 8300 个，已开展活动 3.32 万场次。在山东大学组织儒学研究专家、教授首批培训了 500 名乡村儒学骨干，并编制全省统一教材。

"曲阜优秀传统文化传承发展示范区项目已被列入国家'十三五'规划，上升为国家战略，集中打造中华优秀传统文化物化实化的文化圣地。"徐向红说。

同时，山东还通过举办尼山世界文明论坛、世界儒学大会这两项有国际影响力的活动，来弘扬中华文化、促进中外文化交流。

尼山论坛以孔子诞生地"尼山"命名，自 2010 年起已在山东成功举办三届，累计组织学术演讲和文化对话交流活动 100 余场，逐渐成为世界文明对话的中国平台。尼山论坛还走出国门，先后已在法国、美国的联合国教科文组织总部举办了"巴黎尼山论坛""纽约尼山论坛"，在国际上产生广泛影响。

世界儒学大会由文化部与山东省政府共同主办，自 2007 年首次发起以来，至今已成功举办 7 届，已成为一个弘扬儒家思想、研讨中国传统文化的国际高端学术交流平台。仅去年的世界儒学大会吸引来自美国、德国、俄罗斯、埃及、澳大利亚、马来西亚等 15 个国家和地区的 160 多位代表展开深入研讨和广泛对话。

山东以孔子为主题，整合文物、非遗、演艺、图书等资源，积极开展多种形式的对外、对港澳台文化交流活动，推动齐鲁优秀传统文化的海外传播交流。

与此同时，山东还积极开展一系列文化"走出去"活动，面向海外观众推广齐鲁文化。"'十二五'期间，山东开展了多种形式的对外文化交流活动，齐鲁文化软实力不断增强，山东成为我国对外文化交流最活跃的省份之一。"徐向红说。

徐向红表示，过去的 5 年中，山东每年省直及各市艺术院团赴国外、境外演出交流达 1270 多人次，举办演出 600 余场，美术展览 300 多场次，非遗展示 120 多场次。在马耳他、俄罗斯莫斯科、波兰华沙、新西兰奥克兰、澳大利亚悉尼等多个国家设立 15 家尼山书屋，齐鲁文化国际影响力与日俱增。

2016 年 6 月 1 日

Growth in Tourism Rooted in Mountain

王倩

Tai'an, a city in Shandong province that is centered on Mount Taishan, is tapping into itshistorical and cultural resources to become an international tourist destination.

"Over the years, Tai'an has combined its natural landscape and cultural aspects to develop itstourism industry, which has become the city's pillar industry," said Tai'an Mayor WangYunpeng.

Tai'an's tourism sector has maintained rapid growth during the 12th Five-Year Plan (2011–2015). In 2015, the city received 57.9 million visitors, up 9 percent from 2014.

A bird's-eye view of Daimiao Temple, located at the foot of Mount Taishan. Wang Dequan / For China Daily

Tourist spendingtotaled 58.23 billion yuan ($8.84 billion), equivalent to 18.4 percent of its GDP, according tolocal government statistics.

"We have introduced a number of culture-oriented travel projects to attract more visitors," saidWang, "In previous years, most visitors traveled to Tai'an to climb Mount Taishan, but now they can have different traveling routes and they tend to stay in the city for a few days."

After the development of the traditional Fengshan ceremonies in Mount Taishan, also calledthe emperors' sacrificial ceremonies, a number of culture-oriented travel projects have beenestablished in Tai'an over the past five years, including Fantawild, Taishan Colorful TimeScenic Spot, Sun Tribes Scenic Spot, Baotailong Tourism of Taishan and the Old Town of theWater Margin.

The Fengshan ceremonies, through its 200 live performances each year, have spurred thepopularity of Mount Taishan and its unique culture.

Over 3,000 years, Chinese emperors have made pilgrimages to Mount Taishan to pray to thegods. Twelve emperors, beginning with Qin Shihuang, the first emperor to unify China in 221BC, have paid homage in a ritual called "Fengshan Sacrifices" at the mountain.

During this year's three-day May 1 holiday, Tai'an received 670,700 visitors, bringing in 71.64million yuan.

The May 1 holiday saw the Old Town of the Water Margin reap 14.4 million yuan in ticketproceeds, the Sun Tribes Scenic Spot gain 12.48 million yuan, Baotailong Tourism of Taishan9.23 million yuan and Fantawild 6.67 million yuan.

Rural tourism is a new growth point for the city. It brought in 1.36 million yuan in revenue duringthe May 1 holiday, up 10.5 percent from the same period in 2015.

Daiyue district's Liyu village, with some 200 households, drew around 40,000 tourists annually,generating over 2 million yuan. The number of visitors to Pingwa village in Xintai, known for itsfolk customs and historic villages, topped 5,000 during the spring season. The city has alsodeveloped culture-related tourism products and souvenirs, such as carvings of Taishan jade,which is found in deposits around the mountain, said scholar Zhou Ying.

"Taishan jade is a cultural symbol of Mount Taishan. It appreciates rapidly, with an annualappreciation rate of about 200 percent," Zhou said.

The Tai'an government has determined that there are 5.07 million metric tons of ore and 2.71million tons of jade within a 3.64-square-kilometer area around the mountain. Currently, annualturnover of Taishan jade in Tai'an is 500 million yuan.

The local government is currently building a Taishan jade trading, processing and tourismbase.

中文内容摘要：

泰安挖掘历史文化资源　推动文化与旅游产业融合发展

泰安，一座以"五岳之首"泰山而闻名于世的城市，目前正在深度挖掘其历史文化资源，让文化与旅游"无缝隙"融合，形成独具泰安特色的创意旅游文化产业，以努力成为国际知名的文化旅游目的地。

"近年来，泰安市整合其独有的自然景观和文化资源，打造出一批特色鲜明、竞争力强的文化旅游产业集群，逐步形成了自然景观与文化观光相协调，旅游产业与文化产业相整合，各类要素相配套的文化旅游产品体系。"泰安市市长王云鹏说。

王云鹏表示，文化旅游产业已成为泰安市重要的支柱产业之一。"十二五"期间，泰安旅游业连续五年保持快速增长态势，主要指标实现了年均17.2%左右的增长。

去年，泰安共接待国内外游客5790.37万人次，比上年增长9%；全市旅游消费总额达582.3亿元，相当于全市GDP的18.4%，增速为12%。旅游总收入占服务业增加值的比重和相当于GDP比重均居"文化旅游大省"——山东省首位。

"在围绕传统的泰山景区的基础上，近年来泰安市开发了一批具有当地文化特色的旅游大项目。此前，游客来泰安多为爬泰山，现在我们为游客打造了一站式的多种旅游体验，游客选择多了，玩上三天都不会腻。"王说。

据悉，继2010年泰山封禅大典、泰山方特欢乐世界、花样年华三个文化旅游大项目落地泰安后，五年来，太阳部落、宝泰隆旅游景区、东平水浒影视城、春秋古城、大型歌舞《泰山千古情》等一系列文化旅游项目如雨后春笋般崛起。

封禅是泰山独有"文化符号"。泰山封禅大典大型实景演出则以泰山历史文化为核心，以泰山自然山水为背景，借助现代的声光电，通过艺术的提炼，重现了秦、汉、唐、宋、清五朝六帝封禅泰山时的祈福场景。项目推出以来，每年上演200余场。

与"城市游"互动，"乡村游"也成为泰安旅游文化市场新的增长点。据统计，仅仅200余户人家的岱岳区里峪村，年接待游客达到近4万人次，实现收入200余万元，新泰掌平洼村以民俗古井古村落为特色，春季日客流量到5000余人次。

目前，泰安市共发展省级旅游强乡镇 35 个，省级旅游特色村 72 家，形成了赏花采摘、观光垂钓、生态农场、古村落展示、民俗体验等多元发展的乡村旅游格局。

著名泰山文化学者周郢表示："泰山玉出产于泰山，是泰山文化的载体，无形之中增加了泰山玉的历史厚重感。泰山玉雕走出国门，能够让世人更多地了解泰山文化，是一种相互促进的关系。"

据悉，泰山玉由于其形成年代久远、质地细腻、色墨温润，和独特的文化内涵，已成为玉石收藏界的新热点，年增值率达到 200%。目前，泰安已探明泰山玉总矿石量为 506.7 万吨，玉石量 271.1 万吨。全市泰山玉经营业户平均年销售额在 100 万元以上，全年交易额 5 亿元左右。

同时，泰安还积极规划筹建泰山玉大市场，依托泰山文化优势、区位优势和旅游资源优势，建设集交易、加工、科普、展览、旅游于一体的综合性玉石产业基地。

2016 年 6 月 1 日

潍柴集团全链条降低成本
打造企业核心竞争力

宗来松

在潍柴集团一号工厂、二号工厂等6个单位的厂房屋顶上，9万平方米的光伏电站工程正发挥着大作用。目前，年发电量约为720万度，节约电费110万元，节煤885吨，减少二氧化碳排放2000多吨。

随着经济的发展和行业竞争的加剧，"成本已成为核心竞争力"的观念已被越来越多的行业所认可。早在2013年，潍柴董事长谭旭光就提出，潍柴要打造三大核心竞争力产品，其中"成本竞争力"就是其中的一项。

对于降成本工作，谭旭光在专题会议上强调，要不留余地，不找借口，分分必抠，层层分解，责任到位、考核到位。在潍柴，通过全员参与、创新方式方法，折射着员工智慧的降本增效项目层出不穷，为企业创造了显著的经济效益和社会效益。

在一号工厂从德国引进的HELLER生产线上，机床自带的DKW制冷机故障率较高，国内维修每台需要4万多元。为了节约成本，高级技师王树军带领团队，采购了国产水冷机，设计制作了独立水箱，用1台水冷机拖动3台到4台加工中心，通过测试，完全符合工艺要求。每年仅设备维护成本就降低14万元。王树军还完成了日本安川机器人的单元集成及程序开发应用等5项设备提升攻关项目，从硬件集成到软件开发，完全自主完成，节省设备安装调试费用46万元，节省软件开发应用费用110万元。

2015年，《中国制造2025》正式发布，提出了未来实现制造强国的战略目标。潍柴结合自身当前实际，着眼行业趋势和未来发展需要，不断加速两化融合，推动企业转型升级。当前，"汽车发动机数字化车间"顺利通过验收，"柴油机智能制造综合试点示范项目"成功入围国家智能制造试点示范项目。ERP、PDM、ISP等系统全面升级，网上商城一期正式上线，IT覆盖度不断提高，为企业运营管控提供了强大的信息化支撑。

十几年前，企业设计产品时采用画图纸的方式，在产品调试过程中，如果需要改一个小部分，就要从图纸设计开始进行改动，少则几十天的时间。而当引入 CAD 软件设计图纸后，这样的修改几分钟就能完成。信息化的力量可见一斑。

在行业环境发生急剧变化的形势下，潍柴凭借"两化"深度融合，打通可持续发展之路。

"五年以前，我们整个新产品研发周期需要 32 个月到 36 个月的时间，现在我们将一个全新产品的开发周期压缩到了 24 个月，大大缩短了开发周期。依靠信息化的手段，集合全球研发的力量，现在每年潍柴新开发的产品型号达 300 个，是过去的 10 倍。"潍柴发动机研究院院长王志坚说。

此外，在生产运营中，潍柴形成了独具特色的管理体系（WOS），以"成为全球领先的，拥有核心技术的，可持续发展的国际化装备企业集团"为基准，通过对以"质量在我手中"为核心的十大运营原则进行战略解码，形成潍柴的 KPI（关键绩效指标）体系；然后将 KPI 层层分解任务，延伸到研发、生产、营销、管理和支持等各个系统，进而推动全员持续改进。

据了解，近三年来，潍柴集团推行 6sigma 项目 203 项，创造经济效益 9000 余万元；QC 改善项目 1419 项，经济效益 4500 余万元；员工现场改善类项目达到人均 4.78 项/年，人年均创效 2 万元。

2016 年 6 月 7 日

"一带一路"战略需要怎样的样板企业（下）

鞠传江

基础设施的互联互通是"一带一路"战略的重头戏，而重型卡车在基础设施建设中更是扮演不可缺少的重要角色，中国重卡产业的领头羊中国重汽集团的国际化之路会给已经走向海外和正准备走向海外的装备制造企业以很多启发。

"国之重汽"要当好国家名片

去年，中国重汽集团在国际市场上成绩骄人。全年出口整车 2.7 万辆，同比增长 8%，出口收入达 80.76 亿元人民币，同比增长 13.7%，其中出口创汇 9.24 亿美元，同比增长 28.3%，连续 11 年占据国内重卡企业出口首位，重卡出口占全国出口总量的 11.7%。可以说，中国重汽的确在海外重卡市场担当了"国之重汽"的角色。

"'一带一路'战略成为中国重汽国际化的最好平台，而我们的产品正扮演着中国在海外基础设施建设中的国家名片角色，美誉度越来越好！"中国重汽董事长马纯济对《中国日报》说。

这些年中国重汽在海外得到长足发展。据介绍，截至目前，中国重汽产品已经出口 96 个国家和地区，包括东南亚、非洲、中东、南美、中亚及俄罗斯和部分发达国家和主要新兴经济体，出口产品 80% 销往"一带一路"国家和地区。

根据中国汽车工业协会公布的数据，2015 年，中国出口货车、半挂牵引车以及货车非完整车辆共 23.014 万辆。海外市场已经成为国内卡车企业不可忽视的重要市场，而中国重汽成为卡车出口的龙头企业。

尽管中国卡车批量走出口已经有十多年了，但是，许多中国卡车企业"低质低价"的海外营销策略给国外市场带来负面影响，口碑不佳。与此相反的是中国重汽多年来却坚持海外市场的高品质策略，实现品牌、资本、管理、人才、技术、市场的全面国际化，并且逐步形成了竞争优势。产品不仅畅销发展中国家，而且还销往澳大利亚、新西兰、俄罗斯、新加坡、中国香港等高端市场国家和地区。

中国重汽非洲尼日利亚 KD 工厂紧张有序的生产现场

2009 年，中国重汽与欧洲顶级的商用车生产商德国曼公司展开合作，曼公司以 5.6 亿欧元获得中国重汽 25%+1 股的股权，并向其进行技术转让。中国重汽同步引进曼公司的全套先进技术，使中国重汽的产品与国际一流重卡企业的产品站在同一起跑线上，技术的不断进步，无疑大大提升了企业的国际竞争力。

"我们可以自豪地说中国重汽生产的重卡发动机及零部件，其寿命、可靠性等各项指标都达到世界先进水平，可与国际一流品质高度接轨，这也是走向发达国家高端市场的先决条件。"中国重汽集团总经理蔡东说。

服务产生价值

经过十多年的努力，中国重汽集团已经从重卡生产商到出口商和海外市场服务商的重大转变。

目前，这家公司在全球设立六大区部，分别服务于东南亚、中东、南部非洲、北部非洲、中亚及俄罗斯和南美洲市场，派驻海外的销售服务人员近千人，海外销售网络遍布 100 多个国家，在全球设立了 400 多个服务机构，300 余个配件仓库，1000 多个销售网点，初步形成了区域覆盖、销售、服务联动、反应及时的国际营销服务体系。

"海外市场品牌的建立不仅来自优质产品，更来自良好的售后服务，服务会产生更大的品牌价值。"中国重汽集团副总经理刘伟说。

据介绍，中国重汽全面发展多品牌战略，旨在更好参与全球细分市场的竞争，在 SITRAK、HOWO、STEYR、HOHAN 四大品牌覆盖下，推出不同特色、不同消费需求的产品，全面覆盖高、中、低端市场。目前，中国重汽的重卡产品已由 2001 年的一个系列 78 种车型，增加到九大系列 3000 多个车型，成为中国重卡行业驱动形式和功率覆盖最全的重卡企业。

给客户提供重卡全生命周期的服务，取得了越来越多客户的信任。为了更好地为海外用户服务，他们还鼓励海外销售人员学习驻在国的语言和风俗文化，从多方面融入当地社会。优质的服务赢得了越来越大的海外市场，非洲市场从早期的一个国家迅速扩大为目前的30的多个国家，使非洲市场占据海外销售的30%以上。为了占领香港和中东高温气候地区的市场，公司特别设计了针对上述市场的汽车空调系统，使销往香港和中东地区的卡车大受欢迎。

与世界巨头同台竞争

随着"一带一路"战略的实施，中国重卡出口越来越多，面对近年来出口增长在20%以上的良好局面，中国车企纷纷调高出口海外的计划。中国重汽表示，到2020年其国际市场销售的比例将由目前的30%左右，提升至50%左右。

"中国重汽的国际化还有很长的路要走，要在国际市场上与世界巨头竞争，力争进入世界先进汽车制造商行列。"中国重汽董事长马纯济说。

与世界一流企业同台竞争绝非易事，将面临质量、技术、人才、市场战略等方方面面的竞争。过去那种以中国为基地的总部生产、海外销售模式已经制约其国际化的进程。为此，中国重汽根据国际市场布局，加快实施本地化生产战略，积极推进境外 KD 组装工厂建设。

今年4月，中国重汽在越南的工厂 CKD 组装生产线投产。目前，已经在尼日利亚、摩洛哥、马来西亚等6个国家建立了 KD 组装工厂。

本地化是汽车企业国际化的必由之路，本地化生产，必将带动当地零部件配套产业的发展和就业，并将在税收等政策方面获得企业在所在国的国民待遇，降低成本，并大大提升市场竞争力。

目前，中国重汽将工厂和研发向海外市场前移，海外工厂产品更多依据市场需求量身打造。

"一带一路"沿线国家成为未来最大的市场机遇。据中金公司市场专家预测，中国在"一带一路"上的总投资有望达到1.6万亿美

中国重汽在非洲当地举行的产品展销会大受欢迎

元，仅"丝绸之路经济带"区域规划铁路线路总长超过 1 万公里，投资额将超过 4000 亿元，重卡汽车在"一带一路"基础建设中的市场潜力将越来越大。

为此，中国重汽正在筹划在哈萨克斯坦等国家建组装厂，以缩短工厂销售半径。

去年 4 月 17 日，中国重汽集团与中非发展基金在北京签署合资协议，将共同投资 1.33 亿美元在非洲主要市场建设卡车组装基地和配件服务网络，以此形成贸易、生产和售后一体的汽车行业"走出去"产业链条，进一步提升中国重汽品牌在非洲市场的综合竞争实力和品牌影响力。

为了扩大高端市场的销售，中国重汽率先研制欧五标准产品，实现大批量生产，并顺利进入巴西、中国香港、中国台湾、东欧等中高端市场。

2016 年 6 月 9 日

Classes Inspired by Ancient Arts Offer Moral Teachings

赵瑞雪

To Wang Mudi, a grade six student at a rural junior middle school, nothing beats calligraphy class every Wednesday.

"The class offers me a place to practice calligraphy with free tools and ink," she said.

"In addition, I can learn the stories of the ancient calligraphers, which helps me form the right views on life."

Wang goes to Shizhuang Junior Middle School in Houshi

Students attend the rehearsal of a ritual dance in a class featuring ancient art at Shizhuang Junior Middle School in Shandong province. Wang Zhanbo / For China Daily

village, Shandong province, a place near Qufu, best known as the hometown of the renowned educator and philosopher Confucius.

Yan Xiaoli, Wang's mother, said that without the classes her daughter would be unable to practice calligraphy in their village.

"The most important thing is that my daughter grows up with a positive attitude and is optimistic about her future," Yan said.

The class Wang takes is one of the 20 the Shizhuang school arranges for students based on the six arts of ancient China- rites, music, archery, chariot riding, calligraphy and mathematics, which formed the basis of education in ancient Chinese culture.

The 20 classes include ones on social practice, dance, painting, drama, singing, computer technology and science.

"We create new courses based on the ancient arts to let our students fit in with modern society," said Zhang Lei, head master at Shizhuang school.

"We don't use horses for transport now, so we have created handicraft classes and security education classes under the ancient art of chariot riding.

"By taking these special classes, students, especially those who can't get good scores, can develop their confidence as they can choose the special classes according to their interests."

Primary and middle schools across China have been encouraged to explore new ways to cultivate students' moral character by integrating moral education into school courses.

Shandong province issued a guideline on enhancing moral education in April, encouraging primary and middle schools to explore moral elements in all of the 14 standard courses taught in schools, including Chinese, English and mathematics.

Teachers are also encouraged to play a greater role in cultivating students' morals through an appraisal system.

"The year-end appraisal for teachers will contain teachers' performance on both teaching courses and developing students' morality," said Zhang Zhiyong, deputy head of Shandong Provincial Education Department.

Jiangsu province, meanwhile, aims to develop a strong foundation of comprehensive morality-related teaching with classic courses in Confucianism, for example.

China has revised its primary and secondary school textbooks to include more about ancient poetry and traditional culture, according to the Ministry of Education's Language and Culture Press.

The aim of the revision is to enhance the textbooks' role in cultivating students' moral character, said Wang Xuming, president of the press, last week. The updated textbooks are scheduled to reach students by the autumn.

中文内容摘要：

山东推进德育课程一体化

　　"每天，我都期盼着周三快快到来，盼望周三，就像小时候盼望过年一样。"位于孔子故乡山东省曲阜市的时庄中学的六年级学生王牧迪说，每周三，她都会参加学校"六艺大课堂"的书法课。

　　"在书法课上，我不仅学习了书法技法，更通过练习书法体会到了古人的可贵精神。"5月23日，王牧迪带着自信的笑容与记者交流她的学习体会。

　　时庄中学校长张磊介绍，"六艺大课堂"以"习六艺、做君子"为育人主线，开设礼艺、乐艺、射艺、御艺、书艺、数艺六大系列课程，教育教学组织形式包括课程教学和实践活动两大类。

　　"六种课程下分设20余个学科课程和相关主题实践活动内容来实施教学，为不同兴趣爱好和特长的学生提供个性成长和发展环境。"张磊表示，对于学习成绩不好的学生，也可以在自己擅长的实践活动中学会沟通、树立自信，这样就可以做到把德育渗透在实践活动中。

　　在山东，除了时庄中学，其他学校也结合自己的特点探索立德育人的课程建设。山东省济宁学院第二附属小学提出"办一所体现孔子教育思想的学校"，在德育上提出"少年君子行动"育人特色；山东省实验中学建立起规则意识为底线，情感交融为纽带，精神引领为境界的德育模式，即如何说"不"、如何明"是"、如何向"好"；革命老区临沂市创建"基地+"教育模式，构建多元育人体系。

　　山东省教育厅厅长左敏在5月25日国家教育部在山东济南举办的新闻发布会上说，山东广大中小学注重机制建设，优化德育环境，改进德育方法，拓宽德育渠道，学生德育工作取得显著成效。

　　左敏也表示，德育课程一体化建设仍然存在课程内容重复倒置；与学生生活实际贴得不紧；重视品德与生活、品德与社会、思想品德、思想政治等德育学科的主渠道作用，相对淡化了其他学科的德育功能；重视德育理论与知识的传授，忽视了学生道德实践能力的培养等问题。

　　为此，山东省出台了《山东省中小学德育课程一体化实施指导纲要》，按照不同学段学生的成长规律和认知能力，依据国家课程标准和各学科特点，统筹小学、初中、高中等不同学段，按照德育课程、学科课程、传统文化和实践活动四个序列，形成"四位一体"的德育体系。

"德育不应只在德育课程中，要散布在所有课程中。"左敏说，"德育建设要挖掘提炼包括语、数、外等 14 门课程中蕴含的德育元素，强化每门课程的育人功能，达到全科育人的目的。"

"制度设计关键是落实。"山东省教育厅副厅长张志勇说。为此，山东省探索建立对地方和学校德育工作第三方评价机制，评价结果作为衡量地方和学校德育工作水平的重要依据。实施全员育人导师制，每个老师负责十个左右的孩子，关注孩子的心灵成长、关注孩子的成长需求。落实教师教书育人"一岗双责"制度，教师德育工作和教学工作同步考核。建立以学生道德认知与道德行为并重的学生品德评价机制，将评价结果纳入学生综合素质评价档案。

"所有老师年底考核都要有两条线：教书和育人。强化德育在考核评价中的权重和地位。"张志勇说。

同时，张志勇表示，德育课程一体化建设要尊重基层创造性，鼓励基层首创，做到教学相长，在实践中不断完善提升。

据教育部消息，全国很多省市结合本地特点推出了加强德育工作的措施。上海建立了 6 个学科德育协同创新中心，启动《中小学学科德育绩效评估体系》研究。福建厦门编写了分学段的《社会主义核心价值观学科教育指导纲要》，内容涵盖高中、初中、小学 36 个学科，为社会主义核心价值观教育进课堂提供了切实可行的课程标准。内蒙古将社会主义核心价值观教育分段分层实施，强化小学公民意识教育，培养爱祖国、爱人民、爱劳动、爱科学、爱社会主义的思想感情、心理品质及文明行为习惯。江苏建成"红色德育课程基地""儒学经典课程基地"等一大批综合育人课程基地。浙江采取"生活化 + 活动化"的德育课程教学模式，有效增强了课程育人的效果。宁夏制定了《普通高中学生综合素质评价实施办法（试行）》，将社会主义核心价值观教育贯穿于学生综合素质发展评价之中，有效增强课程育人效果。兵团将民族团结教育和法治教育融入相关学科，切实推进法治意识和民族大团结思想入耳入脑入心。

2016 年 6 月 23 日

Service Robot for Elderly Promising

赵瑞雪

An intelligent robot that helps the elderly detect intruders, gas leaks and other dangers is expected to be on the market by year's end at an affordable price, according to its developer.

"It is small but complete in functions," said Zhou Fengyu, director of Shandong University's Cloud Intelligent Robotics Laboratory.

Professor Zhou Fengyu (right) displays the newly developed robots with his colleague. Photo by Ju Chuanjiang/China Daily

The 62-millimeter-high service robot, dubbed Da Zhi or "smart", is the product of three years of hard work from Zhou and a team of 20 at the university.

It has visual and auditory sensors, utilizes facial recognition technology and can also detect odors—as well as being able to learn and share via a cloud computing platform.

If it identifies a person as a stranger, the robot will send a photo of the potential intruder to its owner.

It also can detect its owner's trips and falls, and will send photos or videos of the incident to an emergency contact.

"The various sensors installed on the robot enable it to measure temperature and humidity, detect gas if there's a leak, and avoid obstacles so that it can move smoothly around the house," Zhou said.

With a recommended retail price estimated to be below 10,000 yuan ($1,496), it should be affordable for many families, he added.

Having already secured six technical patents, Zhou and his team are now working on giving the Da Zhi robots the ability to carry out diagnostic checks on themselves.

"We are trying to enable them to test themselves and report faults to their owners, so they can stop working before they make mistakes," he said.

The service robots will be field-tested with several families before going to market.

"We are developing customized services such as making the robot's voice sound like a child's," said Zhou, who has two decades of experience developing industrial, medical and other kinds of robots.

"People have high expectations for service robots, but there is still a lot of work to do to enrich their functions and service details," he said.

China's elderly population, defined as those aged 60 and above, reached 169 million last year, according to the China National Committee on Aging.

Experts have estimated that this number is likely to reach 300 million by 2030, and more than 200 million of them will live alone.

Qiao Hui, deputy head of the Robot Group of Harbin Institute of Technology, said there is a huge market for service robots in China.

"The internet and internet of things also provide good opportunities for the development of service robots," Qiao said.

The internet of things refers to a network of devices, vehicles and other objects with software or sensors that allow them to communicate.

Robots under development elsewhere include one from another university in Shandong designed to provide messages based on traditional Chinese medicine.

It is expected to hit the market this year. Another is programmed to play with pets while cleaning the floor.

中文内容摘要：

山东大学研发的智能陪护机器人前景广阔

山东大学机器人研究中心的科研团队近日推出全球首款智能陪护机器人，

这款机器人亮点多多，具有智能化语音交流、家庭保卫巡逻、看护老人和孩子、人脸识别、自主学习等技术。

山东大学机器人研究中心云基智能机器人实验室主任周风余带领他的20多人研究团队采取国际领先技术为这款机器人进行全面"武装"，本领超群。它取名"大智"，显得超萌可爱，圆圆的脑袋能上下仰俯，62厘米高的圆柱身体随着脚下的滑轮可以随时移动。

"大智"有视觉、听觉、嗅觉，可以灵活地与不同人对话，感知环境，可以识别人脸，见一面就不会忘记你，对空气中的味道和污染程度能够辨别和警报，有自我充电、家庭巡视、特别警告等多种功能。

"这款服侍机器人的众多功能是目前国际领先的，所以叫'大智'一点不为过，成为全球首款真正意义上的智能陪护机器人。"山东大学教授周风余说。

据介绍，"大智"机器人将大数据、云计算与机器人技术相结合，系统采用嵌入式底层控制器＋机载微型电脑＋云脑的分布式体系架构，拥有6项独创技术专利，采用智能化语音交互、人脸识别、自主学习及自我健康评价等先进技术，实现了对特定人的智能化、个性化设计。

周风余教授研究机器人已经超过20年，曾经开发过包括工业机器人、医疗机器人、施工机器人等众多产品。

"人们对服务型机器人的期望很高，而实际上，服务型机器人的很多功能和细节仍需要完善，这需要一段时间。"周风余说。

目前这个团队正在完善"大智"的自我检测功能，使其能够定期为自己"看病"，在出现问题之前能够向主人报告并停止工作。

随着这款机器人的不断完善，市场专家普遍看好这一机器人的先进性、实用性和可靠性，预计今年年底将会走向市场。为了让老百姓也能买得起，每台售价会在万元以内。

周风余认为，这款针对老年人研发的机器人市场很大。

据老龄委统计数字，目前我国60岁以上老年人口已达1.69亿，这一数字到2030年预计达到3亿。

哈尔滨机器人集团副总裁乔辉认为，在中国，服务机器人的市场潜力巨大。

"物联网和互联网的发展也为服务型机器人的发展提供了条件。"乔辉说。

2016年8月12日

山东能源——"黑金"变奏曲

鞠传江

煤炭曾经被人们比喻为"黑金",前些年也曾经创造了价格持续走高的"黄金10年"。可如今,煤炭产能严重过剩,价格持续走低陷入"白菜价"的困局,如今成为供给侧改革的首选领域。山东能源集团锐意改革正在演绎着"黑金"变奏曲,让企业在突围中走出新天地,更给企业带来新的发展活力。

"黑金"变奏之一——取舍优劣

尽管山东能源连续五年跻身世界500强榜单,以去年营业收入达251亿美元,列第426位。但是,面临产能过剩,需求不旺,价格持续低迷的大市场环境,这家"一煤独大"的公司却是过着承压负重、艰难运行的日子。

公司管理层清醒地认识到,冲出困境的唯一出路是创新思路,颠覆传统经营模式和产业结构。一年来,他们在"去产能"方面以壮士断腕气魄,让那些高成本、劣质煤、陷入严重亏损的"僵尸"矿井彻底关闭转型,先后关停了马坊煤矿、洼里煤矿、富祥煤矿等16个企业。按计划,"十三五"期间,他们将剥离不良资产300亿元以上,取优去劣,关闭淘汰、退出的煤矿将达68处,集中力量发展一批高效益的优质煤矿。

山东能源集团董事长李位民说:"只有清除那些低效、无效资产,才能使企业轻装上阵,不断提升优质煤矿企业竞争力,也才能健康地

新巨龙公司井下现代化采煤工作面

发展。"

让有竞争力的企业更快发展，集团所属山东新巨龙能源公司坐拥山东巨野优质煤田 16.8 亿吨资源，这家 7 年前投产的煤矿已经成为山东最大的年产能 1000 万吨的企业，他们依托科技创新在采煤技术上曾创 4 项世界第一，作

新巨龙公司现代高效农业园

为世界一流煤矿企业已经构建起"资源不浪费、采煤不见煤、产煤不用煤、产矸不排矸、用水不采水、环境不破坏、沉陷不减地、土地不荒废"的资源综合利用绿色煤矿经营模式。其中仅矿井余热替代燃煤锅炉一项每年可节约标准煤 2 万吨，而他们实施的充填开采回填系统工程，使采空区充实率达到 90% 以上。由于产煤质量好，效率高，即便在当下如此严峻的市场环境下，年利润依然超过 10 亿元，成为全国屈指可数的高效益煤矿之一。目前，这家煤矿生产的优质稀缺炼焦煤占据全国 50% 以上的市场份额。

而这一切的背后是科技和高效管理体系的巨大威力。目前，新巨龙公司累计获得国家专利授权 23 项，获 2 项国家科技进步二等奖、获省部级以上科技奖 60 多项，科技成果转化率达到 85%，科技贡献率达 52%。

山东新巨龙能源公司董事长刘玉果说："新巨龙能源公司已经站在与国际一流煤炭企业一个起跑线上，随着供给侧改革的深入，我们公司的竞争力会越来越强！"

专家分析，优胜劣汰不仅是自然界的生存法则，更是市场经济的铁律，让一批产品劣、成本高、管理差的煤炭企业退出市场，就使市场减少了无序竞争，让更多生产优质产品企业进入良性循环。

煤炭产品销售主要面对火电、钢铁、水泥、化工四大行业，这四大行业煤炭需求占全国总需求 80% 以上，其中火电的需求占了大约 50%，化工占比不到 10%。从去年市场销售态势看，除了化工需求量增长，其他都在下滑。来自中国煤炭工业协会的预测，今年煤炭需求量将下降 2% 左右，到 2018 年市场基本达到平衡。随着火电项目的逐步减少，环保法的强力实施，煤炭行业所面临

的压力会越来越大。

伴随着山东能源集团的"封井行动",还在进行一场减员增效的瘦身行动,精简机构,压减冗员,大量机关人员充实到基层煤矿一线,这两年来仅人工成本就压缩超过53亿元。

"黑金"变奏之二——再造优势

为了再造优势,山东能源正在集中力量加快建设"四大基地":新疆伊犁煤化气战略基地、内蒙古上海庙煤电支撑基地、枣庄煤电化综合利用基地、菏泽优质煤电化新兴基地。

山东能源旗下一批总量超过5000兆瓦的大型煤电项目正在加快建设和推进中。新矿集团新疆伊犁20亿立方米煤制天然气项目已经具备投料试车条件,成为山东能源转型升级的重要支撑。

李位民坦言:"那种依靠煤这种初级原料获取高额利润的日子不会再有,只有向煤电一体化、煤气一体化转化,以及向新产业转移和渗透才能走出新的发展之路。"

凤凰涅槃,再造优势,正在加快建设的新项目将在"十三五"末形成四大经济增长支柱。加快打造产业结构优、运营质量高、发展后劲足、竞争能力强,国内领先、国际一流、具有持续价值创造能力的综合性能源控股集团。

转型升级不断提升着公司的活力,也让更多的职工看到了改革带来的希望。山东能源是煤炭领域的"百年老店",他们依托沉淀的技术、经验及雄厚的人才成立了全国首家矿业管理技术服务公司。目前,这一输出技术和管理的公司已经在新疆、内蒙古、陕西、山西等8省区,管理矿井及工作面17个,占有资源2亿多吨。

山东能源旗下的新升实业公司先后上马了工程塑料公司、新型建材公司、工业蓝宝石项目等高技术含量项目,使大批煤矿工人走向了新兴产业。

而山东能源旗下的煤炭装备制造业也加快了技术更新步伐,成为国内最大的矿物洗选装备研发制造企业。

转型较早的埠村煤矿去年8个非煤企业总共实现利润6824万元。

新巨龙能源公司利用采煤沉陷区土地资源,成立农业开发公司,整合开发耕地、湿地、淡水、地热、生物五大资源,打造农、林、牧、渔、游相结合的循环经济链条。目前已初步形成现代高效农业林业园区,被评为省级农业旅游示范区、现代农业开发示范区。

　　来自山东能源集团统计数据显示，去年非煤产业逆势发展，包括装备制造、医疗健康、玻纤新材料等新兴产业、非煤实体、物流等产业销售收入超过 200 亿元，实现利润 12.5 亿元，利润是上年的 6.9 倍。其中，公司生产的玻纤产品出口美国等 20 多个国家和地区，转型升级和优势再造显示了可喜的发展前景。

　　一连串的改革使山东能源集团实现了困境突围、稳健发展。今年 4 月，山东能源集团整体实现扭亏为盈，今年完成销售收入有望突破 2000 亿元。

　　期待着山东能源的"黑金"变奏更加美好新乐章！

2016 年 8 月 12 日

Opportunity in G20 Investment

鞠传江

"Expanding two-way investment between Shandong and the G20 members has become a win-win measure for both."Guo Shuqing.governor of Shandong

The world's leading economies see great value in doing major deals with Shandong

Because of the complementary nature of modern industrial structures, investment between Shandong province and G20 members became more active during the first half of this year.

Shandong's investment in G20 members grew rapidly in that period, while businesses from those economies continued to invest in Shandong, with several major new projects landing in the province.

Statistics from the Shandong Commerce Bureau show that in the first half of this year, businesses from Shandong invested more than $8.4 billion overseas, with 70 percent going to G20 members.

As the global business community is generally optimistic about the investment environment in Shandong, 19 Fortune Global 500 enterprises in G20 members invested in 31 projects in the province in the first half of this year.

"Shandong has many advantages in cooperating with G20 members," said Guo Shuqing, governor of Shandong. "Expanding two-way investment between Shandong and the G20 members has become a win-win measure for both."

According to the bureau's statistics, Shandong's enterprises have invested in more than 4,000 projects overseas in more than 140 countries and regions, and the G20 members have become important destinations for investment from Shandong.

Weiqiao Textiles based in Shandong province is China's leading exporter of textile products. Ju Chuanjiang / China Daily

In the first half of this year, Shandong businesses invested in 12 large overseas projects, with investment totaling $6.39 billion yuan ($1.04 billion).

On April 1, for instance, the Shandong Ruyi Group announced the acquisition of the SMCP Group in France. The deal cost Ruyi $1.47 billion.

SMCP mainly operates in the luxury fashion market, owning the Sandro, Maje and Claudie Pierlot brands.

Yanzhou Mining Group, which began investing in Australia 12 years ago, has invested $4 billion there and obtained 5.3 billion tons of coal resources, with an annual output of high-quality coal of more than 4 million tons. It is now Australia's largest independent coal company.

More manufacturing enterprises have begun to invest overseas, spending $3.28 billion on overseas projects during the first half of this year. The projects are in energy, mineral products, home appliances, equipment manufacturing, textiles and garments, rubber and chemicals.

In May, a $1 billion alumina project built and partly funded by China Hongqiao Co went into production in Indonesia. The project is designed to have an annual output of 2 million tons.

Yuhuang Chemical Group invested $1.5 billion in building a methanol project in Louisiana, in the United States. With annual production capacity of 1.8 million tons, it is expected to begin production in 2017. About 70 percent of the products will be exported to China.

More companies are optimistic about the overseas service industry. In the first half of this year, investment from Shandong enterprises in the foreign service sector reached $2.89 billion, 3.9 times more than in the same period last year, according to the bureau of commerce.

Yantai Nanshan Group bought $170 million worth of shares in Virgin Australia Holdings Ltd, a low-cost air carrier.

Meanwhile, more enterprises from G20 members have increased their investments in Shandong.

In the first half of this year, Shandong attracted $9.38 billion in actual foreign investment, an increase of 8.1 percent year-on-year. Investment from European Union countries totaled $1.04 billion, twice the amount in the same period of last year. Of that amount, German companies pledged and actual investments in the province increased by 5.7 times and 8.1 times.

According to the commerce bureau, by the end of 2015, 203 Fortune Global 500 enterprises had invested in 642 projects in Shandong, with $15.3 billion worth of agreed investments. Of these projects, 80 percent are from G20 members. Last year, sales revenue generated from these projects totaled $33 billion.

"Projects from Fortune Global 500 enterprises help promote industrial upgrading and economic restructuring in Shandong," said Li Guangjie, director of the Shandong Academy of Social Sciences Institute of International Economy.

Shandong has become a hot investment destination for South Korean enterprises. Nearly 5,000 South Korean companies-including Samsung, SK, LG, Lotte, Doosan and Hyundai Heavy Industries-have invested in the province.

Samsung's printer production base in Weihai produces 10 million printers every year, and is now the company's largest overseas production facility. Doosan has invested in a project in Yantai that has made that city China's largest excavator production base.

中文内容摘要：

山东与 G20 国家相互投资趋于活跃

由于产业结构的互补效应，山东与 G20 国家相互投资趋于活跃，上半年，山东实际对 G20 国家投资成倍增长，而 G20 国家企业对山东投资热情不减，大批新项目落地。

来自山东省商务厅的统计数据显示：今年上半年山东对海外投资超过 84 亿美元，同比增长超过 2 倍，这些投资 70% 投向了 G20 国家。而 G20 国家普遍看好山东投资环境，上半年，共有 19 家 G20 国家的世界 500 强企业投资山东 31 个项目，增长 1.2 倍。

"作为中国的经济大省，山东与 G20 国家的合作有众多优势，不断扩大双向投资成为激发海内外两大市场活力的重要举措。"山东省人民政府省长郭树清说。

据介绍，山东省共在海外投资企业 4000 多家，涉及 140 多个国家和地区，G20 国家成为山东投资的重要版块。

今年上半年在海外投资过亿美元项目 12 个，累计出资 63.9 亿美元，占全省总量 的 75.9%。今年 4 月 1 日，山东如意集团宣布收购法国时尚集团 SMCP 集团，此次收购如意集团付出了 13 亿欧元（约合 95.77 亿元人民币）的代价。SMCP 集团业务主要集中于轻奢市场，旗下拥有 Sandro、Maje 和 Claudie Pierlot 等品牌。今年 6 月，由海尔集团以 55.8 亿美元的交易作价整合美国通用电气家电公司，这一收购将使海尔成为高品质的家电产品的全球领导者。

12 年前在澳大利亚投资煤矿的山东兖矿集团已经累计在澳大利亚投资 40.1 亿美元，获得煤炭资源量 53 亿吨，年产优质煤炭超过 4000 万吨，成为澳大利亚最大的独立煤炭上市公司。

更多山东装备制造行业企业走向海外投资，今年上半年达到 32.8 亿美元，增长 4.9 倍，项目涉及能源、矿产、家电、设备制造、纺织服装、橡胶轮胎和化工等领域。今年 5 月中国宏桥参股建设的一个年产 200 万吨氧化铝项目在印度尼西亚投产，投资 10 亿美元。

美国成为山东企业的重要投资地，山东玉皇化工集团在美国路易斯安那州投资 15 亿美元的建设年产能达到 180 万吨甲醇项目预计 2017 年投产，产品 70% 出口中国。

　　而更多企业开始将目光投向海外服务业，今年上半年山东企业在境外投资服务业达到 28.9 亿美元，增长 3.9 倍。绿叶投资集团 2.3 亿美元收购澳大利亚医院合伙控股有限公司；南山集团 1.7 亿美元获得新西兰航空维珍澳大利亚控股有限公司股权。

　　在山东企业积极走向海外的同时，更多 G20 国家企业加快了投资山东的步伐。今年上半年，山东实际利用外资 93.8 亿美元，增长 8.1%。欧盟对山东实际到账外资 10.4 亿美元，增长 2 倍。其中德国对山东合同外资和实际到账外资分别增长 5.7 倍和 8.1 倍。

　　据山东省商务厅介绍，截至 2015 年底，山东已累计批准 203 家世界 500 强企业投资设立了 642 个项目，合同外资 153 亿美元，到账外资 131 亿美元，这些项目 80% 来自 G20 国家，去年这些项目合计销售收入 2215 亿元、纳税 210 亿元。

　　山东社科院国际经济研究所所长李广杰说："更多世界 500 强企业进入山东，带动了山东产业升级和经济转型。"

　　美国惠普公司在山东济宁建设国际软件人才及产业基地项目总投资约 20 亿美元。

　　山东成为韩国在中国主要投资地，约占韩国对中国投资的 1/4，近 5000 家韩资企业在山东落地生根，三星、现代汽车、SK、LG、乐天、斗山、现代重工等前 30 位的韩国大企业都已在山东投资。三星在山东威海的打印机生产基地年产量超过 1000 万台，成为其海外最大生产基地。而韩国斗山公司在山东烟台投资建设工程机械企业使这里成为中国最大挖掘机生产基地。

2016 年 9 月 5 日

Trade Specialists A Boon to Local Enterprises

赵瑞雪

Despite a global economic slowdown, Shandong province's new trade facilitation measures have led to a 2.4 percent year-on-year increase in foreign trade in the first half of this year.

"Among the top 10 provinces in foreign trade, Shandong is the only one that had growth in the three areas of trade volume, exports and imports," said Lyu Wei, deputy chief of the Shandong Commerce Bureau.

Statistics from the bureau show the province's foreign trade totaled 714 billion yuan ($107 billion) in the first half of this year. Exports amounted to 417.79 billion yuan, a year-on-year increase of 2.7 percent and imports reached 296 billion yuan, up 2 percent.

Construction machines produced by Shandong Lingong Construction Machinery Co are exhibited at a bauma show in Germany. Photo by Ju Chuanjiang/China Daily

The growth can be partly attributed to the cultivation of specialized companies which help manufacturers conduct foreign trade business.

Zhang Yi, general manager of Shandong Wanlin Package Co Ltd, had never expected to have such a big market out of China. The company was already a major provider of packages for many Chinese brands, including dairy giant Yili.

Last year, the company assigned its foreign trade business to Jinan Qingong International Trade Co Ltd, a provider of comprehensive foreign trade services.

"Qingong is like a manager for us," Zhang said. "It not only brings us more orders from new markets, but saves us a lot of costs in conducting foreign trade."

Qingong is one of 21 leading enterprises in Shandong that provide foreign trade services.

During the fourth session of the 12th National People's Congress in March, Premier Li Keqiang called for the development of enterprises that provide comprehensive foreign trade services.

Since then, the local government launched measures to encourage comprehensive foreign trade companies to provide import and export services for manufacturing enterprises so that they can focus more on production than trade.

"As a new business model, the foreign trade companies have greatly helped the small and medium-sized enterprises in tapping overseas markets," said Cai Peian, an official at Shandong Commerce Bureau.

During the first half of this year, the 21 foreign trade companies' export business reached 8.55 billion yuan.

Shandong has also launched a series of measures to promote cross-border e-commerce. A total of 26.74 billion yuan worth of trade was conducted through cross-border e-commerce platforms during the first half of this year, an increase of 27.3 percent year on year.

Another government measure to facilitate trade has been giving more autonomy to oil refining companies in importing crude oil.

As more local oil refineries have been given approval to import crude oil, those imports reached 22.23 million tons during the first half of this year, generating 38.86 billion yuan in revenue, 2.4 times more than the same period in 2015.

Promoting trade with countries along the Belt and Road routes also helped

Shandong's foreign trade grow.

Exports to countries along the routes reached 116.5 billion yuan during the first half of this year, an increase of 11.5 percent year-on-year. Of that, exports to the Association of Southeast Asian Nations increased 8.2 percent and those to Russia increased 64 percent.

Huang Shuren, vice-president of Yantai International Container Terminals Co Ltd, said the number of containers sent to South Korea from the company's terminals saw a year-on-year increase of 10 percent during the first half of this year, thanks to the China-ROK Free Trade Agreement.

Cashing in on the FTA, Shandong has developed China-ROK industrial and demonstration parks in Yantai and Weihai to promote cooperation. Distribution centers for commodities from the countries along the Belt and Road routes have been built in Qingdao, Yantai, Weifang, Weihai, Rizhao and Linyi to boost foreign trade.

中文内容摘要:

山东培育外贸发展新业态　上半年外贸逆势增长

山东不断培育外贸新兴业态，同时传统产业竞争力不断提升……面对复杂严峻的国际经济形势，山东上半年完成进出口 7137.9 亿元，同比增长 2.4%，实现逆势增长。

山东省商务厅副厅长吕伟告诉记者，在全国进出口规模前十位的省市中，山东是唯一一个进出口、出口、进口三项指标均实现正增长的省份。

山东省商务厅数据显示，今年 1 月到 6 月，山东进出口、出口、进口完成 7137.9 亿元、4177.9 亿元和 2960 亿元，分别同比增长 2.4%、2.7% 和 2%。

面对依旧复杂严峻的外贸形势，山东以加快培育外贸新业态、提升传统产业出口竞争力为抓手，促使外贸向好发展。

山东万林包装有限公司总经理没有想到他们的产品在海外会有如此大的市场。这家纸箱生产企业，在国内已经拥有伊利等知名品牌客户。

去年底，该公司把全部出口业务都打包给一家外贸综合服务平台——济南秦工国际，很快就有了大量的海外订单。

秦工国际是山东省认定的 21 家省级外贸综合服务企业之一。

今年的全国两会政府工作报告提出，我国要发展外贸综合服务平台，培育竞争新优势，推动外贸转型升级。

山东省商务厅厅长佘春明表示，外贸综合服务平台这种新业态为众多存量外贸企业提供了一条龙的出口综合服务。统计显示，今年前 6 个月，山东 21 家省级外贸综合服务企业出口 85.5 亿元，增长 2.2 倍。

此外，山东还积极出台相关政策促进跨境电商发展，以新业态引领外贸动力转换。全省跨境电子商务出口 267.4 亿元，增长 27.3%。

得益于原油价格收窄明显以及 15 家地炼企业获得原油使用资格，山东上半年原油进口数量达到 2223.1 万吨，增长 3.6 倍，远高于全国 14.2% 的增幅；进口金额 388.6 亿元，增长 2.4 倍，拉动全省进口 9.5 个百分点。

中韩自贸区、"一带一路"战略等政策红利的逐渐释放，也有力促进山东外贸回稳向好。山东省对其出口 1164.9 亿元，增长 11.5%。其中，对东盟增长 8.2%，俄罗斯 64%。

据烟台国际集装箱有限公司副总经理黄树仁介绍，今年上半年，该公司发往韩国的集装箱数量同比增长 10%。

为把握中韩自贸协定机遇，山东积极推进威海中韩自贸区地方经济合作示范区和烟台中韩产业园建设，鼓励省内其他地市的中韩特色产业园建设，支持青岛、烟台、潍坊、威海、日照、临沂等市打造韩国进口食品、日用品交易集散中心。

2016 年 9 月 5 日

Innovation Drives Shandong's Economic Growth

赵瑞雪

A privately owned plant that was on the verge of bankruptcy 35 years ago has now developed into a renowned bio-engineering company thanks to its commitment to innovation.

Pointing at piles of corncobs at the company's headquarters, Tang Yilin, chairman of Jinan Shengquan Group, said they were the source of the company's wealth, but if there had been no innovation and technological improvements, the source would have dried up.

"Innovation, research and development are the soul and lifeblood of our company," Tang said, adding that the company spent 150 million yuan ($22.5 million) on innovation each year in a bid to develop new value from corncobs. Currently, elements extracted from corncobs, such as furfural and fibers have been used to produce more than 100 kinds of products.

Shengquan is among thousands of enterprises, both privately owned and State-owned, in Shandong province that are seeking development through innovation, as the local government encourages enterprises to explore supply-sided reforms.

Statistics from the Shandong provincial government show that 4,156 innovation projects were implemented last year, creating 740 new products and 517 new technologies.

Thanks to their efforts, 135 enterprises in Shandong saw their revenues exceed 10 billion yuan ($1.5 billion) last year, of which nine exceeded 100 billion yuan. Fifty-one Shandong-based enterprises have been listed in the top 500 enterprises in China in terms of revenue.

A major part of Shandong's economy, State-owned enterprises are carrying out innovation-driven reforms to better fit into markets.

"Whether an SOE makes a successful reform depends on whether it can meet the demands of the market and society," said Zhang Xinwen, director of the Shandong State-owned Assets Supervision and Administration Commission.

Since May, the Shandong branch of China National Petroleum Corp has presented a new energy-efficient fuel to users in 12 cities across Shandong. Jointly developed by the Shandong branch and BASF China, the fuel oil is said to be more environmentally friendly.

"In addition to developing new products to meet customers' demands, we are exploring new marketing methods," said Gao Jianping, an executive at the Shandong branch of China National Petroleum. "Innovation is carried out in every area of our work."

Gao said the company is also promoting the fuel online, where sales reached 6 million yuan in May.

In March, Shandong received approval from the State Council to build a national innovation demonstration zone. The zone is designed to cover six high-tech industrial parks in Jinan, Qingdao, Zibo, Weifang, Yantai and Weihai.

In the zone, government intervention will be further reduced to create a more amicable environment for innovation and entrepreneurship, according to local officials.

To attract talent for innovation, the province released a series of measures including financial support, as well as a package of support policies covering children's education, household registration, spouse's work and social security for professionals who work in the province.

Shandong has about 360 postdoctoral research centers for professionals to do R&D in a variety of fields, including new energy, environmental protection, machinery, electronics, petrochemicals, biopharmaceuticals and healthcare.

中文内容摘要：

创新发展促山东经济增长

35 年前一个濒临破产的小工厂，通过创新，如今发展成一个知名的生物工程技术主导企业。

指着货场上堆放如小山的玉米芯，济南圣泉集团总裁唐一林说，这些是公司财富源泉，但是如果没有创新技术，这些财富源泉就会枯竭。

"创新、研发是企业的灵魂和生命线。"唐一林说。这家公司每年投入1.5亿用于创新研发。通过创新研发，每年都有新产品推向市场，为公司创造新收益。

在山东省政府大力鼓励企业进行供给侧改革的背景下，像圣泉这样的企业，山东省有数千家，无论是国有还是私有企业，都在通过创新促发展。

2015年，山东省共实施省级技术创新项目4156项，形成新技术517项、新产品740项、新工艺340项。企业的创新发展有力推动了行业整体水平的提升，2015年，全省有135家企业主营业务收入突破100亿元，9家企业突破1000亿元，51家企业入围中国企业500强。

去年开始，山东省加快了国企改革的步伐。"国企改革成功与否，关键在于能不能适应市场和社会。"山东省国资委主任张新文说。

今年5月以来，中国石油山东销售公司研发的能效燃油陆续在济南等地上市，目前已覆盖全省12个地市。能效燃油是中石油山东与巴斯夫（中国）有限公司合作在国五基础上改进配方进行创新的升级产品，比普通燃油动力更强劲、更环保、更高效。

作为老牌能源型国企，中石油山东采用"线上推广＋线下体验"的方式，在线上，运用大众媒体、社交媒体以及微信平台进行能效燃油的推广宣传。

今年三月份，山东半岛国家自主创新示范区获批。该示范区以济南、青岛、淄博、潍坊、烟台、威海6个国家高新区为核心，是举山东省之力打造的一个创新示范高地。

为了吸引更多海内外高端人才来山东创业，山东省颁布了一系列包括财政支持、社会保险、企业注册等方面的措施。

在基础设施方面，山东省目前拥有360多个博士后科研创新基地。这些基地为在新能源、环保、机械、生物科技等领域进行科研的创业者和学者提供了坚实的平台。

2016年9月5日

Horse Lover Rescues the Bohai From Extinction

鞠传江

A keeper displays an adult Bohai horse and its foal at the Hesheng horse farm in Penglai, Shandong province. Ju Chuanjiang/China Daily

Fan Jiayi never expected that the profound feelings he had for a Bohai horse during his childhood would lead him to a lifelong career of raising horses and quite possibly save the breed from extinction.

At the Hesheng horse farm in Daxindian, a village in Penglai, Shandong province, Fan, the farm's owner, gently strokes a horse and whispers to it.

Fan's farm is China's sole base for preserving the Bohai horse, a famous breed in China. The Bohai horse was developed by interbreeding Mongolian horses and horses introduced from the former Soviet Union during the 1950s and '60s. The tall, well-proportioned and powerful yet gentle horses are found mainly in the northeastern part of Shandong province and the south shore of Bohai Bay.

The breed was used to pull carts and as packhorses in wars. But as mechanized agriculture grew more widespread in recent years, the number of Bohai horses fell sharply from its peak in the 1980s of more than 80,000.

Han Guocai, deputy director of the Horse Research Center at China Agricultural University in Beijing, said the number of Bohai horses had fallen to only 200 in 2007. Today, they are estimated to number about 1,000.

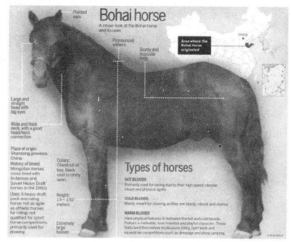

On Fan's farm alone, there are more than 200 adult Bohais, about half of them mares. Fan expects the herd could grow to about 500 in five years.

Fan, who is credited as the breed's savior, said his determination to rescue them from extinction grew out of an accidental encounter with horses.

In March 2007, Fan saw by chance that some horses, several of them Bohais, were about to be killed at a slaughterhouse in Wudi county, Shandong. Among them was a tough, powerful horse almost exactly like the one he had as a child.

The horse stirred an emotion buried deep in his heart.

"I had played with horses since I was 7 years old. Sometimes when I fell from a horse, it would stop and wait for me to climb on its back again. Horses can't speak, but they are friendly to people and they're very dependent. Each time I see horse killed, it is as if a knife has been plunged into my heart," he said.

"I thought, Why don't I take these good horses to my hometown? Then I can protect this breed and enrich tourism attractions in my hometown."

Fan bought the horses and took them home.

He went across Shandong to look for Bohai horses and finally found more than 30 Bohais for his farm.

Ma Ling, Fan's wife, has a notebook keeping track of what Fan has spent on horses over the years. In all, over the past nine years he has spent more than 200 million yuan ($30 million) on the farm. Ma said she even considered divorcing him, because her husband devoted all his efforts to Bohai horses, not their family.

"But I can't let the famous Bohai horses die out," Fan said.

After years of development, Fan's horse farm now covers more than 30 hectares and has stables, indoor and outdoor training grounds, shower rooms and a horse breeding center.

He invited the experts from Beijing to breed Bohai horses, as his farm is the only conservation base for the Bohai horse.

Meanwhile, he planned to breed Bohai warm blood horses. "Crossbreeding the Bohai horse with German warm bloods, we can breed the best warm blood of China within five to 10 years," he said.

At present, China has no warm blood horse breeds of its own.

Descended from both hot bloods—known for their speed and endurance—and cold bloods—better suited to slow, heavy work—Bohai horses present many characteristics of warm bloods without actually falling into the category.

"Although Bohai horses are big and have good physical strength, they are ponderous, so pure Bohai horses are not suited to competing in races," Fan said.

On Fan's farm, some 40 Bohai warm bloods can be born each year. Through six years' training, these Bohai warm bloods will be able to participate in domestic equestrian sports events, he said.

"Currently, horse clubs import warm bloods for international competitions at a high price. In five to 10 years, we will have domestic warm-blooded horses that are suited to racing, substantially reducing the price of racehorses," he said.

Fan realizes that he needs to make money to support his dream of protecting the Bohai horse and cultivating Bohai warm bloods.

He imported more than a dozen purebred, or pedigree, horses from Germany, Spain and the Middle East, and then used Bohai horses as surrogates mothers to give birth to purebred warmbloods through embryo transfers. The farm can breed some 20 purebreds a year, some of which are sold.

He also opened an equestrian school and indoor venues for tourists to watch equestrian performances and experience horseback riding. Thanks to cooperation with local tourism agencies, tourists have brought income to his farm.

Now, a 40-hectare facility to display famous horse breeds to tourists is under construction, and a 200-km racecourse built to international standards will be ready for world-class endurance races next year, he said.

"Money is poured into this horse farm every day, and it might take one or two decades to see profits. But I won't give up on Bohai horses in this life. I'll help the breed to continue for generations," he said.

中文内容摘要：

保护渤海马

范家溢并没有想到，幼年时与家里那匹大枣红马建立起的一段深厚感情会成就他如今拯救渤海马的一番事业，更没有想到自己会培养出国际一流的赛马来。

走进胶东半岛蓬莱市大辛店镇和圣马场，远远就看到他一手轻轻抚摸着一匹渤海母马，一边说着什么，刚出生不久的一匹纯种温血小马在欢快地来回跑着。

"这就是我们利用胚胎移植技术让渤海母马生出了纯种的德国温血名马的后代，经过几年培育，这里将培育出一大批能够参与国际比赛的好马来！"蓬莱和圣马场董事长范家溢对《中国日报》记者说。

范家溢从20世纪80年代就开始在北京、河北、山东等地从事路桥工程建设，有了经济实力的他想回家乡发展生态农业，带领乡亲们共同致富。2007年3月，他在山东无棣县施工时偶然发现一家屠宰场正在宰杀马，其中一匹马与小时候他家那匹马非常像，头上带着白星、彪悍、威武，深埋他新心中对马的情感被激发出来，何不把这些好马买回去办个马场，可以保护和繁殖，也可以发展观光旅游呢？

如今管理着20亿资产和产业的范家溢回忆说："我从七八岁就开始养马、骑马，有时从马背上摔下来，马会低下头静静地等我再爬上马背，马不会说话，可是对人很好，很依赖，看到那些马被杀，我心如刀割！"

他出高价从屠宰场买回了那匹头上长着白星的高头大黑马。从此，他在山东半岛、渤海西岸各处搜寻，先后购得30多匹渤海纯种马，很快马场就办起来了。

他从北京请来了培育马的专家，开始了纯种渤海马的良种繁育。

范家溢凭着小时候与马建立起的真挚感情做起了保护渤海马的壮举，并引起了国内畜牧专家的关注。中国农业大学马研究中心副主任、中国马业协会副理事长韩国才称赞他："做了一件功德无量的好事！"

据韩国才教授介绍，渤海马是以山东省东北部和渤海湾南岸为中心有名的优质马品种之一,这种马身材高大健硕,体型匀称健美,既具备热血马的爆发力,又具备温血马的温顺性格,曾经是渤海地区耕田犁地、驮物拉车的主力马种,甚至是军队战马的优良品种,鼎盛时期数量超过八万匹。但是,随着农业机械化的普及,渤海马的数量急剧下降,目前,全国存栏量不足 1000 头。

"我不能够让著名的渤海马灭绝!"范家溢挥舞着他的胳膊说。

他倾其所有走上了抢救渤海马之路,因为他不顾一切养马,妻子曾经要和他离婚,但是他义无反顾。经过多年的发展,目前范家溢的养马场占地近500亩,马房、室内外训练场、马的淋浴房和马培育中心一应俱全。

购买马和繁育马的费用给他巨大的压力,范家溢的妻子马菱那里的账本清楚记载着这些年马场的巨大开销,10 年里累计投入已经超过 2 亿元。

马场不能只花钱不挣钱,必须走一条开发性保护的路子。他从内蒙古请来了专业驯马师,建立起国际标准的比赛场地,好马经过训练能够参加比赛就身价倍增。与蓬莱阁景区建立起骑马项目,与众多旅行社建立起合作关系,来马场的旅游者越来越多,这些举措逐步使马场进入良性发展轨道。

在专家的帮助下,范家溢从德国、西班牙引进了名马之后温血马,从中东引进了阿拉伯纯血马,使马的品种增加十几个,然后用渤海母马加上试管胚胎移植技术,培育出了纯种的外国混血马和阿拉伯纯种马。他还以来自世界的优良、血统纯正的名贵马种与当地的渤海马进行杂交优化,以期繁育出更加优良的马来。目前已繁育幼马 100 多匹,并且每年以上百匹良种马的繁育量递增。

"这匹马是从德国引进的,叫'和圣之星',这马是马场的功臣呢!"范家溢说。

这匹价值超过 7000 万元的德国温血马,已经在这里和渤海马繁育了几十匹温血马小马驹。

因为温血马是奥运会障碍赛和花样盛装舞步比赛马的最佳选择。目前,国内赛马俱乐部从国外进口马匹,每匹从 100 万到上千万不等,名种马动辄数千万元。

"中国名马加上德国名马,用 5 年到 10 年的时间就会培育出中国最优良的渤海温血马来,这是一个全新的事业。"范家溢自信地说。

和圣马场的渤海马保护和比赛温血比赛马培育进展顺利,渤海马用于普通爱好者运动,温血马用于障碍和花样赛,而阿拉伯纯种马则用于竞技耐力赛。范家溢说着这些很是兴奋。

来自中国马术协会的消息说,目前中国的马术俱乐部已经超过 700 家,呈快速增长态势，而马术俱乐部对比赛用马的需求也快速增长。和圣马场与众多马术俱乐部建立了联盟关系，并成为这里良种马的销售合作伙伴。

如今范家溢的马场已经成为中国最大的渤海马保种基地和渤海马原种场、国家渤海温血马选育试验示范基地。这里的各种马已经近 400 匹，其中渤海马成马 200 多匹，基础母马 100 多匹，每年繁育近百匹纯种幼马，规划到 2025 年存栏量达到 2000 匹。

这里按照国际标准建设了室内大型马术演艺场、室内骑乘俱乐部、马术学校、骑乘培训场馆和世界马文化和艺术品展览馆。常年为旅游参观者举行场地障碍、舞步、速度赛、花样骑术等马术表演，每年有十几万人来这里观看表演和骑马运动。

为了发展好马场的事业，他派儿子去欧洲专门学习比赛马的培训和马术俱乐部管理。

令人兴奋的是和圣马场的一些马已经在国际赛事中脱颖而出。一匹叫桑布卡的母马，获得了 2011 年的世界杯中国区的总冠军，也是中国区的第一个世界杯总冠军。去年 4 月 30 日至 5 月 3 日参加在北京举办的"浪琴表国际马联（FEI）场地障碍世界杯——中国联赛"，选手满都乎携温血马 Jamala 脱颖而出，夺得 110—120CM 青少年及马主赛冠军。这些成绩使这里的马在业界名声大震，不断有外地的马术俱乐部来这里选购好马。

范家溢介绍，这里要打造一条贯穿骑马运动"育、驯、赛、骑、乘"的产业链，目前正在建设占地 600 亩的"中国百马园"，以展示世界名马，同时建设 200 多公里的国际耐力赛标准赛道，明年将具备承办大型国际马术耐力赛事的能力，这里将成为一座集繁育、赛事及旅游为一体的环渤海最大的现代化马场。

范家溢的渤海马"进行曲"还在继续，他坚信明天一定更精彩！

2016 年 10 月 5 日

人大代表秦玉峰：让绿色经济
顺利接盘山东"十三五"

李欣

山东省人大代表秦玉峰28日在山东"两会"聊城代表团讨论中提提议"让绿色经济接盘山东'十三五'，实现平稳转型升级"（梁犇摄）

山东省人大代表秦玉峰就"十三五"山东经济转型升级这一建议接受中新网记者采访（梁犇摄）

山东省人大代表秦玉峰28日在山东"两会"聊城代表团讨论中提提议"让绿色经济接盘山东'十三五'，实现平稳转型升级"（梁犇摄）

未来五年，山东聚焦高能耗、高污染的行业去产能，重新调整产业结构，GDP排名中国第三位的山东省怎样才能避免经济运行大的波动？山东省人大代表秦玉峰在山东"两会"分组讨论中提议，用绿色经济接盘"十三五"，实现山东经济转型平稳过渡。

正在济南举行的山东省"两会"，代表、委员们在各自分组会议上热议转型升级相关话题。代表、委员们高度关注因高能耗、重化工、高污染行业产能比例过重的山东经济，在经过去产能、去库存、降能耗、降成本的"大手术"后，如何保持山东经济速度不明显滑坡，就业不出现较大波动。

山东省人大代表、在上届山东"两会"上提出著名"毛驴议案"的秦玉峰提议，山东省在去产能的"大手术"同时，应抓紧培育规模化、全产业链的绿色经济，用它们在山东"十三五"期间顺利接盘，促进偏重能源、化工、制造业的山东经济顺利实现转型升级。

秦玉峰的具体建议是，在第一产业方面，建议大力发展特色畜牧业、加大农产品深加工升级；在第二产业方面，建议增加清洁能源、健康业等环保产业；第三产业方面，他提议大力发展遍布山东各地的乡村旅游、推广基于工业生产线思维的体验旅游、开发特色餐饮、扩展金融服务业、农村淘宝等互联网服务业，这些高科技、低能耗的产业，都是可持续发展的绿色经济，它们足以作为山东产能转移、结构调整的"先行军"，如获得扶持，未来五年将逐步壮大规模，有希望成为接盘山东经济转型的主力军。

在分组讨论会后，中新网记者采访了提出绿色经济接盘山东"十三五"这一概念的秦玉峰。秦玉峰向本网记者详细解释了他提出这一建议的缘由，秦玉峰表示，按照山东省政府的规划，五年内服务业要占到产业结构的55%，服务业绝对是绿色经济，但未来服务业市场应减少无效和低端供给，扩大有效和中高端供给。"也就是发展个性化、定制化、品质化的服务。就像中药膏方一样，一人一方，辨体治病，提高服务业附加值。工业企业也可借鉴可口可乐公司、好时巧克力公司工业体验旅游模式，拓展中国工业企业的服务业附加值。"

2015年山东"两会"期间，秦玉峰因提交一件为毛驴争取同牛羊平等待遇的"毛驴议案"，成为"两会"代表委员以及媒体热议的焦点，一年之间，这位阿胶技艺非物质文化遗产代表性传承人的头顶，陆续加冕了"驴王""驴帮帮主"等雅号。秦玉峰说，起初养驴是为了"谋皮熬胶"。但随着对养驴行业的深入调研，发现毛驴养殖这项全绿色的特色畜牧业，不仅为阿胶这味传统中药提供驴皮原料，还可以进行驴肉、驴奶深加工，提高养殖户收入，转移农村剩余劳动力调整农业结构，实现精准扶贫。

秦玉峰非常赞同山东省省长郭树清在政府工作报告中的要求，山东应该积极培育农村经济新业态，推进一二三产融合发展，培育农村"第六产业"，促进农民增收。

秦玉峰以聊城市为例算了一笔账，假如年存栏肉驴达到 100 万头，出栏 40 万头，就可实现养殖收入 30 亿元；饲料、驴肉及奶、血、骨等深加工产业 150 亿元；胎盘精华、生化药等行业延伸 50 亿元；阿胶及系列产品开发 100 亿元；物流、餐饮、零售、旅游等三产服务业的产值为 80 亿元，还可吸收就业人员 6000 人。他得意地向记者推介了自己的"毛驴扶贫"设想。

"一头毛驴从出生到能获取皮、肉等经济价值大约需要 3 年，养驴的一个产业周期大概 10 年。社会、经济发展也要做好可持续发展的长远规划，守得住转型初期的阵痛，选择好接盘方式，才能最终看到效益。"记者注意到，时隔一年，这位被誉为"驴帮帮主"的人大代表，依旧喜欢借用"毛驴"这个形象的符号，生动说明山东省即将开始的五年产业结构转型期。

中新网济南 1 月 28 日电

山东向海外引进人才发"绿卡"
让人才"来得了、待得住、用得好"

李欣

　　山东推出 17 条高"含金量"人才政策,向海外引进高层次高技能人才发放"绿卡",在出入境和居留、户籍、住房、配偶随迁、子女入学、职称评聘、编制管理、薪酬等方面开辟绿色通道,服务"高精尖缺"人才,让海外优秀人才"来得了、待得住、用得好"。

　　记者 15 日在山东省人民政府召开的解读《山东省引进高层次高技能人才服务绿色通道规定》(以下简称《规定》)新闻发布会上了解到,该《规定》有效期为 2016 年 1 月 15 日至 2018 年 1 月 14 日。山东从国(境)外引进的发达国家的院士、会士、国际知名大学终身教职人员等海外高层次人才;山东省经济和社会发展急需紧缺的高层次高技能人才;山东引进的高层次高技能人才将可以获得山东省颁发的"绿卡",享受《规定》中的各项绿色通道服务。

　　山东省人力资源与社会保障厅巡视员李伯平说:"《规定》一共推出了 17 条高'含金量'的人才政策,这将有利于聚集一批站在科技前沿、具有国际视野和创新能力的领军人才,有利于高层次高技能人才'来得了、待得住、用得好',有利于引领山东的产业结构调整和转型升级。"

　　李伯平表示,《规定》进一步拓宽了引进高层次高技能人才的范围,首次将发达国家科学院、工程院院士,国际性学术科研组织会员、会士等能够引领国际科学发展趋势的战略科学家和高端外国人才纳入引进高层次人才绿色通道服务范围。未来持有山东省"服务绿卡"高层次和高技能人才将在出入境和居留、户籍、住房、配偶随迁、子女入学、职称评聘、编制管理、薪酬等方面享有相关绿色通道服务。

　　山东省公安厅出入境管理局副局长张世龙在当天的发布会上介绍了山东引进高层次高技能人才相关出入境和居留绿色通道服务内容,主要包括:经公安部审核批准的持外国护照入境的海外引进人才，可申请换发 5 年多次有效、每次停留不超过 180 天的 R 字签证；需在中国工作或长期居留的，凭人力资源社会保障、外国专家管理等部门出具的工作许可等证明材料，可申请 2 年至 5 年有效的外国人居留证件；符合在华永久居留条件的，可以申请外国人永久居留证，作为其在华的合法身份证件，享受中国法律规定的基本民事权利和义务，对引进高层次高技能人才和团队成员及其随行家属也将给予签证和居留等便利。

据记者采访获悉，为扭转海外人才引进的问题，山东省预计将在未来 5 年，引进外国专家总量达到 15 万人次，实施重点引智项目 800 项，出国（境）培训人员 7500 人次。

中新网济南 3 月 15 日电

2016 中美创客论坛青岛举行
"两国创客碰撞" 灵感

胡耀杰　李欣　梁犇

4 月 9 日，山东省人民政府省长郭树清在 2016 中美创客论坛上致辞
（梁犇摄）

4 月 9 日，中国国家教育部副部长郝平在 2016 中美创客论坛上致辞
（梁犇摄）

2016 中美创客论坛 9 日在山东青岛开幕，中美两国创客在论坛交流互鉴，碰撞创新"灵感"，交流创业心得。

出席中美创客论坛的美国莱斯大学校长 David Lenbron 认为，创新是激发未来变化的力量，社会发展需要创新能力和创业精神。现代学生更需要拥有创业精神、领导力和创新力，因此大学教育应该采用更多新的教学方式，激发学生创新意识，鼓励科研成果顺利转化，创业精神应该贯穿一生。他还表示莱斯大学希望同山东大学建立协作平台，组织更多关于创新创业方面的比赛和论坛活动。

作为本次中美创客论坛的主办方，山东大学校长张荣说，青年是国家和民族的希望，创新是社会进步的灵魂。创新创业的核心在于激发人的创造力，创新没有国界，跨境合作有助于启迪智慧、激发创意，实现思想的集成。中美两种文化、两种思维习惯、两种行为方式的互鉴交流，正是促进创新、推动创业的重要途径。他希望中美青年能够通过中美创新创业论坛这一平台，进行思想的相互碰撞、创意的相互启发、文化的相互交融。

4 月 9 日，中共青岛市委书记李群在 2016 中美创客论坛上致辞 （梁犇摄）

"创客是当下最红火的一个热词，这项原本是少数人的游戏，正在越来越多地引来了参与者，形成了全球的创客风潮"，中共青岛市委书记李群说，创新的时代造就了创客。新一轮的科技革命正在孕育和兴起，创新驱动发展成为大的趋势；创业的梦想激励了创客；创意的火花点燃了创客。青岛将全力打造了创新之城、创业之都和创客之岛。

4 月 9 日，美国莱斯大学校长 David Lenbron 在 2016 中美创客论坛上致辞（梁犇摄）

4 月 9 日，山东大学校长张荣在 2016 中美创客论坛上致辞（梁犇摄）

　　山东省人民政府省长郭树清在开幕式上致辞说，创业、创新、创意进入了人人可为的时代，创客运动风生水起、蓬勃发展，成为年轻人追求事业梦想、人生梦想的新途径。山东自古就注重创新，出生在山东的鲁班、墨子等都是中国最早的"创客"，他们把梦想变成了现实。未来，山东将积极推进科技体制改革，强化企业创新主体地位，充分发挥市场在科技资源配置中的决定性作用。政府部门逐步从主导科技资源配置向注重市场监管和平台建设方面过渡，全力为科技、教育创造良好的环境。

　　应邀出席本次创客论坛的中国国家教育部副部长郝平认为，国之教在于民相亲，民相亲在于心相通，在中美两国社会各界的共同关心和支持下，中美人文交流日益紧密，人文交流已与政治互信、经贸合作共同构成新时期中美关系的三大支柱。由山东大学和青岛市政府联合举办的中美创客论坛和中美创新创业大赛吸引了中美选手在竞争与合作中不断碰撞出创新的火花，这正是两国开展创新合作、深化人文交流的重要体现。

　　2016中美创客论坛由山东大学、青岛市人民政府联合主办，设置了主题演讲、主题论坛、中美优秀创客项目展演等环节，四百余位中美创客参加论坛。

中新网青岛4月9日电

中韩自贸区地方经济合作研究中心
在山东威海成立

张玉雷

中韩自贸区地方经济合作研究中心 15 日在山东威海成立。该研究中心能为中韩地方经济合作提供智力支持，并推动中韩自贸区地方经济合作示范区建设。

2015 年中韩自贸协定正式签署。该协定创新引入地方经济合作条款，将中国威海市和韩国仁川自由经济区选定为中韩自贸区地方经济合作示范区，威海成为中国目前唯一一个写入中韩自贸协定的城市。

中韩自贸区地方经济合作研究中心将建设集自贸区规则研究基地、政策研讨交流平台、决策参考智库于一体的专业智库型科研机构，承担中韩自贸区相关政策研究、专项调研、决策咨询、交流合作、宣传推广等职能。

同时，该中心还将构建东北亚地区主要国家的经济数据库，进行大数据分析，定期公布经济热点和宏观数据分析，并持续开展中韩自贸区地方经济合作政策研究，阶段性汇编中韩地方经济合作发展研究报告。

为推动中韩服务贸易创新发展，中韩服务贸易研讨会 15 日也同时在威海召开。来自中韩两国的专家学者围绕"中国服务贸易发展战略""中韩服务贸易合作方案""中韩自贸区服务贸易创新发展"等议题进行了广泛研讨。

记者从威海市商务局获悉，威海目前正加快建设中韩商品重要集散地、中韩产业融合先行高地、中韩高端服务业合作聚集区。今年 2 月，威海还成为首批中国服务贸易创新发展试点城市。

据统计，2015 年威海口岸实现对韩贸易额 225.7 亿美元，对韩跨境电商共验放清单 16.7 万票，新批韩资项目 87 个。

威海是中国距离韩国最近的城市，威海与韩国之间已开通海上航线 5 条，每周 30 班；空中航线 2 条，每周 28 班。

中新社威海 4 月 15 日电

30 余国 117 支风筝队参加潍坊国际风筝会
以风筝会友

李欣　梁犇

　　4月16日上午，第三十三届潍坊国际风筝会在潍坊市滨海区欢乐海开幕。据悉，本届风筝吸引了来自中国、美国、澳大利亚、新西兰等30多个国家的117支风筝队参加，共有包含了万人风筝放飞表演、第十二届世界风筝锦标赛等19项重点活动（梁犇摄）

　　中国、美国、澳大利亚、新西兰、捷克、乌克兰等30多个国家和地区的117支风筝队16日在中国风筝之都潍坊参加第三十三届国际风筝会，以风筝会友。

　　中国农历三月正是放风筝的好时机，51支国际风筝队和66支中国风筝队当天在潍坊滨海区欢乐海风筝放飞场同场竞技。

　　欢乐海沙滩上，超人、海绵宝宝、大黄鸭等软体风筝在飘着细雨的空中"摇曳生姿"，五颜六色的风筝点缀着灰白色的天空。四级以上的大风和雨水刺激了风筝冲浪挑战者的运动神经，许多风筝冲浪选手穿好装备，下海挑战极限，观众在雨中撑伞驻足观赏选手们的精彩表演。

　　4月16日上午，第三十三届潍坊国际风筝会在潍坊市滨海区欢乐海开幕。据悉，本届风筝吸引了来自中国、美国、澳大利亚、新西兰等30多个国家的117支风筝队参加，共有包含了万人风筝放飞表演、第十二届世界风筝锦标赛等19项重点活动（梁犇摄）

　　4月16日上午，第三十三届潍坊国际风筝会在潍坊市滨海区欢乐海开幕。据悉，本届风筝吸引了来自中国、美国、澳大利亚、新西兰等30多个国家的117支风筝队参加，共有包含了万人风筝放飞表演、第十二届世界风筝锦标赛等19项重点活动（梁犇摄）

　　有着三年风筝冲浪经验的俄罗斯人索吉在接受中新网记者采访时说，他曾在俄罗斯、越南等地体验风筝冲浪，潍坊的海浪很棒，他非常享受这种风雨中的挑战极限的感觉，已经通过风筝在潍坊结交了许多中国朋友。

与队友等候检录的黑龙江选手王成义告诉记者，他从 15 年前就开始放风筝，尝试过传统风筝、软体风筝、特技运动风筝，结交了一批兴趣爱好者，"潍坊是世界风筝之都，放风筝一定要来潍坊一次"。

潍坊市人民政府市长刘曙光说，潍坊是风筝的故乡，潍坊国际风筝会以风筝为媒，促进国际交流。

出席当天万人风筝放飞仪式的山东省人民政府副省长王随莲表示，潍坊是风筝的重要发祥地，是著名的世界风筝之都和国际风筝联合会总部所在地。每年的潍坊国际风筝会，海内外的众多风筝爱好者都会相聚在此，潍坊国际风筝会历经 33 个春秋，已成为合作发展，弘扬风筝文化的重要舞台。

据介绍，本届风筝会安排了 19 项重点活动，包括万人风筝放飞表演、第十二届世界风筝锦标赛、2016 首届中国（潍坊）国际风筝文化创意设计作品暨风筝扎制作品大赛及 2016 "一带一路" 沿线重点国家外交使节潍坊行等活动。

中新网潍坊 4 月 16 日电

山东边防创造国际维和
"中国模式"走进联合国讲堂

梁犇

由山东省公安边防总队组建的中国第三支赴利比里亚维和警察防暴队，在执行国际维和任务期间探索建立的军警联合勤务机制和应急处突等级响应机制，被联合国利比里亚特派团称为国际维和的"中国模式"进行推广，"中国模式"第一次进入联合国维和讲堂。

中国公安部、中共山东省委、省人民政府 30 日下午在山东省济南市联合召开中国第三支赴利比里亚维和警察防暴队表彰大会暨先进事迹报告会，公安部为中国第三支赴利比里亚维和警察防暴队记集体一等功。

中国第三支赴利比里亚维和警察防暴队由山东省公安边防总队于 2013 年底组建，历经五次选拔、六次培训，于 2014 年 12 月以全员全优的成绩通过联合国甄选，2015 年 3 月进驻利比里亚任务区，2016 年 3 月完成任务，回国归建。

据中国公安部边防管理局政委牟玉昌介绍，面对任务期延长、执勤任务增加、埃博拉疫情肆虐、生活条件艰苦等严峻考验，防暴队忠诚使命、不惧生死，圆满完成巡逻防控、武装护卫、骚乱事件处置等维和任务。完成固定哨位值守 61320 小时，开展各类巡逻勤务 375 次，累计动用警力 35776 人次，枪支 31619 支次，弹药 1152683 发次，行驶里程 92630 公里。

"中国防暴队的遂行勤务量、巡逻里程量、信息采集量、应急反应速度、处突专业水平 5 项综合行动能力评估指标在联合国利比里亚特派团 8 支防暴队中均排名第一。"中国第三支赴利比里亚维和警察防暴队政委李培森介绍称，该支防暴队探索建立的军警联合勤务机制和应急处突等级响应机制，被联合国利比里亚特派团称为"中国模式"进行了全面推广，并在联合国举办的防暴办主任培训班上被作为范例引用，"中国模式"第一次进入联合国维和讲堂。

李培森说，利比里亚任务区气候恶劣、条件艰苦、物资匮乏、热带疾病肆虐，给防暴队执勤生活带来极大困难。防暴队员狠抓卫生防疫，有效应对了埃博拉、拉萨热、疟疾等 20 多种热带传染病的威胁。

维和警察防暴队中担任一分队教导员的王健，是冲在第一线的战斗队员。"刚到第一个月就瘦了 10 斤，一年瘦了 30 斤。"王健告诉记者，利比里亚气候炎热，缺少蔬菜，很多维和队员到达利比里亚不久就出现了各种不适症状。

"有便秘的，有拉肚子的，还有各种其他的症状。"防暴队队长张广保一年归来，黑了不少，说起在利比里亚的这一年，感慨万千，"维和警察防暴队的任务期原定是八个月，后来根据联合国的要求，又延长到了一年，加上之前的五次选拔，六次集训，仔细算来，已经离家两年了。"

出发前，维和警察防暴队在寿光采购了 30 多种蔬菜的种子，还请教了中国科学院的专家，学习了无土栽培技术。"但是把温带植物在热带种植，毕竟不是一件容易的事。"防暴队员李青波说，赶上利比里亚的雨季，刚种上的种子，一场大雨就冲没了，赶上旱季，一滴雨都没有，种子也很难存活。

通过反复实验，克服各种困难，防暴队开垦菜地 2000 余平方米，成功种植黄瓜、丝瓜、空心菜等 10 余种蔬菜，确保了队员每周都能吃上 1 次新鲜蔬菜。

维和期间，不少队员身患疟疾、湿疹、失眠等疾病，3 名队员痛失亲人、14 名队员父母或家属身患重病、5 名队员妻子分娩、8 名队员新婚久别。李培森表示，防爆队员经受住了复杂局势和恶劣环境的特殊考验，展示了中国警察的专业素养、敬业精神和纪律操守。

中共山东省委常委、政法委书记张江汀在表彰大会上表示，向利比里亚派遣维和防暴队，是中国参与国际事务、履行国际义务、维护世界和平的一项战略举措。维和行动中，防暴队全体官兵不畏艰险、顽强战斗，英勇应对各种困难风险，为维护利比里亚的和平稳定发挥了重要作用，为服务中国整体外交大局作出了重要贡献。

鉴于中国第三支赴利比里亚维和警察防暴队的优异表现，联合国决定将中国防暴队换防到利比里亚首都蒙罗维亚部署，联合国向全体 140 名队员授予"和平勋章"。

中新网济南 5 月 30 日电

泰山脚下的"洋弟子"
飞跃重洋拜师习武

梁犇　徐文莉

山东泰安市岱岳区黄前镇刘家峪村,有一群外国人不远万里来学习中国武术,只为了自己心中的一个武术梦想。盛夏时节,记者驱车来到刘家峪村,感受了这群外国人对中国武术的热情。

位于泰山脚下的泰安市岱宗传统武术研修中心被绿树包围在山林深处。院子里很安静,各种熟透的果实挂在枝头,三三两两的外国学员分散在院子里,一招一式地练习着太极拳、南拳、咏春拳。

看到有车驶入校园,60 岁的英国人西蒙停下了太极招式,让步到路边,冲着来客友好地微笑点头,示意欢迎。车辆驶过,他又继续微微屈膝,练习起动作。

同样来自英国的 19 岁小伙丹尼斯,正专心致志地对着一棵粗壮的杨树练推手。用手掌和小臂连续击打练习了一个小时之后,丹尼斯找到了师傅何晓春,想比试一下。不过师傅一出手,几个招式就让丹尼斯败下阵来,只好继续回到杨树旁练习基本功。

在大厅里,王孟师傅正带领十几个徒弟练习咏春拳。在课堂上,王孟用英语配合着动作,向徒弟们展示着捶打的要领。不过更多的时候,博大精深的汉语词汇让"洋弟子"的习武之路变得不是那么顺畅。比如一句"外柔内刚",就让洋弟子们一时无法领会到内涵。

该研修中心翻译全冠龙告诉记者,每隔一段时间,都会来一批新的外国学生,每年 7～9 月学员最多。他们都是因为喜欢中国传统武术,才不远千山万水,飞跃重洋来泰山脚下拜师学艺。

在这里,金发碧眼的学员们扎马步、练推手,一招一式有模有样。学生们来自法国、美国、英国、爱尔兰、挪威等几十个国家,有的是高中毕业的学生利用假期来学习,有的是夫妻结伴来中国体验中国武术的魅力,他们学习时间长短不同。

西蒙是目前学校最年长的学生，他告诉记者，受李小龙、成龙、李连杰等武术名人，还有电影《功夫熊猫》的影响，让很多外国人对中国武术充满好奇。24 岁的美国女孩雷卡说："我喜欢中国武术，虽然我受不了力量的练习，但是这一年我的身体变得强壮，来中国习武这是我一生最美好的体验之一。"

据全冠龙介绍，学校最多时有 50 多名学生，办学至今已培训了 300 余名外国人。在这里，大家用筷子吃中国饭，跟中国师傅勤学苦练，生活很充实。"中国武术博大精深，我们会让更多的外国人爱上中国武术，向世界传播中国的武术文化。"

中新网济南 7 月 12 日电

山东戏曲艺术家访港与
香港戏迷交流地方戏曲艺术

李欣

14日晚，受邀参加第七届"香港中国戏曲节"的山东菏泽市地方戏曲传承研究院的演员、艺术家与香港戏迷在香港文化中心，参加名为《从曹州地方戏到中国戏曲声腔》的座谈会（李欣摄）

14日晚，受邀参加第七届"香港中国戏曲节"的山东菏泽市地方戏曲传承研究院的演员、艺术家与香港戏迷在香港文化中心，共同研究中国地方戏曲的声腔、乐器、表演等艺术特色（李欣摄）

14 日晚，受邀参加第七届"香港中国戏曲节"的山东菏泽市地方戏曲传承研究院的演员、艺术家与香港戏迷在香港文化中心，共同研究中国地方戏曲的声腔、乐器、表演等艺术特色（李欣摄）

14 日晚，受邀参加第七届"香港中国戏曲节"的山东菏泽市地方戏曲传承研究院的演员、艺术家与香港戏迷在香港文化中心，共同研究中国地方戏曲的声腔、乐器、表演等艺术特色。图为，演员现场表演大弦子戏选段（李欣摄）

14 日晚，受邀参加第七届"香港中国戏曲节"的山东菏泽市地方戏曲传承研究院的演员、艺术家与香港戏迷在香港文化中心，共同研究中国地方戏曲的声腔、乐器、表演等艺术特色。图为，演员现场表演大弦子戏选段（李欣摄）

来自山东菏泽市的地方戏曲传承研究院戏曲艺术家 14 日晚参加在香港文化中心举行的"从曹州地方戏到中国戏曲声腔"座谈会，与香港戏迷和艺术家共同探讨中国地方戏曲的声腔、乐器、表演等艺术特色。

国家级非物质文化遗产山东大弦子戏此番系首次访港并将登上香港戏台献艺。据大弦子戏《两架山》的导演周波介绍，本次参加"香港中国戏曲节"的山东戏曲都是比较稀有的剧种，其具有个性的台词、音乐、表演都充分体现了山东人的豪迈气魄，颇具地方特色。

在当天的座谈会上，周波还为现场的香港戏迷介绍了大弦子戏、山东梆子、枣梆、大平调等戏曲的声腔和特殊乐器。菏泽市地方戏曲传承研究院演员们还现场为参加座谈会的香港戏迷现场简短地演绎了几类地方戏的片段，赢得了现场戏迷的掌声。

香港戏迷现场针对山东几类地方戏曲的锣鼓点子、韵白、曲牌、真假嗓演唱、戏曲市场等方面与演职人员进行了交流。

山东省菏泽市地方戏曲传承研究院院长徐向东介绍说，菏泽市地方戏曲传承研究院从很早就开始申请参加"香港中国戏曲节"，希望将山东优秀的地方戏曲呈现给香港的戏迷。此次访港演出的剧目是从当地上百台传统经典剧目中精心挑选的代表性剧目，包括了大弦子戏、枣梆、两夹弦、大平调、山东梆子等独具地方特色的经典戏曲。

徐向东说："此次受邀，充分说明山东打造的传统戏曲'家乡菜'，得到了香港戏迷们的认可。带有浓郁乡音乡情的传统剧目，将为传播和弘扬山东地方戏曲艺术，增进山东与香港的文化交流，起到积极的推动作用。"

"香港中国戏曲节"由香港特区政府康乐及文化事务署主办，至今已举办过六届。每年夏季，香港中国戏曲节都邀请内地及香港的戏曲界翘楚，演绎多出脍炙人口的戏曲，展现多种别具特色的戏曲剧种，同时举办导览、讲座等有关中国戏曲的活动。

中新网香港 7 月 14 日电

山东姑娘奥运两日揽一金一银一铜
霸屏老乡朋友圈

李欣　梁犇

济南姑娘张梦雪北京时间 7 日晚为里约奥运中国代表队摘得"首金"后，细心的体育迷们发现，目前中国军团的 8 块奖牌中，有三块来自山东姑娘。

射得"首金"的 25 岁小将张梦雪是地道的济南姑娘，奥运"四朝元老""神枪侠侣"杜丽出生在山东淄博沂源县，而女子重剑铜牌获得者孙一文是山东烟台栖霞县人。三位山东姑娘在两个奥运比赛日为中国军团添"齐"了金银铜牌。一时间，老乡们的朋友圈被三位美丽的山东姑娘霸屏。有网友赞"山东姑娘好样的！""山东姑娘真棒！"还有网友将三位获奖时的照片拼成一张，在朋友圈"炫"山东姑娘。

里约奥运会首日，山东姑娘杜丽就向"首金"项目女子 10 米气步枪发起冲击。作为奥运"四朝元老"的杜丽一路拼杀展现出山东姑娘的不服输的倔劲儿，一枪一枪地拼，虽最后不敌美国小将，但仍为中国军团拿到了一块银牌。杜丽在赛后接受采访时说，这枚银牌可以作为"礼物"送给即将过 6 周岁生日的儿子。而杜丽的儿子茂茂在淄博通过电视机看到妈妈得了银牌后说，想告诉妈妈打好下一场比赛。

同天举行的女子重剑个人赛是也是中国军团的一个冲金点，然而之前备受关注的世界排名第一、夺冠热门中国选手许安琪和另外一名中国选手、伦敦奥运会铜牌得主孙玉洁爆冷无缘 16 强，中国队仅剩世界排名第 9 的孙一文一人孤军奋战。

年轻的孙一文在队友失利、自己一分惜败无缘决赛的考验下，用山东姑娘的执着精神，最终赢得了一枚铜牌。那夜，孙一文老家山东烟台栖霞灯火通明，孙一文父亲孙洪明还燃放了鞭炮为大半个地球外的女儿庆祝，孙一文母亲也特意穿了红色衣服以示庆祝。孙一文在八进四的最后一回合比赛中右侧大腿拉伤、脸上有些痛苦的表情时，孙洪明为女儿捏了把汗，当看到女儿经过短暂治疗重新站了起来时，他为女儿感到骄傲，"真的是太棒了！"

中国奥运军团迎来了自 2000 年悉尼奥运会后第一个首日无金，国人对"首金"花落谁家更加关注。这场好似"击鼓传花"的"首金"游戏，在射击、游泳、击剑等项目兜兜转转又回到了射击队，张梦雪用山东姑娘坚毅冷静，最终获得女子 10 米气手枪冠军，为中国军团拿下"首金"。

奥运夺冠，恰好又是"首金"，年轻的张梦雪看似创造了奇迹，但是张梦雪母亲刘振华认为，夺冠路是十几年的磨炼与坚持铺就的。"学射击不容易，张梦雪目睹过同伴的改行和退出，承受过来自外界的压力，体验着训练的艰辛，经历了不少波折和坎坷。"

在里约奥运两个比赛日，三位山东姑娘的出色表现，一时间成为山东民众热议的话题，各大媒体也将她们的家围了个"水泄不通"，亲朋好友把家人电话拨打成热线。喜悦与幸福洋溢在这三个家庭，在父母亲人眼里更多的是对女儿十年磨一"剑"的心疼和今朝精彩"亮剑"的祝福。

中新网济南 8 月 8 日电

从一乡一镇走向世界舞台
山东民营企业 20 年 "华丽转身"

曾洁　胡耀杰　梁犇

产量位居世界第一的环保型呋喃树脂产地、世界最先进的玛钢生产线、世界顶级西装定制商……山东民营企业从一乡一镇走向世界舞台，用 20 余年时间华丽转身，在多个领域"领跑"。

20 年前，只有几间厂房的乡镇化工厂、五金厂、代加工服装作坊如今已变成了拥有国际先进技术和较高知名度的中国民营企业，济南圣泉集团股份有限公司、济南玫德铸造有限公司、青岛红领集团有限公司用 20 年的时间完成了民营企业的华丽转身，并走向世界。中新网记者近日走进这三家企业实地采访，亲身感受民营企业 20 年的沧桑变迁。

20 世纪七八十年代，济南圣泉集团股份有限公司还只是一个从玉米芯提取糠醛的乡镇化工厂，原材料玉米棒要职工蹬着三轮车挨家挨户收购，糠醛产量也较低。62 岁的济南圣泉集团股份有限公司董事长唐一林告诉记者，如今的济南圣泉集团股份有限公司有专门的原材料收购"经纪人"，有国际先进水平的环保型呋喃树脂生产线、木质素产线、木糖产线，以及最新的生物质石墨烯研发产线，产品已从工业领域跨界到大众快消领域。20 世纪 90 年代在考察英、美等国时，唐一林就注意到发达国家已进行产业转型，这也启发他开始利用国际资源淘汰落后产能、破解化工排污难题、创新生产线，以便能够走上世界的大舞台，跟同行"对话"。

产品"出口"的特性给很多中国民营企业打开了"视野"，为这些民营企业提供了解国际市场需求，走向领先的先机，而自主创新的核心技术让开阔眼界后的中国民营企业更能经得起经济大潮的风浪。

从服装代工企业成长为畅销欧美的"私人订制"品牌，青岛红领集团董事长张代理认为，中国企业面对出口下降的局面，应该审视一下自己，是不是还在走老路，"创新"才是生存的根本，掌握核心技术才能经得起风浪。作为一家民营企业，红领集团1995年成立时以服装代加工起步，2003年开始转型之路，专注于服装个性化定制。2015年，红领互联网服装定制业务量、销售收入和利润增长均超过100%，而70%以上的定制服装订单来自欧美，这种互联网服装定制首先在欧美地区赢得消费者青睐，而后"墙外开花墙里香"，引起了国内关注。

"没有创新，就没有玛钢的未来。什么都可以缺，但最不能缺的就是人的科技意识和创新意识"，在济南玫德铸造有限公司董事长孔令磊看来，创新是玫德公司永恒的主题。2011年，济南玫德投资6.5亿元人民币，全面梳理了各环节生产工序，进行流程再造，自主设计了涵盖铸造、智能立体仓库和EMS轨道等在内的全流程自动化生产物流系统，全力建设具有完全自主知识产权和"两化融合"特质的全球最先进玛钢科技园。如今，在中国高铁、阿联酋迪拜塔等处都有玫德公司"迈克"牌产品的支撑。

20年的改革转型、创新探索，中国民营企业在新一轮的经济发展大潮中正通过自己不断的积累和勇于创新的精神逆势而上，探索出一条从"中国制造"到"中国智造"的道路。

中新网济南8月26日电

丙申年祭孔大典在曲阜举行
海内外人士纪念孔子诞辰 2567 年

李欣　曾洁

中国农历丙申年祭孔大典 28 日在山东曲阜孔庙举行（曾洁摄）

中国农历丙申年祭孔大典 28 日在山东曲阜孔庙如期举行。海内外各界近万人汇聚于此，共同纪念世界文化名人孔子诞辰 2567 年。

翠柏琉瓦与朱红汉服、黄色绶带相映，秋雨洗涤过的孔庙庄严肃穆。28 日上午 9 时，晨钟响起，神道路至大成门，礼生夹道齐诵儒家经典。海内外人士肩披祭奠绶带，神情庄重，走向大成殿，沿路摆设着写有儒家经典名句的杏黄色旗帜。

当天的祭孔大典由山东省人民政府副省长季缃绮主持。来自美国、韩国、日本等 20 个国家和地区的 200 名代表，2016 年度"联合国教科文组织孔子教育奖"获得者及社会各界人士代表分别向孔庙大成殿孔子像敬献花篮，行三鞠躬礼。

观礼台嘉宾共读丙申年祭孔大典祭文（曾洁摄）

祭祀期间，《天人合一》《万世师表》《为政以德》等乐次第响起，舞生均左手持籥，右手持雉尾羽起八佾舞。祭孔大典是专门祭祀孔子的大型庙堂乐舞活动，集乐、歌、舞、礼为一体，以表现儒家思想文化，表达"仁者爱人""以礼立人"的思想，展现"千古礼乐归东鲁，万古衣冠拜素王"盛况。

"为政以德，举贤让良，正己正人，万民所望，富而后教，礼乐兴邦。"中共山东省委宣传部部长孙守刚恭读祭文，"博施济众，百姓安康。和而不同，德化万邦。四海一家，大同在望。"

海内外各界近万人汇聚于此，共同纪念世界文化名人孔子诞辰 2567 年（曾洁摄）

第一次到孔子故里曲阜的联合国教科文组织驻华代表欧敏行接受记者采访时表示，孔子不仅是中国的智者，他的教育理念和哲学思想也是世界财富，是联合国教科文组织扫盲工作指南之一，对现代人具有激励作用。

祭祀期间，《天人合一》《万世师表》《为政以德》等乐次第响起，
舞生均左手持籥，右手持雉尾羽起八佾舞（曾洁摄）

　　记者采访获悉，今年全球祭孔联盟还首次对孔子故里曲阜祭孔大典和在美国南加州洛杉矶、湖南岳麓书院、成都崇州文庙、河南嵩阳书院、贵阳孔学堂等地相继举行的祭孔仪式进行了全球网络直播。

　　孔子名丘字仲尼，春秋时期出生于山东曲阜，是中国古代伟大的思想家、教育家。祭奠孔子自古有之，经过 2500 多年传承发展，已成为中华文化的重要仪式、文化图腾和精神象征。2004 年开始，由地方政府出面在孔子故里山东曲阜进行公祭孔子大典。

　　　　　　　　　　　　　　　　　中新网曲阜 9 月 28 日电

山东首条直飞北美航线开通
助力中美旅游年

胡耀杰

由中国东方航空执飞的"青岛—旧金山"航线9月29日正式通航，这是山东省首条直飞北美的航线。该航线的开通将进一步提升山东省及周边地区与美国往来的便利，助力2016中美旅游年。

据悉，"青岛—旧金山"航线使用空客A330机型执飞，航班号为MU767，共有230个座位，其中公务舱29座，经济舱201座，飞行时间共12个小时，每周3班。

中国东方航空山东分公司总经理李贵山介绍说，"青岛—旧金山"航线是东方航空在青岛开通的首条连接中美的空中航班，并且也是山东省内唯——家提供中美直航服务的航空公司。该航线的开通给往来中美两地的商务人士及观光旅客提供了一条更加方便快捷的航程。

李贵山表示，"青岛—旧金山"航线的开通，借助东方航空全网全通以及与达美航空的紧密合作，已经打通了经旧金山衔接美国境内的诸多航点，中外旅行社也根据东方航空的产品推出了美国西海岸的深度游、自由行、自驾游、游学游等产品，助力了2016中美旅游年。

青岛国际机场集团有限公司董事长焦永泉表示，此次东方航空开通"青岛—旧金山"航线，填补了山东省直航北美地区的空白，架起了青岛与美国的空中桥梁，对激发青岛的城市活力产生极大的影响。青岛机场作为中国区域性门户枢纽，为坚持国际化战略布局，不断延伸国际航线网络版图，青岛机场还将增加飞往加拿大、俄罗斯、英国、澳大利亚等国际洲际航线。

中新社青岛9月29日电

深秋再访柿子沟：乡村游改变山村生活

邱江波　沙见龙

因驴友分享和媒体报道扬名天下的山东省青州市上白洋村柿子沟，
今年秋季再度成为山东省乡村旅游爆点（邱江波摄）

　　因驴友分享和媒体报道扬名天下的山东省青州市上白洋村柿子沟，今年秋季再度成为山东省乡村旅游爆点。来自青州附近各县市及江苏、安徽等省大批驴友、摄影爱好者大规模涌入，一时间令纯朴的柿子沟村民始料未及。

　　自去年深秋山外的驴友发现和中新网记者报道后，这个深藏于仰天山下幽静山谷的小山村便火爆起来。时隔一年，中新网记者再次来到柿子沟，看到被4000余棵柿子树装点的山谷两面，如同挂满了红灯笼。毛毛细雨中，柿子的红色更显柔润、虬枝的深色更加深沉，透过柿子枝头，坡地上嫩绿的冬麦以及远处的青山印衬得格外爽目。

　　但进村公路的拥堵让记者始料未及，这条去年看起来还很清闲的进村公

4000 余棵柿子树装点的山谷两面，如同挂满了红灯笼。毛毛细雨中，柿子的红色更显柔润、虬枝的深色更加深沉，透过柿子枝头，衬得格外爽目（邱江波摄）

路，而今年拥堵的水平可以媲美大城市，在等候进村的巴士长龙中，来自烟台、淄博和江苏徐州、江苏常州等地的旅游大巴已经被结结实实堵在村外半个小时。

尽管柿子沟两旁火红的柿子、灿烂的红叶一如去年，但进到村里，记者立即发现了和去年许多的不同。

去年记者还为找不到车位发愁，短短一年间，村里建起了 3 个标有中英文字样的停车场；村里建起了 5 座标准公共厕所，竟也标有中英文指示；电信条件改善让记者最为高兴，在山腰记者使用联通 4G 网络即时分享十多张图片，花了不到十秒时间，而去年此时，记者在山顶拍到美丽图片，想马上分享给山外的友人却无法实现。天色渐晚，从山腰远远看去，柿子沟农家小院已冒出袅袅炊烟，回到村头看见，多家小院门前旗帜飘飘，写着令人嘴馋的乡村土菜……

突然涌现的大量游客，事实上已经改变了村民的生活模式。以前柿子沟农民将柿子收回来就闷头刨皮、晾晒、制饼，然后翻山越岭运出去卖。现在由于海外市场变化销量不畅，大量的柿子就留在树上过冬，让人来拍拍照，或者采几个回去当作纪念品。而当游人大量涌入柿子沟后，村民发现，当街摊煎饼也是一个很不错的方式。

在村民屋前的跨沟平台上，两个嫂子正在紧张地摊着煎饼，尽管山东的煎饼远近有名，但青州柿子沟的煎饼却有自己的创新，嫂子们将金黄的柿子羹和鲜红的山楂羹涂在冒着热气的煎饼上，

柿子沟今年秋季再度成为山东省乡村旅游爆点。来自青州附近各县市及江苏、安徽等省大批驴友、摄影爱好者大规模涌入（邱江波摄）

趁着热气折起来，递给游人尝鲜，一大群游客津津有味看着摊煎饼的全过程，着实过了一把瘾。青州柿子沟的嫂子大方热情，手中一边不停地摊煎饼，口中还和游客"观众"拉家常，让游客感到非常亲近。

据柿子沟所在的上白洋村"两委"创办的农业合作社统计，进入十月以来，青州柿子沟每天迎客都超过一千，最多的时候每天接待 6000 余名山外的客人。

"90 后"帅气小伙高长海，是柿子沟一名返乡创业青年，现任柿子沟乡村旅游专业合作社经理。这位上白洋村土生土长的小伙，和村里 240 余户邻居的孩子一样，经历了读书、外出打工的农村少年人生经历。去年他意识到，与其在外漂泊打工，还不如回到村里创业，于是，他辞掉在城里的工作，返

天色渐晚，从山腰远远看去，柿子沟农家小院已冒出袅袅炊烟，回到村头看见，多家小院门前旗帜飘飘，写着令人嘴馋的乡村土菜……一年来，山村建成了 11 家集餐饮和住宿于一体的农家小院（邱江波摄）

回故乡柿子沟，想在乡村旅游干一番。随着今年秋天柿子沟的大红大紫，高长海预料将有更多的小伙伴会像他一样辞掉城里的工作返乡创业。

柿子沟乡村旅游专业合作社是村党支部、村委会下辖的农业经济实体。去年和中新网记者交谈之后，村支书高维生带领乡亲们加快了柿子沟乡村旅游基础设施建设，山村建成了 11 家集餐饮和住宿于一体的农家小院、引进了中国联通 4G 网络覆盖全村山谷，与中国电信的谈判也正在进行，建成 1 条进村公路和 3 个总共可容纳 160 辆各类汽车的停车场、5 座公共厕所，1 条环绕柿子沟山谷的观光栈道可以把游人引导到最佳观赏点。

为改变全年游客过于集中在柿子采摘的秋季进村的情况，村里筹资建设了桃花谷，引导游客分春夏秋三个季节进到山村，春季体验满山古桃树、古杏树花开，夏季体验桃子、杏子采摘，秋季欣赏红叶、柿子的收获。

令村支部和村委会以及下辖的合作社最费心的是，柿子沟声名鹊起，迅速在乡村旅游中蹿红，给柿子沟带来的，不仅是收入的增加和未来发展前景的诱惑，更多的是发展方向上的选择和维护管理柿子沟旅游形象的挑战。

村民从最初以粮为纲，到家家户户发展柿子种植和柿子制品，再到村支书

带领大家发展乡村旅游，这个高姓占据 240 多户八成还多的深山小村，30 年来，已经经过了 3 次产业转型。而下一步该怎么走？是变成吸引游客观光的景区收门票，还是变成留人夜宿寻访纯朴生活感觉拉动旅游综合服务收入？刚刚起步的青州柿子沟却面临选择困难。

记者周末到访时，村支书高维生从西班牙发来越洋短信表示欢迎。他说此时正随团考察欧洲乡村旅游。记者在和村里多名乡亲聊天明显感觉到，乡亲们都盼望这位村支书此番越洋考察，回村时能够带回关于柿子沟发展的更多锦囊妙计。

中新网青州 10 月 24 日电

外资成山东PPP项目重要参与者
36个PPP项目集中签约

沙见龙

山东省"政府与社会资本合作（PPP）"重点项目融资推介会9日在山东省会济南举行，会上共推介融资项目108个，合同约定项目投资额1076亿元人民币（下同），其中36个项目现场签约，实现融资额156亿元。

"对接国际资本、引进外资是目前山东PPP发展的一个迫切需求。"据山东省财政厅金融与国际合作处处长李学春介绍，为拓宽融资合作渠道，山东主动对接了英中贸易协会、香港贸发局、世界银行PPP业务局、全球基础设施基金等金融机构。

外资进入山东参与项目合作具有很多优势，李学春说，一是山东PPP项目成熟度较高，规范性得到了国家和业界专家的认可；二是山东资金需求量大，外资进入山东后融资成本较低，更有利于社会资本获得合理回报。目前山东已有6家企业利用外资作为社会资本参与PPP项目，"我们期待更多的外资能够参与进来"。

据山东省财政厅巡视员文新三介绍，此次推介的108个融资项目从中国国家示范项目、山东省省级示范项目和山东省各市县重点PPP项目中精筛而出，涉及市政工程、交通、环保、养老等行业，基本覆盖了适宜PPP模式的19个公共服务领域。

文新三介绍说，本次推介的108个融资项目，政府方投资90亿元，吸引社会资本方投资965亿元，其中105个已确定了社会资本方，完成实际投资额142亿元，71个项目已开工建设，开工率达68%。

为鼓励社会资本和金融资本参与PPP项目，山东省连续两年制定了1亿元的鼓励资金，对PPP项目全体费用进行补助。文新三表示，为解决PPP项目后续融资难题，山东率先在中国设立PPP发展基金，目前，该基金已参股发起设立 12 只子基金，首个项目完成投资 3.5 亿元，争取用 3 年达到 1200 亿元规模。

截至 2016 年 9 月底，山东全省（不含青岛）共储备并纳入中国 PPP 综合信息平台的项目 1033 个，涉及能源、医疗卫生、水利建设等 19 个基础设施和公共服务领域，概算投资额 9909 亿元，项目数量和概算投资额均居中国第二位。

中新网济南 11 月 9 日电

第四届尼山世界文明论坛在
孔子故里曲阜举行

李欣　曾洁

第四届尼山世界文明论坛 15
日晚在尼山脚下的孔子故里山东曲
阜开幕。来自中国、美国、俄罗斯、
德国、法国、意大利等国家和地区
的 250 余位学者如约参加论坛，共
同研讨传统文化与生态文明，在尼
山脚下发出中国声音，倡导绿色·简
约的生活理念。

本届论坛主题为"传统文化与
生态文明——迈向绿色·简约的人

第四届尼山世界文明论坛 15 日晚在尼山脚
下的孔子故里山东曲阜开幕（李欣摄）

类生活"，尼山论坛组委会主席、论坛发起人许嘉璐宣布第四届尼山世界文明

　　本届尼山论坛开幕式后，一场由满天星业余交响乐团演奏，以"地球·母亲·家
园"为主题的大型交响音乐会，通过东西方名曲演奏彰显出不同文明间对话的
论坛主旨（曾洁摄）

联合国教科文组织原副总干事汉斯·道维勒出席第四届尼山论坛并致辞（曾洁摄）

论坛开幕。

倡导文化多样化并促进对话的联合国教科文组织原副总干事汉斯·道维勒出席本届尼山论坛并表示，尼山是儒家思想的发源地，儒家思想是人类的共同财富，儒家经典具有现实意义。人类是相互依存的整体，持续和平发展需要全人类彼此尊重。在全球化时代中，对话让人类团结起来共同面对可持续发展问题，只有不同文明、不同宗教、不同国家、不同机构的人进行对话，增加了解，才能推动可持续发展，实现天下大同。

本届论坛主题直面人类永续发展议题，突出传统文化与生态文明，强调开掘和利用世界多元文明共有的生态智慧，体现和引导一种生态文明建设所必须具有的历史意识和文明意识。尼山论坛组委会副主席卢树民代表尼山论坛主办单位致辞称，由孔子创立、孟子发扬光大的儒家思想是中华传统文化的重要组成部分，是中国参与世界文明对话的重要力量。尼山世界文明论坛是促进世界不同文明间的相互理解和交流合作，推动建设人类命运共同体的重要实践。

尼山论坛是推动文明间对话的建设性论坛。巴哈伊国际社团驻联合国办公室代表巴尼·杜加尔认为，让不同民族、宗教的人们探讨共同的问题，并作出共同承诺，达成共识是尼山论坛的重要作用。任何民族和文明都为人类进步提供力量，人类是一个大家庭，地球是人类共同的家园，人类应该为了共同的福祉而努力。

中共山东省委常委、宣传部长孙守刚在当天的论坛开幕式上表示，山东是中华文明的重要发祥地和儒家文化起源地，天人合一、和而不同、和

巴哈伊国际社团驻联合国办公室代表巴尼·杜加尔在第四届尼山世界文明论坛开幕式致辞（曾洁摄）

为贵、中庸、大同等儒家思想对于化解全球化带来的负面问题，建立和谐的国际关系，实现人类的共存共荣具有十分重要的时代价值。开放的中国离不开世界，发展的山东离不开世界。当前山东正在贯彻"创新、协调、绿色、开放、共享"的发展理念，需要促进世界不同文明间的交流合作，在不同文明交流互鉴中促进共享发展。

尼山论坛组委会主席许嘉璐宣布第四届尼山世界文明论坛开幕（李欣摄）

未来一天半的时间，参加论坛的学者专家将围绕"不同文明中的生态智慧""生态文明与人类简约生活""生态文明与人类永续发展"等论题进行 2 场大会主题演讲、10 场圆桌对话等 40 余场学术活动。本届论坛还特别设置了以"女性与人类可持续发展议程"为主题的分论坛。

本届尼山论坛开幕式后，一场由满天星业余交响乐团演奏，以"地球·母亲·家园"为主题的大型交响音乐会，通过东西方

尼山论坛组委会主席许嘉璐宣布第四届尼山世界文明论坛开幕（曾洁摄）

名曲演奏彰显出不同文明间对话的论坛主旨。

尼山世界文明论坛，简称"尼山论坛"，是以中国古代伟大的思想家、教育家孔子诞生地尼山命名，以联合国倡导的开展世界不同文明对话为主题，以维护世界文化多样性、促进不同文化交流、推动建设和谐世界为目的，学术性与民间性、国际性与开放性相结合的国际文化学术交流活动。该论坛由第九届、第十届全国人大常委会副委员长许嘉璐于 2010 年发起，每两年一届，目前已成功举行 3 届，并在巴黎、纽约等地举行了尼山世界文明论坛。

中新网曲阜 11 月 15 日电

山东国家级海峡两岸青年创业基地挂牌

李欣

济南新材料产业园区国家级海峡两岸青年创业基地 5 日正式挂牌，访鲁青年台商表示，愿做鲁台交流合作推销员、传声筒。

济南新材料产业园区 2016 年 8 月经国务院台湾事务办公室批准成为国家级海峡两岸青年创业基地。

据济南新材料产业园区管委会副主任刘传利介绍，济南新材料产业园以鑫茂科技国家级孵化器为支撑，旨在搭建高层次的两岸青年创业育成平台，推动常态化的两岸创业青年交流，促成有实际示范效果的两岸产学研合作。基地园区目前已经建立了齐鲁台商会馆，并为来鲁发展的台湾青年设立了海峡青年创业专项基金。

海峡两岸青年创业基地还将为进驻的台湾企业和青年创业者量身打造金融服务、创业融资服务、中介机构服务、上市服务、审批服务、科技服务、科技互联网、物联网服务、信息化档案管理服务等十多项服务。济南新材料产业园区投资促进局局长张海梁介绍说，园区还将为在基地就业创业的台湾青年提供台商小额免息贷款、住房补贴、子女入学、专项资金扶持、购买进驻厂房等诸多优惠政策。

"我们希望更多地了解济南新材料产业园区的优势，努力做好海峡两岸青年创业基地的推销员和传声筒"，正在济南参加"台湾青年创业齐鲁行"的海峡两岸跨世纪交流协会理事长王绍平在基地揭牌仪式后的座谈会上说。

台湾真理大学财经学院院长陈奇铭认为，大陆的发展已经由劳动密集型转向为创新型，以"创新、创业、创投"为链条的青年创业基地是中小型企业和青年"创客"成长的机遇和平台。作为海峡两岸青年创业基地正式揭牌的见证者，他们将努力促进青年台商与园区青年企业家的合资、合作，大力向台湾青年宣传推介，推动两岸创业青年交流合作。

"守法、勤奋、道德心是台商传承多年的法宝，青年台商需要传承老台商的精神"，济南台商协会会长王金销表示，济南台商会将为来济南创业的台湾青年提供帮助，动员协会会员加大产学研结合力度，帮助台湾青年学生来大陆实现创新创业梦。

据悉，目前，已有20家台资企业签约入驻该海峡两岸青年创业基地，国民党青工总会、台湾电电公会等均来园区进行过访问洽谈。

中新网济南12月5日电

古城东阿冬至祭井取水
还想把阿胶再传三千年

李欣　秋歌

冬至夜，一场还原千年技艺和传统仪式的非物质文化遗产东阿阿胶冬至取水炼胶仪式在中国山东东阿古城举行。国家级非物质文化遗产东阿阿胶制作技艺代表性传承人秦玉峰主祭（梁犇摄）

国家级非物质文化遗产东阿阿胶制作技艺代表性传承人秦玉峰点燃桑木火，开启又一年的九朝贡胶开炼仪式（梁犇摄）

2016年冬至入夜，一场还原千年技艺和传统仪式的非物质文化遗产东阿阿胶冬至取水炼胶仪式在中国山东东阿古城上演。按照玄妙的中医理论，此时阿井水能够炼出上好的阿胶，这场国家级非物质文化遗产东阿阿胶制作技艺的重要仪式，今年又恰逢中国二十四节气新晋世界非物质文化遗产名录。

在东阿阿胶城贡胶馆，来自全国各地的近千名围观者屏住呼吸，观摩祭拜"阿井"的隆重仪式。记者在现场看到，古井井口今晚披上了节日盛装，井口正北，一座六角碑亭正面额题"济世寿人"四字，亭中龟驮石碑，篆刻"古阿井"三字。

连续10年冬至主祭"阿井"并带领开封取水炼胶的国家级非物质文化遗产东阿阿胶制作技艺代表性传承人秦玉峰，尚未脱下祭祀盛装。秦玉峰告诉中新网记者，冬至取阿井水炼胶这种仪式，已是有千年历史的一种文化传统。二十四节气今年成功获评世界级非物质文化遗产，也体现世界各国对二十四节气蕴含的中华民族传统养生观念科学性的认同。冬至是二十四节气中一个非常重要的节气，是北半球气候和季节逆转的关键节点，中国古代素有"冬至如年"的说法。"我们连续10年坚持在冬至举行取水炼胶仪式，并且举办盛大的阿胶滋补节，就是依据中华传统文化的礼制，遵循民俗时令的讲究，以此传承道地的中医药文化，保护国家非物质文化遗产。"

非物质文化遗产东阿阿胶冬至取水炼胶仪式在山东东阿阿胶城贡胶馆举行（梁犇摄）

身兼国家级非物质文化遗产东阿阿胶制作技艺代表性传承人和中国中药协会阿胶专业委员会首任轮值主任的秦玉峰坚持认为，遵循古法冬至取水炼胶，意义不仅在于能够炼制道地的阿胶，更在于能够通过这种流传千年的古礼，让当代人切身感受三千年中医文明的伟大。"不能让老祖先发现传承下来的千年文化瑰宝断送在我们这一代人手上！我们还想让阿胶再传三千年。"

面对记者的疑问，秦玉峰解释道，对这一点，我们是有强大的文化自信的。我们坚信阿胶养生理论赖以依存的中华传统文化完全能够延续得更为久远。此外，人类自身延续也将保持对阿胶养生文化的需求。现代社会人类自身作息规律被严重打乱，摧毁了人类自身的平衡与健康，这些正是传统中医药阿胶发挥功效的独特存在价值。

秦玉峰口中的"再传三千年"，并不是一句空洞的口号。中新网记者在采访中梳理东阿阿胶三千年传承历程时发现，当代生物医药科技的快速进步、工业化革命和东阿阿胶建立的现代企业运作模式，为这个宏伟的传承梦想插上了翅膀。

尽管阿胶滋补养生、补血止血的特效，早在三千年前就被国人发现，但老一代阿胶研发方式和作坊式生产技艺的落后，使阿胶传承的三千年一路充满艰辛。古老的山东东阿县城，历史上只见数家作坊，沿袭着大锅炼制阿胶的千年土法，他们是阿胶行业艰难传递这一技艺的守望者。

秦玉峰这一代东阿阿胶传承人通过科研攻关成功破解阿胶药用价值的 DNA 密码，运用标准化和规模化生产，率先完成了传统中药行业内这次著名的工业化革命，使得阿胶行业告别了三千年来一直沿袭的作坊生产方式，阿胶这一品类焕发了旺盛生命力，阿胶产品也从昔日"王谢堂前燕"飞入亿万寻常百姓家。

然而，阿胶行业工业化规模生产的最大瓶颈随即出现，作为炼胶关键制约因素的驴皮供应不足，时时刻刻危及整个行业的延续。秦玉峰向全行业大声疾呼重视驴皮短缺给行业造成的质量危机和产业发展危机。在加紧自身企业原材料供应布局，东阿阿胶率先跨出山东，在内蒙古、辽宁、青海、新疆、宁夏等地投资建设毛驴药材标准养殖示范基地，甚至跨出国门与秘鲁等国家进行合作，打算以全球资源配置应对东阿阿胶产品的全球化供应的强劲需求。

秦玉峰觉得，"一花独放不是春"，如果没有国家政策的扶持，仅仅一家企业的原材料战略布局，很难维系整个阿胶行业的长久发展。身为山东省人大代表的秦玉峰2015年1月向山东省人大、政协"两会"提交了一篇著名的"毛驴议案"，力促政府出台政策，补贴和鼓励农户养驴。该议案主张在全国范围，尤其是偏远地区，地方政府通过扶持养驴户帮助农户快速、精准脱贫，还客观上解决了阿胶全行业的原材料短缺，这个当年山东"两会"最热话题之首的议案，直接导致中国多地的畜牧补贴政策升级，催生了中国畜牧业协会驴业分会的诞生，秦玉峰又被推举为中国畜牧业协会驴业分会首任会长。

"我们希望阿胶再传承三千年，是因为在那么艰难的岁月，东阿阿胶都能传承三千年。"秦玉峰说，在中华传统医药备受质疑的那些日子，都有那么多人在国际上力挺我们老祖宗留下的神奇技艺，而屠呦呦获得诺贝尔奖，世界医药界重新掀起了中国文化热，我们还有什么理由怀疑阿胶的顽强生命力呢？

他呼吁借助现代科技，加速探索与研究老祖宗传下来的国宝，用更规范的现代科技语言，准确解读那些流传千年的遗产内在科学原理。譬如破解典籍记载过的阿胶安胎助孕功效，在全民"二孩"时代为民造福。

秦玉峰说，所有资源都会枯竭，唯有文化生生不息，三千年的文化积淀，造就了东阿阿胶。传统文化价值的回归，将再成就阿胶三千年。

中新网东阿 12 月 21 日电

中国报道

开局攻坚 再绘蓝图

"十三五"期间，山东省将以五大发展理念为引领，以提高发展质量和效益为中心，
努力在全面建成小康社会进程中走在前列，开创经济文化强省建设新局面。

文/兰传斌 娄和军 赵琳

在前不久闭幕的山东两会上，省长郭树清在政府工作报告和《山东省国民经济和社会发展第十三个五年规划纲要（草案）》的说明中，清晰擘画出山东未来五年的宏伟新蓝图：重点完成十大战略任务，地区生产总值年均增长7.5%左右，人均达到1.5万美元，提前实现经济总量和城乡居民人均收入比2010年翻一番，并将消除所有贫困人口。

敲开核桃 创新升级

"十三五"期间，山东需要重点完成的十大战略任务包括：创新引领，激发增长潜能；深化改革，增强发展动力；扩大开放，增创竞争优势；优化结构，加快转型升级；强化支撑，完善基础设施；协调均衡，实现共同繁荣；陆海统筹，建设海洋强省；绿色生态，推动可持续发展；传承发展，创建文化高地；共享共建，打造幸福山东。

而创新是引领发展的第一动力。山东省在"十三五"期间全面实施创新驱动发展战略，着力增强高端创新要素聚集能力和承载能力，以改革完善人才使用、培养和引进机制为着力点，充分激发各类人才的创新活力；以科学合理的利益分配格局为导向，加快促进科技成果转化为现实生产力；大力营造勇于探索、鼓励创新、宽容失败、褒奖成功的良好文化氛围和社会环境，加快实现由"山东制造"向"山东创造"的战略性转变。

"凤凰涅槃、腾笼换鸟"是习近平总书记视察山东时，用形象化的比喻对山东优化产业结构提出的要求。根据这一要求，山东在出台《2015-2020年推进工业转型升级行动计划》的同时，按照"敲开核桃、一业一策"的办法，为四个战略性新兴产业和18个传统产业分门别类编制了细致方案。现在，22个方案已经全面实施，这是经济新常态下，山东省在"十三五"期间着眼未来打响的转方式调结构主动仗。

山东省着力加强基础研究，强化原始创新、集成创新、引进消化吸收再创新；把重要领域科技创新摆在更加突出的地位，支持实施引领性、标志性、颠覆性技术开发，在核心电子器件、系统软件、生物基因、新药创制等领域攻克一批核心关键技术；组织实施智能制造、先进材料、信息安全、节能减排降碳等重大科技创新工程；加快建设山东半岛国家自主创新示范区。同时，山东围绕产业链部署创新链，鼓励构建产、学、研、用有机结合的产业技术创新战略联盟，推动创新成果与产业需求有机衔接，全面推进"大众创业、万众创新"。

力补短板 善"弹钢琴"

全面建成小康，重在"全面"，难在"全面"。协调发展，缩小差距，如木桶补齐短板，才能盛更多水，提升整体效能；处理复杂的经济社会关系，统筹兼顾各方，如弹钢琴，协调才能奏出好乐曲。

在采访莱阳市濯村党委书记高云建时，他不忘

给记者微信转来"美丽乡村"评选链接,推介灌村旅游。这个五龙河畔的村庄,不仅有数千亩高端农业园和工业园区,还办起了首届樱花文化节,三产打通,日子红火,引来多国考察团。"十二五"期间,山东省农村居民人均可支配收入年均增长10.1%,城乡收入比由2.70缩小到2.44。城乡协调发展更进一步,着力补齐农村短板。

农民收入持续增长并进一步缩小城乡收入差距,是今后几年很大的挑战。"农民要增收,农业就需要转调,须加大供给侧结构性改革。同时,把农民从土地中转移出来,单靠大中城市吸纳不现实,须大力发展县域经济,加快小城镇和农村新型社区建设。"中共山东省委农村工作领导小组办公室主任王泽厚对记者表示。

同时,山东省通过区域协调优化空间格局,在全国率先实现省域区域战略全覆盖,"两区一圈一带"区域发展战略深入推进,东中西部差距不断缩小。"尽管区域发展不协调、不平衡问题仍较突出,但是山东省通过多年的努力,取得了很多喜人的成果。在全面建成小康社会的决胜阶段,如何实现小康对各级执政者协调能力提出了更高要求。"山东大学经济系主任侯风云表示,协调不仅是城乡、区域之间,还要物质文明和精神文明协调、经济建设与国防建设融合。"落实一项制度需要协调,成就一番伟业更需协调。执政者要学会运用辩证法,善于'弹钢琴'。"他说。

绿色发展 造福民生

围绕山东省的"十三五"规划目标,改善生态环境质量、提高能源资源利用率、提倡低碳节能的生产方式和生活方式等绿色发展理念已深入人心,绿色发展实践正深度开掘。

"发展不能超出地域自然资源承载能力和环境容量,这是与'绿色化'相适应的底线思维。"山东省政协副主席陈光非常形象地将绿色发展解释为

🄰 1月13日,山东省日照市北经济技术开发区潮河镇王家窑村的日照盛园达生态园里,花农在蝴蝶兰种植基地的大棚内忙碌。

"不欠新账,逐步还旧账"。

去年年初,山东省东营市的省控河流断面几乎都不达标,被省环保厅约谈。东营市提出了落实党政同责等十条措施,污水处理厂和雨污分流改造的建设力度前所未有,并在去年11月所有断面全部达标。

去年6月,由于山东省滨州市工业结构不合理,治污减排任务处于"顶格"极限状况。环保部对滨州除节能减排和民生项目之外的涉水涉气项目环评暂停审批。这个深刻的教训让滨州市开始以贯彻落实新《环保法》为契机,下最大决心治污减排,狠抓环保,已初见成效。

在生态修复方面,民间力量也在积极行动。去年召开的联合国气候变化大会上,山东省"大乳山"生态修复工程成为中国政府向世界推介的典型案例。这里有山、海、滩、岛、泉,自然资源禀赋极好,但由于过度开发利用,十年前成了一片荒山烂泥滩。"这十年,我们在岩浆岩山上栽活了2200多万株各类乔灌木,清挖外运了难以计数的养殖残留污泥,引淡水改造盐碱滩涂2000多亩,建设800亩湿地,形成了完整的生态系统,现在植物种类多达数百种,动物种类也达几十种。"乳山维多利亚海湾旅游开发公

司董事长刘新利说。

而经济发展的绿色化让山东很多地区和企业从中尝到了甜头，聊城市的很多企业目前都在从事资源利用循环化。泉林纸业以农作物秸秆作为原料，清洁制浆、生产本色纸，将黑液制成黄腐酸肥料，中水经人工湿地净化后转入生产环节再利用。"泉林模式"入选"中国循环经济典型模式案例"。祥光铜业采用"双闪技术"高效炼铜，烟气制酸，余热发电，尾矿提炼稀贵金属，由此建成了省级"城市矿产"示范基地。

绿色化是转调的目标，也是产业结构调整的路径。以去年被环保部约谈的临沂市为例，57家企业停产治理，412家企业限期限产治理。虽有"阵痛"，但临沂市全年获省级生态补偿金1471万元，居全省第一位。与此同时，经济总量增长13.1%，增幅高于全省3.1个百分点，也居第一位。

过去"盼温饱"，现在"盼环保"；过去"求生存"，现在"求生态"。近年来，临沂市蒙阴县每年以3万至5万亩速度递增公益林；全部取缔了区域内有污染的养殖大棚，以生态理念治河，保留河流的自然驳岸，44条河全部恢复鱼虾生长。去年，三个过10亿元的旅游养生项目落户云蒙湖，蒙阴蜜桃的品牌价值达到259亿元，远销迪拜、新加坡等地。

发展与保护是互促共赢，这个道理让山东的绿色发展理念遍地开花，硕果累累。而山东也将构建最严格的环保制度，保证和巩固已有成绩，让生态文明建设更上一层楼。

120万，啃下精准扶贫重任

"为政之道，以顺民心为本，以厚民生为本，以安而不扰民为本。"古往今来，这是一条颠扑不破的真理。山东将持续加强民生保障、力争社会民生事业有新的较大进展分别列入"十三五"重点任务和2016年政府工作总体安排。

发展，归根结底要解决的是为了谁。坚持共享发展理念，着力解决社会公平，守住民生底线，让人民共享发展成果，这是我们追求发展的根本出发点和落脚点。

一只木桶能装多少水，要看它最短的那块木板。"木桶效应"告诉我们，最薄弱的环节决定着国民经济的整体质量水平。目前，山东省贫困人口尚有300万左右，分布在17市的1538个乡镇64290个村，多数年龄偏大、文化程度偏低，且呈"插花式"、"分散式"分布，是经济发展的短板之一。

"十三五"期间，山东省将坚持科学扶贫、注重实效，做到精准扶贫、精准脱贫，提前实现省定标准贫困人口全部脱贫。2016年，将坚决打好脱贫攻坚第一仗，确保脱贫人口不少于120万。"将采取精准扶贫，精准脱贫，更加精准地去配置资源，根据每一个贫困人口、每一个贫困家庭的需要，缺什么补什么。"山东省政协委员胡智荣说。

全国十大淘宝村集群排名中，菏泽市曹县位居第二，仅次于浙江义乌，彰显了电商脱贫的巨大威力。曹县县长谭相海告诉记者，互联网搭建平台，货源就在身边，对老百姓来说，减少了成本、提高了利润，"有的贫困户拿到一个单子就可以脱贫。"目前，曹县很多乡镇已经开始实施电商支持政策，政府为想要做电商的贫困户提供电脑，并教会他们怎么开淘宝店。同时，正在考虑免房租、配套宽带等基础设施建设。

往昔成就令人振奋，宏伟蓝图催人奋进。实现全面小康是一场"接力赛"，越到冲刺阶段，困难压力越多，风险挑战越大。今后五年内，山东省将以五大发展理念为引领，以提高发展质量和效益为中心，加快形成引领经济发展新常态的体制机制和发展方式，保持战略定力，按照"一个定位、三个提升"的要求实现工作指导重大转变，努力在全面建成小康社会的进程中走在前列，开创经济文化强省建设新局面。CR

责编·张岩

以开放促发展 山东开启新征程

近年来,山东省积极对接国家开放战略,立足山东独特的区位优势,以扩大开放带动创新、推进改革、促进发展。一个开放的山东,正展现出蓬勃发展的新姿态。

文/本刊记者 张岩 发自山东

6月13日至17日,"开放的山东"全媒体采访活动在山东举行。在为期五天的行程里,包含中央重点新闻单位和新闻网站、边境外宣期刊、山东省内外新闻媒体以及来自日本、韩国等60多家国内外媒体共同组成的近70人的全媒体采访团,分别赴济南、聊城、淄博、潍坊、青岛五市的有关企业、产业园区进行深入采访,全方位、多角度报道山东省在开创对外开放新局面、丰富对外开放内涵、提高对外开放水平、积极融入国家"一带一路"倡议、"引进来"与"走出去"相结合等方面的建设成果。

全方位开放格局

以开放促改革、促发展,是我国改革发展的成功实践。党的十八届五中全会提出"创新、协调、绿色、开放、共享"五大发展理念,"十三五"规划明确提出"构建全方位开放新格局"的战略部署。近年来,山东省积极对接国家开放战略,立足山东独特的区位优势,以扩大开放带动创新、推进改革、促进发展。一个开放的山东,正展现出蓬勃发展的新姿态。

"山东省作为东部沿海省份,是我国的经济大省、文化大省和人口大省。《山东省国民经济和社会发展第十三个五年规划纲要》提出,'十三五'期间,山东要实施新一轮高水平对外开放,创造便利化、法治化、国际化开放环境,加快构建开放型经济新体制,更好地利用两个市场、两种资源,以全方位、全要素、宽领域开放带动创新、推进改革、促进发展。

为此,山东将积极对接国家开放战略,立足山东独特的区位优势,发挥沿海和重要节点城市作用,积极融入'一带一路'倡议,打造沿海开放新高地。"山东省委宣传部副部长王世农在启动仪式上表示。

开放站在最前沿,发展方能走在最前列。山东不断提升对外开放的理念和内涵,体现出开放大省的自信与自觉。"近年来,山东省积极推进对外开放,经济社会发展水平显著提升。通过对外贸易,大量的山东企业、山东商品走向国际市场,大批先进技术装备和能源、原材料进口也为全省制造业转型升级提供了强有力的物质和技术支持。"山东省商务厅副厅长阎兆万对记者表示,通过利用外资,山东省累计引进1700亿美元资金,同时也引进了先进的技术、管理、理念和人才。"在推进自贸区合作方面,山东积极抢占中日韩自贸区合作先发优势,威海中韩地方经济合作示范区写入中韩自贸协定,中韩(烟台)产业园纳入中韩自贸区框架,确立了山东在中日韩自由贸易区建设中的战略先行地位。"他说。

同时,作为一个人力资源大省,山东以开放的姿态,充分利用国内国际"两个市场"和"两种资源",集聚海内外英才,大力推动发展动能转换。"为大力吸引海外人才来鲁创新创业,山东省实施更加开放、更加有效的人才政策,打造人才制度新优势。抓住世界经济减速提供的'人才抄底'机会,积极适应'人才双向流动'规律,更加积极、更加主动、更加开放地引进海外高层次人才。在大力引进海内外高层次人才的同时，积极推进本土人才的培养，提高人才的国际化水平，为山东省全面建设小康社会注入新的动力。"山东省人力资源和社会保障厅巡视员李伯平表示。

重点产业接轨国际

"这里是我们泉城的'硅谷'，中国最早的四大软件园之一。山东有近70%的软件企业聚集在济南，而济南又有90%以上的软件企业聚集在齐鲁软件园。截至2015年底，园区的入园企业已经超过1750家，软件从业人员超过9.5万人，软件收入达1080亿元。"位于济南高新技术产业开发区的齐鲁软件园是此次采访团参观的首站。据悉，济南是继南京之后第二个正式挂牌的"中国软件名城"。作为山东乃至华东地区软件产业的心脏，齐鲁软件园主要分为互联网应用、软件与信息服务、半导体与集成电路和智慧制造四大产业方向。园区也是国内唯一一个中日IT桥梁工程师交流示范基地，定期聘请日本的退休老工程师、老专家来到园区企业，为企业提供更高层次的技术支持。未来，齐鲁软件园还将"走出去"，向国外借力搞研发，主导在德国斯图加特建立"济南—欧洲产业合作孵化中心（中德科技孵化器）"，中心将成为济南招商引资的海外联络站，拉近济南企业与欧洲企业的距离，使双方的合作更加高效直接。

"高新区作为改革开放的前沿阵地，经过20多年的打造和发展，已经取得经济开放的新成果和新地位。作为高新区体制机制改革的大手笔，高新区成立了新兴服务业发展中心作为产业招商新军，希望抓住新兴服务业发展的'牛鼻子'，推动新兴服务业发展步入快车道。"济南高新区新兴服务业发展中心主任赵永言在接受记者采访时表示，"下一步，我们将立足高新区新兴服务业的发展，以'互联网+'模式打造智慧高新，建设具有高新区特色的新型招商引资平台、智慧型公共服务平台及智慧社区平台，

摄影：王永志

全力推动高新区新兴服务业再上新台阶。"

在潍坊，走进潍柴科技展览馆，多种型号和功能的发电机展品让记者目不暇接。记者了解到，潍柴集团拥有现代化的国家级企业技术中心及国内一流水平的产品实验中心，设有博士后工作站，在美国、欧洲以及中国潍坊、上海、重庆、扬州、西安等地建立了研发中心，确保企业技术水平始终紧贴世界前沿。依托全球领先的研发平台，企业先后承担和参与了22个国家"863项目"、科技支撑计划、国际合作计划和科技攻关项目，获得产品和技术授权专利1473项，主持和参与行业与国家标准制定45项，产品在经济性、可靠性、环保性等方面均达到国际领先水平。

"近些年来，潍柴加快扩大海外市场和对外开放的步伐，跨国并购法国博杜安、战略重组意大利法拉第、海外投资德国凯傲和林德液压。也有人将之形象地称为潍柴新时期海外拓疆的'三部曲'。"潍柴动力执行总裁徐新玉告诉记者，在开拓国内市场的同时，潍柴积极参与国际竞争，向国际化方向迈进。潍柴在海外建有近243家维修服务站，产品远销俄

📷
近些年来，潍柴加快扩大海外市场和对外开放的步伐，积极参与国际竞争，向国际化方向迈进。图为"开放的山东"全媒体采访团的记者们在潍柴科技展览馆参观展品。

📷

1. 作为制造业大省,山东一直极为重视工业产业的转型升级。图为福田汽车集团山东潍坊厂区车间内,工人正在进行零件组装作业。

2. 山东积极鼓励通过技术创新实现产业升级。图为青岛洁神洗涤有限公司的工人在操作机器进行衣物熨烫。

罗斯、伊朗、沙特、越南、印尼、巴西等110多个国家和地区。"目前,潍柴不仅拥有核心技术资源,还积累了经营国际企业的有益经验,完成了由国内布局向全球布局的转换。"他说。

中通客车控股股份有限公司作为民族客车业的典范,凭借领先的科技实力,成功服务北京奥运会、第十一届全运会和西安世园会、索契冬奥会等国际重大活动,赢得世人的瞩目。同时,作为一家老牌国有企业,在新的经济形势下,致力于创新和发展,引进欧洲先进的客车生产技术,自主开发出一系列领先于国内同行业的客车,涵盖了从5.5米至18米的公路客车、城市公交客车、旅游客车和中小学专用校车等各种类别和档次,具有极强的竞争力和很高的市场信誉。2016年1-5月份,中通销售新能源客车超5200台,市场占有率超20%,高居行业首位。中通客车通过实现自身的跨越发展,已经成为我国汽车产业供给侧改革的转型样本。

"中通客车仅2015年就出口2000余辆,销售额近8亿元。远销南美、非洲、东南亚、中东、中亚、俄罗斯和欧美90多个国家和地区。"在参观聊城中通客车控股股份有限公司时,总经理孙庆民在接受本刊记者采访时表示,"近年来,中通客车在创新型发展的过程中,加快企业'走出去'步伐,充分利用'两

个市场,两种资源',在坚持自主创新的同时打响民族品牌。"

保税区打造跨境平台

如果说青岛是山东省对外开放的先行者,那么青岛前湾保税港区无疑走在青岛对外开放的前沿。"青岛前湾保税港区紧跟国家战略,立足区域优势,主动抢抓'一带一路'、中韩自贸区两大国家战略发展机遇,加强与韩国、印尼、哈萨克斯坦等自由贸易区的战略合作,并积极发挥本土优势,在全省辟建8个功能区,建设无水港,为下步自由贸易试验区经验成果复制推广打好基础。"青岛前湾保税港区工委副书记、管委会副主任李苏满告诉记者,近年来在"互联网+"思维发展模式之下,青岛前湾保税港区积极抢抓机遇,在全国首创了"美元挂牌、保税交易"大宗商品交易模式,开通了中港通跨境贸易服务平台、海淘车电商平台和全省第一家大型B2B跨境电子商务公共服务平台。就在今年6月6日,青岛保税港区率先在山东省开展跨境电商保税备货业务,助推青岛跨境电商综合试验区建设迈向新台阶。

凭借着得天独厚的区位与政策优势,长期以来,青岛前湾保税港区一直积极致力于中韩经贸往来与合作。2014年7月31日,经过前湾保税港区与中检

集团韩国分公司的合力推动，首辆韩国双龙牌测试用车抵达青岛整车进口口岸。2015年6月1日，"青岛前湾保税港区酒类和食品检测实验室"正式通过韩国食品药品监督处(MFDS)认证，获得韩国"国外检验机关"资质。去年12月20日，《中华人民共和国政府和大韩民国政府自由贸易协定》(中韩FTA)正式生效，这意味着中韩双边经济合作的政策大门正式开启。

"青岛前湾保税港区汽车整车进口口岸是仅次于天津的全国第二大平行车进口口岸。据统计，2015年进口汽车15512辆，同比增长157%；2016年，口岸继续保持高速发展，1-5月份进口汽车9111辆，同比增长186%。截至目前，青岛前湾保税港区累计注册汽车企业350余家，注册资本30多元，涵盖国际贸易、展示交易、物流运输、代理服务、改装检测、后市场服务等业务模式，汽车产业集聚态势初步形成。"青岛前湾保税港区宣传文化中心主任冯永宾告诉记者。

在淄博保税物流中心，记者看到这里铺设了一条条铁路，一箱箱货物沿着铁路被运出去。淄博市高新区傅山集团董事长彭荣均告诉记者，截至目前，已经有200余家企业在中心内开展相关业务，涉及法国、希腊、新西兰、澳大利亚、韩国、东南亚等20多个国家和地区，国内货物流通总值30.56亿元人民币，主要商品有添加剂、家用电器、汽车配件、染料、电子元件、酒水、橄榄油等。

借助于积极响应国家"一带一路"倡议的东风，为满足鲁中地区优势产品货物中转业务的需求，淄博保税物流中心目前正积极准备开行"中欧班列"，计划初期开行每月两列，逐步增加至每周一列。淄博保税物流中心的顺利运营，不仅带动了鲁中地区传统外经、外贸的蓬勃发展，促进加工贸易转型升级，而且为区域内外向型经济以及现代物流业的大发展提升综合竞争力，对于推动新一轮对外开放向更高层次、更宽领域的纵深发展，将产生极为深远的影响。"这不仅能为企业带来低成本、快物流、多信息，而且还将形成大通关、大物流、大平台的区域现代服务业发展格局。"彭荣均说。R

责编：张岩

📷
青岛前湾保税港区立足区域优势，抢抓"一带一路"、中韩自贸区两大国家战略发展机遇,积极加强与韩国、印尼、哈萨克斯坦等国自由贸易区的战略合作。

聚焦改革 聚力发展 山东金融业逐浪前行

三年来,山东省以"金改22条"为引领,持续加大金融改革力度,努力提升金融服务水平,不断优化金融发展环境,全省金融业保持了持续健康发展的良好势头,有力支撑和保障了全省经济社会发展。

文/李永健

2013年8月,山东省政府印发了《关于加快全省金融改革发展的若干意见》(鲁政发〔2013〕17号,业内称之为"金改22条"),随后推出了一系列较有力度、有突破的改革措施,全省金融改革发展进入新阶段。三年来,山东省以"金改22条"为引领,持续加大金融改革力度,努力提升金融服务水平,不断优化金融发展环境,全省金融业保持了持续健康发展的良好势头,有力支撑和保障了全省经济社会发展。全省金融业增加值由2012年的1936.11亿元,提高到2015年的3130.6亿元,增长61.7%,金融业作为山东国民经济支柱产业的作用日益明显;地方金融活力明显增强,普惠金融发展、民间金融引导、金融集聚区建设、地方金融立法等工作蓬勃开展,不少走在全国前列。

以改善供给为主线,提升传统金融业服务水平

三年来,山东省坚持把服务实体经济特别是加强资金供给作为金融工作的根本目的,全方位推进传统金融行业与实体经济协调发展。

一是银行业融资主渠道作用发挥较好。积极协调落实降准降息、金融支农支小、促进民间投资等国家政策,通过完善考核激励机制、创新抵质押物等措施,推动银行机构改善和创新服务,深入挖掘资金供给潜力,努力满足实体经济融资需求。全省本外币贷款余额先后突破5万亿、6万亿大关。截至今年6月末,全省本外币各项存贷款余额分别达到8.36万

亿元和6.31万亿元。贷款利率明显下降,今年6月,全省一般性贷款加权平均利率为5.6%,同比下降0.9个百分点,为2012年7月以来最低水平。

二是区域资本市场步入快速发展通道。充分利用多层次资本市场功能,全面拓宽企业直接融资渠道。今年上半年,山东省股票、债券两项直接融资达到2681.2亿元,同比增长57%。大力推动规模企业规范化公司制改制工作,为企业对接资本市场创造基础条件。2015年全省纳入规范改制范围的企业3.55万家,全年完成改制任务的企业达到4155家,占11.72%;今年上半年又改制1720家。着力加强与国内外证券交易所合作,深入开展后备企业培训推介活动,积极推动企业上市挂牌。"新三板"挂牌企业从无到有,已发展到461家。齐鲁银行成为全国首家获批在"新三板"发行优先股的商业银行,鲁证期货为山东省首家金融类上市公司。

三是保险业服务能力明显增强。积极谋划加快发展现代保险业的政策措施,不断拓宽保险服务的广度和深度。今年上半年,实现保费收入1386.8亿元。完善农业保险政策,不断扩大农业保险覆盖品种和面积。2015年实现农业保险保费收入17.74亿元,是2012年的2.07倍;今年上半年又同比增长19.5%。生猪价格指数保险、订单贷款保证保险、菜篮子工程保险、农房保险等特色险种取得初步进展。在全国率先以省为单位推行大病保险,覆盖近6700万居民,有效缓解了"因病致贫、因病返贫"问题。

安全生产、医疗、特种设备、食品安全、环境污染等责任保险稳步发展,小额贷款保证保险在全省铺开。

以扩大普惠为主线,推进地方金融业改革开放

三年来,山东省以培育壮大普惠金融为核心任务,深入推进地方金融改革开放,促进民间金融阳光化、规范化发展,激发地方金融发展活力,收到良好效果。

一是中小金融机构发展较快。积极推动城市商业银行完善治理结构,延伸服务触角。截至目前,山东省城商行分支机构已实现县域全覆盖,并全部设立服务小微企业的专门部门或专营机构;省内14家城商行资产总额达到1.26万亿元,是2012年的1.94倍。深入推进农村信用社银行化改革,建立健全以股权纽带关系为核心的运行机制,不断提高服务县域经济和"支农支小"能力。截至目前,全省已有109家农商行挂牌开业(剩余一家也已批筹)。推动省联社成为全国首批改革试点单位,办事处改区域

审计中心等工作稳步推进。新型金融机构设立发展步伐较快,截至今年6月末,村镇银行达到128家,居全国首位;企业集团财务公司设立18家;法人保险机构增加到4家。

二是"草根"金融组织方兴未艾。以服务"三农"和小微企业为根本宗旨,建立完善相关监管和服务体系,促进各类地方金融组织持续健康发展。截至今年6月末,全省小额贷款公司423家,自2013年以来累计发放贷款超过3500亿元,90%以上的资金投向了"三农"和小微企业;全省融资担保机构402家,担保余额超过1000亿元;开业民间融资机构485家,2013年以来累计投资超过900亿元;民间融资登记服务机构45家。另外,典当、融资租赁、商业保理等中小金融组织平稳发展。各类"草根"金融组织蓬勃兴起,地下暗流的民间资本初步实现阳光化、规范化,对维护民间融资秩序、遏制非法集资和超高利率放贷行为、促进地方经济发展发挥了积极作用。

三是新型农村合作金融改革全面启动。立足于

2016年8月山东省政府举办的金融改革发展新闻发布会现场。

为"三农"提供最直接、最基础的金融服务，山东省于2014年向国务院上报了新型农村合作金融改革试点工作方案并获得同意，成为全国唯一新型农村合作金融改革试点省份。此后，山东省通过完善扶持政策和监管制度、加强培训交流等措施，鼓励基层探索农村互助金融发展新模式和可行路径。截至6月末，全省开展试点的县（市、区）达到73个，试点合作社160家，参与试点社员过万人，累计互助业务金额3308.8万元。

四是权益类和大宗商品类交易市场稳步发展。山东省制定出台了《山东省权益类交易市场管理暂行办法》，股权、金融资产、农村产权、能源环境等权益类交易市场业务规模和范围持续扩大。截至目前，山东省（不含青岛）权益类交易场所和介于现货与期货之间的大宗商品交易市场分别达到17家、7家，分别较2012年末增加5家和7家，上半年实现交易额334.2亿元。

五是区域金融资源布局更趋优化。济南区域性金融中心建设取得新进展，核心载体打造、机构培育引进、市场体系构建等初见成效。青岛市成为全国唯一的以财富管理为特色的国家级金融改革试验区。烟台、威海等市在促进基金集聚发展、推动鲁韩金融合作等方面取得初步进展。

六是金融业对外开放水平进一步提高。截至今年6月末，全省外资银行（含代表处）24家，外资保险公司（含分公司）达到23家，中德合资的寿险公司——德华安顾人寿保险公司开业运营；境外上市公司达99家，累计实现融资超过1000亿元。

以优化环境为主线，夯实区域金融业发展基础

三年来，按照营造环境、夯实基础的发展思路，山东省着力解决制约金融改革发展的体制机制问题，政策、信用、人才、法制等金融环境建设明显加强。

一是政策和信用环境不断优化。山东省委、省政府高度重视金融工作，成立了全省金融改革发展领导小组，郭树清省长担任组长，全面负责金融重要决策和重大政策措施落实。持续加强顶层设计和统筹规划，在金融改革创新、地方金融监管、普惠金融发展等方面，推出了一系列政策措施。金融业考核激励机制不断完善，财政金融联动效应明显加强，社会信用体系建设步伐加快。青岛、潍坊、威海、德州、荣成五市成功入选全国创建社会信用体系建设示范城市，数量居全国首位。

二是金融人才工作明显加强。山东省委办公厅、省政府办公厅印发了《关于加强全省金融人才队伍建设的实施意见》，在加快聚集金融高端人才等方面提出了有较大力度的改革措施。开展大规模领导干部金融业务培训，与中央金融部门进行双向人事交流。仅2013年，山东省就先后引入30名高层次金融干部来鲁挂职，并选派34名干部到中央金融单位锻炼。加强与高校、科研院所和金融机构合作，努力为地方金融改革发展提供强有力的智力支持。

三是地方金融监管和法制建设取得突破。山东省政府制定出台《关于建立健全地方金融监管体制的意见》，在全国率先建立地方金融监管体系。目前全省17个市、137个县（市、区）已全部独立设置金融工作机构，并加挂地方金融监督管理局的牌子，承担地方金融监管职责。《山东省地方金融条例》经省十二届人大常委会第二十次会议审议通过，已于今年7月1日正式施行，这开创了省级地方金融监管立法的先河。

山东省下一步将以中央金融工作方针为指引，按照省委、省政府决策部署，坚持"创新、协调、绿色、开放、共享"发展理念，贯彻"去产能、去库存、去杠杆、降成本、补短板"工作要求，全力推进金融领域供给侧结构性改革，促进金融服务现代化、便利化、普惠化，切实维护金融稳定，为经济转型升级和民生事业发展做出更大努力。 GR

责编：刘爱莲

"一带一路"的山东引擎

山东省已编制完成《山东省参与建设丝绸之路经济带和21世纪海上丝绸之路实施方案》，加速布局融入"一带一路"建设。

文 / 本刊记者 王哲

"一带一路"倡议以开放包容为理念，以经济合作为主题，以人文交流为基础，通过与沿线国家共同打造"利益共同体"和"命运共同体"，将实现中华民族伟大复兴"中国梦"与持久和平、共同繁荣"世界梦"的完美交汇，走出一条互尊互信之路、合作共赢之路、文明互鉴之路。"一带一路"建设是促进沿线各国各地区经济繁荣、加强不同文明交流互鉴、促进世界和平发展的伟大事业。

面对全球经济格局加速变革，山东以"一带一路"倡议为契机，积极寻求新定位、发挥新优势，深度融入全球化掘金世界，在新常态下构筑经济新版图。近年来，山东深刻认识和把握"一带一路"建设带来的深化对外开放机遇，深化与沿线国家之间的经贸合作、人文交流，塑造参与和引领国际合作竞争的新优势，在"一带一路"建设中发挥好主力军作用，并已作出显著成效。

源远流长

山东是经济、文化和人口大省，是中华文明的重要发祥地，与"一带一路"有着深厚的历史渊源。

自先秦两汉以来，山东就一直是我国东西方贸易的重要货源地，是丝绸之路的源头之一。据记载，古代"海上丝绸之路"就是从登州港，也就是现在的蓬莱市起航，沿黄海航线经宁波、泉州，南行至菲律宾、澳大利亚，再穿越马六甲海峡到中亚诸国。在陆上，古代山东的青州、兖州、临淄等地都是全国著

名的手工业中心，大量精致的产品向西经开封、洛阳运至西安，又通过丝绸之路源源不断地输往国外；同时，大量来自欧洲、西亚和中亚的商人、使节、旅行家等，沿着丝绸之路东行至齐鲁大地，带来了独特的艺术、习俗和物产。至今，山东各地仍保留着许多依托丝绸之路逐步发展起来的丝市街、绸市街、瓷器街等，见证了古代丝绸之路为东西方经济文化交流和民族融合发展做出的巨大贡献。

现今优势

在全球经济一体化趋势不断显现的今天，全面融入"一带一路"战略，山东拥有地理区位、基础设施、产业体系、对外开放、科技人文等独特优势，具备加快对外合作发展的坚实基础。

📷
7月25日，由中国青岛港、大连港、日照港、连云港港、南京港、威海港与马来西亚巴生港、阿联酋迪拜港、韩国釜山港、巴基斯塔卡西姆港等组成的东亚港口联盟在山东青岛西海岸新区正式成立，青岛港还与马来西亚巴生港签约成为友好港。

山东省发展和改革委员会主任王忠林对本刊记者介绍说，山东地处中国东部的交通要道，北承京津冀经济圈，南接长江经济带，东临浩瀚的黄渤海，西接中原腹地，是新亚欧大陆桥经济走廊的重要沿线地区和海上丝绸之路的重要战略支点。

17市全部通铁路，高速公路覆盖96%的县市区……山东的铁路和高速公路通车里程分别达到5350公里和5348公里；拥有青岛、日照、烟台三个3亿吨大港；民用运输机场9个，开辟了300多条国内外航线。立体、畅通的交通体系为"一带一路"货物流通和贸易往来提供了骨干支撑。

山东的产业发展呈现出大农业、大工业和大服务业的特点。农业增加值4979亿元，居全国第一；农产品出口连续17年领跑全国。工业涵盖全部41个行业大类，主营业务收入14.7万亿元，居全国第一，轻工、化工、机械、冶金、纺织、电子信息六大行业主营业务收入超过万亿元。服务业增加值2.85万亿元，居全国第三，今年服务业占比有望超过二产，实现产业结构由"二三一"向"三二一"的跨越转变。

山东加快构建全方位开放格局，已与世界220多个国家和地区建立了经贸关系，与"一带一路"沿线国家42个城市建立了友好关系，2015年对"一带一路"沿线投资达11亿美元，同比增长78.5%。

山东现有国家企业技术中心166家，企业国家重点实验室17个，均居全国第一。特别是海洋科技创新实力雄厚，拥有青岛海洋科学与技术实验室、国家深海基地等一批重大科技平台，高层次海洋科技人才占到全国的三分之二。

以儒家文化为代表的齐鲁文化影响深远，山东拥有"孔孟之乡"的美誉，已在134个国家和地区建立了500所孔子学院和1000个孔子课堂。

这些都为山东省进一步深化与"一带一路"国家的交流合作提供了重大机遇，创造了重要条件。王忠林指出，在深化与长江经济带、京津冀、环渤海地区合作的同时，山东省正突出强化与中西部地区的协作，建成一批参与"一带一路"建设的支点，把山东打造成为新亚欧大陆桥经济走廊的重要动力源和经济增长极，构建全国区域经济联动发展示范中心。

未来蓝图

王忠林指出，未来山东将紧紧围绕政策沟通、设施联通、贸易畅通、资金融通、民心相通，推动"一带一路"建设尽快取得实质性进展。

基础设施互联互通是"一带一路"的血脉和经络。山东将以建设国际区域性现代物流中心为目标，加快实施市市通高铁、县县通高速"两网两通"工程，争取开通更多直通欧亚的货运班列和洲际直航航线，形成联通内外、安全通畅的综合交通运输网络，打造新亚欧大陆桥快联快通、海陆共通的中转枢纽，构建辐射丝绸之路经济带的国际物流大通道。

"一带一路"战略为山东产业发展提供了更多的分工选择和更大的回旋余地。山东将认真落实国家发改委与省政府签署的国际产能和装备制造合作协同框架协议，做大做强境外经贸合作区，加强境外投资风险评估，支持具有资质的大型企业，积极承揽境外重大工程，带动重要商品出口。中巴、孟中印缅、中俄蒙、新亚欧大陆桥、中国—中亚—西亚、中国—中南半岛，目前山东企业的步伐已经遍布"一带一路"沿线六大经济走廊。仅今年上半年，山东就有近百家企业赴"一带一路"投资，对外承包工程新签合同额和完成营业额增速均超过20%，占全省的比重均超过了61%。更多的山东企业还将目光瞄准了行业全球制高点，海尔并购通用、青岛万达并购美国传奇影业、金正大并购德国康普化肥公司、雷沃重工并购德国高登尼农机公司，在一批大项目好项目的带动下，山东省今年上半年境外投资的增速超过了两倍。经过多年的发展，山东传统贸易领域的优势更加巩固，新材料、新医药等高端产业在国际市场中也抢占了一席之地。山东将深入推进"丝绸之路经济带"通关一体化改革，充分利用跨境电商、服务外包、转口贸易等新模式，加快中德经济技术协作中心、中欧商贸物流园、中韩自贸区地方经济合作示范区等载体建设。

"一带一路"沿线国家拥有富集的煤炭、石油、天然气等资源，对于山东相关产业对接原料地、市场地提供了良好条件。山东将创新资源能源开发利用方式，深化生产、运输、加工、服务等多环节合作，实现与沿线国家的优势互补、互利双赢。"中巴经济走廊"是"一带一路"倡议的重要支点，随着华能、如意等能源项目的加速布局，到明年年底，由山东贡献的发电量将占到整个巴基斯坦发电总量的15%。

积极建设好山东省境外投资项目服务平台和"一带一路"项目金融服务平台，推动设立山东省参与建设"一带一路"引导基金，支持山东具备条件的银行在沿线国家和地区进行业务布局或与当地金融机构合作，为"走出去"企业提供本地化金融服务保障。

人文交流合作是山东参与"一带一路"建设的优势领域。山东将充分依托在"一带一路"沿线国家的友好城市，开展丰富多彩的文化艺术交流、旅游宣传推介，精心打造"孔子故乡、中国山东"文化交流品牌，着力弘扬"丝路文明"，增进相互理解和认同。

本刊记者了解到，日前，山东省编制完成了《山东省参与建设丝绸之路经济带和21世纪海上丝绸之路实施方案》，加速布局融入"一带一路"建设。到2025年将建设国际区域性现代物流中心、国家海洋经济对外合作中心、国际产能协作发展中心、国际人文合作交流中心、全国区域经济联动发展示范中心。

山东已经确立省级首批"一带一路"建设优先推进项目，共210个项目，其中境外项目190个，总投资4500亿元。"项目可分为基础设施、能源资源、产能合作、人文交流、金融合作、生态环保和其它七大类。"山东省发改委副主任、区域办常务副主任秦柯介绍说，其中基础设施和产能合作两类项目共计156个，占82%；总投资4000多亿元，占90%，充分体现了这两个领域在"一带一路"建设中的特别重

要性。从项目的建设规模看，平均投资规模23.7亿元，其中总投资超过50亿元的项目有18个，主要集中在基础设施和产能合作类项目。

《实施方案》提出了加快构建'一线串联、六廊展开，双核带动、多点支撑'的空间布局设想。"秦柯介绍说，"一线串联"，就是依托海上丝绸之路，推进山东省沿海城市、港口与沿线国家城市和港口紧密合作，加快形成利益共同体。以沿海港口群为支撑，以海洋经济新区和中外合作园区为载体，将沿海七市打造成为海上合作港口城市群。"六廊展开"，是指围绕新亚欧大陆桥、中蒙俄、中国一中亚一西亚、中国一中南半岛、中巴、孟中印缅六条国际经济合作走廊布局园区和项目，开展全方位合作。重点突出新亚欧大陆桥经济走廊，加快形成"多端束状"连通新亚欧大陆桥的新格局，在"丝绸之路经济带"建设中发挥独特作用。"双核带动"，是指发挥济南省会优势，打造中西部地区参与"一带一路"建设的核心区域。发挥青岛对外开放优势和蓝色经济区龙头作用，加快打造蓝色领军城市，带动山东开放发展实现新跨越。"多点支撑"，是指将山东省沿线主要节点城市、省级以上各类园区、重大工程项目作为参与建设"一带一路"的强力支撑。CR

责编：王哲

中国重汽的章丘工业园内，大部分 MC 发动机生产线是自动化生产的，以前一条生产线需要 120 到 150 个工人，现在只需要 11 个。

工匠精神升华山东制造

近年来，山东省传承弘扬工匠精神，推进制造业转型升级和供给侧结构性改革，在打造中国制造"山东版"方面取得了积极进展和显著成效。

文 / 本刊记者 王芳

刚刚过去的一年，"工匠精神"成为街头巷尾的高频词。特别是在中国经济新常态和供给侧结构性改革的背景之下，"中国制造"正在向"中国智造"强力迈进的今天，工匠精神逐渐升华为中国制造之魂。2016 年 11 月 28 日至 12 月 2 日，"工匠精神 山东制造——'开放的山东'全媒体采访活动"举行。

来自国内外媒体、边境外宣期刊的记者们来到古代工匠鼻祖鲁班的故乡——齐鲁大地，先后赴济南、淄博、东营、威海、烟台五市的有关企业和园区进行集中采访，探寻工匠精神的内涵。

2016 年 3 月 5 日，工匠精神首次出现在政府工作报告中。报告写道，"鼓励企业开展个性化定制、柔性化生产，培育精益求精的工匠精神，增品种、提品质、创品牌。"

"山东作为中华文明发祥地，工匠精神源远流长，自古以来能工巧匠辈出，鲁班就是杰出代表人物之一。"山东省委宣传部副部长王世农在采访活动启动仪式上说。近年来，山东省传承弘扬工匠精神，推进制造业转型升级和供给侧结构性改革，在打造中国制造"山东版"方面取得了积极进展和显著成效。

打造中国制造"山东版"

2015年5月，国务院正式印发《中国制造2025》，部署全面推进实施制造强国战略，培育有中国特色的制造文化，实现制造业由大变强的历史跨越。2016年4月，《〈中国制造2025〉山东省行动纲要》出台，提出要积极打造中国制造"山东版"。到2025年，全省制造业整体素质和综合水平大幅提升，基本实现制造业强省目标。

"制造业是山东省的支柱产业，在全国制造业中占有重要地位。经过改革开放以来的发展，山东已形成基础雄厚、门类齐全的制造业体系，成为山东国民经济的重要支撑。"山东省经济和信息化委员会副主任李莎告诉记者。

公开数据显示，2016年1月至10月，山东省规模以上工业增加值增长7.8%，高技术产业和装备制造业增加值同比分别增长8.4%和7.3%，新能源汽车、智能电视等产品产量分别增长80.0%、72.1%，代表高端先进制造的工业机器人产量增长50.0%。

制造业是国民经济的主体，是科技创新的主战场，是立国之本、兴国之器、强国之基。坚守工匠精神，是打造中国经济"升级版"的国家战略，是《中国制造2025》战略规划落地的关键之举。作为工业制造大省，山东要打造中国制造"山东版"，在新的工业浪潮中赢得先机与主动，工匠精神至关重要。

工匠精神不仅是一种技能，也是一种精神品质，更是一个国家工业文明的体现。对我国来说，工业

产品的质量将直接关系到我国能否真正完成工业化进程的关键。在实地采访山东的企业后，记者发现那些以工匠精神要求自身、将产品质量视为生命的企业并不在少数。

"用人品打造精品，用精品奉献社会"，在中国重汽的每一个工业园区都矗立着这样的标语。这不仅仅是一个宣传口号，更是一份对"中国制造"沉甸甸的责任，对"中国创造"精益求精的追求。而这一切，都要靠产品质量本身说话。

"我们生产的每一件产品都有'身份证'，一旦质量出现问题，都可以追溯到源头。"中国重汽济南动力有限公司MC加工部部长郭华告诉记者，自动化和智能化水平的提高对工匠精神提出了新要求，"以前一条生产线需要120到150个工人，现在只需要11个，产量还是原来的3倍。"

90后一线工人韩师傅每天的工作只是检查气缸套表面有没有磕碰、锈蚀和划痕，但是他深知，对于整车制造企业来说，对装备细节的把控是产品质量的重要保障。"我要确保自己的工序不出问题。"他告诉记者。

"确保自己的工序不出问题"，这是工匠精神最日常、最普通的表现。"我们还设置了不合格产品通缉区。"郭华告诉本刊记者，全程53道工序、11个质量门、成百上千个零部件，一辆整车装备的全过程，每一步都离不开对质量的把控。

在质量强省的建设方面，山东早已有了路线图。"山东全面启动'山东标准'建设行动。同时，山东制定了《山东省质监局关于实施质量品牌提升工程推进'万千百十'行动计划的意见》，提出用3至5年的时间，推动全省4万家中小企业提升质量管理水平；以提升标准、质量、国际认证为基础，培育1000个以上名牌企业和产品；重点打造100个以上知名品牌标杆企业和产品；树立10大行业、10个区域和10个质量强市品牌。"山东省质量技术监督局巡视员谷源强说。

制造业焕然一新

毫无疑问，今天的中国已经是世界上最令人瞩目的制造大国之一。而山东作为工业大省，在全国制造业中的地位不容小觑。

据了解，2015年山东省工业生产总值达到2.6万亿元，占全省生产总值的41.3%。无论规模总量还是经济效益，山东省均居全国第二位。不过，虽然规模总量大，但山东距离工业强省还有一定的差距。对山东而言，除了对接《中国制造2025》提出的今后一个时期重点发展的10个产业领域外，食品、纺织服装、造纸、轮胎、石化等传统产业也都是工业转型升级的重点。

2016年12月7日，工业和信息化部发布《智能制造发展规划（2016—2020年）》，明确提出2025年前推进智能制造实施"两步走"战略：第一步，到2020年，智能制造发展基础和支撑能力明显增强，传统制造重点领域基本实现数字化制造，有条件、有基础的重点产业智能转型取得明显进展；第二步，到2025年，智能制造支撑体系基本建立，重点产业初步实现智能转型。

作为市场的主体，企业是推进智能制造的主要力量。如今，在信息化、智能化的助推下，山东制造

现代互联网信息技术极大地推动了传统钟表产业的转型和升级，也触发了时钟行业由产品模式向服务模式的大变革。图为烟台持久钟表集团的钟联网服务中心。

业已然展现出不同往昔的景象。

"运用'互联网＋卡车'的模式，物流管理人员可以非常轻松地通过自己的手机或者电脑屏幕看到卡车的位置，也可以实时检测卡车的状态，提前把车辆的故障情况反馈回来。"在中国重型汽车集团有限公司章丘工业园，中国重汽技术发展中心汽车电子设计部副部长田磊告诉前来参观采访的中外记者，该智能卡车不仅可以实现智能驾驶，减少意外发生，还能通过"互联网＋卡车"的模式，实现人、车、货三者的协调统一，达到随时监控物流运行的效果。

目前，中国重汽已发展成为国内最大的重型汽车生产基地，产品出口全球96个国家，连续12年位居全国重卡行业出口首位。

在烟台持久钟表集团的监控室，本刊记者见到了全国唯一的钟联网服务中心，这也是该公司的神经中枢。公司的技术人员给记者们做了现场演示，只见他进入服务中心页面，各个钟表运行情况立刻显示出来，"比如北京电报大楼楼顶的这座大钟，我们不仅可以通过视频看到它外观的指针走时状态，甚至可以对它的照明、整点报时及背景音乐进行设置。"

据悉，持久钟表集团在全国首创钟联网系统，可以把公司安装在世界各地的时钟用网络和企业的中心控制室连在一起，随时能够远程维护运营，使产品的可靠性提高30%、维护成本下降60%，彻底改变过去时钟系统设备维护费时、费工、费力的局面。"现代互联网信息技术极大地推动了传统钟表产业的转型和升级，也触发了时钟行业由产品模式向服务模式的大变革。"持久集团董事长朱长虹告诉记者。

制造业离不开能工巧匠

在5天的采访活动中，记者既参观了传统的制造业企业、新兴现代化园区，也见到了这些行业的能工巧匠，他们用实际行动和成绩诠释了新时代的工匠精神。

"一张新鲜的驴皮要变成一盒成品阿胶，需要99道大工序、300多道小工序，历时80多天。"在此次

采访活动的第一站——宏济堂阿胶手工坊，本刊记者见到了2016年被评为"匠心山东人"的宏济堂阿胶第三代技艺传承人武祥伦，他正在金锅前静静地熬制阿胶。"用金锅银铲熬制的阿胶富含黄金离子，质地更稳定，功效更显著。自阿胶问世以来，只有皇室贡胶全程用纯金锅和纯银铲制作。2016年'金锅银铲'得以重现人间，老百姓也能吃上最好的阿胶了。"武祥伦激动地说。

据悉，阿胶制作的整个过程全部为手工制作，一个环节出错就可能导致整锅阿胶报废，对技工的经验和技术要求很高。单单"打沫儿"这一道工序，就得昼夜不间断。跟阿胶打了近40年交道的武祥伦深谙"打沫儿"的技巧，知道什么时候该调整力道，什么时候该去除杂质，怎样熬出来的阿胶才算合格。

"炮制虽繁必不敢省人工，品味虽贵必不敢减物力。"作为一名手艺人出身的"技艺传承人"，武祥伦坚守着宏济堂这条百年堂训，在机械化如此发达的今天，跟所有宏济堂人一起，依然坚持手工熬胶，用一份"匠心"守护宏济堂阿胶历经百年的"国胶"品质。

与武祥伦同是手艺人的徐月柱，则选择了另一份手活儿——与琉璃打交道。

在淄博市博山区，几座上千摄氏度高温的火炉旁，徐月柱手持铁棒，穿梭于炉火与制作台之间，或吹、或捻、或拉、或展，在来回数十次的烧制与塑型中，晶莹剔透而又栩栩如生的琉璃作品悄然而生。

在摆满了现代琉璃艺术作品的博山陶瓷琉璃艺术中心，徐月柱告诉记者，他在琉璃作坊里长大，从父母那里学习制作琉璃的手艺和技巧，高中毕业后便进入博山美术琉璃厂工作，正式入行，而这一做就是30多年。如果说，琉璃是一种轰轰烈烈的"瞬间艺术"，那么徐月柱对琉璃的爱与坚持却低调而悠长。

2011年徐月柱被授予"首届中国琉璃艺术大师"荣誉称号；2016年8月，他又被评为"匠心山东人"。从手工匠人到艺术大师，徐月柱传承了博山琉璃匠人优良的技艺和肯吃苦的精神。在长期的工作

实践中，他不断探索吹制琉璃制作的新工艺和新技术，形成了自己独特的琉璃制作技艺和艺术创作风格，其创作的人立题彩琉璃系列作品开辟了琉璃艺术的新篇章。

"听说过带WIFI功能的扳手吗？"在威海文登威力工具集团有限公司，本刊记者就见到了这样一款神奇的扳手。据该公司高级技师王胜忠介绍，这款高智能数显扭矩扳手目前主要应用在高铁装配制造上，"拧一颗螺丝该用多少力、需拧紧的螺丝个数、操作者与操作时间等所有相关数据在这台电动扭力工具上都可显示，其存储的数据也能同步上传电脑、手机，监控人员可随时随地掌握生产进度、质量与速度，确保不出现一丝一毫的偏差。"

从最初的学徒工到如今的维修钳工高级技师，王胜忠完成了几十项技改项目，亲手研制了50多种新产品，拥有5项国家实用新型专利，参与起草了两项大力钳国家行业标准，他用实际行动诠释了新时期的工匠精神。"要留心观察生活，实实在在做事，具备了实践能力，才能培养起创新精神。"王胜忠告诉记者。CR

在威海文登威力工具集团有限公司的五金产品展厅，共有20个系列共4000多种不同规格的手工具，其自主研发的品牌专利产品多达1000多种。

责编：王芳

孔子故乡 中国山东
2016 对外新闻报道集

中国东盟报道

▲ During the 13th Five-Year Plan, Shandong Province will strive to create better environment for the people

Redoubled Efforts for New Blueprint

By **Zhang Yan**

What will Shandong Province look like in 2020? At the recently concluded sessions of the Provincial People's Congress and People's Political Consultative Conference (CPPCC), Guo Shuqing, Governor of Shandong Province, drew a clear blueprint for the 13th Five-Year Plan period (2016-2020): The average annual growth rate of the regional GDP will be around 7.5 percent. The per-capita GDP will reach $15,000, realizing the target for the economic aggregate and per-capita income of urban and rural residents to double the 2010 figures ahead of schedule. The number of people living under the poverty line will be reduced to zero.

Innovation and Upgrading

Innovation is the primary driving force for development. During the 13th Five-Year Plan, Shandong Province will comprehensively implement an innovation-driven development strategy, emphatically enhance the aggregative and carrying capacity of high-end innovative elements and fully stimulate creativity by improving the overall talent usage, training and introduction mechanism through reform; oriented towards scientific and rational distribution pattern of interests, accelerating the transformation of scientific and technological achievements into practical productive forces; and vigorously create a good cultural atmosphere and social environment where explorations are carried out bravely, innovations are actively encouraged, failures tolerated and successes praised to achieve the strategic change from "made in Shandong" to "created in Shandong" as soon as possible.

Industrial upgrading is the inherent requirement of development, laying a solid foundation for the economic take-off of Shandong. Accordingly, the province has promulgated the Action Plan for Promoting Industrial Transformation and Upgrading 2015-2020, containing detailed programs for four strategic emerging industries and 18 traditional ones. Now, all 22 programs have been implemented in an all-round way to help transform the mode and adjust the structure for future development.

Shandong Province has focused on strengthening basic research, enhancing original and integrated innovation and further enhancing introduced technologies after absorption. The Province has given technological innovations in important areas more prominence, supporting the implementation of major technological developments and achieving breakthroughs in a number of key technologies in the fields of core electronic devices, system software, bio-genetics and new medicine development. It has organized and implemented major scientific and technological innovation projects concerning intelligent manufacturing, advanced materials, information security, energy conservation and carbon reduction. The province has also speeded up the construction of the National Independent Innovation Demonstration Area on the Shandong Peninsula. Meanwhile, the province has deployed an industry-based innovation chain, encouraging the establishment of a strategic alliance of industrial technology innovation featuring an organic combination of production, learning, research and application, promoting the organic link between innovation achievements and industrial needs, and comprehensively boosting "public entrepreneurship and innovation".

Overcoming Weak Points

To complete the building of a moderately prosperous society, we need to achieve coordinated development and narrow the gap. It is just like a wooden barrel that can contain more water after its shortest board has been patched up. To deal with complex economic and social relations, we need to take into account all parties. It is just like playing the piano: good music comes from fine coordination.

In an interview, Gao Yunjian, secretary of the Party committee of Zhuocun Village of Laiyang City, talked of its selection as one of the provincial "beautiful villages" to help promote local tourism, including the holding of the first Cherry Blossom Festival. Located by the Wulong River, this village has a high-end agricultural park and industrial park covering thousands of acres. During the 12th Five-Year Plan (2011-2015), the per-capita disposable income of rural residents of Shandong Province saw an average annual growth rate of 10.1 percent, and the urban-rural income ratio fell from 2.70 to 2.44.

It is a great challenge in the coming years to ensure continuous growth of farmers' incomes and further narrow the urban-rural income gap.

According to Wang Zehou, Director of the Rural Work Leading Group Office of Shandong Provincial Party Committee: "To ensure the growth of farmers' incomes,

we need to adjust agriculture and enhance supply-side structural reform. At the same time, farmers should be transferred into other work areas. It is unrealistic to only depend on the large and medium-sized cities to absorb them. We must energetically develop the county economy and accelerate the construction of small towns and new rural communities."

Meanwhile, Shandong has further reduced regional disparities by optimizing the spatial pattern. In this regard, Hou Fengyun, Director of the Department of Economics, Shandong University, said: "Although the problem regarding lack of coordination and imbalance of regional development remains very prominent, Shandong Province has achieved a lot gratifying results through years of efforts.

"Coordination should exist not only between urban and rural areas and regions, but also between the material progress and cultural and ideological progress. It's not just about doing great works, but also implementing a good system. Government officials should learn to use dialectics and be good at 'playing the piano'."

Green Development

Focusing on the objectives of the 13th Five-Year Plan of Shandong Province, the green development concept of improving ecological environmental quality, increasing the utilization rate of energy resources and advocating a low-carbon, energy-efficient mode of production and life has become deeply rooted among the people, and the practice of green development is being intensely explored.

Chen Guang, Vice Chairman of the CPPCC Shandong Provincial Committee

To deal with complex economic and social relations, we need to take into account all parties. It is just like playing the piano: good music comes from fine coordination.

says: "Development can't go beyond the carrying capacity of natural resources and environmental capacity of the region, which is the bottom-line thinking consistent with green development."

He vividly interpreted green development as "not opening new accounts and gradually repaying old debts".

Early last year, almost all the province-controlled river sections in Dongying City didn't reach the required standard, so the relevant principal of Dongying City was summoned to meetings with the provincial environmental protection department. Subsequently, Dongying put forward 10 major measures and made unprecedented efforts to rebuild sewage treatment plants and conduct diversion of rain water and sewage to be treated separately. As a result, all the river sections reached the necessary standard last November.

Last June, due to an irrational industrial structure, Binzhou faced a very arduous task of pollution control and emission reduction. The Ministry of Environmental Protection suspended examination and approval for the environmental assessment of projects in Binzhou concerning water and gas – except those of energy conservation, emission reduction and promotion of people's livelihood. This profound lesson made Binzhou greatly determined to control pollution and reduce emissions while implementing the new Environmental Protection Law. It has achieved initial success.

In regard to ecological restoration, social forces are also active. At the United Nations Climate Change Conference held last year, the ecological restoration project of Daru Mountain in Shandong Province was a typical case promoted by the Chinese Government. With sea, beach, islands and springs, the mountain has excellent natural resources. However, due to excessive exploitation, it had turned into a barren mountain by a muddy beach.

Liu Xinli, Chairman of Rushan Victoria Bay Tourism Development Corporation, explained: "In the past decade, we have planted over 22 million trees and shrubs of various kinds on the mountain of magmatic rocks, dredged countless sludge left by breeding, drawn in fresh water to transform 133-odd hectares of saline-alkaline shallows and built 53-plus hectares of wetland, forming a complete ecosystem. Now, there are hundreds of plant species and dozens of animal species in the area. "

Green economic development has benefited a lot of regions and enterprises in Shandong. Many enterprises in Liaocheng are engaging in resource recycling. Shandong Tralin Group takes crop straws as raw materials to produce unbleached paper. The black liquor is turned into fulvic acid fertilizer, and the intermediate water is reused in production after being purified by an artificial wetland. "Tralin mode" has become a typical example of China's circular economy.

Xiangguang Copper has adopted "double flashing technology" to smelt copper efficiently. Exhaust gas is transformed into acid, waste heat is used for power generation, and tailings are used to extract rare and noble metals. Thus, a provincial-level "urban mineral product" demonstration base has emerged.

Green development is the goal of transformation and also the path of industrial restructuring. Linyi is a good example. The relevant principal of Linyi municipal government was summoned to meet the provincial environmental protection department. As a result, 57 enterprises in the city were ordered to stop production and undergo renovation, and the production of 412 others was limited while they undertook improvements within a set period. Despite "labor pains", Linyi gained a total provincial-level ecological compensation fund of 14.71 million yuan ($2.25 million) in the whole year, ranking first in the province. Meanwhile, its GDP growth rate reached 13.1 percent, 3.1 percent-

age points higher than the provincial figure and making it the top performer.

In the past, people looked forward to having enough food and worked hard for survival. Now, environment protection is a common aspiration. Good ecological practices are being pursued. In recent years, the public welfare forest area has increased 2,000-fold to over 3,333 hectares in Mengyin County of Linyi. All the polluting breeding sheds have been banned in the region. Rivers have been treated under ecological concepts and the natural revetments of rivers retained. Fish and shrimp growth has been restored in all 44 rivers.

Last year, three tourism and health preserving projects – each with an investment of over 1 billion yuan ($153 million) – were established by Yunmeng Lake. The nectarines of Mengyin have been sold to Dubai, Singapore and other markets.

Development and protection are promoted for mutual benefit. This is the force behind Shandong's concept of green development that is blooming and becoming fruitful everywhere. Shandong will establish the most stringent environmental protection system to ensure and consolidate the existing achievements and make further ecological progress.

Efforts to Alleviate Poverty

To achieve development, the province needs to adhere to the concept of sharing development, emphatically solve problems concerning social justice, hold the bottom line of people's livelihood and let the people

share equally in the fruits of development. This is the fundamental starting point and goal of China's economic development.

The "wooden barrel effect" tells us that the weakest link determines the overall quality of the national economy. At present, Shandong Province still has some three million people living under the poverty line in 64,290 villages of 1,538 townships in 17 cities. Most of them are elderly with a low level of education. This is a weak point for economic development.

During the 13th Five-Year Plan, Shandong Province will adhere to scientific poverty alleviation, stress practical results and achieve precise results to lift all poor people out of poverty according to provincial standards. In 2016, the province will resolutely make a good start in tackling key problems in poverty reduction to ensure at least 1.2 million poor people exit poverty and see improvements in their lives.

Hu Zhirong, member of the CPPCC Shandong Provincial Committee, pledges: "We will adopt precise poverty relief measures and allocate resources more accurately to meet the needs of each poor person and each impoverished household."

The e-commerce of Caoxian County in Heze is very well developed, having enormous power for poverty relief. Tan Xianghai, head of the county, told reporters that its Internet platform helps sellers reduce their costs and increase their profits. Some poor households have been able to escape poverty after receiving only one online order. Currently, many townships in the county have begun to implement a policy to support e-commerce. The government provides computers to the poor families who want to engage in e-business and teaches them how to run online shops.

Consideration is also given to relevant rent exemption and construction of broadband and other infrastructure projects.

In the next five years, Shandong Province – taking five major principles as guidance and focusing on improving the quality and efficiency of development – will accelerate the establishment of necessary support systems, mechanisms and development modes for coping with the new normal of economic development, maintain strategic focus, and try to enter the front rank in building a strong economic and cultural province. In the process, they will complete the building of a moderately prosperous society in an all-round way. ∎

▲ Imported Renaults arriving at Qingdao Port (Photo: Zhang Jingang)

Shandong Promotes Financial Reform and Development

▲ An intelligent robot interacts with customers at the business hall of a bank in Weifang, Shandong Province.

In August 2013, the government of Shandong Province in eastern China issued *Several Opinions on the Reform and Development of Financial Industry*. Guided by this document, a series of follow-up measures has brought the development of the financial industry into a new phase. Over the past three years, Shandong has made great efforts to intensify financial reform, improve quality of financial services and optimize the financial development environment.

So far, the financial sector in Shandong has maintained its growth momentum, making great contributions to the economic and social development of the province. The added value of the financial industry grew from 193.6 billion yuan (US$29 billion) in 2012 to 313.1 billion yuan (US$47 billion) in 2015, an increase of 61.7 percent. The role of the financial industry as a pillar industry in Shandong has be-

come increasingly evident. Local financial activity has been significantly enhanced and many other policies have been implemented, including inclusive financial development, private financial sector guidance, financial agglomeration area construction and local financial legislation.

Upgrading Traditional Financial Services through Improvement of Supply

For the past three years, Shandong Province has adhered to and promoted coordinated development of the traditional financial sector and the real economy, in particular in efforts to strengthen the supply of funds as the fundamental purpose behind financial work.

First, the role of banks as the main channel of financing has had a positive effect. National policies like cutting interest rates, lowering deposit reserve ratios, providing financial support for agriculture and small businesses and encouraging non-governmental investment have been successfully implemented. By improving the assessment system and other innovative measures, Shandong has improved its banking services and supply of funds to meet the financing needs of the real economy. As of the end of June this year, the balance of the province's local and foreign currency deposits and loans was 8.4 trillion yuan (US$1.25 trillion) and 6.3 trillion yuan (US$950 billion) respectively. Lending rates decreased this year. The province's general weighted-average lending rate was 5.6 percent, down 0.9 percent year-on-year, marking its lowest point since July 2012.

Second, the regional capital markets have achieved rapid development. The province has effectively broadened direct financing channels for enterprises through full use of capital market functions. In the first half of this year, stocks and bonds in Shandong reached 268.1 billion yuan (US$40 billion), an increase of 57 percent. To create the basic conditions for enterprises' access to the capital market, the province promoted corporate system reform work. In 2015, a total of 35,500 companies in Shandong launched corporate system reform, among which 4,155 companies, or 11.72 percent, completed the reform. In the first half of this year, another 1,710 companies finished their restructuring work. Efforts have also been made to strengthen cooperation with domestic and foreign stock exchanges. The province also carried out back-up corporate training and promotion activities to actively promote listing. The number of companies listed in the Agency Share Transfer System has grown to 461. Qilu Bank is the first commercial bank approved in China to issue preferred shares, and Luzheng Futures is the first listed financial company in Shandong Province.

Third, the service capacity of the insurance industry was markedly improved. To broaden the breadth and depth of insurance services, Shandong actively formulated measures to accelerate the development of the modern insurance industry. In the first half of this year, the premium income of the province totaled 138.7 billion yuan (US$20.8 billion). Agricultural insurance policy also improved, expanding the coverage of agricultural insurance. The year 2015 saw an agricultural insurance premium income of 1.7 billion yuan (US$260 million), 2.07 times that of 2012. The first half of this year saw a year-on-year increase of 19.5 percent. Work on special insurance coverage have achieved initial progress, including hog prices insurance, orders and loan guarantee

> **Over the past three years, Shandong Province, with the development of inclusive finance as its core mission, has received good results in fostering local financial reform, promoting standardization of non-governmental financing and stimulating local financial viability.**

insurance, Vegetable Basket Project insurance and rural housing insurance. Shandong took the lead in the implementation of serious illness insurance at provincial level, covering nearly 67 million residents, which effectively alleviated the "poverty caused by illness" issue. Different types of liability insurance have made steady development, covering areas like safety production, health care, special equipment, food safety, and environmental pollution. Micro-credit guarantee insurance has also been launched in the province.

Promoting Local Financial Reform through Inclusive Development

Over the past three years, Shandong Province, with the development of inclusive finance as its core mission, has received good results in fostering local financial reform, promoting standardization of non-governmental financing and stimulating local financial viability.

First, small and medium-sized financial institutions have achieved rapid development and city commercial banks improved their governance structure. At this point, 14 city commercial banks in Shandong have opened branch offices in counties with departments dedicated to small business services. Total assets of the 14 banks reached 1.3 trillion yuan (US$189 billion), 1.94 times that of 2012. Shandong pushed forward the reform of rural credit cooperatives to establish equity ties as the core operations mechanism and to provide stronger financial support for agriculture and small businesses. By now, the province has a total of 109 rural commercial banks (with one in the preparatory stage). In addition, new financial institutions were established at a rapid pace. As of the end of June this year, there were 128 rural banks (the highest number of any of China's provinces), 18 financial companies and four insurance agencies in the province.

Second, with the "grassroots" financial institutions in the ascendancy, Shandong has established a sound regulatory service system to promote the healthy development of local financial institutions and serve the fundamental purpose of aiding farmers, rural areas as well as small and micro enterprises. As of the end of June this year, the province had 423 small loan companies, with total loans of more than 350 billion yuan (US$52.5 billion) issued since 2013. More than 90 percent of the funds have been invested in farmers, rural areas and agriculture as well as small and micro enterprises. There are 402 financing guarantee institutions in the province, with balance of guarantees totaling more than 100 billion yuan (US$15 billion), 485 non-governmental financial institutions with more than 90 billion yuan (US$13.5 billion) invested since 2013 and 45 non-governmental financing registration services. In addition, various kinds of "grassroots" financial organizations have flourished, such as pawnshops, financial leasing firms and factoring businesses. The standardization of the private sector plays a positive role in regulating non-governmental financing, curbing illegal fund-raising and usury, as well as promoting local economic development.

Third, new rural cooperative financial reforms have started. Aiming to provide the most direct and the basic financial services for agriculture, farmers and rural areas, Shandong Province in 2014 submitted the new rural cooperative financial reform pilot program to the State Council, and its approval made Shandong China's sole rural cooperative financial reform pilot province. Thereafter, in Shandong province, the improvement of supportive policies and regulatory programs, aimed at enhancing the training and exchange measures to encourage grassroots rural mutual financial growth, helped to explore the development of new models and feasible paths. As of the end of this June, the province's pilot counties (including cities and districts) amounted to 73, alongside 160 pilot cooperatives with more than 10,000 pilot members, resulting in the cumulative amount of 33.1 million yuan (US$4.8 million) in mutual-aid business.

Fourth, equity and bulk commodity markets develop steadily. Shandong Province formulated *Interim Measures for Equity Trading Market Management*, resulting in the expansion of equity trading business scale and scope, including stock equity, financial assets, rural property, energy and environmental markets. At this point, there have been 17 equity-trading venues and seven bulk commodity markets established in the province (excluding Qingdao), an increase of five and seven, respectively, over 2012. In the first half of 2016, total turnover reached 33.4 billion yuan (US$5 billion).

Fifth, the distribution of regional financial resources has been optimized. Jinan has made progress in the construction of a regional financial center. Works on institutional introduction and market systems construction have achieved positive initial results. Qingdao has developed into the only state-level financial reform pilot area in China featuring wealth management. Yantai and Weihai have made initial progress in promoting cluster development and financial cooperation between Shandong and South Korea.

Sixth, the financial sector is further opening up to international markets. As of the end of June this year, there were 24 foreign banks (including representative offices) and 23 foreign insurance companies (including subsidiaries) operating in Shandong. ERGO Life Insurance Company, a Sino-German joint venture, has officially begun operations in Shandong. There are now 99 overseas-listed companies in Shandong, with accumulated financing of more than 100 billion yuan (US$15 billion).

Strengthening the Foundation for Regional Financial Development through Environmental Optimization

For three years, to create a sound environment and reinforce the foundation for development, Shandong Province has strived to remove institutional barriers restricting financial reform and development. The policy, credit, talent and legal environment have been greatly improved.

First, the policy and credit environment in Shandong has been optimized. The provincial government has attached great importance to the financial sector and set up a leading group for financial reform and development. Headed by Governor of Shandong Province Guo Shuqing, the leading group is responsible for making important decisions and implementing major financial policy measures, so as to strengthen top-level design and overall planning. A series of policies and measures have been launched in areas like financial reform and innovation, local financial supervision and inclusive financial development. As the assessment and incentive mechanisms in financial sectors have improved, the pace of building a social credit system has been accelerated. Five cities, including Qingdao, Weifang, Weihai, Dezhou and Rongcheng, have been selected as "model cities in social credit system construction", the highest number in the country.

Second, work on financial personnel training has been significantly strengthened. After the provincial government issued the *Opinions on Strengthening Team Building of Financial Talents*, greater efforts have been made to cultivate high-end financial talents. A large number of government officials have received professional training on finance, and a personnel exchange program has been launched. In 2013 alone, 30 senior financial officers were introduced to serve temporary positions in Shandong, while 34 Shandong government officials were dispatched to central financial institutions for advanced professional practice. Cooperation with universities, research institutes and financial institutions has been enhanced, providing strong intellectual support to the development of local financial reform.

Third, breakthroughs have been made in financial regulation and legal systems construction. The Shandong provincial government took the lead in the country in formulating the *Opinions on the Establishment of Local Financial Regulation System*. So far, a total of 17 cities and 137 counties have set up independent financial supervision institutions. The *Local Regulations on Finance of Shandong Province* officially went into effect on July 1, 2016, which pioneered the financial regulatory legislation at the provincial level.

Guided by financial policies made by the central government and adhering to a vision of innovative, coordinated, green, open and shared development, Shandong will make greater efforts to accomplish tasks of cutting overcapacity, destocking, deleveraging, reducing costs and identifying growth areas. In the future, the province will push forward "supply-side structural reform" in the financial sector, promoting the modernization of financial services and earnestly safeguarding financial stability for the purpose of making greater contributions to economic transition and improving people's livelihoods. ■

▲ On July 25, 2016, the East Asia Seaport Alliance was established in the West Coast New Area of Qingdao, and the port of Qingdao and Port Klang of Malaysia became sister ports.

Shandong an Engine Powering The Belt and Road Initiative

By **Wang Zhe**

Embracing the concepts of openness and inclusiveness, Shandong Province in eastern China has assumed a vital role in the Belt and Road Initiative, utilizing its unique geographical and cultural advantages to make itself a globally competitive economic player.

The Belt and Road Initiative, which promotes regional development through a variety of infrastructure projects and cultural exchanges, has seen port cities take on vital roles in economic and cultural exchanges. Shandong, home to several ports, has undergone pilot economic schemes to modernize and succeed under the "new normal" of slower yet healthier Chinese economic growth.

Origins of Development

With a large local population, Shandong has long been considered a cradle of the Chinese civilization. Its historical origins are what enables the province to play such a vital role in the Belt and Road Initiative.

Since the Qin (221-206 BC) and the Han (206 BC-220 AD) dynasties, Shandong has been an important supplier of goods for trade between China and foreign countries. According to historical records, the ancient Maritime Silk Road began at the port of Dengzhou (now Penglai, Shandong), before heading to Ningbo in modern-day Zhejiang Province and Quanzhou in modern-day Fujian Province. Then, the path continued south toward the Philippines and Australia, before heading north again to Central Asia via the Strait of Malacca.

During the time of the ancient Maritime Silk Road, areas including Qingzhou, Yanzhou (now Jining) and Linzi (now Zibo) were world-renowned handicraft centers in which a large number of exquisite products were made. Such products were sometimes exported via maritime routes but at other times traversed the Ancient Silk Road, traveling west through Kaifeng and Luoyang to Xi'an, cities in modern-day central China. Trade went the other way, too, as businessmen, ambassadors and travelers from Europe, West Asia and Central Asia went east to China, bringing with them their local specialties, customs and artwork.

Even today, many streets famous for silk and porcelain production some 2,000 years ago still remain in Shandong cities, evidencing the huge contribution the Ancient Silk Road made to economic and cultural exchanges between East and West.

Today's Advantages

As Shandong integrates into the global economy, its unique advantages related to location, infrastructure, industrial development, openness, technology and culture come into play. Shandong has been able to fully combine itself into the Belt and Road Initiative and carry out swift and effective international cooperation efforts.

Shandong, with the Beijing-Tianjin-Hebei Economic Circle to its north, the Yangtze Economic Zone to its south, the vast Bohai Sea to its east and China's Central Plains to its west, proves itself a strategic pillar along the Eurasian Continental Bridge Economic Corridor and the Maritime Silk Road, according to Wang Zhonglin, director of the Shandong Provincial Development and Reform Commission.

China's extensive rail network has reached each of Shandong's 17 cities, and major highways have reached 96 percent of its counties. The total length of rail tracks within the province has reached 5,350 kilometers, while highways now cover 5,348 kilometers. Goods travelling through its seaports total around 1.3 billion tons per year and there are three

Shandong, home to several ports, has undergone pilot economic schemes to modernize and succeed under the "new normal" of slower yet healthier Chinese economic growth.

ports that each surpass 300 million tons per year – Qingdao, Rizhao and Yantai. The province's nine airports provide more than 300 domestic and international flights daily. With such a three dimensional system of movement of people and goods, Shandong represents a key part of the Belt and Road Initiative in eastern China.

Shandong's economy is comprehensively robust. In 2015, the province's export volume of agricultural products totalled US$15.3 billion, leading the country for 17 years running. Main business revenue reached 14.7 trillion yuan (US$2.2 trillion), ranking first in China. Revenues in the six major industries – light industry, chemicals, mechanical engineering, metallurgy, textiles and electronic communication – exceeded 1 trillion yuan (US$150 billion). The value-added earned from service industries reached 2.85 trillion yuan (US$427 billion), ranking the province third in the country.

▲ Freighters busy loading and unloading at the port of Rizhao, Shandong Province.

Shandong, which has introduced various policies geared toward opening up, has formed economic and trade relationships with more than 220 countries around the world, and developed close relationships with 42 cities in countries along the Belt and Road. In 2015, Shandong invested US$1.1 billion into projects in those countries, representing a year-on-year increase of 78.5 percent.

Currently, there are 166 state enterprises' technology centers and 17 state laboratories in Shandong, more than any other province in China. Shandong has shown particular strength in maritime technology innovation, in large part thanks to its related technological platforms, including the Qingdao National Laboratory for Maritime Science and Technology and the China National Deep Sea Center. Approximately two-thirds of China's maritime science and technology professionals work in Shandong.

In terms of traditional Chinese culture, Shandong has various strengths. It is known as the hometown of both Confucius and Mencius, China's two great ancient philosophers. So far, China has established 500 Confucius Institutes and 1,000 Confucius Classrooms in 134 countries and regions around the world.

Blueprint for the Future

Wang said that in the future, close attention will be paid to policy coordination, facilities connectivity, unimpeded trade, financial integration and people-to-people exchange. Through these areas, Shandong will push forward the Belt and Road Initiative.

Facilities connectivity is the main basis of the Initiative. With an aim to establish an international regional logistics center, Shandong has made international connectivity the focus in its railway, highway and airport development efforts. Freight trains connect Shandong to countries in Central Asia, while direct intercontinental flights connect the province to a variety of areas across the globe.

The Initiative has also diversified division of labor in Shandong. Companies in the province now engage in six economic corridors that are all part of the Belt and Road Initiative, including the China-Pakistan Economic Corridor, the Bangladesh-China-India-Myanmar Economic Corridor, the China-Russia-Mongolia Economic Corridor, the New Eurasian Continental Bridge Economic Corridor, the China-Central Asia-West Asia Economic Corridor and the China-Indochina Peninsula Economic Corridor.

In the first half of 2016, about 100 Shandong-based firms invested in projects associated with the Belt and Road Initiative, and the revenue of newly signed foreign engineering contracts increased 20 percent compared to the previous year. An increasing number of Shandong companies are now engaged in global cooperation. For example, the Qingdao arm of Wanda Group, a major Chinese conglomerate, recently acquired Legendary Pictures, an American film studio. The Shandong Kingenta Ecological Engineering Company recently acquired Compo, a German fertilizer producer. In the first six months of 2016, the province's overseas investment increased 200 percent, represented by US$3 billion of investment in Pakistan, leading the nation in this regard.

During the past few years of development, Shandong has consolidated traditional trade areas, while also emerging as a global market player in high-end industries such as new materials and new pharmaceuticals. Taking advantage of cross-border e-commerce, outsourcing services and transit trade, the construction of the Sino-German Economic and Technical Cooperation Center, the China-EU Trade and Logistics Park and the Regional Economic Cooperation Demonstration Zone of the China-South Korea Free Trade Area has given Shandong a platform to broaden its investment and trade.

Shandong and countries along the Belt and Road Initiative complement each other in terms of resources such as coal, oil and natural gas. Shandong's production, transportation, processing and services capabilities make extraction, distribution and usage of such resources easier. The China-Pakistan Economic Corridor is an important part of such integration. Until the end of this year, Shandong's contribution to Pakistan's total power generation will account for 15 percent.

Financial services, too, are growing quickly in Shandong. The province's banks are providing increasingly diverse types of localized and international financial support for companies and countries involved in the Belt and Road Initiative.

Over the next few years, Shandong will organize events based on the theme of "China's Shandong: the hometown of Confucius", in an effort to boost tourism and cultural communication. The province has released the *Implementation Plan for Shandong's Participation in Building the Silk Road Economic Belt and 21st-Century Maritime Silk Road*, which states that by 2025, the province will establish an international regional logistics center, a foreign cooperation center of the Chinese marine economy, an international cultural cooperation and communication center and a pilot center of interactive development.

Shandong has established the first provincial-level initiative of programs designed to aid the Belt and Road Initiative, with 210 such programs already under way.

"These programs include projects related to infrastructure, energy and resources, production capacity cooperation, cultural communication, financial cooperation, ecological protection and others," said Qin Ke, deputy director of the Shandong Provincial Development and Reform Commission and deputy managing director of the regional office in Shandong. "The programs highlight Shandong's advantages in terms of maritime cooperation, its role as a strategically important city and the support of vital construction projects."

Infrastructure and production capacity projects account for 156 of the 210 programs, with total investment surpassing 450 billion yuan (US$66 billion). On average, the investment in each program is 2.37 billion yuan (US$350 million), and 18 such programs already have investment of more than 5 billion yuan (US$740 million). ∎

◀ A worker at a Shandong factory examining glass candle holders for export.

▲ The Qianwan Free Trade Port Zone is playing a vital role in Qingdao's opening-up.

Shandong Embarks on New Journey Of Promoting Development Through Opening-up

By Zhang Yan

In recent years, Shandong, a coastal province in eastern China, has seen steady growth of exports to the US, South Korea, Australia and other countries along the Belt and Road region. Its foreign trade brought new types of business when it signed a cooperation agreement on cross-border e-commerce construction with Alibaba, China's e-commerce giant. The Shandong Electric Power Construction Corporation III has also officially entered into a contract on equipment procurement for a coal-fired emergency power station project with Pakistan.

Meanwhile, Barzan, the world's biggest container ship, has docked at Qianwan Port in Qingdao. These recent events are all examples of Shandong's opening-up to the world. Now, this open-minded province is taking on a new look of prosperous development.

All-Round Opening-up Pattern

To promote reform and development through opening-up has turned out to be one of China's most successful policy initiatives. The 5th Plenary Session of the 18th Communist Party of China (CPC) Central Committee put forward the idea of "innovative, coordinated, green, open and shared development", and the 13th Five-Year Plan clearly brings forward the strategy of "building a new pattern of all-round opening-up". Over the course of the past few years, Shandong has actively responded to the country's opening-up policy, improving innovation, reform and development by enhancing opening-up based on unique regional advantages.

"According to the 13th Five-Year Plan for Economic and Social

Development of Shandong, the province will carry out a new round of high-level opening-up, allowing it to create a facilitated, legalized and globalized environment, accelerate the building of a new open economic system, take better advantage of the two markets and resources, and promote innovation, reform and development through all-round and wide-ranging opening-up during the 13th Five-Year Plan Period," said Wang Shinong, deputy director of the Publicity Department of the Shandong Provincial Party Committee. "To that end, we will positively respond to the country's opening-up policy, encourage coastal and important node cities to play their part based on our unique regional advantages, actively involve ourselves in the development of the Belt and Road Initiative, and create a new standard of openness in the coastal area."

Over the course of the past several years, Shandong has proven itself to be one of China's most open-minded provinces.

"Shandong has vigorously promoted opening-up, and its economic and social development has improved significantly," explained Yan Zhaowan, deputy director-general of the Department of Commerce of Shandong Province. "Through foreign trade, a large number of local enterprises and goods have gone global, and the import of advanced technical equipment, energy and materials in large quantities has also provided strong material and technical support for the province's manufacturing transformation and upgrading. Shandong has attracted US$170 billion of capital in total and brought in advanced technologies, management philosophies and talent. In strengthening cooperation in free trade areas, it has utilized its advantages in the China-Japan-South Korea Free Trade Zone. Weihai, an FTA demonstration area for economic cooperation, has been included in the China-South Korea FTA. The China-South Korea (Yantai) Industrial Park has also been incorporated into the framework of the China-South Korea Free Trade Zone. Therefore, Shandong has established its strategic leading position in the China-Japan-South Korea Free Trade Zone."

In the meantime, as a city with an abundant labor force, Shandong has embraced an open approach and taken full advantage of markets and resources to attract talent from both home and abroad and strongly promote the replacement of old growth drivers with new ones.

"Shandong has carried out a more open and efficient talent policy and created new policy advantages to draw overseas talent to start businesses and innovate here," said Li Boping, an inspector from the Shandong Provincial Department of Human Resources and Social Security. "By seizing the opportunity of talent flow caused by the global economic slowdown, we should adapt to the law of 'two-way flow', and introduce overseas elites in a more positive, active and open way. Meanwhile, we also need to promote the cultivation of local talent and improve their international quality to add new impetus for Shandong to build a well-off society in an all-round way."

Key Industries Geared to International Standards

One of China's most innovative high-tech zones is in Jinan, the capital of Shandong Province. The city is home to one of China's four oldest software parks. Nearly 70 percent of Shandong's software enterprises are concentrated in Jinan, and over 90 percent of them are located in the Qilu Software Park. By

> By seizing the opportunity of talent flow caused by the global economic slowdown, we should adapt to the law of 'two-way flow', and introduce overseas elites in a more positive, active and open way.

the end of 2015, the park had attracted 95,000 software professionals from more than 1,750 companies whose revenues reached a combined 108 billion yuan (US$15.5 billion).

Jinan is China's second most famous and officially branded software city after Nanjing. As the heart of the software industry in Shandong, or even in East China, the park is mainly engaged in internet applications, software development and information services, as well as semiconductor and integrated circuits and smart manufacturing. It is also the only demonstration base for the communication of Chinese and Japanese IT bridge engineers. Retired Japanese engineers and experts are hired to the park and provide higher-level technical support for the enterprises on a regular basis.

In the future, the park will march abroad, carrying out R&D with overseas help, and build the Jinan-Europe Incubation Center for Industry Cooperation in Stuttgart, Germany. The center will become an overseas junction for Jinan to attract business and investment, as well as shorten the distance between local enterprises and their European counterparts so the two sides can cooperate more efficiently.

"Through over 20 years of development, Jinan's New and High-tech Industrial Development Zone which has been in the vanguard of reform and opening-up, has achieved new results and status," said Zhao Yongyan, director of the Zone's Emerging Service Industry Development Center. "Our development center was set up as a new force to attract investment, which is a big move in the mechanism reform of the zone. We aim to seize major opportunities in emerging service industry development and put it on track for rapid growth. Next, we will build a smart high-tech zone in the internet-plus mode, a new platform with high-tech features to attract business and investment, an intelligent public service platform and an intelligent community platform based on the emerging service industry development of the zone. In this way, industry development can be fully promoted to a new level."

At the Weichai Science and Technology Exhibition in Weifang lie a large number of generators of differ-

ent models and functions. Weichai is home to many national product testing centers. It also has R&D centers in the US, Europe and some cities in China including Weifang, Shanghai, Chongqing, Yangzhou and Xi'an, which ensures that it can always keep up with the world's cutting-edge technologies.

Based on its globally advanced R&D platforms, the company has undertaken 22 "State 863 Projects", technology research programs, international cooperation plans and key scientific and technological projects. It has received 1,473 product and technical patents, and has taken charge of and participated in the formulation of 45 national and industry standards. Its products have all reached high international standards in terms of economic efficiency, reliability, environmental friendliness and other criteria.

"In the past few years, Weichai has stepped up the pace of opening-up and expanding the overseas market," said Xu Xinyu, CEO of Weichai Power. "The company's cross-border merger and acquisition of France's Baudouin, strategic restructuring of Italy's Faraday, and overseas investment in Germany's Kion and Linde Hydraulics are vividly called its 'trilogy' of overseas expansion in the new era. Weichai is not only broadening the domestic market, but is also actively involved in global competition and striding towards internationalization. It has 243 maintenance service stations abroad, and its products are sold to over 110 countries and regions including Russia, Iran, Saudi Arabia, Vietnam, Indonesia and Brazil. Currently, besides core technology resources, the company has accumulated valuable experience in

managing international enterprises and completed the transition from domestic to global expansion."

As a model in the national bus industry, Zhongtong Bus Holding Co., Ltd. has gained the attention of the world by providing services with leading technologies for the 2008 Beijing Olympic Games, the 11th National Games of China, the Xi'an International Horticultural Expo, the Sochi 2014 Winter Olympics and other important international events. Meanwhile, this time-honored state-owned enterprise is also committed to innovation and development in the face of China's new economic situation. With advanced production technologies introduced from Europe, it has developed a series of coaches that hold a leading position in the domestic market. Nowadays, it

Top left: Qingdao Robot Industrial Park, Shandong Province.
Bottom left: A Formula One car equipped with an engine developed by Weichai Power on display at the Weichai Science and Technology Exhibition in Weifang, Shandong Province.
Bottom right: The assembly line at the Foton Motor plant in Weifang, Shandong Province.

◀ A worker busy ironing a shirt at Qingdao Jieshen Laundry, Shandong Province.

has become a transformation model in the supply-side reform of China's auto industry.

"Zhongtong Bus generated a sales revenue of nearly 800 million yuan (US$115 million) from exporting over 2,000 buses in 2015 alone," explained Sun Qingmin, general manager of the company. "Its buses are sold to more than 90 countries and regions in South America, Africa, Southeast Asia, the Middle East, Central Asia, Europe and North America. In recent years, we have accelerated the pace of marching abroad and made full use of the two markets and resources in the innovative development. We will promote our national brand while sticking to independent innovation."

Cross-Border Platform

"Qingdao is a forerunner in Shandong's opening-up, and the Qianwan Free Trade Port Zone is undoubtedly in the vanguard of Qingdao's opening-up," said Li Suman, deputy secretary of the Work Committee and deputy director of the Management Committee of the Qingdao Qianwan Free Trade Port Zone. "To closely follow the national strategy, Qianwan Port has grabbed strategic development opportunities in the Belt and Road area and the China-South Korea Free Trade Zone based on its regional advantages. In addition, it has strengthened strategic cooperation with South Korea, Indonesia, Kazakhstan and other countries in free trade zones, and built eight functional areas and dry ports across the province by utilizing its local advantages. This has laid a solid foundation for pilot free trade zones to share their results and experiences. In the internet-plus development mode, the Qianwan Free

Trade Port Zone has seized opportunites and created the mode of 'dollar listing, bonded trading' for bulk commodity transactions in the country. In addition, Chinalink Express's cross-border trade service platform, HTCHE's e-commerce platform and Shandong's first B2B cross-border e-commerce public service platform are all open for use. On June 6, 2016, the port zone first carried out the bonded stocking business for cross-border e-commerce in Shandong, which can facilitate the building of Qingdao's comprehensive pilot area for cross-border e-commerce.

With distinct geographical and policy advantages, the Qingdao Qianwan Free Trade Port Zone has devoted itself to improving China-South Korea economic relations and trade cooperation. On July 31, 2014, under joint efforts from the port zone and China Certification and Inspection Group's South Korea office, South Korea's first SsangYong test vehicle arrived at the Qingdao Import Port of Assembled Vehicles. On June 1 of the following year, the Alcohol and Food Testing Laboratory of the Qingdao Qianwan Free Trade Port Zone officially passed certification of South Korea's Ministry of Food and Drug Safety, acquiring qualification as an overseas inspection agency from South Korea. On Dec. 20, the China-South Korea FTA officially came into force, which means the policy has opened the door to economic cooperation between the two sides.

Feng Yongbin, director of the Culture Promotion Center for the Qingdao Qianwan Free Trade Port Zone, is excited by this kind of vehicle trade.

"The import of assembled vehicles in the free trade port zone makes it China's second largest port for parallel auto import, ranked just below Tianjin's," Feng said. "In 2015, the port imported 15,512 automobiles, a 157 percent increase year-on-year. In 2016, such imports have risen even further. From January to

May, the number of imported vehicles reached 9,111 with year-on-year growth of 186 percent. The Qianwan Free Trade Port Zone now houses over 350 auto enterprises. Their businesses cover global trade, trade shows, logistics, transportation, proxy service, modification tests, after-sale services and other areas. The momentum of auto industry clustering has taken initial shape."

Railways have been built in the Zibo Bonded Logistics Center, and boxes of goods are delivered one after another by rail. Peng Rongjun, the chairman of Fushan Group, which is located in the Zibo High-Tech Zone, said the international orientation of the zone is what makes it special.

"More than 200 enterprises in the center have carried out related businesses, in which over 20 countries and regions, including France, Greece, New Zealand, Australia, South Korea and a number of Southeast Asian countries have been involved. The domestic flow of goods totals 3.056 billion yuan (US$430 million), and the goods are mainly additives, household appliances, auto parts, dye, electronic components, drinks and olive oil. "

Currently, the Zibo Bonded Logistics Center is preparing to operate China Railway Express trains to respond to the Belt and Road Initiative and meet the need for superior product transshipment from Shandong. Initially, it plans to run two express trains every month, and then gradually increase the departure frequency to one express train per week.

The smooth operation of the center not only facilitates the prosperous development of traditional foreign economy and trade in Shandong and drives the transformation and upgrading of processing trade, but it also enhances the comprehensive competitiveness of an import- and export-oriented economy. It also implements modern logistics capabilities. This will exert a profound influence on a new round of opening-up.

"It will not only bring low cost and fast logistics as well as more information to enterprises, but will also form a regional development pattern for the modern service industry with simplified customs procedures and impressive logistics platforms," Peng added. ∎

The Qianwan Free Trade Port Zone now houses over 350 auto enterprises. Their businesses cover global trade, trade shows, logistics, transportation, proxy service, modification tests, after-sale services and other areas.

孔子故乡 中国山东
2016 对外新闻报道集

香港大公报

国产无人地铁开进北京

丁春丽

自动"唤醒"，上线开跑，到站自动停车，开门迎客，回车库自动"休眠"，甚至还会自己"洗澡"……中国自主化全自动无人驾驶地铁列车日前在中车青岛四方机车车辆股份有限公司（简称"中车四方股份"）下线，这是中国地铁技术领域的又一重要新突破，打破国外技术垄断。

初入中车四方股份厂区，记者就被眼前的场景所吸引，一列列崭新的动车组列车横卧在交车线上，颇为壮观，全国有近一半的高速动车组都在这里诞生。新下线的无人驾驶地铁列车在众多的动车组里很显眼，高大的车头上有"北京"两个字。

中国自主化全自动无人驾驶地铁列车（丁春丽摄）

该列车2月底运抵北京，开赴中国首条自主化全自动无人驾驶地铁线路——北京燕房线，再经过相应的联调联试之后即投入试运营。列车采用4辆编组，不锈钢车体，最高运行时速100公里。

列车自己会"洗澡"

登上列车，中车四方股份公司主任设计师闫磊率领几名工人正在进行最后的修检。白色的车厢内饰，辅以明黄色的座椅和扶手，鲜亮的色彩令人眼前一亮，也多了几分时尚。

既然是全自动无人驾驶地铁列车，记者自然更加关注它的驾驶室。相比普通地铁封闭式的驾驶室，无人驾驶列车的驾驶室为开放式，除了放了一把椅子，空无一物。闫磊笑着说，无人驾驶模式时，乘客可以随意进入驾驶室参观。

闫磊轻轻滑开驾驶室前方白色的盖子，人工驾驶的操纵台全部显露出来。据介绍，列车除了全自动无人驾驶模式，还设有人工手动驾驶和人工自动驾驶模式，三种模式能自由切换，可满足多样化运营需求。

"列车最大特点就是具备'无人驾驶'功能！"闫磊说，车辆从唤醒到自检、出库、停站、开关门、发车、回库、休眠、洗车等全过程由控制中心自动控制，无需司机参与，实现全自动运行。

列车自己会"洗澡"？闫磊笑说，其实是控制中心发出"洗车"指令后，列车会自动降低车速，进入洗车轨道。在洗车机下面，列车将车速保持在每小时 3 公里，以保证整车冲洗干净。

"常规地铁的平均晚点故障周期在 3000 小时左右，而全自动驾驶地铁可达到 4500 小时，延长了一半。"中车四方股份公司技术中心副主任蒋欣说，与常规地铁相比，全自动无人驾驶避免人为操作失误导致的运营故障，也不会因司机疲劳、突发疾病或其它情况对列车运行造成影响，因此运行效率更高，安全可靠。

列车能自动修复故障

从外表上看，该车跟普通地铁列车没太大差别，记者只是注意到，列车每个客室都设置了一个紧急手柄，以及紧急报警器。其实，列车还大有"文章"，采用了三大国际领先的安全技术，确保车辆运行安全。

列车设置了走行部在线检测系统，能对走行部进行实时诊断、故障早期预警和分级报警。列车前端转向架上设置障碍物及脱轨检测装置，该系统属于世界首创。闫磊说，列车遇到较轻的障碍物可以推开，遇到较重障碍物或发生脱轨，列车会自动紧急停车。发现障碍物后，列车做出应急反应的时间仅为 1.4 秒。

车厢内饰色彩鲜亮，简洁时尚（丁春丽摄）

"远程切除功能"技术也是一项独创。该列车配备 8 个转向架，行驶过程如有单台转向架上的制动装置发生故障，控制中心可以远程控制单个转向架制动切除，其它 7 个转向架正常工作，以保证列车的安全运行。

列车还具备完善的故障自诊断和自愈功能，发生故障后能快速自动恢复，提高了整个系统的运行效率。车辆跳跃模式、蠕动模式、雨雪模式……闫磊说出了该列车的一系列关键安全控制技术，这些独创的关键技术更加智能化，列车在无人驾驶条件下智能选择运行模式。

配稿：青岛造地铁后年驶入香港

2015 年 7 月，中车四方股份与港铁公司正式签署 93 列共计 744 辆地铁车辆供货合同，合同总额达 48.4 亿人民币。这不仅是港铁公司历年来最大规模的车辆采购订单，也是中国迄今为止最大的地铁车辆订单。

93 列地铁列车将用于更换现行观塘线、荃湾线、港岛线及将军澳线的第一代列车，预计将在 2018 年至 2023 年陆续交付，届时青岛造地铁将在香港开跑。

这批列车将配备更先进的运作系统和设备，并具备一些新的功能。如采用新一代的照明系统，加强空间感；引入新的动态路线图，为乘客提供更多信息；改用环形扶手杆，令更多站立的乘客可以在车厢内紧握扶手；吊环扶手将采用较软的物料，符合人体工程学和时尚的设计，令乘客紧握扶手时更为舒适。

配稿：无人驾驶势成地铁未来

1998 年，世界上第一条全自动无人驾驶地铁线路在巴黎投入运营。到目前，全自动无人驾驶已应用到全球 50 多条地铁线路，正成为城市地铁的主流发展方向。国际公共交通协会（UITP）估计，到 2020 年国际上 75% 的新线和 40% 的既有线改造将采用全自动驾驶科技。据中车四方股份公司主任设计师闫磊介绍，全自动无人驾驶科技一直被国外垄断。

闫磊率领技术团队先后去法国、英国、日本等国家学习。用了两年时间，新下线列车不但实现全部核心科技自主化，还在一些关键科技上领先国外。

闫磊称，全自动无人驾驶科技是未来的发展趋势，北京、上海、香港等城市开通了无人驾驶地铁。

2014 年，中车四方股份与日本川崎联合获得新加坡 364 辆全自动无人驾驶地铁车辆合同。

目前中车四方股份正参与美国、巴西等国家的地铁项目。

据了解，国家发改委和中国城市轨道交通协会已将北京地铁燕房线作为全自动无人驾驶示范性工程，在全国行业内大力推动全自动无人驾驶的应用。

2016 年 4 月 7 日

中美 95 创客团队青岛对决

胡卧龙

4 月 8 日，95 支顶级创新团队在青岛角逐中美创新创业大赛决赛各奖项，其中包括 16 支来自美国华盛顿、休斯敦、芝加哥和硅谷的高水平创客团队，参赛项目涉及创新科技、智能硬件、医疗健康、能源环境、"互联网 +"等领域。其中，最终入选"金苹果计划"并落地青岛高新区的项目将获高达 50 万元人民币的启动资金支持。

据大赛组委会秘书长邹难介绍，本次中美创新创业大赛由山东大学和青岛市人民政府共同主办，青岛高新区等承办，旨在与美国众多高水平的创业和科技转移中心建立合作基础，理顺项目落地流程，带动中美两国联合的新技术研发。

内地主办在美覆盖最广

山东大学副校长刘建亚在接受记者采访时表示，本次大赛吸引了中美两国众多高水平创新创业项目团队，是目前内地机构主办的在美国覆盖范围最广的创业大赛之一，为中美"创客"提供了一个双向交流的平台。

目前，山东大学与青岛市政府合作建设山东大学—青岛中美大学国际科技创新园，将重点关注生物、医药、材料、能源、海洋、环境、资讯等科技领域，寻求创新性解决方案，并为产品成果转化提供一条龙的产业化服务。

据青岛高新区消息，本次大赛与高新区"金苹果计划"项目选拔同时进行，最终入选的获奖项目，将获得最高 50 万元人民币的创业启动资金支持，以及 3 年内免费使用 200 平方米以下的办公空间以及其他相关政策支持。

美创客：中国富有创业激情

刘建亚认为，本次大赛将加快推进科技园建设进程，吸引国际领先的技术团队落地山东，促进中美科研、人才、社会资本和市场的融合。

携带"Gene-in-Cell"项目参赛的耶鲁大学的 Samuel Katz 在接受采访时表示，

来自耶鲁大学的 Samuel Katz 展示参赛项目（胡卧龙摄）

山东是一个非常具有创业激情的省份，中国也涌现出创业的热潮。他认为虽然中美创客间有很多不同点，但大家在创业中的出发点和切入点是一致的。中美创新创业大赛是一个好的机遇，中国和美国的"创客"可以在这里共同分享创业成果，并进行近距离的交流。

在回答评委提问时，Samuel Katz 表示有意向把项目落地在济南或青岛，以便面对不同的群体进行进一步的科学研究。

中美创新创业大赛于去年底启动，历经华盛顿、休斯敦、芝加哥、硅谷、上海、济南、青岛及网络赛 8 场初赛后，16 支美国团队和 79 支中国团队从 500 多个团队中脱颖而出，并参加当日的决赛。

配稿：便简式肺功能仪锁定大数据

在此次中美创新创业大赛决赛中，来自山东大学的在校学生黄苏婉，展示了一款便简式肺功能检测设备。与传统数米见方的检测设备相比，该检测仪仅有手机大小，价格也压缩到 20 元至 388 元（人民币，下同），而市场平均价格为 5000 元左右。

黄苏婉告诉记者，现在空气环境日趋严峻，特别是每年冬季北方的雾霾一直挥之不去，呼吸道疾病发病率呈上升趋势，给人们健康带来极大挑战。特别是在她作为交换生到厦门大学交流的时候，更深刻感受到要关注大家的肺健康，并萌生了发明一款物美价廉的检测仪的想法，更想要做每个中国人都能用得起的肺功能检测仪。

回到山东后，黄苏婉找到医学院的老师咨询，发现该项目科技已经成熟，然后和几位志同道合的同学一起走上了创业之路。经过半年多的努力，她的团队研制出了这款检测仪。

黄苏婉表示，未来希望把该款仪器推广到普通家庭，让更多的人能够及时准确地对身体情况进行检测。

　　黄苏婉的团队还和企业合作，研发了 APP 软体，通过互联网配套平台，实现医生的专业跟护；同时建立数据库，把携带者的数据收集起来进行整理、分析，运用大数据手段为医学研究和诊疗提供数据支持。

2016 年 4 月 9 日

港可为内地财富管理引路

丁春丽

2016青岛·中国财富论坛4日在青岛举行（大公报摄）

中国财富论坛4日在青岛举行，春华资本集团主席胡祖六在此间表示，香港作为全球最重要、最大的一个国际金融中心，能够给内地的财富管理提供一个非常好的舞台和通道。

青岛是国务院批准设立的财富管理金融综合改革实验区，今年4月份也首次进入全球金融中心榜单。胡祖六表示，青岛若打造亚太地区财富管理中心，首先要有很好的机构、人才、产品，也要有很宽松、合理的监管环境，以及比较好的税收制度，香港的软件、政策环境、监管环境都值得青岛很好的参照、仿效和学习。

胡祖六说，沪港通以及深港通，还有 QDⅡ，IQDⅡ，为内地机构、个人从财富管理多元化方面提供比较有效的机制和通道。他希望香港与内地市场更多的连接，为财富管理多元化配置创造比较好的条件。胡祖六说，从整个金融的改革、监管、国际化方面，香港也能为内地提供很多有益的启示。

香港交易及结算所有限公司首席中国经济学家巴曙松认为，在香港市场上发展中国在岸资本市场的风险管理中心是一个可行的道路。巴曙松说，香港的风险承受能力相对较高，被内地看起来高风险的产品，譬如股指期货、内地期货等，就可以放在香港市场进行开发。

巴曙松在最后建议，内地调整比较困难的金融制度、创新性制度也可以安排在香港市场完成，例如家庭信托、登记制度、税收制度等。

鲁省长：引导居民合理投资

山东省省长郭树清在财富论坛上介绍，山东人偏好现金储蓄和银行存款。数据显示，2015年底，该省居民银行存款余额达到3.76万亿元（人民币，下同），相当于生产总值的59.7%。居民当年新增储蓄存款占可支配收入的15.2%。而且，还有数量可观的现金、贵金属无法纳入统计。

郭树清说，财富管理涉及千家万户，大众理财有很大潜力，但同时也很有必要加强对投资者的风险教育。首先就是要引导居民进行合理有效的组合投资，不要把鸡蛋放在同一个篮子。他强调，政府依法保护的是投资者合法权益，而不是保证投资者自己预期的收益。

"我们必须把金融业、财富管理业的发展，建立在实体经济的发展上和民生改善的基础上。"中国社会科学院副院长蔡昉表示，如果中国的金融业、财富管理业仍然处在一个相对发展不足的阶段上，在实体经济发展、民生改善的基础上，发展金融业和财富管理业应该说还有广大的前景。而且真正为实体经济服务和民生服务的金融发展和财富管理，应该永远不过度。

2016 年 6 月 5 日

海藻生物材料贵黄金 10 倍

丁春丽

取材于海藻的各种食品

谁曾想到，以前不太值钱的海藻经提取后会变成天然的食品配料、海藻化妆品以及海洋药物？海藻废渣可以"摇身一变"变成有机生物肥？浸泡液净化后，成为食用有机碘及岩藻多糖……

在青岛明月海藻集团（以下简称"明月海藻"），记者了解到，该公司研发的一种利用海藻研发的可植入人体的组织工程材料每克价值甚至超过了 3000 元，是黄金价格的 10 倍。

一根小小的海藻延伸出一个巨大的健康产业。科技不仅改变海洋产业，还奠定了明月海藻的地位：世界最大海藻生物制品企业，名副其实的行业"隐形冠军"。

明月海藻集团副总裁李可昌把一块海藻纤维纱布放入了仿血液成分的溶液里，然后拿出来放在记者手背上，让记者感受一下纱布的变化。记者注意到，纱布立刻变得透明湿润，表面形成了类似果冻的胶状物体，摸起来滑滑的。

李可昌告诉记者，用海藻制成的纱布，具有高吸收性，可以吸收大量伤口渗出物，减少换纱布的次数。目前这种海藻纤维纱布在海外已经广泛用在老人褥疮以及一些不好愈合的伤口上面。

经提取价值提高 300 倍

这些医用敷料是由国际知名生物材料及功能性医用敷料专家秦益民博士研发，成功打破了国外企业垄断高档医用敷料的历史。目前，开发的 4 个系列海藻医用新材料已顺利通过 FDA 注册认证，欧盟 CE 认证，并正向产业化方向迈进。

"1 吨海带的市场价为 0.8 万元（人民币，下同），提取加工成海藻酸盐价值提升到 1.6 万元，继续加工成终端产品海藻酸盐医用敷料市场价值将达到 240 万元，比海带原价值提高了近 300 倍。"明月海藻集团董事长张国防告诉记者，依靠海洋科技延伸价值链，小小的海藻已经创造了巨大的经济效益。

不仅如此，利用海藻研发的可植入人体的组织工程材料每克价值超过 3000 元，是黄金价格的 10 倍。据介绍，目前该材料已进入中试阶段，届时可为实体肿瘤介入栓塞手术、心脏植入原位修复、帕金森氏综合征治疗等提供方便。

汇聚全球顶级研发团队

张国防告诉记者，明月海藻实现跨越式发展的"利器"是科技创新，每一个产业链终端，都站着一个世界顶级的研发创新团队。

据悉，海洋生物医用材料产业属于国家大力发展的战略性新兴产业，该产业的领军人物就是英籍科学家秦益民博士。海洋功能食品产业则由国际知名的功能食品专家、美籍华人王正平博士率领。而这样成熟的人才团队，明月海藻已经引进了 8 个，涉及体内植入级褐藻胶、海洋护肤化妆品、海洋农用生物制剂、海洋药物制剂等产业链。

随着企业发展，目前，明月海藻催生了四大新兴产业：海洋生物、生物医用材料、海洋化妆品、功能性食品，主要产品已扩展到 180 多种，其主打产品海藻酸钠年产量已达 1.3 万吨，居世界第一。

配稿："明月海藻"因缺碘而生

青岛明月海藻集团以海带、裙带、巨藻等大型海洋褐藻为原料，从事海藻酸盐、功能糖醇、海洋功能食品、生物医用材料、海洋化妆品、海洋生物肥料六大产业的研发与生产。其主导产品海藻酸盐年产量 1.3 万吨，国际、国内市场占有率分别达到 25% 和 33%，稳居世界第一。

明月海藻是为解决新中国用碘困难的国家战略而生，1968 年，明月海藻的前身——胶南县海洋化工厂在周恩来总理批示下成立，为全国最早的海藻加工企业之一。

至目前，明月海藻先后申请国家发明专利 56 项，制定产品技术标准 100 多项。

配稿：海藻也有国字号实验室

海藻活性物质国家重点实验室与中国海藻生物科技馆毗邻，走进实验室，量杯里盛着几种绿色的海藻面条，还有刚刚做好的海藻果冻，今年将有一百余种海藻产品在此问世。

记者了解到，该实验室总投资 3 亿元，建筑面积 4 万平方米，是我国首个面向产业化的国家级海藻活性物质高效高值开发应用基础研究平台，集合了国家认定企业科技中心、国家地方联合工程研究中心、院士专家工作站、博士后科研工作站等众多科研支撑平台，建有 3 条海洋生物产业中试生产线，是集基础研究、科技开发、工程应用、产业孵化于一体的海藻科学研究与科技开发的重要基地。争取到"十三五"末，建成海藻生物行业国际一流实验室。

2016 年 6 月 12 日

山东濒危剧种　首度香港演出
大弦戏让戏迷过足瘾

丁春丽

7月15～16日，香港大会堂剧院，山东（菏泽）地方戏曲传统经典在"香港中国戏曲节2016"的演出圆满成功。此次赴港演出，菏泽精心准备的剧目共三台大戏、5个剧种、8个折子戏，这也是山东濒危剧种大弦子戏经过重新挖掘包装后首次在境外演出。

本月15日晚，在香港观众热烈的掌声和叫好声中，大弦子戏传统

粗犷泼辣　热烈火爆

经典剧目《两架山》的主演翟玉省率领演员们一起向观众致意。"演出的效果出乎意料的好，香港观众对地方戏曲的接受程度超出了想象！"翟玉省告诉记者，香港的观众欣赏水平高、热情高，与演员的互动好。演出前，翟玉省压力很大，用他的语言形容就是"不知饭味"，他曾担心香港观众听不懂山东地方话的韵白，演出过程中还放缓了语速，没有想到观众们完全听得懂，演出后还收获不少"粉丝"。

大弦子戏又名"大弦戏"，因起板时以三弦起头，故名。它是流行于鲁西南、豫东北、河北省南部的一个古老而珍稀的剧种，是在元明俗曲小令的基础上，经过艺人数百年来的创作、加工和提炼，发展成为集民间俗曲之大成的多乐调戏曲声腔类型，与柳子戏、罗戏、卷戏同属于弦索声腔系统。

导演周波告诉记者，大弦子戏在表演艺术上和当地的山东梆子以及柳子戏一样，粗犷泼辣，动作幅度大，极其夸张。在台上踢脚、分手亮相、打飞脚是

其基本动作。为了表现大弦子戏粗犷豪放的表演特点，剧中还设计了"推圈""踢脚"和丑角"跳桌子"等形体动作，凸显了剧种特色，使其看上去火爆热烈，增加了可看性。

台湾在港读书的张家祯看完山东地方戏曲的表演之后表示，虽然是第一次看山东戏，但是很有意外之喜，几个剧种都各具特色，声腔和表演都很成熟。张家祯平时多看昆曲，她认为山东地方戏与昆曲相比，音乐特色鲜明，自由度更高，民间用词更有生活化，戏曲非常活泼、可爱。

"声腔好爽，锣鼓喧天，乐器丰富！"香港观众张风也是第一次看山东地方戏，直呼"过瘾"。因对当天戏剧中使用的特殊乐器感兴趣，演出结束后张风特意跟随记者到后台，乐师现场为其表演了大弦子戏特殊乐器尖子号。

传统戏码　原汁原味

菏泽市地方戏曲传承研究院院长徐向东告诉记者，大弦子戏是一个有着五百多年历史的古老而珍稀的剧种，粗狂泼辣的演唱风格、优美典雅的音乐，以及独特的艺术风格备受群众喜爱。但在"文革"期间，菏泽原有"菏泽地区地方戏曲院大弦子剧团"被撤销，致使这一古老剧种在齐鲁大地销声匿迹 40 多年。

大弦子戏于 2008 年被列入第二批国家级非物质文化遗产扩展名录。菏泽市地方戏曲传承研究院开始了对大弦子戏的抢救和保护。2014 年，由山东省艺术研究院和菏泽市地方戏曲传承研究院将大弦子戏传统经典剧目《两架山》搬上舞台，为恢复濒危剧种提供了可效仿的样本。

除了大弦子戏，此次折子戏专场分别演出了枣梆传统剧目《徐龙铡子》选场、《珍珠塔》选场；两夹弦传统剧目《三拉房》选场、《愣姐让房》选场；大平调传统剧目《收姜维》选场、《下河东》选场；山东梆子传统剧目《五凤岭》选场、《反西唐》选场。

"演出剧目可谓行当齐全，特点鲜明，地方特色浓郁，集中展示了山东传统地方戏曲的精髓。"徐向东说，此次在港演出也是山东地方戏曲走出去的一个开始。据徐向东透露，目前已与台湾有关方面取得联系，力争让更多的海外华人聆听到原汁原味的家乡戏曲。

配稿：地方戏曲传承困难

演出结束后，周波导演接受记者采访时依然很兴奋，大弦子戏《两架山》

境外首演成功让他想起当年重新挖掘、"复排"的场景。

演员们现场为观众展示山东地方戏曲特色乐器（丁春丽摄）

周波讲得最多的还是山东地方戏曲的传承问题。"传承困难，从业人员少，特别是新一代！"周波说，过去每个省都有戏曲学校，而现在基本没有了。

周波说，地方戏曲后备人才匮乏是一个普遍现象，很多剧团老龄化严重，年轻演员又容易受到外界诱惑，难出人才。据其介绍，山东高密茂腔采取了潍坊艺校代培的方式，济宁的梆子剧团则是自己投资艺校，培养后备力量。山东菏泽是著名的"戏窝子"，大人孩子都热爱戏剧表演，菏泽艺校戏校培养的戏剧人才，为山东当地的剧团提供了大量的专业人才。

"地方戏曲的传承不但要有资金和传承人，还必须要有好学生，才能促成其传承发展。"周波如是说。

香港和韵曲社副社长、著名昆曲研究学者陈春苗表示，虽然目前传统戏曲市场面临观众减少，市场不景气等问题，但他相信随着戏曲文化教育的不断深入，将会吸引更多观众喜欢戏曲传承戏曲。

2016 年 7 月 18 日

青岛光伏小镇"种太阳"赚钱

胡卧龙

太阳能取之不尽用之不竭，是再生能源利用最重要一环，青岛大信镇出现大大小小农业光伏棚，将"种田"与"种太阳"合二为一，当地近 700 亩的工业园及面积达 9000 多亩的光伏生态农业示范基地，年总发电量将达到 2.2 亿度，可供 7 万多户普通家庭使用一年。获取免费电力不在话下，不少农民踏上转型绿色快线，生产生活方式发生质的转变。

上述建设由青岛昌盛日电太阳能科技股份有限公司负责，昌盛日电董事长李坚之接受大公报记者专访时称，公司以"光伏农业产业园区"为载体，成功探索出新的产业模式，集新能源综合应用、造血式扶贫、农业"创新、创业、创客"及农业全产业链经营于一身。目前，公司已在内地 27 个省市布局和落地，计划 2016 年布局 100 个光伏农业产业园区，并以每年 50 个左右速度增加。

发电出售农民收入翻倍

"种太阳"源源不断创造绿色能源，并直接带动当地农民生产方式、就业方式的转型。大信镇随处可见顶部铺了光伏发电板的农业大棚，棚内种植各种农作物。只要有阳光，农民便可透过棚顶太阳能发电组件"收割能源"发电，满足棚内照明、灌溉等农耕作业用电需求，剩余电量并入国家电网产生收益。据李坚之介绍，昌盛日电在内地率先推出了"光伏加农业"发展模式提升土地收益，农作物比原来产的多，还有额外发电收入，农民收入翻倍，生产生活方式也发生质的变化，有望成为现代农业发展新路径。

农民把土地流转给企业，获得固定的转让收益。企业吸纳大量农村劳动力创造就业，部分农民则利用园区提供的平台创业。李坚之认为，通过创业获得比工资高的收入，对农民好处显而易见。园区进行资源配置，把农业生产活动整合成有序工业流程，同时可接受专门服务，把大棚承包给城里的人，按客户需要进行种植。原本的第一产业变成了第二产业甚至第三产业，在农业转型升级方面实属巨大突破。园区还开展农庄休闲旅游、大棚采摘等旅游项目，丰富了综合农业园区内涵。

山东光伏扶贫惠及 10 万户

"光伏扶贫"是国家十大精准扶贫之一，国家明确表态支持光伏扶贫。国务院扶贫办下发了《光伏扶贫实施方案编制大纲的通知》，各地纷纷出台地方性光伏扶贫方案。

山东省发改委等部门 6 月底联合下发通知，要求各市根据本地建档立卡贫困人口分布、光伏建设条件、电网接入消纳等情况，通过 3 年时间力争惠及 1000 个扶贫工作重点村、10 万个贫困户。李坚之认为，山东此次放弃商业性指标，全为扶贫指标，扶贫工作做得非常实在。光伏扶贫有持续特征，一次投入后，至少可以保证给老百姓 20 年的持续收益。

太阳能小镇全景

配稿：六旬创客"光伏大棚"年入 8 万

时值盛夏，"太阳能小镇"各处郁郁葱葱，生机盎然。记者逛了两片园区和三个光伏大棚，终于找到当地人口中的"孙大爷"，当时他带着 8 位工人在"光伏大棚"里干得热火朝天。

从地地道道的农民，到"太阳能小镇"里的农业创客领军人物，今年 61 岁的孙允堂成了镇上红人，大家都亲切地称呼他为"孙大爷"。据悉，现在孙

孙大爷种植的西红柿即将上市（胡卧龙摄）

大爷一年净收入达到 8 万元（人民币，下同）。在"孙大爷菜园"里，向阳的一侧种植着秋葵、西红柿等经济作物，背阴的一侧养殖着香菇。棚顶安置的光伏板将太阳能转化成电能，负担着大棚的农业物联网溯源、远红外加热、光伏组件调光、雾化微喷灌溉等，令大棚成了高科技含量的农业生产车间。

孙大爷告诉记者，他家住大信镇张戈庄，家里有四亩土地，以前靠种植小麦、玉米和外出打工，每年收入才几千元。后来他把土地流转给园区，每年获得近5000 元土地转让收益。同时，他还成了"太阳能小镇"的产业工人，每月有固定工资收入。熟悉"光伏大棚"的运作模式后，孙大爷承包了 3 个大棚开始自己创客之路。他表示，园区管科技、管销路，他只要把菜种好就行了，没有后顾之忧。他补充，种植反季节蔬菜收益较高，当下主要工作是规整土地和大棚，准备秋冬季大干一场。

配稿："90"后创青引领"时尚 + 农业"

在园区内最活跃的当属创客空间里的创客们，这里有"90后"大学生、都市白领、返乡农民工，他们通过创新创业，不断给园区注入新活力，为农业引入时尚元素，其中的代表就是"90后"大学生张金的"微自然"项目。

张金去年毕业于青岛农业大学，大学期间曾在该园区实习。实习过程中，他认定这里是一个很好的平台，遂带着自己的项目和团队入驻创客空间。创客空间为他提供了光伏大棚、启动资金、科技等便利和支持。张金告诉记者，他从大自然生态循环中获得灵感，把自然界的花草美景装进微景观容器里，放置在书桌上或办公桌上，既节省空间，又能让钢筋混凝土里的人亲近大自然。

同时，他还向"微自然"作品中注入时尚文化符号，如圣诞节的童话系列、情人节的爱情系列以及春节的中国风系列等。张金把客户群定位为年轻人，他的创意也得到了市场的认可。目前,其产品在青岛周边市场销售紧俏,张金料本年销售额将超过百万元人民币。张金告诉记者:"能遇到这么好的平台,真的非常幸运。我的小小创业梦想在这个大平台得以实现。"据"太阳能小镇"农业创客基地

创客平台为创业者提供融资、人力资源、税务等支撑

总监秦雯介绍,截至 2016 年 6 月,该创客空间已成功孵化 47 家小微企业和创客项目,为其中 11 家入孵企业进行了总额超过 1840 万元人民币种子轮投资,入孵企业总计年营业收入达 2 亿元人民币,其中多家已实现盈利,带动就业人数 500 余人,吸纳应届毕业生 100 余人。

配稿:退休教授建光伏菌校

山东省烟台市鲁东大学退休教授蔡德华,在小镇内租了 27 个光伏大棚,建立了一所"光伏菌校"。"光伏菌校"和鲁东大学、青岛农业大学和山东农业大学等高校合作,作为大学的校外实习基地,每批学生实习期为一年,目前已完成第一批 21 位学生的实习工作,第二批 11 位实习生正受训,蔡德华表示下一批将扩员至 30 人。

蔡德华受访时表示,学生毕业前来这里实习,把学到的理论知识和实践结合起来,让学到的知识、技能更牢固。他认为,目前农业发展面临着结构调整问题,在保证粮食安全前提下,各地都在大力发展蔬菜、食用菌、花卉苗木等高效产业,农村和涉农企业需要大量农业专门人才。"光伏菌校"对学生进行针对性培养,让他们真正掌握农业生产本领,取得了很好效果。蔡教授一生致力于食用菌研究,同样的大棚内,一般的培育方法只能放 1 万只菌棒,他创造出的"吊培"法能放 2 万只菌棒,蘑菇产量比一般方法增加 1.5 倍,一年纯收入可达到 12 万元人民币。

"光伏菌校"以农田作为教室

目前，产业园为他提供了 3 个适合蘑菇生长的阴阳棚，有光伏板遮光、双膜双网覆盖，保温通风，一年四季可种蘑菇。目前，第一批毕业生有 14 位留在"太阳能小镇"工作，其余学生也都走进科研院所或涉农企业，学以致用。

2016 年 8 月 6 日

青岛造"梦想号"科考船探大洋

丁春丽

作为中国海洋领域唯一的国家实验室，青岛海洋科学与技术国家实验室（简称"海洋国家实验室"）圆了几代中国海洋人的协同合作梦。走进海洋国家实验室展厅，11 条千吨级以上的科考船模型组成的深远海科学考察船队排列齐整，领航的中国大洋钻探船"梦想号"最受瞩目。海洋国家实验室正在推动"梦想号"的前期立项工作，中国首条大洋钻探船将不再只是梦想。

海洋国家实验室主任委员会主任吴立新（丁春丽摄）

"我们计划借由'梦想号'打穿大洋壳，实现人类探索地幔的梦想。"海洋国家实验室主任委员会主任、中国科学院院士吴立新说，目前国际上只有美国和日本拥有大洋钻探船，"梦想号"将是世界第三艘大洋钻探船。

建设周期至少 5 年

吴立新介绍，希望通过"梦想号"揭示地震机理、实现深海新资源勘探开发、环境预测等目标。"梦想号"的成本很高，目前估计在50亿元人民币，因此设计者们希望它能兼顾天然气水合物开采和大洋钻探，将行业与科学完美结合。吴立新表示，全世界都在关注这条船，但目前面临很多如深海10000米钻探技术等挑战，预测建设周期至少5年或者更长时间。

大洋钻探船是一个国家海洋科学发展水平最具标志性的象征，海洋国家实验室积极组织专家启动该项目的前期立项，勇于承担国家重大科研任务。今年1月，海洋国家实验室组织了包括30位中国科学院和中国工程院院士在内的相关领域专家，就建造中国大洋钻探船的紧迫性、必要性和可行性开展了深入探讨。而海洋国家实验室未来亦将与中国地质调查局在"梦想号"上建立大洋钻探联合实验室，支撑"梦想号"的科学钻探实验工作。在"梦想号"的领航下，"科学号""向阳红1号""东方红2号"等科考船组成的深远海科学考察船队已经初具规模。

另外，海洋国家实验室依托青岛集聚的一批大型科考船、深潜器、水下机器人等重大科研设施，整合各类海洋科研设施和数据资源，打造了一个具有全国影响力的海洋资源共享平台——科学考察船共享平台。目前平台内共拥有（含在建）世界最先进、最大规模的全球级科考船11艘。

共享平台提高利用效率

"通过组织船时、航次、数据共享，打破了各科研力量'碎片化'现状。"海洋国家实验室公共平台部工作人员桂林表示，此前申请到科研经费之后，科学家自己再去寻找科考船，经常受到协调力度不够、科考船航次不同等因素的困扰。在科学考察船共享平台上，科学家们不但有了更多的船只选择，还在该平台的统一协调下，实现了更多资源的合理调配。海洋国家实验室就像一艘"母舰"，不但搭建了一个共享平台，还为船只以及使用方提供科研补贴。桂林表示，这个平台减少了海洋调查任务的重复，极大降低了船舶运行成本，提高了科学考察船只的利用效率，使平台内每个航次资源利用实现最大化。

据悉，今后海洋国家实验室还将不断壮大船队的规模，组成自近岸、近海至深远海并辐射到极地的海上综合流动实验室，形成"深潜、深钻、深测"的强大能力，确立我国在全球深海竞争中的主导地位。

配稿：力争五年跻身世界前五

海洋国家实验室看似遥远，但吴立新表示，其实它离大家的生活很近，很多研究成果非常"接地气"。以青岛沿海近年的浒苔为例，海洋国家实验室正在为浒苔的成因、防控提供科学的指导。

据悉，海洋国家实验室仅在2015年就取得了一系列重要的科研成果。李予国团队研发的海底电磁采集站（OBEM）在我国南部海域成功完成4000米级海底大地电磁数据采集试验，不但海洋油气勘探效率提高一倍，节省的勘探资金将以亿元计；海洋国家实验室主持的中国大洋DY125-34航次第五航段在中印度洋海盆发现了大面积富稀土沉积物，这是国际上首次在印度洋发现大面积富稀土沉积；海洋药物与生物制品功能实验室从深远海、极地及动植物共附生等特殊海洋环境（微）生物中发现一批具有抗肿瘤、抗病毒及抗炎等活性的化合物，对白血病具有极强的治疗作用。

吴立新表示，他们将力争成为青岛"蓝色硅谷"发展的引擎、海洋强国建设的支撑和全球海洋科技的高地，在3年到5年内跻身世界著名海洋科研中心前5名。

配稿："透明海洋"支撑"海上丝路"

海洋国家实验室鸟瞰图

"透明海洋"是海洋国家实验室正在组织实施的重大战略任务之一。吴立新表示，想要支撑21世纪海上丝绸之路的发展，就必须做到"两洋一海"的透明化。

"两洋一海"是指西太平洋—南海—印度洋这条线，也是21世纪海上丝绸之路的重要空间载体。该海域一直是地震、海啸等海洋地质灾害多发地带，对海上丝绸之路的安全和畅通构成潜在威胁。

"透明海洋"计划主要针对"两洋一海"核心战略海区,以中国自主海洋卫星、定点智能潜标、智能浮标、水下滑翔机、水下机器人等为主要观测手段,构建从海底到海面的立体综合观测系统。"科学家在家里就能知道南海里的鱼群游向,还知道海洋里发生的事情以及预测海洋未来的发展变化。"吴立新表示,通过建立海洋立体观测系统,海洋的透明度会越来越高。他还表示,通过"透明海洋"这样一个立体的观测布局,真正让海上丝绸之路成为一条生态生命线。

此外,吴立新还表示,他们正在与 21 世纪海上丝绸之路的沿线国家开展联合海洋调查,为"海上丝路"发展提供海洋大数据的保障,未来 3 ~ 5 年,海洋国家实验室将面向全球集成海洋创新资源,建成具有国际影响力的海洋科技合作网络,为实现国家"一带一路"战略提供科技支撑。

配稿:邀全球科学家共享实验室

为了汇聚全球一流人才,海洋国家实验室国际事务部部长谭攻克表示,该实验室拟在海洋生命过程与资源利用、海洋生态环境演变与保护等方向面向全球招聘 6 名首席科学家。他还介绍,海洋国家实验室还采用了组建联合实验室、设立开放工作室等方式,邀请海内外科学家共建海洋国家实验室。

据悉,联合实验室主要针对大型科研机构、高等院校等单位,如海洋国家实验室已与天津大学建立海洋观测与探测联合实验室,与中船重工建立海洋装备联合实验室,这些合作有利于逐步实现海洋观测仪器国产化。而开放工作室主要面对国外一流科研机构的高层科学家,海洋国家实验室将给予科学家良好的科研协作平台、一定的运行和科研合作经费,把他们吸引到实验室来。

"海洋国家实验室非常欢迎国内外的科学家共享实验室资源。"谭攻克说。科学家们可带助手团队,可专职可兼职,时间可长可短,拎包即可入住。据悉,英国国家海洋研究中心、俄罗斯希尔绍夫海洋研究所均与海洋国家实验室签署技术合作,未来将通过设立联合实验室、开放工作室等方式开展深入合作。

2016 年 8 月 25 日

中国载人潜水闯万米"龙宫"

丁春丽

　　中国建设海洋强国的步伐不断加快。随着蛟龙号载人潜水器的研制成功，中国深潜科技积累不断丰富，4500米载人潜水器也在顺利推进，未来愈来愈多载人潜水器将参与到中国的深潜工作当中。事实上，就在今年，万米级全海载人潜水器的总体设计、集成与海试就将正式启动，掀开中国潜水器发展史新的一页。本报记者日前采访了位于青岛的国家深海基地管理中心，一探中国载人深潜科技究竟。

中国首台万米级无人潜水器和着陆器"彩虹鱼"号

　　国家深海基地管理中心副主任邬长斌告诉记者，中国正在努力建设海洋强国，中国科学家对深海科学研究兴趣日益增强，未来深潜工作主要开展深海资源与环境调查、深海基础科学研究工作。

　　记者查阅了科技部年初发布的重点研发计划指南发现，中国今年将启动万米级全海载人潜水器的总体设计、集成与海试。对该潜水器的考核指针显示，其最大工作深度 11000 米,载员不少于 2 人,海底作业时间 4 ~ 6 小时。载人舱、浮力材料、水声通信等核心部件将实现国产化,重量小于 35 吨,将具备巡航、定点、精细测量、取样、布放回收、摄像等作业能力。

蛟龙号年底再探深渊

在开发新型潜水器的同时,蛟龙等已经投入使用的潜水器也在不断创造新成绩。就在今年 7 月 13 日,"向阳红 09"考察船刚刚搭载蛟龙号载人潜水器及其全体科考队员回到位于青岛即墨市鳌山卫的深海中心码头,完成了 2016 年蛟龙号试验性应用航次(中国大洋第 37 航次)科学考察任务。本次考察历时 93 天,航行 1 万多海里。本航次是蛟龙号自 2012 年 7000 米级海试成功以后,首次重返海沟区密集地开展 6000 米深的下潜作业,其中 9 次超过 6000 米深度,最深达 6796 米。

邬长斌说,蛟龙号连续大深度下潜,科技状态良好,平均故障率为开展试验性应用航次以来最低,这证明了蛟龙号总体科技状态稳定、各系统设备性能可靠。据其介绍,蛟龙号还在本航次首次在深渊区域完成设备的原位布放与精确回收作业,显示了蛟龙号大深度海域高精度定点搜寻作业能力。

邬长斌告诉记者,依托蛟龙号载人潜水器大深度作业优势,此次在全球深渊的代表区域——雅浦海沟、马里亚纳海沟开展深潜作业,成功获得了深渊探测的第一手资料和样品,开创了中国深渊载人深潜科学研究的先河,引领了中国深渊探测科技的发展。

据邬长斌介绍,今年底明年初,"蛟龙号"将执行中国大洋 38 航次任务,将在印度洋、中国南海、雅浦海沟、马里亚纳海沟等区域开展深海基础科学和深渊科学考察。

蛟龙号新母船将开建

现有的蛟龙号母船"向阳红 09"船于 1978 年 12 月服役,是一条超龄服役的老船,已渐渐不能满足科研需要,新母船建设已提上日程。"目前,蛟龙号新母船第一批建造经费已拨付到位,船厂招标和第一批调查设备招标工作已经展开。"邬长斌告诉记者,蛟龙号载人潜水器支持母船于 2012 年 10 月获得国家有关部门的批准立项建造,2015 年 6 月完成了可行性研究报告获得批覆。

邬长斌说,新建母船主要围绕载人深潜进行设计的,建成后将会整体提高载人深潜航次的综合效益。同时,该船还拥有专门的蛟龙号维护保养机库,配备潜水器充油、充水、充气、充电和拆检等成套维护保养设备，可以在室内完成例行维护维修工作，工作效率和安全性能均得到了极大的改善。

配稿："女汉子"六千米水下觅宝

黝黑的皮肤，灿烂的笑容，初见赵晟娅，记者就感受到了她的开朗和阳光。在大洋37航次任务执行过程中，作为"潜航双骄"，赵晟娅和张奕两位女潜航员随同"蛟龙号"分别完成了4次下潜，水下作业时长40余个小时，最大下潜深度6700米。

赵晟娅告诉记者，每次下潜一共有三人：主驾驶、副驾驶和科学家，提前一天制定下潜作业计划，研究海下地形图，设定任务、路线、水深、作业工具、样品需求等。由于本次下潜的深度多在6000米以上，"蛟龙号"在上浮和下潜的路上就得需要6个小时。"我们真正在海底干活的时间只

女潜航员赵晟娅已经完成了4次下潜

有3个多小时，每一分每一秒都特别珍贵！"赵晟娅说，他们的下潜计划都精细到每一分钟。

"一专多能、一人多岗"

"深海的海底世界有些荒凉，但对科学家却是宝藏！"赵晟娅也告诉记者，采样篮的容量是有限的，不能看见什么就抓什么，要根据潜次任务来进行采样。

让赵晟娅印象深刻的是定点布放和回收作业，潜航员在深海寻找之前下潜布放的科学仪器。"蛟龙号"在茫茫深海中就像一颗米粒，寻找布放的仪器就真成了"大海捞针"。赵晟娅告诉记者，深海科技与地球化学专家丁抗教授给出了利用海底等深线以及布放标志物的思路，这让潜航员20多分钟就成功完成了回收任务。据悉，这也是"蛟龙号"首次完成这样的任务，体现了定点精细作业的巨大优势。

除了熟练驾驶和操控潜水器，潜航员学员还要掌握相关维修科技和保障技

能，"一专多能、一人多岗"。潜航员在潜水器科技保障领域各有分工，有的侧重声学，有的侧重机械，毕业于大连海事大学电子通信工程专业的赵晟娅就侧重声学和控制系统。

赵晟娅笑称自己是"女汉子"，爬脚手架这样的活儿不在话下。赵晟娅说，女潜航员对事物观察仔细，资料整理翔实，设备维护细心，虽然体力方面没法和男潜航员比，但细心是女潜航员的独特优势。特别是在海底遇到一些设备故障，需要潜航员保持足够的耐心和细心去排查原因。

尽量少喝水　只为少如厕

由于深潜器舱内狭小，仅能容下3个人，但3个人很难同时站立起来。赵晟娅说，大部分时间他们都是一直贴着舱壁原地不动地蜷腿坐着。海底的温度一般在2℃，舱内温度在10℃以下，舱内外温差大，冷凝水不停从舱壁流到脚上。

相比海底的湿冷，还有一件麻烦事让女潜航员有点头疼，那就是舱内上厕所。赵晟娅告诉记者，从下潜的前一天晚上就开始少喝水，往返海底以及作业时段的10个小时都尽量少喝水。每次返航时，才会吃一点巧克力、牛肉干等食物。"海底作业很紧张，一点也感觉不到饿！"赵晟娅爽朗地笑着。

配稿：打造世界一流深海服务平台

国家深海基地管理中心规划全貌

国家深海基地管理中心是继俄罗斯、美国、法国和日本之后，世界上第五个深海科技支撑基地，将建成面向全国具有多功能、全开放的国家级公共服务平台。

邬长斌说，国家深海基地设立的主要目的是为更多科学家走向深海，开展地球科学研究、海洋科学研究提供科技支撑。

目前，针对国际海底资源的开发以及深海科学研究的特点，依托国家深海基地功能实验室、车间、水池、码头以及科考船已建成了深海技术装备公共研发平台。邬长斌介绍说，该研发平台主要由深海技术装备研发中心、测试中心、海试平台以及培训中心组成，可提供海洋调查设备提供从研发、工程样机制造、性能测试、科技咨询等服务。

配稿：蛟龙带回深海"宝物"

据邬长斌介绍，中国大洋第37航次中，蛟龙号在深海获取了丰富的海山富钴结壳区、深渊海沟区地质、生物、水体样品和环境数据，拍摄了大量的海底高清视频、照片。

本航次科考首次在马里亚纳海沟南坡发现了活动的泥火山，拍摄了大量高清视频资料；证实了马里亚纳海沟北坡作业区海

科研人员从深海带回的维嘉海山柳珊瑚

山为泥火山，获取了大量泥火山地质样品。这些样品和视频资料为研究泥火山地质活动和俯冲板片的地质过程提供了重要依据。

初步探明了维嘉海山与采薇海山巨型底栖生物分布具有良好的联通性，改变了海山间生物群落联通性差的传统认识，为科学评价海底环境、合理设计深海采矿系统提供了第一手数据。

邬长斌特别提到，该航次为富钴结壳勘探合同区区域放弃提供了重要依据。此次发现连续富钴结壳分布区，资源前景好，为我国未来在富钴结壳勘探合同区重点勘探区块的选择提供了重要的科学依据。

2016 年 9 月 12 日

鲁产业升级携港拓丝路

丁春丽　杨奕霞

　　"2016 香港山东周"昨日在港举行山东开放政策发布交流会暨 2016 鲁港经贸合作备忘录签约仪式，推介鲁未来五年新战略及政策。山东是次共推介 103 个重点对外合作项目，其中八个"双创"项目拟融资 12 亿元（人民币，下同）。山东省副省长夏耕致辞称，"十三五"期间鲁将大力推动产业迈向中高端水平，研发设计、现代物流、金融等领域扩大开放，推鲁港在"一带一路"、金融、基建等领域加强合作。

山东省政府与香港贸发局签署 2016 鲁港经贸合作备忘录（丁春丽摄）

　　山东省政府与香港贸发局昨签署 2016 鲁港经贸合作备忘录，双方将深化鲁港两地合作，共拓"一带一路"商机，促进企业"走出去"。利用香港专业服务深化鲁企业转型升级，借香港金融业优势服务山东实体经济。两地未来还将拓展合作新领域，促进鲁港创意文化产业交流。

夏耕称，山东新型城镇化将实现 1000 万农业转移人口市民化、700 万城中村城边村居民市民化，带来医疗、养老、教育等民生服务的巨大需求。

借助港优势　扩展基建

此外，鲁还将兴建扩建大量的高速公路等基础设施。其中，优化能源结构，需要投资 7000 亿元至 8000 亿元；完善综合运输通道、构建城际交通网、强化综合交通枢纽，需要投资 1 万亿元；已推出的 375 个 PPP（政府与社会资本合作）合作项目，总投资超过 6000 亿元。夏耕认为，这些项目将为香港的投资者提供融资合作商机。同时，香港在机场、港口、物流等领域多年积淀的管理经验和机制优势，将发挥重要作用。

夏耕还介绍，该省已在"一带一路"沿线国家设立境外企业 1404 家，对外直接投资 49.4 亿美元，承包工程营业额 396 亿美元，建设多个境外园区。山东融入"一带一路"建设，将产生巨大的贸易、投资、金融的需求。鲁港双方可以围绕投融资、工程与贸易、国际产能和装备制造合作、境外经贸园区建设等方面务实合作。

本次山东周期间，山东共推介 103 个重点对外合作项目。其中，健康养老项目 17 个，生物医药项目 6 个，PPP 项目 7 个，"走出去"项目 7 个，融资双创项目 66 个。其中，"双创"项目借力香港境外融资成为会议亮点。

在昨日举行的山东金融改革暨双创项目融资洽谈会上，齐鲁股权交易中心项目、山东伊莱特重工整体高合金钢及有色金属大型锻件等八个重点项目进行路演，拟股权融资 6.1 亿元，项目拟融资 6 亿元。

港成鲁企上市融资平台

山东省金融办副主任葛志强介绍，该省近年在金融机构引进、企业上市、债券发行、人才培养等方面，与香港和国际金融界建立良好合作关系。今年全省外资银行分行总数达到 24 家；外资保险公司分支机构达到 23 家。

香港已经成为山东企业上市融资的重要平台，目前，山东在港上市公司 46 家，占全省境外上市公司的 46%，累计在港融资 890 亿元，占境外上市融资的 86%。

另有济南中央商务区、济宁曲阜机场项目、山东旅游发展基金、青岛国际邮轮港、中国（临沂）国际商贸城等八个重点项目在山东重大项目路演推介及合作交流会上招商推介。

据了解，香港是山东最大外资来源地。山东与嘉里集团、华润集团、招商局集团、港中旅集团、光大集团、中银集团等 11 家香港大企业集团建立战略合作关系，海尔、海信、潍柴、青啤、山钢、如意、万华等借助香港走向世界。

2016 年 9 月 22 日

山东苹果谋求借港出海

胡卧龙

　　"目前，中国苹果主要出口东南亚和中东市场。发达国家对中国农产品特别是苹果设置了很多壁垒，美国、日本、加拿大等发达国家的市场我们几乎进不去。长期以来，美国一直禁止我国苹果进入美国市场。经过17年的艰苦谈判，去年5月才获得了准入资格。"山东烟台沃鲜供应链股份有限公司董事长张克波告诉记者，做了16年苹果出口贸易的他，经历了太多无奈的贸易谈判。

　　10月下旬到11月中旬是苹果收获季节，记者在中国苹果第一品牌——烟台苹果的核心产区栖霞市采访时发现，大多数企业愿通过和香港经销商合作，绕过针对中国农产品的贸易壁垒和食品安全壁垒，开拓欧美国际市场。

共建跨境电商平台

　　张克波作为中国果品流通协会的常务理事，曾是协会组织的开拓中国台湾市场的班底之一。"我们找到台湾农委谈，谈了好多次都没有成功，人家根本就不想和我们谈。"他一直对此事耿耿于怀。

　　今年，张克波在台湾市场上见到了大陆的苹果，经过走访才知道是通过第三方运过去的。张克波希望可以与港方合作，能够拿到台湾的订单，通过互联网方式打开台湾市场。近日，沃鲜公司与香港日升（农业）发展有限公司签署了合作协议，双方在苹果出口方面共建跨境电商平台的合作模式。即，香港日升提供香港及海外订单和境外经销服务，沃鲜建设电子商务平台在全国范围内寻找优质苹果供应商。

　　随着苹果种植面积不断增大，苹果产量增加，今年中国苹果出现滞销现象，价格明显下降。但张克波却发现，人民币汇率贬值有利于出口，中国苹果的品质、出口企业品牌影响力也在逐步增加，中国国际外交、外贸环境基本向好，这些都是促进中国苹果出口的利好因素。

　　数据显示，今年中国苹果出口开始明显提升，上半年出口63.12万吨，同比增长 89.1%，预计全年将出口苹果量将超过 120 万吨，创下历史最高值。其中，烟台栖霞市约有苹果出口资质企业 80 户，年出口额超过 1 亿美元。今年 1 ~ 8 月，该市出口数量达到 6.92 万吨，超过去年全年出口量。

香港贸易优势得天独厚

谈及与港企的合作，张克波说其中有许多幸运的成分。香港日升是业内知名的农产贸易巨头，沃鲜在内地电商流通领域也崭露头角，双方负责人在中国果品流通协会举办的会议上相遇，会上都表达了建立中国苹果贸易标准的意愿，通过交流一拍即合，很快达成合作意向，经过多次谈判签订了合作协议。

张克波告诉记者："香港方面最注重安全问题，多次来到栖霞考察苹果基地，经过反复检测，确认我们的苹果完全符合香港和欧美市场的安全准入标准。"据他透露，电商平台已基本建设完毕，目前处于测试阶段，香港市民有望年内吃到栖霞果园直供的苹果，预计未来两年内达到百万吨出口规模。

栖霞德丰食品有限公司是当地最大的苹果出口企业，年出口额近 4000 万美元，公司董事长潘德辉也愿意和香港经销商合作，借助香港得天独厚的贸易优势，把烟台苹果卖到更多国家和地区。

印尼曾经是中国苹果出口的最大市场，也是德丰重要的出口市场之一。后来印尼政府对进口政策进行了调整，德丰出口到雅加达的苹果无法直接在雅加达靠岸，只好先从青岛运到印尼泗水，然后转运至雅加达。"这样就增加了企业的成本，我们的苹果在价格上本身就不具有竞争优势。"

信赖港商遵守贸易规则

据了解，目前很多苹果外贸企业的进出口业务是通过第三方运作的，苹果产地公司与国内专门从事出口贸易的中间商合作，把中国苹果推向国际市场，栖霞市本鹏合作社理事长史本鹏就有个这样的经历。

2013 年 3 月，史本鹏开始做栖霞苹果供港贸易。截止到 2015 年 3 月，他累计向香港市场提供苹果近 200 万斤，销售额超过 1000 万元人民币。他表示，烟台苹果皮薄肉脆、酸甜适中，符合香港人的口味，特别是高中端的苹果市场反馈很好。但后来中间商资金链出现了问题，欠款过多，双方中断了合作。对此，史本鹏一直觉得非常惋惜。他希望能够跳过中间商，直接找到更遵守贸易规则的香港当地经销商，继续为香港消费者提供高质量的苹果。

潘德辉对史本鹏的经历也感同身受。在他看来，做苹果出口贸易的好处是标准化好，品牌溢价高，客户和订单相对稳定，不存在违约欠款等情况。他告诉记者，目前国内市场需要有专人进行客户维护，维护成本非常高。他希望国内贸易也能像国际市场那样，遵守游戏规则，根据合同发货、验收、付款，不需要担心拖欠或违约现象。

时下正值苹果收获季节（胡卧龙摄）

配稿：人均须年吃 66 磅苹果产能过剩

"近年来，中国苹果种植面积和产量一直在增长，到 2018 年将产出超过 5000 万吨苹果，占世界总产量约三分之二。"中国农业部农村技术开发中心副主任王强告诉记者，"普通人对这个数字可能没有概念，但是平均到每个人头上，我们每人一年要吃掉 30 公斤（约 66 磅）才能把当年的苹果吃光，产能过剩将超过四分之一。"

在苹果产量增长，出现产能过剩迹象的同时，其相邻品种也在同步增长，如葡萄、柑橘、核桃等，也处在过剩的状态。王强称，目前中国果品出口存在很大的空缺，去年苹果出口量仅 86 万吨，虽然今年有望到达 120 万吨，但占比依然很小。

进口急增影响售价

与此同时，中国果品市场也面临着国外农产品的冲击，2015 年中国进口苹果总量为 8.75 万吨，同比增长 211%；进口总额已达到 1.5 亿美元，同比增长 218%。

中国进口苹果大部分来自美国、新西兰和智利，来自这三个国家的苹果总量为 8.23 万吨，占进口总量的 94%。今年还放开了波兰苹果进入，这对中国苹果市场将产生更大的冲击。

栖霞市副市长鲁明义直言，包括栖霞苹果在内的中国苹果产业面临着严峻的挑战。中国苹果以鲜果销售为主，一旦市场出现波动，苹果销售价格势必受到冲击，直接影响到果农的切身利益。

深加工比例亟须提高

鲁明义认为，当前应在通过各种手段降低成本的同时，提高果品深加工的比例，延长产业链增加附加值，提升苹果制品出口比例。

"以法国为代表的欧洲苹果深加工率达到70%以上，所以他们的苹果市场波动很小。"鲁明义表示，"如果我们的苹果深加工能达到40%到50%，将很大程度上缓解供需矛盾，苹果市场的行情将会趋于稳定和合理。"

据了解，栖霞已经开发出苹果烧酒、苹果白兰地、苹果酱、苹果奶制品、苹果化妆品、苹果酚、苹果水溶多糖等新产品，丰富完善苹果深加工产品种类，预计到2020年，苹果深加工量翻一番，达到30%以上。

配稿：苹果脆片撬开香港市场

烟台泉源食品有限公司是栖霞最早做苹果深加工的企业之一，该公司2012年推出的苹果脆片、苹果环产品，并在内地市场取得成功。该公司总经理姜晔之后把目光投向了国际市场。经过调研，他发现香港和韩国消费者喜欢酸甜适中的口味，于是决定先从香港入手。

从2015年申办出口资质开始，姜晔就着手与香港经销商接触。在磨合的过程中，姜晔多次到香港展览推广产品，对香港市场有了进一步的了解。同时港方也到泉源进行考察，主要是产品质量环节。

月供港百万元产品

据姜晔介绍，该公司早在2012年就开始建设内地苹果行业首家物联网，做到了苹果种植、采摘、运输、加工的全程可追溯。最终，公司的产品经受住了港商的考验，建立了合作关系。今年2月，泉源苹果脆片、苹果环产品进入香港市场，目前每月供港4条货柜约100万

山东烟台发展苹果深加工延长产业链增加附加值（胡卧龙摄）

货值，市场反馈良好，回购率很高。

顺利进入香港使姜晔信心大增，他已经开始和韩国、新加坡等地经销商接洽，争取尽快打入国际市场。

据介绍，苹果脆片是在真空状态或负压状态下，将苹果内的水分蒸发掉，外形及颜色不发生变化，从而得到含水在5%左右的制品。它不含色素，无防腐剂，富含纤维，是纯天然的休闲食品，受到崇尚健康、时尚的年轻人的追捧。

配稿：青壮年劳力短缺 人力成本飙升

曾经把苹果卖到香港的果农史大辉最近特别忙。眼下正值苹果采收季节，史大辉家里的8亩苹果还没采摘完毕。孩子还在上学，家里只有他和妻子两个劳动力。活多人少，他只好每天早上开着农用车到隔壁县市，雇佣当地村民来帮忙采收。

史大辉今年40出头，但他是所在的本鹏合作社760户中最年轻的劳动力之一。据本鹏合作社理事长史本鹏介绍，目前合作社果农在60岁左右，像史大辉这样的不到5%。而且这种现象在整个苹果产区非常普遍，所有的合作社都面临青壮年劳动力短缺的问题。

"种植业很辛苦，年轻人都想着往外走，留下的都是老人和孩子。"史本鹏告诉记者，"随着时间推移，这种情况将更加严峻。"

每斤成本2.5元远超进口苹果价

劳动力短缺，人力成本势必增长。近两年，雇工工资由原来的每天120元到150元（人民币，下同）之间，增长到200元到220元。据史本鹏估算，平摊到每斤苹果上，人力成本增加了0.4元左右，达到约1.5元。加上种植成本，每斤苹果的成本应在2.5元左右。

栖霞市副市长鲁明义在接受大公报采访时表示，2.5元的成本在国际市场上是完全没有竞争优势的，荷兰的苹果运到上

果农年龄多在60岁，青壮年劳动力短缺（胡卧龙摄）

海售价才 1.3 元。美国、波兰等世界苹果主产国，凭借较高的生产效率、先进的管理，在价格上形成了竞争优势。

鲁明义称，当地政府在降低苹果成本上进行了一系列探索，包括引导农民规模种植，形成集约化发展格局，推广融资租赁业务，鼓励龙头企业牵头成立苹果打药、采摘、修剪、疏花疏果等多种形式的农业专业化服务公司，面向社会提供融资租赁业务，缓解人力短缺矛盾，降低成本。他希望通过政府、企业和果农的共同努力，到 2020 年把成本降到每斤 2 元以内。

2016 年 11 月 30 日

青岛 2600 万亿次超算启用

丁春丽

12 月 15 日，青岛海洋科学与技术国家实验室（下称"海洋国家实验室"）高性能科学计算与系统仿真平台正式启用，海洋数据共享平台建立。这是目前国际海洋科研领域性能最强的超算系统，其计算能力达到了理论峰值每秒 2600 万亿次浮点运算的计算速度。

青岛海洋国家实验室高性能科学计算与系统仿真平台正式启用

该平台的建设综合了科学计算、智能计算、数据计算等先进的模式，运用云计算、大数据等先进信息技术，与国家超级计算济南中心、浪潮集团协同合作，根据海洋领域科研需求，建设海洋大数据、海洋云平台、海洋网络空间安全等六个子平台。

据悉，海洋国家实验室还联合浪潮集团、国家超级计算济南中心等，组建了一支 100 人的技术支撑和服务团队，在开展平台硬件系统的运行维护的同时，为建立覆盖海洋大数据全生命周期的海洋大数据库及智能云服务平台，先期开展海洋监测、观测数据及其分析算法和模型，实现深海动力、环境、流体等高精度数值的模拟与实时可视化。

建一流海洋模拟器

未来，海洋国家实验室高性能科学计算与系统仿真平台全面将国家互联网＋、国家大数据、国家人工智能 2.0 等重大战略计划融合到海洋领域中，以全域海洋关键现象高效、快速、精细数值仿真模拟和预测为需求导向，针对海洋国家实验室面向全球发起的透明海洋、深海极地、蓝色生命等大科学计划中对智能超算的集群式重大需求，依托国产化超算大科学装置，构建国际一流的超高分辨率全球海洋模拟器。

记者了解到，长期以来，由于种种原因，各涉海科研院所获得的海洋数据难以实现有效共享，这成为制约海洋科技跨越发展的系统瓶颈。海洋数据共享平台的启用，标志着海洋国家实验室的开放共享迈上了一个新的台阶，将大大推动中国海洋科技的发展，对我国实现海洋数据的共享、共用有着重要意义。

海洋数据全国共享

海洋国家实验室海洋数据平台推出的首批面向全国共享的海洋数据，包括全球最大的区域海洋观测网——南海潜标观测网数据、中国首次具备的全天候北极监测能力的北极冰基锚系剖面浮标观测数据、我国自主研发的白龙浮标长期和实时观测数据、自行开展的热带西太平洋暖池核心区锚定潜标数据、水文断面观测和湍流观测数据，以及覆盖山东半岛、黄河三角洲、长江三角洲以及珠江口、南海北部的海洋动力过程、海洋区域地质、海岸带环境地质、海洋矿产资源、航空遥感等专业领域数据。

配稿：规划建设 E 级超级计算机

随着海洋领域速度最快的超级计算机正式宣布启用，百亿亿次超算的 E 级超级计算机（性能 8 倍于目前全球最快的神威太湖之光）也在规划建设中，E 级超算建设将实现中国在计算海洋方面的世界领先。

记者从 15 日举行的"2016 海洋＋E 级超算论坛"上获悉，超高速超级计算是未来海洋高精度数值计算与仿真核心的支撑条件。随着卫星遥感等海洋观测技术的进步，人们获得海洋数据量将成几何倍数增长，据统计到 2030 年，海洋数据量规模将从目前的约 60PB 增长至 350PB 以上，海洋研究必须依靠性能强大的超级计算机进行处理模拟。

高性能计算机与系统仿真平台实景（大公报摄）

中国科学院院士、海洋国家实验室主任吴立新表示，希望 E 级超算能建成国际一流的亚公里级"全球海洋模拟器"，帮助实现两个科学梦想，一是模拟过去 20000 年的地球系统演变，二是实现最高精细度的海洋气候预报。中国工程院院士、浪潮集团首席科学家王恩东认为，海洋将是 E 级超算的非常好的应用方向，海洋国家实验室聚集了国内外海洋领域最顶尖专家，希望通过 E 级超算建设实现中国在计算海洋方面的世界领先。

2016 年 12 月 17 日

孔子故乡 中国山东
2016 对外新闻报道集

香港文汇报

早立遗嘱成时尚　直面身后事

殷江宏

财产继承诉讼频发 "不吉利"观念悄然生变

人生天地间，忽如远行客。与以前相比，内地许多民众不再避谈生死，反而打破传统，掀起提前立遗嘱的风潮。近日，年仅35岁的李雪（化名）到山东遗嘱库起草了一份遗嘱。这是山东遗嘱库成立以来受理的最年轻的客户。

李雪告诉工作人员，她身处高危行业，现上有父母，下有子女，虽然家产并不丰厚，亦希望突发意外时能对家人有所安排。在内地很多省份，像李雪这样提前立下遗嘱的不在少数。山东遗嘱库主任孙爱荣认为，立遗嘱不仅能有效减少社会矛盾和家庭纠纷，其实更是一种爱的延续和传承。

山东遗嘱库成立于2013年12月，由山东省公益法律服务中心及山东康桥律师事务所发起，是内地首个省级遗嘱库。据孙爱荣介绍，与中华遗嘱库的运作模式有所不同，为确保遗嘱的有效性，山东遗嘱库更为注重对材料的审查，并对申请人的遗嘱设计给予更多专业的意见。

十个月接待逾8000人

山东遗嘱库成立以来，已至少有近千人前来咨询。同在济南的齐鲁遗嘱库今年1月刚刚成立，亦是咨询者众。这种现象不仅发生在山东。2013年3月，北京成立了"中华遗嘱库"，在其成立6个月之时，已有1.2万人入库登记。甚至有老年人因打不进电话找市长热线投诉。天津遗嘱库（中华遗嘱库天津分库）去年6月正式成立，在运营十个月时间内，就已接待老人8000余名。有媒体在网上梳理发现，遗嘱库正在中国各地逐渐设立，仅2015年至今，就有广东、甘肃等地的遗嘱库挂牌。

"随着经济社会的发展和个人财富的增加，财产如何传承已成为影响家庭幸福、社会和谐的重大问题之一。"身兼律师的孙爱荣，曾亲历多起因继承纠纷引发的诉讼。她在社会调查中发现，许多老年人十分关心自己身后财产的处置问题。另一方面，因意外事故和伤害频发，早立遗嘱已隐隐成为一种时尚。"坦白讲，我们更希望起到一种引导作用：立遗嘱不是不吉利的事情，反而更有利于家庭的和谐。"

"从我们的经验来看，现在的人们尤其是老人对于设立遗嘱是欣然接受的。"吉林遗嘱库主任黄磊在接受媒体采访时表示，这充分说明当下人们看待身后事更加理性，法制观念也在增强。

咨询者呈年轻化趋势

五十多岁的王先生（化名）是一名上市公司的老板，有一次乘飞机时遭遇强烈气流，在颠簸中他忽然觉得应该立一份遗嘱，以便突发意外时家人和公司不会乱成一团。

据孙爱荣介绍，近期已有四五个像王先生这样的上市公司老总向其咨询过立遗嘱的事情。对于他们而言，财富的传承过程牵扯到很多方面，需要一个专门的团队来为其量身定做传承方案。

相比之下，普通市民立遗嘱则更为直截了当。济南一位80多岁的老人，无儿无女，只有一个弟弟，现由外甥女照顾他的晚年生活。他到山东遗嘱库立了一份遗嘱，希望百年以后把房产、股票等资产按照他的安排来分配。

"以前很多来咨询的都不愿意透露自己的真实姓名，现在的人则更为务实，他们不再避讳，而且来之前大部分已了解过相关知识。"孙爱荣说，年龄也更为年轻，以前是以老人为主，现在四五十岁、甚至三十多岁的人也纷纷来咨询此事。在中国传统观念里，一般比较忌讳在老人生前就谈论其身后事，现在这些观念正在悄然发生改变。

律师吁简化执行手续

山东遗嘱库成立以来，律师孙爱荣遇到了很多意想不到的困难，亦充分感受到人生百态。"虽然有近千人咨询，但许多人并不符合条件，比如有些老人提供的材料所涉及资产并未获得老伴的同意；有些则是子女前来代办遗嘱，我们调查发现老人的神智已不清醒；有些是涉及房产本身有纠纷……"

而申请人在立遗嘱或遗嘱执行的过程中，亦经常会遇到很多不可预知的纠纷。她坦言，最令其苦恼的是相应现行制度有极大的缺陷：比如在国外某些国家只要有通过设立的遗嘱，房产部门就会允许配合过户；内地则不行，继承人要办理房产过户除遗嘱以外还需要提供公证书，而出具公证书还要符合需经第一顺序的全部法定继承人到场同意等众多前置所有亲属的同意证明等系列文条件，有时还有另一种方式就是需要法院的判决书。

孙爱荣希望改变这一现状，正在酝酿成立一个信用联盟，拟联合山东省内几大律师行和有关部门，为山东遗嘱库提供信用保证。对此，很多朋友曾说她是异想天开。她却告诉记者，这个联盟虽然困难重重，但有望今年正式成立，意义重大，正在为联盟的成立去努力，她希望早一天能在济南市做试点推广。

2016 年 3 月 28 日

港业界助力山东新型城镇化

殷江宏

为推动山东与香港在新型城镇化领域的合作，香港贸发局率一行 20 人的香港基建及房地产服务业界代表团，于本月 12 至 15 日访问济南及济宁。其间，由香港贸发局、山东省住建厅、山东省发改委、山东省财政厅及山东省商务厅合办的"新型城镇化·香港论坛"13 日在济南举行，推介香港建筑设计、工程以及商业与项目管理等相关服务优势，探讨两地合作机遇，吸引逾 600 名山东地区的政府领导及企业高管参与。

香港贸发局副总裁叶泽恩在论坛上表示，中央政府提出坚持"以人的城镇化"为核心，以城市群为主体形态，加快新型城镇化步伐，推进城乡发展一体化。新型城镇化将会成为国家经济和社会发展的巨大推动力。

借鉴港经验 推动基础建设

在国家"十三五"规划中，山东拥有威海、德州两个国家级新型城镇化试点市，和章丘、郓城等四个国家级新型城镇化试点县，正处于经济转型升级、城镇化快速发展的重要时期；香港在建筑、工程、管理和测量业界等多种专业服务，处于国际领先地位，正好于设计和运营城镇规划、公路、铁路等设施方面，为山东新型城镇化提供强大支持，实现可持续发展。

山东省副省长王书坚表示，推动鲁港在城镇化建设领域的合作符合双方的发展需求。数字显示，山东城镇化率每提高一个百分点，可拉动固定投资 5000 亿元（人民币，下同），增加社会消费总额 1200 亿元。未来五年，山东将对各类基础设施及棚户区、城中村进行改造，需要开展大规模的建筑投资。而香港在城镇化建设以及金融投资等方面具有雄厚实力和丰富经验。希望本次论坛助推山东城镇化进程，并促进两地经济共同发展。

三场专题论坛　聚焦城市发展

论坛期间，戴德梁行香港区高级董事总经理陶汝鸿向与会者讲解新型城镇化的发展模式，并列举出中国新型城镇化的十大成功要素；香港大型机电工程集团安乐工程集团首席环境工程总监陈海明则分享城镇发展当中，政府与社会资本合作（PPP）模式的实践经验；而基础设施设计、建造、投资和运营管理服务供货商艾奕康有限公司执行董事陆健才博士则分享城镇化规划如何能做到以人为本。此外，大会还设有鲁港城市基础设施合作专题论坛、智慧城市发展经验分享专题论坛、城市规划设计及文化传承专题论坛3场专题论坛。

代表团在济南期间，还实地了解济南中央商务区规划建设以及泉城路核心商圈恒隆广场、济南老城区芙蓉街、曲水亭街项目。之后，代表团将会转到曲阜市考察城市基础设施建设及明故城，并到济宁出席"济宁—香港新型城镇化项目合作研讨会暨济港新型城镇化合作交流午餐会"。

发挥所长　合作共赢

在13日上午举行的"新型城镇化·香港论坛"期间，山东城乡规划设计研究院与香港艾奕康有限公司签署战略合作协议。据此协议，双方将发挥各自在市场开拓、勘察设计等方面的优势，并充分利用双方在工程设计方面的经验与资源，在多领域加强合作，实现共赢。

香港贸发局副总裁叶泽恩对记者表示，贸发局每年在香港、内地以及海外，举办超过700项活动，借此推介香港的产品及服务，推广的范畴由金融、航运物流、知识产权、创意产业到基建及房地产等。

叶泽恩称本次论坛是今年贸发局在内地举行的规模最大的活动之一，"我们留意到，在国家城镇化的过程当中，对高素质基建及房地产服务的需求不断增加，而香港在此方面发展多年拥有丰富经验、尖端技术和优秀人才，可以为国家的城镇化发展出一分力"。

叶泽恩更指，在当前经济形势下，鲁港两地经济均面临转型。未来鲁港合作可能会改变传统模式，譬如以前大多是直接合作，以后共同"走出去"并购投资则会进一步增加，其间香港在会计、法律、融资等方面的专业服务可助鲁企走向国际。

2016 年 4 月 15 日

香港培新启动服务家乡奖学金
总额 200 万美元　资助大学生读博士回馈山东

杨奕霞　殷江宏

由香港培新集团慈善基金有限公司设立的培新"服务家乡"精英奖学金计划启动仪式昨日在山东大学举行。首期计划拟于今年开始，为期 5 年，基金将在农学与植物学、医学与生命科学、海洋科学与海洋工程、新材料与先进装备制造 4 个学科领域，共计资助 20 名大学毕业生完成博士教育，涉及奖学金总额 200 万美元。奖学金于今年 5 月第一个工作日起正式接受网上申请。

香港培新集团董事总经理、培新集团慈善基金董事杨绍东表示，计划将按年度在几个与山东地方发展和百姓生活密切相关的学科领域上遴选优秀大学毕业生，资助其到全球综合排名前 50 或学科专业排名全球前 30 的海外高等院校完成博士教育。

每人每年的资助达 2.5 万美元，资助期为 3 年，特殊情况可申请延期 1 年。

需承诺服务家乡 3 年

据介绍，"培新精英计划"是借鉴新加坡政府的做法，以"回山东工作和服务若干年"为唯一条件。计划本着"不求为我所有，但求为我所用"的理念，受资助者只要在获得博士学位后 3 年内回家乡效力，并在 7 年内完成服务 3 年的承诺即可。首期计划先选取的 4 个专业亦是山东最需要的专业领域；同时计划还有一个特点，就是不排斥受资助人申请其他奖学金的资助，但须以不附带与未来就业选择有关的条件为前提。

在读期间，奖金得主亦可申请助教、助研等岗位获取报酬，但不得兼职从事校外工作或校内与专业无关的工作，主要是希望受资助者可以没有后顾之忧地专注学业。

学成回归山大纳骨干教师计划

"培新精英计划"项目管理办公室将设在山东大学。山东大学校长张荣表示，该校已邀请到包括国内外院士、长江学者、国家杰出青年科学基金得主等的40余位海内外知名专家组建成评审专家团。目前，首批奖学金的所有遴选准备工作都已安排就绪。

同时，该校承诺向所有入选计划的尖子敞开大门，凡在"培新精英计划"奖学金资助下学成归国并有意加盟山东大学者，该校会将其优先列入"青年骨干教师未来计划"，予以重点引进并专项支持。

杨世杭张涛等主礼启动仪式

在昨日的培新"服务家乡"精英奖学金计划启动仪式上，香港培新集团主席、山东省政协常委杨世杭，共青团山东省委书记张涛，山东省委统战部巡视员亓同秋，山东省教育厅副厅长郭建磊，山东省民政厅副厅长周云平，山东省人民政府侨务办公室副主任孙西忠等担任主礼嘉宾，见证计划的开展。

叹人才不回鲁　冀聚老乡建老家

为培养家乡山东的青年人，香港培新集团慈善基金有限公司今年设立"服务家乡"精英奖学金计划，而有关捐赠并非培新集团慈善基金首次回报家乡。据了解，基金于去年12月曾向山东慈善总会旗下的鲁慈对外交流中心捐赠500万元人民币（下同）；5年前在山东大学建校110周年之际，基金亦向该校捐赠了1100万元，用于该校青岛校区政府管理学院的筹建。

杨绍东吁更多乡贤培育下一代

香港培新集团董事总经理、培新集团慈善基金董事杨绍东表示，成立培新精英计划的初衷，是有感于山东优秀人才相对匮乏，"这些年，我和我的父亲在全国和世界各地走动，遇到许多非常杰出的山东籍人士，我们感到高兴和荣耀的同时，也常常慨叹，这些优秀的人才为什么不回家乡来，把我们的家乡好好建设一下？"

杨绍东本身在香港出生、在海外长大，其父母也是在香港出生，但一家人对家乡有着很深的感情，"特别重视'我是山东人'这个身份。我的祖父、父亲都给我做出了榜样。一个人无论身处何地，都应该知道自己的根在哪里，怀有一颗爱家乡的心，并培养下一代爱家乡的心"。

他呼吁更多山东的企业家、慈善家能一起来做类似的事情，聚沙成塔，为山东的父老乡亲谋福祉。

2016 年 4 月 21 日

中美创客青岛对决　奇思妙想"开脑洞"
桌面机器人引爆美众筹

杨奕霞　殷江宏

席卷全球的创客风潮或许会改变这个世界。日前，96 组中美创客团队在山东青岛对决，巴掌大的洗衣机、迷你肺功能检测仪、智能烤箱、仿生医用齿科与骨科材料、高效影音传输系统、图漾信息科技 –3D 视觉……两国创客看似天马行空的独特创意和奇思妙想让人"脑洞大开"，印象深刻。

在本次大赛中，来自越疆科技的桌面机器人获得二等奖。这是中国几个"90后"青年的杰作。此前，该项目引爆了美国著名众筹网站 kickstarter。主创团队亦作为全国优秀创客代表，受到李克强总理的接见。

创业多艰辛学子心智坚

越疆科技 CEO 刘培超毕业于山东大学机械自动化专业。据其介绍，大一刚入学他就开始"做生意"，在学校里推广中国移动手机卡，次年即拿下其所在校区的代理。喜欢动脑的他更申请了两项专利，并在济南市的创新比赛中得了特等奖。为了补充专业领域的空白，他还修了管理学院的双学位，为其以后创业期间的市场推广打下扎实的理论基础。

2014 年 7 月，刘培超和 5 名小伙伴正式启动桌面"机械臂"项目。当时他白天要上班，只能利用晚上时间搞研发，每天从晚上七点做到凌晨两点，一直坚持了近一年的时间。

团队里的伙伴，都是刘培超山大的校友和中科院的同事。谈起初创业的艰辛，刘培超笑言充分体验了内心被撕破再愈合的过程。他坦言，创业是条不归路，首先要学会自我调解和梳理，给自己做一个正确的定位分析和承受能力分析。

瞄市场机遇 获巨额投资

选择桌面机器人，是因为刘培超看到了这个行业的空白。"目前整个中国的工业机械臂只是做集成，技术掌握在外国人的手中，我们看到这种现象感到很心痛，但同时也看到了机会。2015 年全球服务机器人市场容量是 551 亿元，增速 13%，可见我们有一个巨大的市场机遇。"

2015 年 7 月，刘培超的越疆科技正式运营，成立伊始便获得 100 万元（人民币，下同）天使投资，当年推出第一款产品 Dobot——市面上第一场高精度桌面级机械臂。Dobot 开辟了智能化操作的先河，支持语音、手机、手势等 7 种控制方式，不仅穿针引线，还能画画、写字、3D 打印、打字，甚至倒茶、涂花生酱，做危险的化学实验。在半年多的时间，Dobot 实现了 1600 套机械臂的销售，销售总额达到 600 万元，其中 2/3 销往美国。同时，Dobot 在美国获得近 62 万美金的众筹，列近三年来中国团队在美国众筹的前三名。

同年 10 月，越疆科技团队作为全国优秀创客代表受到李克强总理的接见。12 月，公司获得 Pre-A 融资 2000 万元。目前，公司已收到内地近 40 家企业抛出的橄榄枝，并与清华大学、周大福等展开合作。

创客创意"天马行空"

智能烤箱：带来厨房变革

来自芝加哥的皮特，带来一款智能烤箱，利用这个烤箱可以提供各种各样配套的餐饮服务，你可以扫描一下条形码，然后把食物放进去就可以了，这个烤箱可以进行烤、煎、煮等等一系列的动作，12 分钟之后饭就做好。他认为他们的产品可以给厨房带来变革。

巴掌洗衣机：可清洗蔬果

此次中美创新创业大赛上，来自山东大学研一学生曹磊团队，也呈现了一款"巴掌洗衣机"，这个项目成品的成本预算仅有 100 多元，售价也不过 200 多元，并且在结构上做了"振壳一体"的优化，不光是衣服，下一步连蔬菜、水果、眼镜、珠宝都可以清洗。

迷你检测仪：随时"查霾"

空气环境日趋严峻，雾霾给人们健康带来挑战。山东大学在校生黄苏婉，展示了一款便携式肺功能检测设备，该检测仪仅有手机大小，价格也压缩到 20 元至 388 元，利用手机声频监测系统，然后研发一个呼吸传感器，与手机连接，一吹气手机就显示具体数据。

中国选手包揽四领域头奖

中美创新创业大赛由山东大学与青岛市政府联合发起主办，汇集中美 96 个高精尖创业创新团队，项目涉及生物医药、节能环保与新材料、信息与智能制造、移动互联网四个领域。来自中国的"寻球科技""仿生医用齿科与骨科材料""基于压缩感知原理的复杂环境下高效影音传输系统""图漾信息科技 –3D 视觉"脱颖而出，获得各领域的一等奖。获奖者若入选青岛高新区"金苹果计划"并落地高新区的项目将获得最高 50 万元的创业启动资金支持。

山东大学副校长刘建亚称此次活动是目前国内机构主办的在美国覆盖范围最广的创业大赛之一。大赛自 2015 年年底启动以来，先后在华盛顿、休斯敦、芝加哥、硅谷举行美国赛区初赛，并在中国上海、济南、青岛举行南北赛区初赛，以及中美赛区的网络赛等活动。

省长为两国创客点赞

山东省委副书记、省长郭树清在致辞时为来自中美两国的创客团队点赞。他表示，创客已成为年轻人追求事业梦想、人生梦想的新途径。历史上鲁班和墨子可能都是世界上最早的创客，他们的家乡都是现在的山东滕州市。郭树清邀请创客团队到山东发展，他说，目前山东科技企业孵化器总计达到 55 家，在全国各省市中名列第二。同时，国务院已批复同意山东济南、青岛、淄博、潍坊、烟台、威海等 6 个国家级高新技术开发区建设山东半岛国家自主创新示范区，下一步该省将积极推进创新政策先行先试，鼓励发展众创、众包、众孵、众筹，搭建起自由广阔的创新创业平台。

2016 年 5 月 16 日

今日头条：山东自主创新示范区升级

殷江宏

国务院日前正式批准建设山东半岛国家自主创新示范区，这是目前中国唯一以"蓝色经济引领转型升级"为战略定位的国家自主创新示范区。该区将借鉴上海自贸区和北京中关村有关做法，探索建立和完善外商投资准入、社会投资类内资项目特别管理措施。

据规划，此次获批的山东半岛国家自主创新示范区将打造成为海洋领域具有全球影响力的海洋科技创新中心。示范区以济南、淄博、潍坊、青岛、烟台、威海六个高新区为主体。区内聚集了全国50%以上的海洋科研机构和全国70%的海洋高端人才，自主研发的海洋监测设备、海洋钻井平台、海洋生物医药等一批重大高新技术产品填补国内空白，并拥有国家深潜基地、"蛟龙号"载人深潜器、"科学号"海洋综合考察船等一批重大海洋科研项目。

山东省科技厅厅长刘为民表示，该示范区将全面享受科研项目经费管理改革、非上市中小企业通过股份转让代办系统进行股权融资等全国推广的中关村六项政策，同时还将享受股权奖励、税收优惠等四项国家自主创新示范区优惠政策。

专项资金预算 1 亿

据悉，山东省在今年初预算中，将安排自主创新示范区专项资金1亿元人民币，用于支持山东半岛国家自主创新示范区建设发展。同时，该省将鼓励示范区设立新三板中介服务中心及科技企业上市辅导机构，支持具备发展潜力的科技型中小企业挂牌上市。

据了解，2009年3月设立的北京中关村国家自主创新示范区是中国第一个国家自主创新示范区。此后，湖北省武汉东湖、上海张江等国家自主创新示范区先后设立。今年3月30日召开的国务院常务会议又新设河南郑洛新、山东半岛、辽宁沈大3个国家自主创新示范区。

2016 年 5 月 19 日

首用"云脑"监护老人突发状况
陪护机器人万元有找

殷江宏

全球首款家庭智能陪护机器人面世。这款名叫"大智"的机器人，虽然比不上电影《超能陆战队》中的"大白"那么神奇，但亦具有智能化语音交互、人脸识别、自主学习及自我健康评价等技术，可基本实现对老年人和儿童的家庭陪护和保安功能。据悉，"大智"将于下半年在苏州投产，售价会在一万元人民币以内。

"你好，大智！""请讲。"

"你吃饭了吗？""这天气都弄得我没胃口吃饭了，喝口水都能饱一天。"

老幼人口趋增市场需求大

以上是山东大学机器人研究中心云基智能机器人实验室，工作人员和机器人"大智"的对话。"大智"身高620毫米，圆圆的脑袋配上白色的身躯、黑色的脸庞。据该实验室主任、山东大学博士生导师周风余教授介绍，"大智"的主要服务对象是老年人和幼童。上班族可在工作的时候让机器人在家里"巡逻"。除了陪伴功能，"大智"还可检测煤气泄漏、感应烟雾和陌生人侵入，同时还可对老人摔倒等意外情况进行监护，将视频发给监护人。

"大智"家庭智能陪护机器人是周风余团队近20年研究成果的结晶，其在内地率先进行了基于云平台的服务机器人健康评价与故障预测，并在自主学习与心智发育等方面有所涉猎。周风余相信，随着服务机器人的不断更新换代，未来五到十年，真正的"大白"或许会出现在现实生活中。

"大智"机器人从2013年开始规划和研制，主要为了满足市场的迫切需求。此前，周风余团队对服务机器人的研究，经历了一个由家庭服务机器人平台、医院住院病房巡视机器人和养老院老年人陪护机器人向现在的基于云平台的家庭智能陪护机器人转变的过程。

"中国 4-2-1 的家庭模式持续了几十年，老幼人口占比居高不下，残障人士众多，急需陪护机器人、康复机器人。服务机器人日益成为大众的必需品，其发展将遵循智能手机和 PC 路径，需求旺盛永无止境。"他说。

年内苏州投产售价万元内

据其介绍，"大智"机器人将于今年下半年在苏州投产，初期会选择部分家庭试用，售价在万元以内，仅比苹果手机略贵。未来将推出不同系列服务机器人，满足不同消费者的需求。

服务机器人需求巨大

近年来服务机器人在全球范围内发展迅速。周风余表示，相对于工业机器人，服务机器人具有更大的需求弹性。据最新报道，全球服务机器人市场总额正以 20% 至 30% 的速度增长，2017 年将达到 500 亿至 700 亿美元，有望超过工业机器人，其中主流产品是家庭服务机器人。

科技巨头布局人工智能

"目前已投产的清洁机器人和无人机均取得巨大成功，其中科沃斯扫地机器人每年的销售额在 20 亿元以上。这在一定程度上起到了示范作用。"

周风余说，环境感知与传感技术的日新月异，亦使服务机器人获得越来越接近于人类的感知能力。大数据、云计算则使机器人有望实现"物美价廉"，降低成本的同时，反而大幅度提高机器人的智能水平。目前微软、谷歌、百度等科技巨头已经在人工智能领域布局，并取得较大成果。此外，新的生物材料使得服务机器人将具有类似人的皮肤，实现与人类亲密互动，促进购买需求。智能化程度一旦迈过可承受的拐点，用户就愿意支付超额溢价。

特稿：行业同质化严重缺智能交互

"在服务机器人领域，全球处于同一起跑线，国内外差距很小，并且不存在行业垄断，这给服务机器人产业提供了一个百家争鸣、百花齐放的机遇。这也决定了我国对服务机器人扶持力度将会不断加大。"周风余认为，国家发改委、工信部、财政部、科技部出台的"十二五""十三五"规划、诸多的机器人产业联盟等，均充分体现出国家对服务机器人产业的重视。

谈到内地行业现状,周风余坦言,现在内地很多企业都在进入服务机器人领域,但大部分都是"移动轮+iPAD"模式,甚至就是"基座+iPAD"模式,同质化严重,缺少核心的智能化要素,缺乏智能化交互和环境感知能力,可能会打击消费者对机器人的信心。

服务机器人市场标准未成形

"由于服务机器人还在产业化初期,加上类型繁多,兼容性差,目前仍未形成服务机器人的市场标准。在服务机器人产业火爆的同时,低劣的、智能化程度低的服务机器人充斥着整个市场。"他担心,低端化、恶性竞争的结果有可能把机器人行业推向血腥的"红海"。

2016 年 7 月 5 日

王诺君促鲁港文化教育交流
助港生适应内地生活拟举办港回归成果展

殷江宏

1994 年冬天，学生时代的王诺君随父母到山东旅游，三人不习惯北方的严寒，在济南街头冻得瑟瑟发抖，幸好买饺子时获热情的老板招呼到家里避寒。时隔多年，山东人的热情好客仍然是王诺君心中温暖的回忆。21 年后，王诺君获任命为特区政府驻山东联络处主任，行走在齐鲁大地上，她时常会想起那年冬天的寒冷和感动，她和同事们组织和参与了多项文化教育活动，希望促进鲁港两地的交流与合作。

王诺君在香港长大，父亲是早期北上发展的"先行者"之一。或许受此影响，王诺君一直想到内地走走看看。在香港科技大学读书时，她结识了许多内地同学，还跟他们学会了普通话。原本她计划到广东去做一年左右的义教，恰逢特区政府山东联络处主任空缺，王诺君立刻申请了这一职位，并成为内地联络处中最年轻的负责人之一。

初到山东没感到陌生

初到山东，王诺君没感到陌生和隔阂，身高 1.70 米左右的她长相斯文，却性格爽快，很快获当地人接受。她表示，此次来鲁任期三年，主要负责加强与当地政府的交流，以及联络照顾当地的港人港商。

"多年来，港资一直占山东外资第一位，两地经贸往来十分密切。同时，还有许多香港学生在山东读书。"王诺君表示，近几年到内地读书的港生日益增多，在山东的香港学生有 89 名，主要就读管理、金融、文学等，山东联络处成立后通过多种渠道联络到这些香港学子。

"与港商有商会不同，香港学生大多互不相识。我们找到他们时，他们都很高兴。我们能够为学子们提供各类咨询及资源整合，同时亦方便他们之间的沟通，增强凝聚力。"据悉，山东联络处还会帮助香港学子在山东寻找实习机会，组织联谊、求职培训等，希望能为他们提供更多支持。

为经贸合作牵线搭桥

王诺君到山东一年多来，曾到济南、青岛、烟台、威海、潍坊等多个城市考察，了解山东各行各业的领军企业，并积极为鲁港经贸合作牵线搭桥。王诺君表示，"目前山东和香港的经贸往来已进入很好的良性循环，未来两地应在文化、教育等方面进一步加强交流与合作，相互了解"。

据她介绍，山东联络处成立以来，组织和参与了多项文化教育交流活动，如香港图片展、文化交流活动、港生内地交流计划等。明年是香港回归20年，她计划在山东部分城市举行香港回归成果展等系列活动，让山东民众更了解香港。

20多年前结缘夫妻北上体验

身在异乡，很容易会感到孤单，幸运的是老公十分支持她的工作，辞去香港的工作陪她一起到山东。和其他北上寻求机会的港人不同，王诺君夫妇到内地更多的是想体验不同的文化和生活。

夫山东找工作体验人生

"他在国外长大，工作后到香港，现在正准备在山东找工作。"王诺君说，"虽然在这边可能不如香港收入高，但就是想增加人生阅历，这种体验是最宝贵的。如果这几年过得有意义，那一切就都值得。"

每逢假期，王诺君夫妇就去各地旅游，了解不同地方的风土人情。"虽然机票有时比从香港直飞还要贵，但去北边的城市能节省更多时间。"他们去得最多的地方还是山东，"感觉17个城市都有自己的特色，十分有意思"。相对而言，青岛是他们更为喜欢的城市，不仅是因为和香港同为港口城市，文化较为开放，有很多相似之处，更由于其相对的空旷和宽阔的空间感。"在青岛很容易就找到一个安静的咖啡馆，这与香港很不同。"

而王诺君夫妇的做法亦得到家人的支持。"老爸曾经北上发展过，所以非常支持我，这也是一定程度上的传承吧。"

从20多年前那个冬天开始，王诺君就与山东结下了不解之缘。其实不仅如此，齐鲁大地从2000多年前就开始注重诚信，"君子重然诺"，与王诺君的名字正好寓意相通。

融入当地学放风筝打乒球

清代郑板桥曾写过一首《怀潍县》，"纸花如雪满天飞，娇女秋千打四围。五色罗裙风摆动，好将蝴蝶斗春归"。作为"扬州八怪"重要代表人物，郑板桥曾在山东潍县（今潍坊境内）做过县令，他老年念念不忘的正是北方的风筝。时至今日，放风筝仍然是山东一项喜闻乐见的休闲娱乐运动。入乡随俗，王诺君到山东后也学会了这项运动，周末到泉城广场放风筝是她工余难得的惬意时光。此外，她还学会了打乒乓球，不过她很快发现当地的老人和小孩打球都很厉害，决定去找个教练认真学习。

"山东人的说话方式和香港人不太一样，但能感受到他们很真诚，沟通起来没有障碍。"

生活和工作"无缝对接"

与香港相比，到山东后王诺君的生活方式发生了不少变化。她努力地适应和融入当地，体会不同的风土人情。济南街头的小吃油旋，虽然只要几块钱一只，却曾是季羡林赞不绝口的美食，吸引着几代老济南的味蕾，王诺君吃后感觉回味无穷。不过，鲁菜的风格和香港迥然不同，王诺君还是更习惯粤菜的清淡精致，有空时还是会尽量自己做饭。

更有趣的是，她深刻感受到在内地网购的方便和电子货币的快捷。目前网购已成为她的主要购物方式。每次出去吃饭，王诺君亦会和当地的年轻人一样刷手机看是否有团购和电子优惠券，"在香港优惠券经常都是要打印出来或预约的，在这边就不用，用电子优惠券很便利"。

相对于生活和工作上的"无缝对接"，王诺君认为初期最不适应的反而是天气。她说，唯一不喜欢的就是济南的雾霾，期待当地领导大力改善，也乐意见证这个改进的过程。

2016 年 8 月 5 日

"黑马"冠军张梦雪：初战奥运不怯场 敢打敢拼赢首金

殷江宏　丁春丽

在 7 日晚举行的里约奥运会女子 10 米气手枪比赛中，来自山东济南的"黑马"张梦雪爆冷夺冠。两届奥运冠军郭文珺则止步资格赛，遗憾出局。张梦雪的父母和启蒙教练等在家中看到其夺冠时非常激动，忍不住流下喜悦的泪水。

在中国射击队强手如云的名单中，"90 后"女孩张梦雪并不太引人注目。本次比赛是张梦雪的首次奥运之旅，而更令人吃惊的是，这位 25 岁的济南姑娘去年才开始参加国际比赛，目前张梦雪在该项目上的世界排名位居第五，今年在慕尼黑和曼谷站世界杯两次获得季军。与郭文珺面临的压力相比，张梦雪没有包袱轻装上阵。

教练：初生牛犊不怕虎

据张梦雪的启蒙教练王红丽介绍，爱徒此次夺冠她并不觉得意外。她说，张梦雪的最大优势是心理素质特别好，这一点对射击比赛而言特别重要。张梦雪去里约前她给徒弟留下一句寄语："奥运大舞台，初生牛犊不怕虎。""张梦雪平时就敢打敢拼，这是第一次参加奥运会，大家的目光都在郭文珺那儿，所以她压力没有那么大。"

母亲两度喜极而泣

看到张梦雪挑落首金，她的母亲刘振华再次喜极而泣。在之前得知张梦雪进入决赛后，刘振华就一度留下泪水。"梦雪顶着压力拿到中国队的首金，真的很不容易！"刘振华在电话里依然很是激动，"她之前就有夺金的愿望。"在母亲看来，张梦雪有夺金的实力，但是因为赛制改革，更需要选手临场发挥。

提前两轮入选里约

在济南市体校仅仅训练了两年，张梦雪就被山东省队看中，在2006年省运会结束后，她便被招入省队集训。三年后，张梦雪又加入了国家队青少年集训，去卡塔尔参与了亚洲气枪锦标赛，获得了个人第三名、团体冠军。2014年底，张梦雪通过选拔，一举打进了国家队。让人意想不到的是，进入国家队仅仅一年，也就是2015年，在名将郭文珺没有通过韩国世界杯资格赛的情况下，首次代表国家队出战世界杯赛事的张梦雪挺身而出，摘得银牌，帮中国队拿到了一张奥运会入场券。2016年，张梦雪又连续在世界杯泰国站和德国站两次获得第三名。她说，"中国射击队在两年里共进行了六轮的奥运会选拔赛，我拿了前四场冠军，所以提前两轮确定入选里约奥运名单"。

尽管在选拔赛里成绩斐然，但张梦雪还是非常低调，"在我参加的10米气手枪这个项目里，还有老大姐郭文珺参赛，我们会一起努力，争取实现这个项目的奥运三连冠。因为有郭姐这位两届奥运冠军带着，这次奥运会我并没有太大的压力。"她续称，"面对像奥运会这样的比赛，我还算是新人，参赛目标就是积累大赛经验，通过奥运会能够有所收获，为以后更多的大赛打好基础。"

陪同学练习喧宾夺主入选

张梦雪1991年2月6日出生于济南市，2004年进入济南市体校射击队进行训练，师从王红丽教练。说起自己练习射击，张梦雪也觉得是纯属"意外"，"最开始练射击是因为陪同我的一个小学同学去的，结果我被教练看中了，同学却没有。一开始家人也很难作出决定，不知是让我练射击还是继续在普通学校上学"。两难之下，张梦雪决定先跟着体校练，看一下自己是不是那块料。之后的每个周末，张梦雪就去济南市体校训练。练了大约半年时间，张梦雪的进步迅猛，教练也认为她很有射击天赋，适合进入专业队。衡量再三，张梦雪的家人也征求了她自己的意见，"既然我当时也挺想练，那就这么定了！"其实，当时张梦雪所在的学校不太想让她走，"因为那时我学习还挺好的。"但既然作出了选择，张梦雪决定要一往无前地走下去。于是，这个民主的家庭里少了一个学霸，多了一名奥运选手。

济南市体校为张梦雪打下了坚实的基础，让她的射击之路就此开启，这使张梦雪至今依然心存感激，"山东一直都是体育强省，济南市体校也培养输送过很多人才，我首先当然要感谢母校和王红丽教练的培养，也希望家乡的队友们在里约好运"。

2016 年 8 月 8 日

山东在港推逾百项目

丁春丽　杨奕霞

　　"2016 香港山东周"昨天举行山东开放政策发布交流会暨 2016 鲁港经贸合作备忘录签约仪式，推介山东未来五年发展新战略和开放战略新政策。此次山东共推介 103 个重点对外合作项目，其中 8 个"双创"项目拟股权融资 6.1 亿元（人民币，下同），项目拟融资 6 亿元。

　　山东省副省长夏耕在致辞中表示，"十三五"期间该省将大力推动产业迈向中高端水平，研发设计、信息技术服务、现代物流、金融等领域扩大开放，推动鲁港在"一带一路"、金融、基建、物流等领域加强合作。

夏耕：民生服务需求巨大

　　夏耕说，山东新型城镇化将实现 1000 万农业转移人口市民化、700 万城中村城边村居民市民化，带来医疗、养老、教育等民生服务的巨大需求。

山东省政府与香港贸发局签署 2016 鲁港经贸合作备忘录（丁春丽摄）

山东将兴建扩建大量的高速公路、铁路、机场等基础设施。其中，优化能源结构，需要投资 7000 亿～ 8000 亿元；完善综合运输通道、构建城际交通网、强化综合交通枢纽，需要投资 10000 亿元。目前已推出 375 个 PPP 合作项目，总投资超过 6000 亿元。这些项目将为香港投资者提供融资合作商机。

鲁港共拓"一带一路"商机

当日，山东省政府与香港贸发局签署合作备忘录，双方将深化鲁港两地合作，共拓"一带一路"商机，促进企业"走出去"。还将拓展合作新领域，促进鲁港创意文化产业交流。

此次山东周期间，山东共推介 103 个重点对外合作项目。其中健康养老项目 17 个，生物医药项目 6 个，PPP 项目 7 个，"走出去"项目 7 个，融资双创项目 66 个。

"双创"项目借力香港境外融资成为会议亮点。在 21 日举行的山东金融改革暨双创项目融资洽谈会上，齐鲁股权交易中心项目、山东伊莱特重工整体高合金钢及有色金属大型锻件等 8 个重点项目做了路演，拟股权融资 6.1 亿元，项目拟融资 6 亿元，涉及金融服务、移动互联网、智能制造、新材料等多个行业。

山东省金融办副主任葛志强介绍，该省近年来在金融机构引进、企业上市、债券发行、人才培养等方面，与香港和国际金融界建立了良好合作关系。

另有济南中央商务区、济宁曲阜机场项目、山东旅游发展基金、青岛国际邮轮港、中国（临沂）国际商贸城等 8 个重点项目在山东重大项目路演推介及在合作交流会上招商推介。

2016 年 9 月 22 日

张瑞敏：海尔现只出产创客

殷江宏

海尔集团董事局主席、首席执行官张瑞敏在青岛举行的 2016 世界互联网工业大会上表示，海尔现在不再出产产品，只出产创客。他引用美国《联线》杂志总编凯文·凯利的名 言"均衡即死亡"："什么是均衡？死亡就是均衡，不要企图把企业变成均衡的，每天循规蹈矩的按照一定程度来做，这是不可能的。在互联网时代，企业一定应该在混沌的边缘、不均衡的状态下去追求最好的转型，成为互联网时代的企业。"

倡"人单合一"双赢战略

张瑞敏所指的是海尔在工业互联网方面进行的六大颠覆性转型。他说，工业互联网化不仅仅是对中国企业，对全世界所有的企业都是一道难题。他分享了海尔在战略、组织、工厂、市场、客服和价值标准六个方面的转型。其中在战略转型上，海尔从以企业为中心变成以用户为中心，提出"人单合一"双赢的战略，人就是创客，把所有的员工变成创客，在组织架构上从科层制变成网络化。"海尔在大前年把一万多人的中层管理者去掉，这些中层管理者有两条路，要么就是来创业，要么就离开企业，每一个小微就是对着市场。"

这也使海尔的工厂从大规模制造向定制转型。"我们原来的工厂就叫做一个物理空间的车间，现在的工厂应该是满足用户体验的互联工厂。很多地方提出来花几十亿、几千亿元进行机器换人，但机器换人解决不了互联网时代的问题。"张氏说，相当于出租车和网约车，出租车就是传统的经济，网约车就是互联网的互联工厂。出租车跑到马路上乘客是谁他不知道，反正拉上谁就是谁，但是网约车会知道客户是谁，客户需求是什么，这是完全不一样的。

用户就是领导和上级

今年 6 月，海尔以 55.8 亿美元兼并 GE 家电业务。张瑞敏在座谈会上对

GE 员工表示，"海尔不是你们的领导和上级，你们的领导和上级与我们的领导和上级是同一个人，就是用户。如果我们按照人单合一的思路都去做用户，就没有问题，就像海尔现在不再出产产品，只出产创客"。张瑞敏说，他并不赞同美国的"股东第一"，他认为股东只是分享价值，并不是创造价值，第一应该是创客，只有创客才可以创造价值。

2016 年 9 月 28 日

艾玲爱洒智障娃 半生公益半生缘

殷江宏

4 年前，在北京一家公益组织上班的张艾玲因一场医疗事故被迫休养了将近一年。终日躺在病床上的她深深地感受到，人的生命价值不在于活得有多长，而是在能支配生命的时候，活得有尊严。出院后，她辞去工作，用医院给的 7 万元补偿作为启动资金，在济南郊区创办了一家智力障碍人士服务中心，为农村心智障碍、自闭青少年提供情感关怀和康复能力训练。半生执着于公益事业，也使她与这些孩子结缘半生。正是她不懈的努力，为越来越多的智障患儿开启了一扇"活得有尊严"的窗户。

不离不弃患儿至今孑然一身

张艾玲 1964 年出生于黑龙江省齐齐哈尔市，5 个月时就被祖母带回山东老家照看。6 岁父母离异，此后一直跟随祖父母生活，小小年纪便体会到世态炎凉和人情冷暖。好在日子虽然清苦，两位老人给了她毫无保留的关爱和照顾。也许阴错阳差，或者缘分未到，十年的婚姻无疾而终，亦未给她留下一儿半女。今年 52 岁的张艾玲本有机会重组家庭，却因对方难以接受她的事业而不了了之，至今仍孑然一身。

患儿离世心留遗憾

张艾玲第一次接触到心智障碍群体，是 2002 年在德国米索尔基金会支持的一家公益机构就职期间。当时她被派驻西安，遇到了 16 岁的平平（化名），他和妹妹都是智力障碍患者，因家庭条件有限，平平 10 岁时就被父母送到当地的福利院，之后来到张艾玲所在的公益机构接受康复治疗。起初平平并不说话，加上眼睛有白内障，别的小朋友做游戏他也不理，基本活在自己的世界里。张艾玲并未放弃，每天试着去和他沟通。

虽然智力有障碍，但平平仍能感受到外界对他的善恶。忽然有一天，他开始响应张艾玲，并告诉她恨自己的父母，因为他们更喜欢妹妹，甚至曾说让他去死。震惊的张艾玲决定到平平家里家访，一直去了九次才见到平平的妈妈。在张艾玲的努力下，平平和家里的关系终于有所改善。

有一年，张艾玲一个人在西安过春节。没想到大年初一中午，被接回家过年的平平忽然出现在她面前，还带着花生和橘子。张艾玲知道那是他最喜欢吃的，每次回家奶奶都会买给他。那一瞬间，她忽然很想落泪，她不知道视力和智力都有问题的平平是怎样克服各种困难，从家里找到她那儿的，她给平平家里打电话报了平安，然后给他煮了一袋速冻水饺。不料那年的春节，竟成为永远的遗憾定格在张艾玲的记忆里。

张艾玲回京后不久，平平不知为何又被家人送回了福利院，后来就听说那个孩子已经离开了人世。时隔多年，张艾玲仍会想起平平的笑脸和那个春节的点点滴滴。也是从那时起，张艾玲想为这个群体做点什么。她说："他们内在的那份淳朴善良，跟橄榄果一样，青涩过后是带有甘甜的回味。"

农村状况触目惊心

2013年8月，张艾玲的乐橄儿智障人士服务中心正式成立。机构成立初期，当地一名老师带着张艾玲，骑单车到周边二十余个村庄走访，她深刻地感受到农村心智障碍人士生存之艰难，有甚者触目惊心。

"这是一个被人忽略的群体。他们大多被常年关在家里不见外人，有的甚至被锁在一间小屋里，十几年来只有一台收音机陪伴。"张艾玲的走访并非一帆风顺，经常被家长撵出来，有的连续拜访多次也未能见到病人。

12岁的康康是其中的一位。他和患有精神病的母亲一起锁在屋子里8年，在村民眼中，康康和母亲一样是一个"疯子""傻子"。数据显示，由于缺乏正常的沟通与教育，康康不会说话，生活无法自理。口渴了，趴在泔水桶旁就喝水；平常饱一顿饿一顿，身体发育迟缓，直到12岁才开始掉牙。也许是受到母亲的影响，康康不时发出"嗯嗯"的怪声，一刻也不停下，到处乱窜。2014年，他被接到了张艾玲的机构接受康复教育。经过一年多的个别化训练和感觉统合训练后，康康已可以自己正常地用勺子吃饭，知道拿笔涂鸦，也会在张艾玲的怀里撒娇嬉戏。

如今，她创办的智力障碍人士服务中心，已经有5名专职教学的老师、两名辅助阿姨、两名夜班老师，还有3名兼职做义工的家长。登记造册的智力障碍患者有20余人，其中年龄最大的20多岁，最小的尚不足8岁。

据有关部门统计，内地心智障碍者的比例占总人口 1% 左右，其中农村的比例远高于城市。由于大多数农村地区特殊教育资源匮乏、家长教养能力低弱、康复观念滞后、社会接纳程度低下等多种原因，致使很多智力障碍或肢体障碍人士的生存状态极差，有的甚至是非人性的扭曲状态。

"心智障碍者，给予适当的治疗康复支持，他们可以实现健康、快乐、有意义地活着。特别是在 20 岁以前，给以充分的教养、教育支持的话，成年后他们基本可以实现正常生活。"张艾玲说，在她眼中，他们只是一群走得很慢的"蜗牛"，期待有人牵着去散步，而她想带给他们自己年少时亦曾十分渴望的爱和温暖。

配稿：办工疗坊授技 孩子自食其力

为了保证"乐橄儿"的正常运转，也为了让那些特殊障碍的孩子"找到养活自己的本事"，张艾玲开始尝试为自己的这所机构"造血"——成立庇护性工疗坊，"让心智障碍者通过参与手工生产、组织销售从而获得相应的经济报酬，帮助他们最终实现庇护性或支持性就业。"

25 岁的小卢是"智障者工坊"首个受益者，参与的项目是制作手工皂。2013 年底，这个智力仅相当于 3 岁孩子的大男孩来到乐橄儿智障人士服务中心，他的心愿是"帮爸爸挣钱，分担家庭压力"。

未来可期付出值得

把事先准备好的皂基切成小块盛入量杯，用微波炉融化后倒入模具，晾干后即成型，封塑包装后即为成品。每个量杯皂液可以制作 10 余块手工皂，小卢耗时 3 ~ 5 个小时。那些常人看起来非常简单的重复动作，小卢操作起来需要绝对的认真与谨慎，他更是对每个环节都一丝不苟。

张艾玲说："通过训练，使他们从手眼协调、工作人格、语言交流、协作配合等多方面的能力得到综合提升，还可以让他们实现自身的社会价值，摆脱因残致贫，让父母看到自己孩子潜在的能力，改善这个群体家庭悲凉、压抑、贫困的生活现状，提高他们的生活质量。"

一只兔子、一个小贝壳、一枝花……这些造型各异的香皂凝聚着智障孩子们美好的愿望。制作好的手工皂以每块 30 元的价格售卖，张艾玲在发售手工皂的朋友圈里写下了自己的愿景："帮助每一个智障人士获得平等的权利，使他们有尊严地活着。"

如今，在"乐橄儿"生活、学习、康复的智障孩子，有的学会了切菜做饭，有的学会了制作手工皂，有的开口喊出了第一声"妈妈"。"我有时候出去跑赞助，孩子们不会讲长话，但一句'张老师别走'既安慰又心酸。"为了孩子们的未来，张艾玲觉得任何付出、委屈和泪水都是值得的。

曾受邻里误解终获残联支持

康复中心周围群众的不认可也曾给机构带来过困扰。因为偏见和误解，康复中心曾受到所在小区的邻居联名举报。好在一切都已过去，现在康复中心已成为当地残联指定的民间托养机构，并获得2015年中标政府采购的一个公益项目。最难得的是，去年机构有两个孩子实现了支持性就业，其中一个在一家酒店的后厨做面点，工作十分稳定。这也是张艾玲的最终目标，希望他们有一天能自食其力。

张艾玲表示，并不希望康复中心变成大的托养院，而是希望能成为一个孵化器，可以培训一些专业人才去外地开设机构，使更多的人受益。同时，她觉得早期智障儿的家长亦可来培训三个月，毕竟将来很多社会功能是在家里实现。

张艾玲觉得现在创业并不晚，做起事来反而觉得更加游刃有余，"无论是从经验、人脉和人际交往上更容易把握和拿捏，因为我很清楚我要什么。我自己一个人，要钱干什么？人走的时候肯定不是要看你有多少钱。我有养老保险，有退休金，在这里拿一个生活费就够了"。

2016 年 11 月 1 日

说学逗唱乐全场　笑对苦难常知足
张存珠：台上抖包袱　台下斗人生

丁春丽

台上的张存珠容光焕发，使劲地抖包袱（丁春丽摄）

台上，他是著名的单口相声演员张存珠，济南司仪泰斗，国家一级演员，是至今活跃在济南相声舞台上的大师级人物。台下，他是一位乐观的老人，每天坚持带着抑郁症的老伴和曾患精神分裂症的儿子为观众说相声。站在台上，他心里只有观众和相声，忘记了生活中所有的苦难。

15日晚19时30分，山东济南明府芙蓉馆，一场原汁原味的相声即将开演。

换上敞口黑布鞋，穿上蓝色长马褂，用梳子梳了梳头发，往嘴里塞了一把药片，74岁的单口相声大师张存珠登台亮相。

虽患恶疾　台前容光焕发

开场小段名叫《报君知》，张存珠率5位青年相声演员边说边唱。据他介绍，这是相声最传统的大开场，又叫"发四喜"，所有相声演员在节目表演之前都要唱这么一段。在全国的相声园子里，也只有在德云社和芙蓉馆才能看到这种原生态的开场演出。

晚上9点，换上唐装，又往嘴里塞了一把药片，张存珠再次压轴出场。一上台，他容光焕发，醒木拍得啪啪响，模仿得惟妙惟肖。一段《路遥知马力》雅俗共赏。

"这样看老爷子像是心脏搭了8个支架吗？"一旁的明府芙蓉馆馆主李涛说，每次上台前张存珠都要吃上6粒速效救心丸。

最后，张存珠在观众的叫好声中谢幕。稍作休息，张存珠拉起老伴唤着儿子，一家三口乘车消失在济南的冬夜里。据其徒弟介绍，他一家三口每天18点准时来到芙蓉馆，22点左右回家，几年如一日，风雨无阻。

"相声是我生命的一部分，一到后台就像打了兴奋剂，一上台就热血沸腾！"张存珠说，不上台表演就憋得难受，每天最大的期盼就是登台表演。"演出一场我就能延寿10天，说上一年的相声我就能延寿十年！"他笑着说，观众的掌声是他最大的收获。站在台上，他能忘记生活里所有的苦难和辛酸。

<h3 style="text-align:center">照料妻儿　幕后知足常乐</h3>

"我这蜗居实在太小了！"张存珠说，他和老伴及儿子三人蜗居在40多平方米的老房子里。相比台上的光鲜，台下的他就是一位普通的老人，笑容可掬，说到激动处起身表演一小段。他三句话不离相声，正如他的艺名"三句半"。

张存珠（左一）在后台与徒弟（右一）一起琢磨段子，老伴始终静静地坐在一旁（丁春丽摄）

患了抑郁症的老伴默默地坐在椅子上，一言不发。买菜，做饭，拿药，去医院……这位腿脚不利索的老人扛起了家里的琐事，对妻儿寸步不离。台上，张存珠用心抖着包袱，台下，观众席里坐着他的妻儿。

然而，张存珠并没有觉得自己的晚年生活有多苦，陪了46年的老伴还在身边；儿子6月份开始能登台表演了；一家三口又涨工资了……他一件件地讲述着开心的事情。

"家家有本难念的经，唱着念也是念，哭着念也是念，为啥不念得好听点呢？"张存珠笑着说，"知足才能常乐！"

配稿：结缘相声 60 载创新不止

据了解，张存珠早年拜相声大师袁佩楼为师，后被曲艺"四门抱"大师金文声收为义子，而金文声又是郭德纲、李涛等人的师父。

"台上一分钟　台下十年功"

从 14 岁结缘相声，到 1960 年加入济南曲艺团，张存珠说了近 60 年的相声，也一直为创新相声而努力。每天读书、听段子四小时。他还随时准备一个本子，看到的俏皮话、新名词都随时记下来。有时半夜灵感来了，他也要先爬起来记录一下，以免忘记。

"相声是快乐的，创作过程却是相当痛苦的！"张存珠说，最痛苦的莫过于你的相声观众听了不笑。相声演员吸引观众的技巧很多，包袱要埋得很深，抖得很巧，笑料都出乎意料，却又置于情理之中。

坚持以创新为本

张存珠表示，相声需不断创新才能吸引观众。自 2012 年每天在芙蓉馆说相声，他仅创作的 40 分钟以上的单口相声就有四五个，《海湾战争》《黄半仙》《山东斗法》等段子早已脍炙人口。据其徒弟妙语介绍，他即使每天说半小时，也能保证半年的相声都不重样。

配稿：唯愿重振曲山艺海

张存珠和师弟李涛（左）（丁春丽摄）

"三哥（张存珠）一天不来芙蓉馆就难受，他离不开舞台。"李涛说，这也是他多年来把芙蓉馆坚持下去的重要原因。"如果芙蓉馆关了，这些老先生们可能真就没有地方去了。"

"在北京学艺，去天津练活，到济南踢门槛"，济南虽作为当年相声的

"三大码头"之一，但目前相声园子的生意萧条。据悉，芙蓉馆是民间相声团体，也是济南唯一颇具规模的相声团体，虽然目前以一天一场的频率演出，但还是入不敷出。

"李涛为了芙蓉馆都从地主变成贫农了，他太作难了！"张存珠说他无以回报，唯有好好表演。他特别感谢师弟李涛，前几年家庭经历了一些变故，又因为接连的心脏手术变得拮据。李涛不但给了他说相声的舞台，还为一家三口提供了一个避风港。

李涛表示，每天看到老爷子（张存珠）站在台上抖包袱，他就十分感动。"希望有一天，老济南'曲山艺海'的盛况能够得到再现。"张存珠说，他愿与师弟李涛同舟共济，曲山一条路，艺海一条船。

2016 年 11 月 30 日

山东半岛自主创新示范区获批

胡荣国

山东半岛国家自主创新示范区日前正式获批，这是国内唯一以"蓝色经济引领转型升级"为战略定位的国家自主创新示范区。目前，山东省正在实施布局加快推进，以深化体制机制改革促进创新驱动发展，结合推动海洋强国、"一带一路"、山东半岛蓝色经济区建设深入实施，打造国家自主创新新高地，促进全省乃至全国的经济结构战略性调整。

据悉，山东省海洋经济总量每年均过万亿元，海洋科技进步贡献率约占65%，山东半岛是目前国内唯一以海洋经济为主题的国家区域发展战略——山东半岛蓝色经济区核心区。同时，山东作为制造业大省，国有大企业占主导，实体经济基础雄厚，传统产业明显，但在经济"新常态"下，面临着创新活力不足、增长动力衰减、资源环境约束加大等诸多现实难题。有关专家认为，建设山东半岛国家自主创新示范区，将加快山东在重点领域和关键环节大胆探索、寻求突破，有利于进一步优化创新资源配置，使创新成为经济社会发展的主要驱动力，为山东率先基本实现现代化提供有力支持，为国家区域创新发展积累和提供可复制、可推广的模式和经验。

重点打造"四区一中心"

山东省科技厅厅长刘为民称，山东半岛集中代表了区域性中心城市、沿海发达地区、老工业基地三类典型地区的发展模式，具备以点带面、带动山东整体跃升的基础条件。山东半岛国家自主创新示范区是全国唯一以"蓝色经济引领转型升级"为战略定位的国家自主创新示范区，山东将重点打造"四区一中心"：以山东半岛地区国家高新区为载体的、具有国际水准的全球海洋科技创新中心；立足山东实体经济基础，打造以蓝色经济引领带动传统产业转型升级样板区；打造创业要素集约化、创业载体多元化、创业服务专业化、创业活动持续化、创业资源开放化的创新创业生态区；打造进一步转变政府职能先行先试，最大释放市场效能的体制机制创新试验区；打造整合国内外高端创业资源，全面融入"一带一路"建设，具有全球影响力的开放创新先导区。他指，具体的功能布局是，以蓝色经济为主线，以济南高新区、青岛高新区、淄博高新区、潍坊高新区、烟台高新区、威海高新区6个国家级高新区先行先试、联动发展，逐步实现示范区功能布局和主导产业的错位、协同发展。

济南高新区党工委书记、管委会主任徐群在接受采访时表示，山东半岛国家自主创新示范区建设，给济南高新区带来了绝佳的发展机遇。济南高新区目前已完成了机构大部制、政府职能放权、全员企业化管理等体制机制方面的先行先试改革，明确依托五大片区，加快智能装备城、生命科学城、齐鲁智慧谷、齐鲁创新谷"两城两谷"建设，同时积极应对北京、上海等一线城市产业转移给济南、南京等城市带来了巨大机遇。他称，企业对研发的需求也是济南发挥科研、教育优势的良好机遇。目前，济南高新区统筹创建一批重大科技创新平台，并已在美国、德国完成选址拟设立海外孵化器，拟开通济南至海外的科技定向航班，进一步提高整体开放程度，全面实施自主创新示范区战略，把原始创新成果尽快转化成生产力。

2016 年 5 月 6 日

青岛推"国际化+"行动对标香港

孟祥斐　齐薇然

　　青岛市着重选取了欧美、日韩、东南亚和中国香港、中国台湾等 18 个先进国家和地区的 100 多项国际先进理念、标准和模式作为具体对标对象，按照"国际化+"的工作模式推进城市规划、社会治理、公共服务、经济发展、国际交流、人才引进等经济社会发展相关领域的工作，突出国际化特色。

　　记者从青岛市政府新闻办近日举行的有关新闻发布会上获悉，青岛制定实施《青岛市国际城市战略指标体系》和《青岛市推进实施"国际化+"行动计划（2016～2017年）》，全面对标国内国际 10 个高水平国际化城市，力争到 2050 年达到高阶国际化水平。

　　据介绍，青岛将对标香港国际机场标准，推进城市空港综合交通体系建设；对标新加坡、中国香港等地国际标准，开工建设地铁 4 号线、8 号线，加快地铁 2 号线、1 号线和蓝色硅谷、西海岸城际快线建设，开通运营地铁 3 号线全线；对照新加坡、中国香港自由港模式和世界银行国际营商环境标准指标，加快推进青岛保税港区向自由贸易试验区转型升级，复制推广上海等四个自由贸易试验区经验。对标鹿特丹、汉堡、纽约、旧金山等欧美发达国家港口城市，提升胶州"海铁陆空"多式联运铁路集装箱运量，形成以青岛为枢纽的国际集装箱货运中心；对标伦敦全球金融中心标准建设国际财富管理中心城市，面向全球开展国际财富管理定向招商合作。

　　据了解，青岛还将推进国际城市现代产业综合实力提升七大行动计划，主要包括国际贸易中心城市建设、海洋科技城市建设、国际财富管理中心城市建设、国际旅游目的地城市建设、互联网工业国际智慧城市建设、东亚知名文化都市建设、国际休闲体育城市和海上运动世界之城建设等内容。

2016 年 8 月 9 日

潍坊倾力发展现代滨海新区

刘佳　张超峰

山东省潍坊市地处"蓝黄"两大国家区域发展战略交汇区，经济发展总量已位居山东省前列。3 年前，潍坊市举全市之力发展滨海新区，昔日广袤荒凉的盐碱荒滩，正在变成巨大的海港、现代化工厂和生态居住区，一座产业特色鲜明、产城相互交融的国际化现代海洋城市正在渤海湾南岸强势崛起。

经过 3 年发展，滨海区中央商务区已经成型，公共实训基地、城市艺术中心、金融中心、未来大厦等一批功能建筑陆续投用，城海轻轨、疏港铁路、潍日高速、环渤海大通道、北海路 BRT 快速通道等一批重大基础工程正全力推进，一座特色鲜明、功能完善的海洋城市初具规模。

据介绍，潍坊滨海布局海洋动力、海工装备、智能装备、新能源等蓝色海洋产业，不断完善城市基础设施、提升城市功能，努力把滨海区建成潍坊城市次中心、环渤海区域重要的海洋城市。2015 年，滨海地区生产总值和公共财政收入分别增长 13.5% 和 15%，各项主要经济指标增幅位列潍坊市首位。

建国家级产城融合示范区

据悉，潍坊滨海区正大力发展海洋运输、临港物流、海工装备、生物医药、海洋化工等海洋特色产业，加快形成强大竞争力的海洋产业体系，创建国家级产城融合示范区。以潍柴、华创机器人等企业为引领的海洋动力装备、智能装备产业，以新和成、国邦等企业为龙头的海洋生物医药产业，以国电、瑞驰汽车等项目为支撑的新能源产业快速发展，形成百亿级企业群、千亿级产业链，成为环渤海高端装备制造业基地的核心区。预计到"十三五"末，滨海区将形成海洋动力装备、海洋化工两个 3000 亿级产业，海洋能源、生物医药、海港经济 3 个千亿级产业，工业总产值到万亿级。

港口建设与发展迅速。据介绍，滨海新区围绕建设现代化综合性亿吨大港，实施多元化建港，联通京津辽东，融入环渤海，对接"一带一路"，通航日、韩、俄。2012 年底开通的集装箱业务在 3 年中翻了 4 倍，"潍营"轮实现首航，鲁辽陆海甩挂运输大通道进入常态运营。中国北方最大的外海渔港——潍坊渔港正式开港运营，成为环渤海地区渔业生产集中地、渔货交易集散地和水产品冷链物流的重要节点。到"十三五"末，两港吞吐量预计将达 3.5 亿吨。

世界之最"渤海眼"见证滨海蝶变

记者来到潍坊市滨海区，最先映入眼帘的是一只直径 125 米的圆形建筑——"渤海眼"。它比英国"伦敦眼"高出 10 米，是世界上最大的编织网格无轴式摩天轮。这只巨眼主体已于 6 月 30 日合龙，成为潍坊市乃至山东省地标性旅游景观。

潍坊滨海区从完善旅游设施、深挖旅游资源、打造旅游精品项目入手，加快发展旅游业。总投资 50 亿元的 15 个旅游产业项目先后实施，年接待游客超过 150 万人次。风筝冲浪基地、海水浴场、黄金海岸、国际赛车场、马术俱乐部、游艇俱乐部、北海渔村、度假酒店、盐文化博览园……曾经荒芜一片的盐碱滩涂，如今正在变为特色鲜明的旅游景区。

2016 年 9 月 2 日

中国重汽首款智能卡车问世

刘佳

记者近日在纪念中国重汽成立 60 周年发展论坛暨智能化战略及车辆展示发布会上获悉，中国重汽 I 代首款智能卡车——汕德卡已经完成样车的试制和功能试验，具备量产条件。根据有关数据分析，此款智能卡车在杜绝主动追尾、杜绝翻车事故发生等方面有突破性效果，与普通卡车相比油耗平均降低 5%。

中国重汽集团总经理蔡东表示，中国重汽智能卡车的发展目标是为了打造出一款拥有完全自主知识产权、集智能化和自动化控制一体、主动安全防护、节能降耗 15% 以上、并与国际先进水平同步的智能卡车。

据悉，目前中国重汽在智能卡车领域累计科研立项 30 余项，研发投入数亿元，系统地解决了智能卡车整车平台、驾驶辅助系统、车联网、无人驾驶系统、车辆智能化个性化定制系统、综合信息管理系统平台等关键系统开发中的一大批技术难题，中国重汽 I 代首款智能卡车——汕德卡已具备个性化定制条件。

厄瓜多尔军方少校贝尔德兰向记者表示，厄瓜多尔军方项目自 2013 年启动招标以来，先后与俄罗斯、巴西、德国等国家接触商谈，最终因中国重汽质优价廉、服务及时、配件保障能力强及培训到位等优势，最终选择了中国重汽。今年厄瓜多尔发生 6.8 级地震，中国重汽的运输车发挥了重要作用，希望双方后续有更多合作机会。

中国重汽集团进出口有限公司总经理杨正旭称，目前中国重汽已在 70 多个国家发展了 160 多家经销商，建立了 590 个售后服务网点和 8 个 KD 组装工厂，形成基本覆盖非洲、东南亚、南亚、中东、中南美、中亚等发展中国家和主要新兴市场，以及金砖国家和爱尔兰、新西兰等部分成熟市场的国际市场营销网络体系。

2016 年 10 月 3 日

规划先行 潍坊高新区拟建国际现代化新城

刘佳

　　山东省潍坊市高新区是首批国家级高新区，目前定位高水平国际化现代新城，面向国际顶尖机构征集设计方案。在 10 月 25 日举行的其全域国际化城市设计概念规划阶段方案评审会上，上海同济城市规划设计研究院、Dorell Ghotmeh Tane Ltd（DGT）、美国 W&R 国际设计集团有限公司 3 家设计单位的方案分别获得一、二、三等奖。

　　据了解，在第一阶段的设计方案国际竞赛中，来自中国内地、中国香港地区、美国等 7 家设计单位入围。在此次第二阶段竞赛的评审中，现任国务院参事、住建部前副部长仇保兴先生，全国规划界泰斗陶松龄、陈秉钊等 5 名高层次规划专家，对入围的 7 家设计单位的方案从设计理念、整体思路、空间布局、人文关怀、生态环保等方面进行评审，通过好中选优、比照精选，选出 3 家符合潍坊高新区地域特色、科学合理、全面系统、切实可行的城市规划创意方案。

　　据介绍，依托国际新城建设，该高新区打造了一批国际竞争力强的新兴高端产业。其辖区内企业歌尔集团与国内外知名院校在 VR 领域进行了深度合作，凭借强大的研发、制造及垂直整合能力迅速成为行业领先者，目前已成为全球三大头显巨头中两家（Oculus"欧克拉斯"、PSVR"索尼 VR"）的独家战略合作伙伴，在全球 VR 行业居领先地位，预计 2016 年出货量达到 300 万台，出货量全球第一。预计到 2020 年，歌尔 VR 自主品牌业务出货量达到 3000 万台，约占全球市场份额 40%，成为中国第一、全球前二。预计到 2024 年，歌尔集团营业收入将突破 1000 亿元，成为千亿级全球一流企业。

　　记者在对高新区盛瑞传动股份有限公司采访获悉，盛瑞传动拥有国家乘用车自动变速器工程技术研究中心和国家企业技术中心，先后在德国、英国、北京、青岛设立研发分中心，其自主研发的世界首款前置前驱 8 挡自动变速器填补了国内空白，并形成了年产 20 万台的生产能力，是国内汽车自动变速器研发制造基地。

2016 年 10 月 29 日